历史传记小说丛书

上马击狂胡
下马草军书

陆游诗传

杨武风 著

中国文史出版社

图书在版编目（CIP）数据

上马击狂胡，下马草军书：陆游诗传 / 杨武凤著 .
-- 北京：中国文史出版社，2019.11
ISBN 978-7-5205-1522-1

Ⅰ . ①上… Ⅱ . ①杨… Ⅲ . ①传记小说—中国—当代
Ⅳ . ① I247.5

中国版本图书馆 CIP 数据核字（2019）第 251029 号

责任编辑： 徐玉霞

出版发行：中国文史出版社
社　　址：北京市海淀区西八里庄 69 号院　　　邮　　编：100142
电　　话：010-81136606　81136602　81136603（发行部）
传　　真：010-81136655
印　　装：廊坊市海涛印刷有限公司
经　　销：全国新华书店
开　　本：16 开
印　　张：20.25
字　　数：300 千字
版　　次：2020 年 5 月北京第 1 版
印　　次：2020 年 5 月第 1 次印刷
定　　价：56.00 元

序

我第一次走近陆游，是在六十多年之前。

那一天，等舰返航后，我穿一身水兵服去了青岛的新华书店，看到一群人围在阅报栏前，走近一看才知道，报纸上在批判诗人流沙河的《草木篇》，其中就有"他以剑南诗篇，换取汗马功劳"。剑南诗篇指的是陆游诗集《剑南诗稿》。后来又被越剧《钗头凤》所演绎的凄美故事所感动，便对八百多年前的这位南宋诗人有了浓厚的兴趣，曾一度萌生过想写《陆游传》的念头。谁知还未动笔，就已经心怯了，不说那些堆积如山的史料典籍，仅他留下的九千多首诗词，已创下了历代诗人之最，不说解析这些作品，就是通读一遍，也需要足够的时间和极大的耐力！我只好知难而退了。

也许是一种巧合，女作家杨武凤与我探讨历史人物的写作时，她说她想写一位历史人物，她征询我的意见，我毫不犹豫地建议她写陆游。

半年后，她终于写出了三十万字《陆游传》的第一稿，因我不会电脑且视力不济，她特地用较大的字体打印出了书稿送我，我成了她的第一个读者。我认为作品过分拘于年谱，展开不够；多平面叙述缺少细节描写，建议她删去部分章节，全书控制在二十五万字即可。数月后，她送来修改过的第二稿，她又根据我的建议重新修改了每一章的小标题，又删去两万字，就在出版前夕，出版社编辑又要求她缩减了三万多字。

为了撰写和修改这部书稿，作者吃了哪些苦？熬了多少夜？只有作者自己知道！

我正与青岛的一位老中医合作，撰写一部文天祥的长篇历史小说，文天祥既是一位铁骨铮铮的人中豪杰，也是一位热血沸腾的伟大诗人，他的那首《过零丁洋》，已成为千古绝唱！南宋王朝最后的一抹夕阳，在崖山之战后便永远消逝了，但南宋十万军民宁肯玉碎不肯瓦全！纷纷跳进了崖下的大海，其悲壮场面，鬼神惊，天地泣！

陆游在临终之前曾写过一首《示儿》，这也是他最后的遗言：

死去元知万事空，但悲不见九州同。
王师北定中原日，家祭勿忘告乃翁。

南宋的最后一位宰相陆秀夫，背着最后一位小皇帝赵昺跳海而死！有人说，陆秀夫就是陆游的后裔，不知是真是假？

不过，陆游的子孙们有的参加了崖山之战，兵败后毅然跳海殉节；有的虽未参加崖山之战，但得知宋军兵败后，有的悲愤而死，有的绝食而亡！这却是史料有迹的。

若陆游在九泉有知，又会咏唱出什么样的诗句呢？

刘敬堂

2019 年 8 月 30 日于青岛

目 录

第一章

下令开通大运河的那位暴君，最终还是被哗变的禁军砍下了脑袋！毫无政治抱负的"文青"当上了皇帝，终于导致了"靖康之难"。淮河上一艘楼船的船舱里，诞生了一位伟大的爱国诗人。

1

宋徽宗宣和七年（1125 年）十月十七日，丽阳当空，秋高气爽。一艘刚刚刷过桐油的楼船，正缓缓地在运河上航行着。

陆宰站在前舱的甲板上，他的目光里尽是秋山秋水，两岸是金黄色的稻谷，远处山岭上的枫林，像一片燃烧的野火，十分鲜艳。

坐在船舱里的夫人唐氏问道："老爷，妾闻到了一阵浓郁的香味，莫不是桂花开了？"

陆宰点了点头，指着河岸上农家小院的桂子树说道："夫人说得对，这正是三秋桂子的香味。"

唐氏又问："我们的船到哪里了？"

陆宰："还在运河上航行，用不了一个时辰，就进入淮河了。"

听说船还在运河上航行，唐氏连忙问道："这运河这么长，隋炀帝修它的时候该耗费多少人力物力啊？"

陆宰点了点头，说道："这条大运河，是他的功劳，但他害兄弑父，即位后穷兵黩武、穷奢极欲、荒淫残暴、倒行逆施，在位十四年，在京城的天数竟不足一年！终于惹得天怒人怨，遭到报应，死于了非命！"

唐氏问道："隋炀帝遭到了什么报应？"

陆宰知道，这艘船已在江南的河道里航行了三天，由于船舱狭窄，长期坐在船上，必会感到沉闷。为了给夫人解闷，消磨时间，他便讲起了隋炀帝的恶行和他的结局。

隋朝统一中国后，为了巩固社稷江山，增强军事防务，自隋文帝开皇四年（584年）到隋炀帝大业六年（610年），充分利用原有的运河和天然河流，先后开凿了北方的通济渠、永济渠，重修了江南的运河，贯通了以洛阳为中心，北抵河北涿郡（今北京郊外）、南达浙江余杭的大运河，全长二千五百余公里，连接起了河北、山东、江苏和浙江的杭州，不但打通了南北之间的交通，巩固了隋王朝的统治，也促进了江南地区的经济发展，推动了南北文化的交流。

但隋炀帝又是一个十足的暴君，他征召了数百万人营造东都洛阳，修筑宫殿和西苑；又征召数百万人修筑长城和驰道，到处巡游。仅在长安和江都（今扬州），即修筑离宫四十余所，每次巡游江都，其随从少则十万人，多达五十万人！他第一次从通济渠乘船到江都，船只连成二百余里！仅拉纤的民夫就多达八万人，而两岸还有二十万骑兵护送。

他荒淫无度，第三次巡游江南时，命人挑选了众多江淮民间女子，置于后宫的一百余房苑之中，这些美姬轮流当酒席的东道主，他与萧皇后每天都沉湎在醉生梦死之中。有一天，他站在镜子前面，摸着自己的头颅说道："这么一个好脑袋，谁将砍掉它？"

作恶多端必遭报应！大业十四年（618年），他的禁军右屯卫将军宇文化率部发动了兵变，逮到他后，士兵们正准备用刀砍杀时，他竟然怕痛，哀求他们不要用刀杀。他从身上解下一条丝巾，两名兵变的将领一人扯住一端，硬是将他活活勒死了！

隋炀帝被他的禁军勒死之后，他曾摸着它调侃的那个脑袋，果真被人砍了下来，以证实这就是隋炀帝的首级！

楼船继续在运河上航行着。

2

担负着人流、物流来往的京杭大运河，还像往常一样繁忙、喧嚣，南来北往的漕船、商船像一座座移动的山丘、漂浮的楼宇，往来络绎不绝。陆宰自接到诏书去汴京（开封）时，本打算只身前往的，因为夫人唐氏已怀胎足月，正是临产之季；但是，唐氏是个相当有主见的人，丈夫奉了朝廷诏谕要去开封赴任，怎么说也是一件天大的喜事！她不顾产期临近，执意要跟随老爷一同进京，如果顺利，她要在繁华的京城生下她的第三个儿子。

就像这一碧如洗的蓝天，却孕育着雷暴一样，繁华富庶的大宋帝国，虽在鼎盛时期，看似天下太平，却也危情四伏，暗藏着杀机。

宣和七年（1125年），宋徽宗赵佶的朝廷正面临着前所未有的危局：大宋初年，东北方面的宿敌，是契丹部族的辽国。宋辽之间曾经有过几次战争，但经过景德元年（1004年）的澶渊之战后，大宋以每年向辽国奉上银十万两、绢二十万匹的代价，买来了北方的暂时安定。

就在宋、辽两国的统治者都安于现状、朝政日益腐朽的时候，政和四年（1114年），女真领袖完颜阿骨打发动反辽战争，并连战皆捷。铁蹄之下的辽国犹如摧枯拉朽。翌年，大金立国、辽国北方的金国日益强大起来。金太宗完颜晟励精图治，在国内实行了一系列的富国强兵的改革，他的目的非常明确，就是要在消灭辽国后再继续向南，谋图北宋的江山。

就在这个时候，一个叫李良嗣的辽国官员投奔宋朝，向宋徽宗献计联金攻辽，收取燕云故地。宋徽宗采纳了他的计策，并赐他姓赵，授予官职。

就在两个月之前，金国果然消灭了横亘在大宋与金国之间的辽国！辽国皇帝耶律延禧被金国皇帝完颜晟封为海滨王，辽国宗室耶律达实带一干人马逃往西边，在奇尔爱雅建立了西辽国。而完颜晟已不再把西辽放在眼里，辽国实际上已经灭亡。

辽灭后，宋将输辽的岁币转输给金，金将燕云地区归还于宋，达成"海

上马击狂胡，下马草军书——陆游诗传

上之盟"。但令宋徽宗没想到的是，联金灭辽实际成了一场玩火自焚的游戏！

辽亡后，那幅员辽阔、物产丰盛、经济发达而且文化繁荣的大宋国，就在金国的眼皮子底下了，雄心勃勃的金皇完颜晟站在辽国老城的废墟上，放眼南望，志得意满，他要趁势而上，挥师南下，大举进攻他垂涎已久的大宋国。他在国内挑选出善于骑射又勇猛的壮士严加训练，又在北宋的边境上布下了重兵。就在金国军队南进的部署都已安排妥当，磨刀霍霍时，北宋统治者却还沉浸在安逸享乐之中，毫无察觉，一如既往地向金国遣使通商，大批贡税运往金国，以求喘息。

3

陆宰本是大宋朝的一位官宦之子，其父陆佃受深厚家学渊源的熏陶，在诗文、经学及朝章典故方面造诣颇深。陆宰继承了父亲的耿直、重节操、轻名利的品格，为人忠厚，不畏权贵，因此，在仕途上遭到排挤，不受当权者待见。特别是后来，他因为主张抗金而得罪了主和派，只得闲居在家，游走于乡绅田陌之间，这是后话。而此时的陆宰还处在升迁的途中，他在淮南路转运副使任上奉旨卸任进京。

转运使，是唐代以后各王朝主管运输事务的中央或地方官职。唐代建都长安，因关中地狭，产粮不敷食用，需仰于盛产粮食的江淮。唐初，洛阳以东的租粟，先输纳洛阳含嘉仓，然后转运至长安以充太仓。宋初，曾派若干转运使赴各地负责筹办军需，事毕即撤。宋太宗时，为削夺节度使的权力，于各路设转运使，称"某路诸州水陆转运使"，其官衔称"转运使司"，俗称"漕司"。转运使除掌握一路或数路财赋外，还兼领考察地方官吏、维持治安、清点刑狱、举贤荐能等职责。慢慢地，转运使实际已成为一路之最高行政长官。以后，陆续设立了提点刑狱司、安抚司等机构以分割转运使的权力。两省五品以上官任，称"都转运使"。随军转运使则因事而设。

陆宰一路上春风得意马蹄疾，他正为可能实现自己的抱负而感到激动。

夫人唐氏也是名门之女，她的祖父唐介在宋神宗熙宁年间曾做到副宰相之职；而陆宰的父亲陆佃是王安石的弟子，曾官至礼部侍郎、吏部尚书、尚书左丞，是著名的经学家，尤精于《礼》，平生著述也颇丰。所以陆宰与唐氏的结合，除了是门当户对、天作之合外，也是互有倚仗的政治联姻。但是父辈祖辈那样的辉煌，到了他们这一辈，似乎还没有显现出来。

俗话说夫荣妻贵，男人有志、女人有恃。这天，陆宰突然告诉唐氏说皇上诏谕，令他起程赴京城领命。这当然是喜从天降的大好事。唐氏的身子虽是笨拙，但她精明的头脑却一点也不迟钝，当即决定要随夫进京。陆宰怕她受不了旅途的劳顿颠簸，劝她暂时在家里调养，待他在京城安顿下来后，再派人前来接她，她却轻描淡写的一句话就决定了："我又不是第一次生娃，老爷放心好了。"

男主外，女主内，陆家不论大事小事，皆由唐氏说了算。比方说，接济穷苦人家、张罗年节庆贺、人情往来、请客送礼、去寺院供奉香火等事，一概由她说了算，一经定音，谁也不能违背，这是性格使然，也是她嫁到陆家后渐渐养成的习惯。

陆宰虽是一家之主，但他性格宽厚，为人温良恭俭让，有些大事也不得不由着唐氏。比方说，她请算命先生算过，自己怀的是个男婴，必将大富大贵，光宗耀祖，她听了，便不顾即将临产，执意要随着丈夫前往汴京，目的是能在京城生下自己的这个儿子。

陆宰见她执意要去，也只好答应了。

是的，之前她已为陆宰生下了两个儿子，陆宰知道自己的这位相门之后的夫人，一向都有主见。再说他也需要有她在自己的身边。于是，一家人从淮南出发，预计经过运河、淮水，进入汴河，抵达汴京。

4

正是秋高气爽、万物繁茂之际，两岸的青山倒映在碧水之中，田垄阡陌明媚艳丽，杨柳绿、棉花白、鱼虾肥、稻粟香。看得唐氏的心情格外舒畅。

眼见得天色将晚，丫鬟过来将唐氏扶到座位上歇息。陆宰高兴地对唐氏道："夫人一路辛苦了，今晚我们船停淮河岸边，有渔人叫卖刚打到的鲜活的鱼虾，我已命下人做好了，你可尝尝鲜。"

果然桌上已摆上了时疏果鲜，一盘清蒸鱼正冒着热气飘着诱人的香味呢！陆宰兴致勃勃地告诉孩子们："这是这里的特产鲈鱼。'江上往来人，但爱鲈鱼美，君看一叶舟，出没风波里。'我们吃着鲜美的鲈鱼，可不要忘了那些打鱼人是如何在风里雨里辛苦劳作的啊！"

这天晚上，天气突变，电闪雷鸣，大雨倾盆，狂风裹着巨浪似乎欲将运河上的船只掀翻！就在这天夜里，伴随着风声雨声和雷鸣声，陆家的第三个儿子降生了！

说来也奇，刚刚天翻地覆似的雷雨，骤然就消停了！陆宰为这"呱呱"落地的儿子取名游，前面两个哥哥陆淞和陆濬的名字，都是从水字边，况且他又生在淮河上。

唐氏笑着说："老爷，昨晚我梦见了一个人，你猜是谁？"

陆宰笑着说："夫人一向喜欢淮海居士的词，我们现在又正停泊在淮河上，离少游的家乡这么近，莫非你梦见了他吗？"

唐氏笑答："少游的《鹊桥仙》可不止我一人喜欢啊！稍稍懂点文墨的女子，谁不是众星捧月般仰慕他！"

陆宰点头："这苏门的四大才子，个个了得！你看，我给咱们的这个儿子起名叫'游'，也许他将来有秦少游那样的才情！这就叫知妇莫若夫吧？"

唐氏笑而不语。

陆宰继续说道："不如索性再给他取个字叫'务观'吧，也随了少游的名哦！"

唐氏摇头道："我们虽然喜欢他的词，但也不至于这样啊，毕竟少游的人生之路也太坎坷了，我可不想咱这个儿子将来的仕途也那么艰难。"

陆宰夫妇说的淮海居士，就是秦观，字少游，在大宋的文坛上鼎鼎大名。"唐宋八大家"之一的苏轼曾称他"有屈、宋才"，那是把他与屈原、宋玉相比呀！他的感伤词不同凡响，精美凝练的辞藻，写出了凄迷朦胧的意境，所以深受文人雅士特别是仕女们的喜爱。但是，他和自己的师长苏轼一样，因为支持"旧党"，所以"新党"执政后，他便一再被贬，从京城一直贬到了雷州，最后，"旧党"上台后，他虽然奉诏回京，却死在了回京的路上！所以他虽才情出众，却仕途坎坷。唐氏可不愿自己的儿子如他一般！

陆宰摸着他并不浓密的胡须笑了："夫人差矣，我不过跟你开个玩笑而已，这'游'字嘛，岂不知古人云：'优哉游哉'，它有自由自在、无拘无束的意思啊！而这'观'字更是大有来头，《列子·仲尼》说：务外游不知务内观。外游者求备于物，内观者取足于身，取足于身，游之至也，求备于物，游之不至也……"陆宰的一番话让唐氏有些不耐烦，说："哎呀老爷，你就别之乎者也了，直说吧！"

陆宰只得解释说："古人说，只知道游观外部世界，不知道体察内心世界，对外游观，只是求索外界事物；体察内心，才能使自身充实完美。让自身充实完美，才是游观的最高境界，也才能领略游观的真谛。"

陆宰的一番解释让唐氏茅塞顿开。于是，这个在风雨之夜出生在船上的孩子，名陆游，字务观。这就是后来名震中国文坛的千古爱国诗人、人称陆放翁的陆游！这一夜的风雨，似乎也预示了他一生的命运：风云变幻、雨晴不定。

5

陆宰这次奉旨入京，被宋徽宗赵佶授予直秘阁京西路转运副使，其职责主要是负责供应泽州、潞州一带的粮饷（泽州即现在的山西省晋城，潞州是现在的山西省长治）。陆宰把家眷安顿在河南荥阳后，自己便轻装上任了。

谁知上任不久，就因朝廷上层的权臣们相互争斗，不善见风使舵的陆宰，便成了替罪之羊——被御史徐秉哲参奏而罢官！

徐秉哲在弹劾陆宰的时候，义正词严，仿佛是一个铁面无私的御史大夫。可是，后来当宋钦宗向金人投降以后，他又奉金人之命在东京搜刮百姓的金银财物，抢劫皇宫的珍宝、古董、礼器。靖康二年正月，钦宗被金人扣留后，他又为虎作伥，威胁道君皇帝，也就是退位后的宋徽宗，要他投降女真大营。这个没有骨气的徐秉哲，因了这些"功劳"而被金人扶上开封府尹的宝座。

徐秉哲按金人的旨意，伙同另一个变节求荣的王时雍，拥戴张邦昌为帝，以帮助金人筹措岁币，而他也当上了中书侍郎，领枢密院。

宋高宗即位后，将他贬为昭化军节度副使、梅州安置。其实是一个空名，是把他拘留在现在的广东梅县。按其为虎作伥之劣行，他死有余辜，但大宋王法不杀言官大臣，这便是他最后的下场。此乃后话。

就在陆宰被参丢官、郁闷寡欢时，一场翻天覆地的战事突如其来。金兵突然分两路对大宋发起了猛烈进攻！西路由大同出发，一举攻占了北宋的边城朔州、代州，进而围攻太原；东路由平山出发攻打燕山，燕山府守将投降了金人，太原宣抚弃城逃回了汴京！

金兵东西两路，计划在汴京（今河南开封）会合，在准备进攻的同时，金人又派出使者来到汴京，盛气凌人地要求宋国割地称臣！一边出兵，一边出使，成了此后金人对付大宋的一贯手法。

宋徽宗赵佶吓得不知所措。这个赵佶，其实是个艺术天分很高的人，他对笔墨丹青、骑射蹴鞠都有浓厚的兴趣，在诗词歌赋、绘画书法上也都很擅长，尤其他的书法，笔势劲逸、顿挫有节、锋芒外露、挺拔秀丽、风流潇洒，号称"瘦金体"。然而，这位文艺青年，对亲王宗室的主要功课，儒家经典史籍却不甚喜爱。之所以他能继承皇位，不仅纯属偶然，简直就是一个儿戏。

当年宋哲宗去世时，年仅二十五岁，他既没有留下子嗣，也没能留下遗嘱。按惯例，皇位的继承者无疑应该从上一辈也就是宋神宗的儿子中选择，虽然神宗生了十四个儿子，但这时在世的只有五人，有嫡立嫡，无嫡立长，是历代择君的传统原则。宰相章惇说："依礼、律，当立大行皇帝同胞弟简王似。"

向太后却反对说："老身亦无子，诸王皆神宗庶子，不必如此分别。"

章惇又说："若论长幼，则申王必当立。"

但是向太后仍反对说："申王眼有疾，不便为君。依次则端王当立。"端王就是赵佶。

章惇坚决反对，说："端王轻佻，不可以君天下。"

此时，与宰相章惇一向不和的枢密使曾布站出来说："太后圣谕极当。"

其实，曾布未必认为赵佶就是合适的人选，他只是习惯了跟章惇作对，真就是"凡是敌人拥护的，我们就要反对"。这样既能讨好皇太后，也能打击政敌，一举两得的事，才懒得考虑是否以国家利益为重呢！其他大臣也为了屈从上意而随声附和"听皇太后的圣谕"。

向太后又说："先帝生前曾说过端王有福寿之相，且性情仁孝。"很明显地，她把立赵佶为帝的意思附会到了宋哲宗的身上。这样，章惇势单力孤，无法再争。于是，向太后宣旨，召赵佶进宫，就在宋哲宗灵柩前即位。端王赵佶就这样成了大宋王朝的第八位皇帝宋徽宗。

其实，向太后坚持拥立赵佶，除了赵佶在她面前乖巧嘴甜，礼数周全外，也跟她的政治倾向有关。她目睹了前朝新旧党人之间的残酷斗争，特别是绍圣年间，新党人士对宣仁高太后（宋神宗的母后）和旧党人士的反攻倒算，给了向太后强烈刺激，她对继位者是否"仁孝"，产生了切肤之痛。所以她明知赵佶不是当皇帝的料，却还是坚持推他登上皇位，导致了北宋王朝后期一系列的矛盾纷争，最终走向灭亡。

6

宋徽宗即位后，随着新旧党争，不共戴天的官场较量，他开始重用蔡京，他和被称为"六贼"的童贯、王黼、梁师成、李邦彦、朱勔等人沆瀣一气，使历经一百六十余年稳定发展的大宋王朝，进入最黑暗最腐朽的时代。

这样一个皇帝，在大敌当前时是不可能有所作为的。

金兵一路攻城略地，心惊胆战的宋徽宗不得已颁布了"罪己诏"，想逃跑避祸。他任命太子赵桓为开封牧，企图让儿子以"监国"的名义替他挡住金兵，随即便下诏传位于太子赵桓，自己退位，称"道君教主太上皇帝"，将这副烂摊子推给赵桓来收拾。

赵桓就是宋钦宗，这个倒霉的皇帝连一天好日子都没有过。他虽然也算勤勉，但却优柔寡断，多疑多变，既无勇气和定力，也谈不上深谋远虑。他在主战和主和之间朝三暮四，一天数变，终于变出了一幕亡国的悲剧。

赵桓登基后改年号为靖康，是唯愿天下太平的意思。但是天不遂人愿。靖康元年（1126年）正月初六，宋钦宗在李纲的极力劝谏下，暂时打消了出逃的念头，登上了宣德楼，晓谕各军，表示要固守到底，并任命李纲为亲征行营使，全面负责守城事宜。将士们感泣流泪、山呼万岁。

李纲布置得稍有头绪，金军就兵临城下了。金军虽然攻势凌厉，但进展并不顺利。此时大宋的西北边军和各地驻军纷纷来援，金兵长途奔袭，孤军深入，又阻于坚城之下，犯了兵家之大忌。在这种情况下，只要宋朝君臣勠力同心，是完全有可能守住汴京、重创敌军的。

然而，宋钦宗内心依旧畏敌如虎，根本不相信大宋的军民能挽救危亡。汴京保卫战刚刚开始，宋钦宗就接连派使者向金兵乞和。

金方提出了极其苛刻的议和条件：索要金五百万两、银五千万两、绢彩各一千万匹，马驼驴骡各以万计；尊其国主为伯父；凡燕云之人在汉者必须全部归还；割让太原、中山、河间三镇之地（史称河朔三镇）；以亲王宰相做人质。

金人的胃口实在太大了，所要金帛之数即使竭宋朝天下之财亦难凑足。三镇是宋朝立国的屏藩，赵家的祖坟也在此地，尽管条件如此苛刻，宋钦宗为求苟安无事，还是全部答应下来！他下令搜刮汴京各色人等的金银，好容易刮得金二十万两，银四百万两，民间积蓄已空。同时，康王赵构和少宰张邦昌也被作为人质送到了金营。

正当宋钦宗因金帛不够而大伤脑筋时，正月二十，种师道、姚平仲率泾原、秦凤路边防军开到了京城，各路勤王兵陆续赶到，云集城外的宋军已达二十余万。种师道是德高望重的宿将，西北边防军又是宋军中最英勇善战的精锐之师，他们的到来使宋军士气大振。

这时，主和的投降派李邦彦、白时中却趁机造谣说西北勤王之师已全军覆没！宋钦宗惊上加惊，生怕金人前来问罪，急忙解除种师道的兵权，又将李纲革职，解散亲征行营使司，甚至还想把李纲绑了交给金使处置！

投降派的倒行逆施激起了汴京军民的强烈义愤。以陈东为首的数百名太学生伏阙上书，指斥李邦彦、白时中、张邦昌等奸臣投降误国，要求坚持抗战、恢复李纲、种师道的官职。汴京居民声援之声震天动地，宋钦宗无奈之下，只好复了李纲、种师道之职，抗金形势重新高涨起来。金兵见汴京军民同仇敌忾，勤王之兵日益增多，深感局势不妙，不等金帛数凑足，取了割让三镇的诏书，又以肃王赵枢代替康王赵构为人质，匆匆退兵。种师道向宋钦宗请求：趁金兵渡黄河时发起猛攻，一举消灭他们，却遭到拒绝，结果金兵安然满载而归。

危机暂时解除，宋钦宗不是认真整军备战，而是忙于控制太学。朝廷明令：严禁士庶以伏阙上书为名，聚众作乱，违者以军法论处，有司可先斩后奏！

对于性格耿直、敢于任事的李纲，宋钦宗早已反感，甚至斥责李纲作威作福，专权骄横，他派李纲出任河北宣抚使，其实是将他逐出了朝廷。后来，李纲又被扣上"专主战议，丧师费财"的罪名，几度被贬。

7

金军一面答应讲和以麻痹宋朝君臣，一面照旧攻城略地，并利用战场上的优势逐步提高议和条件，诱使宋朝步步屈服。靖康元年八月，金兵再度南犯。九月初三，太原陷落；十月初五，真定陷落。闰十一月初二，东西两路金兵会师汴京城下！

汴京第二次被围，形势比第一次更加险恶。城内守军已不足七万，各地勤王之师在主和派"不得妄动"的命令下，都留在原地裹足不前。宋钦宗虽然接连派使者诏诸路勤王之兵速来救驾，但为时已晚，出京的使者也大多被金兵截获！

钦宗甚至听信了一位名叫郭京的骗子的鬼话，以为他真有"六甲神兵"能破金军，能生擒金将。派他出战，结果大败，四处溃散！汴京城遂被攻破。

钦宗不听劝阻，亲自出城门到金营去请降，答应割让河北、河东地区，并对金称臣。结果他一去不返，被金人扣留！金兵还将太上皇徽宗赵佶及一帮皇妃公主等皇亲国戚一并掳走，金兵带着掳掠来的金银财宝，押着二帝以及宋王室宗亲三千多人一同北归，还下令废二帝为庶人，立张邦昌伪楚皇帝。路上，这些平日养尊处优的皇亲国戚受尽了凌辱折磨，在被掳北上的途中，宋徽宗在他的诗词中是这样描写：

过水穿山前去也，吟诗约句千余。淮波寒重雨疏疏。烟笼滩上鹭，人买就船鱼。

古寺幽房权且住，夜深宿在僧居。梦魂惊起转嗟吁，愁牵心上虑，和泪写回书。

——《临江仙》

彻夜西风撼破扉，萧条孤馆一灯微。

家山回首三千里，目断天南无雁飞。

——《在北题壁》

这就是靖康之耻！徽、钦二帝被掳，朝野哗然，中原一片哀号痛哭之声。

8

靖康元年（1126 年）春，金兵第一次围攻开封时，宋徽宗的第九子康王赵构，曾以亲王身份在金营中短期为人质，当年冬，金兵第二次南侵，他奉命出使金营求和，在磁州（今河北磁县）被守臣宗泽劝阻留下，得以免遭金兵俘虏，侥幸逃过了劫难。于靖康二年（1127 年）五月一日，在南京应天府（今河南商丘）即皇帝位，也就是后来的宋高宗。高宗时的宋朝，史称"南宋"，是北宋政权的直接延续。

高宗刚上台，迫于形势需要，起用李纲为宰相，李纲殚精竭虑，精心策划，举荐宗泽为开封府尹兼东京留守，同时切实整顿军务，恢复战斗力，河北河东的抗金义士都纷纷聚集到执持司和经制司麾下，宋军的力量迅速增强，不断有捷报传到朝廷来，各地趁乱劫掠的散兵游勇，也被李纲派兵讨平。可是宋高宗却觉得中原离金朝太近，太不安全，暗中与求和派商议南逃计划。为了达到目的，他把李纲贬出了朝廷，李纲一走，宋高宗就从应天府轻车快马地逃到了扬州。年届古稀的宗泽连上二十四份奏折，请求高宗还都、北伐，最后忧愤而死，临终时连呼三声"过河、过河、过河！"开封百姓为之号恸，如丧考妣，三日吊祭，痛哭不绝。

金人继续南犯，攻克大名府、相州、濮州、徐州，然后由五千骑兵奔袭扬州。宋高宗以为扬州远离了战场，正在与宫女们鬼混时，内侍突然闯进来报告说，金兵五百骑兵已从一百五十里外的长天军向扬州袭来。

高宗一时吓得屁滚尿流，提上裤子就跨马狂奔。这一吓非同小可，竟使他患了阳痿之疾，从此丧失了生育能力！

他一路窜到瓜洲渡口，乘一只小船过了江，一直逃到了杭州……

第二章

在逃亡江南路上，两个家庭萍水相逢；一枚凤形金钗，改变了两小无猜的命运；一坛"女儿红"，寄托了父母对女儿的美好祝福。

1

陆宰的直秘阁京西路转运副使被罢免后，因为没有任何官职，在"靖康之难"中也未受到牵连，考虑到侍在京城也非良策，于是他带着全家人向老家越州山阴（今浙江绍兴）一路奔去。

在南迁逃亡的路上，一家人历尽艰辛。多年后，陆游在回忆这段日子时写道：

> 扶床踉跄出京华，头白车书未一家。
>
> 宵旰至今劳对主，泪痕空对太平花。
>
> ——《太平花》

这天晚上，当一家人走到了淮河边上，正向路边一户人家借宿时，突然从远处传来了一阵急促的马蹄声。这家的主人连忙说道："金兵来了！"说完，便慌忙领着他们跑到屋后的山林里去躲避。

在一处山凹树林里，他们挨过了几个时辰。正要返回家中时，不远处传来一阵孩童的哭声。他们循着声音找过去，见是一个四五岁的男孩，正趴在一个女子身上哭泣，那女子已经断气了，男孩还不明就里地摇晃着她的尸体。

房东说，这女子是他们村子的，前几次金兵抢劫了她的家，杀了她丈夫，想不到这次她也惨死在金兵的刀下！唉，只是可怜了这个娃儿呀！他若还能有点办法，就应该收留他，但他家中有一大堆老的小的，也没办法再养活他呀！他望着唐氏说："夫人，不如你们收留了他吧，好歹给你家小少爷做个伴。"

唐氏见那男孩只比陆游大一两岁的样子，一双乌黑的眼睛巴巴地望着她，便拿出一小块面饼给他，男孩便大口吃起来，还冲着陆游笑了，可怜他还不知道死亡是什么意思啊！

大家帮着把那女子草草地掩埋以后，唐氏看着那个小男孩，心想这没爹没妈的孩子怎么活呀？就对陆宰说："老爷，我看这孩子还蛮机灵的，不如将他收留下来，也算行善积德吧！"

陆宰看看自己带着的三个孩子，有点为难，但想到如果不收留这个孩子，他可能就是死路一条了，他对唐氏说道："夫人你想留就留下，咱们家也不缺这一口粮吧！"于是，他给那男孩取名叫陆淮平，第二天便带着他一起往山阴老家赶路。

2

这天下起了毛毛细雨，眼见得前面一条宽大水流挡住了去路，陆宰知道，他们已逃到了长江边了。他安排家人在江边的一个小饭摊上吃碗面条，顺便向摊主打听有没有船过江？摊主说："这年头兵荒马乱的，朝廷求和不得，打仗又不行。每天不断地有人向南边逃去，去的人都说金兵要打来了，闹得人心惶惶的！渡江的船只都被官府征用去给金人运送岁币了。一边送礼给人家，一边挨人家的打，这是造的什么孽呀！"

陆宰问："还能找到船过江吗？"

摊主答说："剩下的没几只船了，白天过江人多太累了，船家这会儿都收工了。"

陆宰还是抱着一线希望打发家仆李义去寻过江的船。果然，过了半天，李义回来说："老爷，我找了好多人问了，都说白天还好说，到了晚上，怕不安全，主要是怕遇到在江边打劫的恶人，都不敢这会儿摆渡，可是要等到明天，逃乱南迁的人更多了，也不好找到船只。"

唐氏牵着陆淮平抱着陆游，领着两个大点的儿子也焦急地过来了，这时，又一对夫妇抱着个孩子进来问有没有什么吃的？摊主忙着又去给他们下汤面。那男的就跟陆宰搭上了腔，说："看这位老爷仪表堂堂，料知不是等闲之人，也是要过江的么？"

陆宰一听，这口音怎么这么熟呢？一问，原来也是山阴的同乡。真是老乡见老乡，两眼泪汪汪！男人说："在下唐闳，这是贱内李氏。这是女儿唐婉，字蕙仙。"

陆宰和唐氏看到那个一岁多的小女孩，长得眉清目秀的，煞是可爱。听说男子也姓唐，唐氏就问了他家祖籍在哪？男子说祖籍就在山阴，而唐氏的祖籍在湖北的江陵，看来，他们与自己并不是一脉，但是再一叙，却知道了两家祖上虽不同门同宗，但却因为同姓又都是士大夫家族，是通谱联宗了的。这在当时也算是一种风气，所以论起来也算是族亲了，故而益加亲热起来。但见他们夫妻也都和善，特别那李氏温柔娴静的样子，小女孩又长得眉清目秀的特别可爱，便心生欢喜。

陆宰知道了唐闳曾任郑州通判，唐闳的父亲唐翊也是进士出身，宣和中官至鸿胪少卿。他们家在山阴是缙绅门第，也是诗书传家之人；而唐闳得知陆宰曾任淮南路转运副使、京西路转运副使，是因主张抗金得罪了权贵而被贬黜的，二人的话就多了起来。唐闳说："在下曾在大将军李纲幕下做过文吏，跟随将军征战几年，实指望为国效力赶走金人、建功立业，不想将军遭人弹劾，丢了官被贬回了老家，唉。将士们很多都心灰意冷了，树倒猢狲散呀，我也只得掐灭了立功建勋、为国雪耻之心，带了老婆孩子回老家去种田了。"

陆宰说："李纲可是一心抗金的战将啊，开始皇上任用他为亲征行营使，不是打了很多胜仗吗？"

唐闳说："是啊，想那次金兵围攻汴京，李大人是皇上任命的亲征行营使，负责对金抗战，李大人命人连夜将城墙浇透水，第二天，整个汴京城变成了一座冰城，金人根本无法攀爬上城墙。如果再坚持几日，金兵没了粮草，他们长途作战，又逢天寒地冻，肯定会败回北方的！可是，圣上不相信我们能战胜金人啊，派人去向金人求和，还答应把康王赵构送到了金营当人质呢！只是到了后来，各路勤王的将领也带兵赶来，聚集在城外有二十多万人！圣上这才决心抗战，但是，他又轻率地命一队人马出击金兵，不料金人早有准备，设伏击破了他们！"唐闳摇了摇头，叹气道："如果这时圣上能听从建议，将计就计，当晚再派奇兵去劫打金营，也许还能获得奇胜，可是圣上，再也不敢言战了，这时，有人造谣说西北勤王之师全军覆没，圣上生怕金人再来问罪，慌忙把李大人革职了，解散了亲征行营使司，甚至还差点把李大人绑了交给金使啊！想着李大人这样呕心沥血也只落得丢官解甲，还差点被送到敌营，我等还能怎么闹腾呢？回家得了！"

陆宰默然，他深知钦宗赵桓对执掌兵权之人的忌讳由来已久，而且在大宋也不单是这一任天子的心病，是从太祖皇帝那就留下的通病。

3

太祖皇帝赵匡胤当时只是后周王朝的一个殿前都检点，也就是禁军的最高指挥官，他利用手中的禁军在陈桥发动兵变，黄袍加身，逼迫后周年幼的皇帝周恭帝让位，建立起大宋王朝。太祖赵匡胤回想自己的"上位"经历，深恐手握兵权的武将们沿袭他的老路照章行事，于是，摆了一场盛大的宴席，请那些给他"黄袍加身"、拥立他夺位的弟兄们一顿豪饮，趁着这些手握兵权的重臣们山呼万岁时，他笑着问他们："想当皇帝的人很多，假如你们的部下也把黄袍加在你们身上，你们不想做皇帝也难吧？"

他的话吓得这些武将们酒醒了一半，纷纷跪地请他指明一条"可生之途"。太祖赵匡胤说："不如你们都回家置买些好田好地，再采买些歌妓美女，既给子孙后代创下基业，又让自身安享福寿颐养天年多好！"

于是，大家都乖乖地交出了兵权，回家养老了。从此，太祖立下了揠武重文的治国方略。所以对于武将拥兵自重，宋朝几代君主都很忌讳。可是这样的话谁敢说？说出来就是犯上，是大不敬，要定死罪的！

这时，唐闳的妻子李氏照顾女孩吃完了汤面也过来了，陆宰和唐氏这才注意到她除了手里牵着这个小女孩，还挺着个大肚子，看样子不久就要生产了。唐闳说想早点赶回老家，在家里待产。原本依偎在唐氏怀里玩耍的陆游，伸手去抓住了小女孩的小独辫，那小独辫用根红红的头绳扎在头顶，配上她粉红的圆脸，乌亮的眉睫、忽闪的大眼，真是惹人怜爱。女孩子头发被抓住竟没哭没闹，而是一把抓住了陆游的小手，陆游便松开了头发，两个孩子互相望着，"咯咯咯"地笑了。

既是老乡，大家搭个伴赶路，也好有个照应。于是两家人约着先找个地方住一晚，明天再寻船过江。饭摊主人见他们都拖儿带女的，一个还身怀有孕，又要赶那么远的路，不觉起了同情之心，就说他们家旁边就有个小客栈，可以领他们去问问有没有空房能投宿。说完，便领着两家人转了几条空巷子，果然到了一处老屋，可巧了，只剩下两间屋子了。房东说，再晚点，这两间屋子可能也没有了，镇上所有的客栈都住满了等船过江的人，都是南逃的。陆唐两家大大小小一共十几口人，自然是一家住一间了，可是陆游家人多，一间屋子根本住不下，于是唐闳主动让唐氏带着陆游到他们房间与李氏挤在一张床上，自己则到陆宰他们房间打上地铺将就一晚上，等待次日寻船过江。

次日一早，那个好心的摊主竟把船只也帮他们找来了，说这兵荒马乱的，到处是找船过江的人，看他们两家都是读书人又善良，况且还都是曾经在抗金前线打过仗的朝廷官员，又带着孩子孕妇的，所以就托一个亲戚弄来了这只船。

两家人踩着跳板登船，陆宰怕李义一个人搬不了那么多书，特意又叫了个"脚力"帮忙，不料，那"脚力"想早点完事好去揽另一份活儿，就肩扛手提的，一人扛了只箱子又拎了两麻袋书，快上船时脚下一晃，竟将一袋书掉到了江里！只听得一声惊呼，"脚力"的肩上手上还各有一箱一袋，他就傻了眼地看着那只袋子在江水中沉浮顺流而下，大家连声惊呼："袋子落水了！袋子落水了！"

急得陆宰也跟着大喊："我的书，我的书啊！"

唐闳刚把妻子孩子送到船上，听到呼喊后回过头来，他二话不说就跳到了翻腾的江水中，划啦划啦就追上了麻袋。事后，陆宰千恩万谢。唐闳说："都是读书人，都爱书如命，不用谢。"

唐氏也感动了。她没想到眼前这个文雅的男子竟有那么好的水性，她一边催促李氏："快快给我兄弟拿上干净的衣服换上吧！"一边从包裹中找出个小布袋，从中挑出几颗面果子状的东西递给唐闳说："这是橘红片，是防治伤风受寒的，兄弟你快快吃两颗，别着凉了。"

两家人忙着安顿好孩子和行礼，陆宰怕书泡坏了，忙着打开麻袋，唐闳和李氏也来帮忙。还好，书只湿了一部分，唐闳说："只能把水挤干了，以后慢慢再整理吧！"这样一来，两家人更觉得亲密了。

船开了，陆宰和唐闳站在船头，看着岸上拥挤的寻船过江的人群，想着国破家亡，前途渺茫，心情都很消沉。船舱里，李氏看到小陆游和唐婉两人并排趴在船板上共吃一块米糕，你一口我一口，脸上手上都粘着白糊糊的米糕屑，还对望着傻笑。李氏想让气氛活跃一下，就对唐氏说："姐姐好福气呀，三个儿子，个个长得喜人模样，尤其这个小陆游，天庭饱满、地角方圆，一看就是将来有大出息的人啊！"

唐氏瞅着李氏的肚子说："妹子你也一样啊，再生个儿子就儿女双全了呢，瞧这闺女多招人喜欢啊！"

李氏说："也是奇怪啊，蕙儿从不跟别的孩子玩，更不会跟别人分吃东西，怎么就和姐姐家的务观玩得这么亲热啊？"

"有缘呗！"

唐氏随口一答，两位夫人同时觉出了异样，又异口同声地笑了起来。陆宰和唐闳听到笑声也进到了船舱，好奇地问她们笑什么？唐氏指着两个孩子说道："你们看他俩玩得多开心啊。不如咱们结个儿女亲家吧？"

唐闳笑道："嫂嫂若不嫌弃，如此正好呀！"

其实唐氏只是一时高兴说着玩笑的，但话一出口就觉得没什么不妥的，想这一家人也是名门之后，与自家也算门当户对的，何况他夫妻看来也知书达理，一路上又热心相帮，特别是两个孩子那么投缘就很难得，越想越觉得适当，所以当听到唐闳称她"嫂嫂"时，唐氏又快言快语道："咱们一笔写不出两唐字，不如你就叫我'姐'吧。"

唐闳说："姐姐说得好，叫姐姐更亲切了！"

陆宰拍着手笑道："好好，等上了岸我们好好庆祝一下你们姐弟相逢啊！"

从此以后，陆游与唐婉也以表兄妹相称了。唐婉称陆家父母为姑父、姑母；陆游称唐家父母为舅舅舅母。就这样，两家人互相帮扶着回到了山阴。

陆宰家离唐闳家还有几十里路程，分手时，大家都有点不舍了。尤其陆游和唐婉，两个孩子都抓住对方的衣服不肯松手，分手时都哭了！

唐氏笑着又在包袱里找出个红绸包裹着的东西，打开来，是一对镶着红宝石的凤凰展翅状的金钗！唐氏将其中一副金钗又用红绸包好递给了李氏。李氏以为她是为感谢唐闳救书，忙推辞说："姐姐这是干什么呀？谁还没个难处，大家互相帮衬着是应该的呀！"

唐氏说："妹子，兄弟，这个你们一定要收下，这不是感谢你们，是给两个孩子定亲的凭证啊！"

"哎呀，那真得收下了！"

唐氏说："咱们口说无凭，这兵荒马乱的，将来就凭这件信物，无论走到哪里，有这金钗为凭证，咱们就是儿女亲家，就是一家人。"

唐闳两口子一迭连声地说："好，好！"欢天喜地地收下了金钗。

唐闳高声说："我们回家就酿酒，埋在我家老屋的桂花树下！这两年在外没顾得上呢！"大家都点头称是。

李氏是北方人，她不明白唐闳怎么突然说起了酿酒的事。大家就争着向她解释。

4

唐闳说的是越州山阴这一带的一个风俗：大凡富贵之家生女或嫁女时，必得有一种酒，叫"女儿红"。说起这名字还有一段故事呢：

从前，有个裁缝师傅，娶了妻子就想要儿子。一天，他知道妻子已经怀孕，高兴极了，兴冲冲地赶回家去，酿了几坛酒，准备得子时款待亲朋好友。不料，他的妻子生了个女儿。裁缝师傅很是气恼，就将几坛酒埋在后院的桂花树底下了。后来，女儿长大成人，生得聪明伶俐，居然把裁缝的手艺都学得非常精通，还习得一手好绣花，裁缝店的生意也因此越来越旺。裁缝心想，生个女儿还真不错嘛！于是决定把她嫁给自己最得意的徒弟，高高兴兴地给女儿准备办婚事。

　　成亲之日摆酒请客，裁缝师傅喝酒喝得高兴时，忽然想起了十几年前埋在桂花树底下的几坛酒，便挖出来待客，结果，一打开酒坛，香气扑鼻，色浓味醇，极为好喝！于是，大家就把这种酒叫作"女儿红"酒，又称"女儿酒"。

　　后来，隔壁邻居和远远近近的人家生了女儿时，也学着酿酒埋藏，嫁女时就掘酒请客，慢慢就形成了风俗。再后来，连生男孩子时，也都酿酒、埋酒，盼儿子中状元时庆贺饮用，这酒又叫"状元红"了。"女儿红""状元红"都是经过长期储藏的陈年老酒。这酒实在太香太好喝了，因此，自此之后，人们都把这种酒当名贵的礼品来赠送新朋老友。

　　李氏听完这个传说，意味深长地说："我们回家就酿'女儿红'，等着以后酒香四溢招待客人喝！"

　　两家人依依不舍地分别了。谁也不曾料，那枚定亲的金钗从此定下了一个女子一生的悲欢离合，定下了一个男子一生的魂牵梦萦，也定下了一段流传千古的凄美故事。

　　唐闳夫妇回到山阴后，果真亲自酿了两坛米酒，封好后便埋在后园的桂花树下了。

第三章

父辈的家国情怀在陆游幼小的心中埋下了诗词的种子；避难东阳，知道了寒食节的来历，顽皮的陆游将先生戏弄了一番。

1

陆家在山阴的府第，坐落在鉴湖旁边，是上辈传下来的老宅子，除前厅和两厢之外，前后还有三重房舍，陆宰回到山阴后，便命人将宅子里里外外打扫得干干净净了。院子花圃里的一畦剑兰已抽出了花箭，花箭上的兰花已经绽开了，一缕缕幽香在院子里弥漫着。

陆宰是个性情中人，城里的朋友颇多，听说他从北方回来了，都相约前来探访，附近的邻居们也常常过来串门，乡亲们坐在一起品品茶、聊聊天，听他讲述在各地的所见所闻，十分随意。

有一天，家中来了几位挚友，陆宰特地吩咐家人多备了几样小菜，大家在一起喝酒聊天。陆游偎在父亲身边，好奇地望着这些陌生的伯伯们。聊着聊着，忽然有人顿足捶胸地号哭起来，吓得年幼的陆游躲进母亲怀里也大哭了。他不明白这些人为什么会这样？母亲只是摸着他的头不言语。

稍大一点后，他渐渐听清了他们的话，但并不十分明白。一天，那几个老伯又来了。照常是在一处喝酒聊天，聊着聊着，突然，付老伯竟站起身来，把包头的头巾扯下来，露出已光秃的脑袋，大声喊道：

"只恨我年已迈，身已衰，但只要皇上有命，我这身老骨也要为国而捐！"

周老伯拍着胸脯哭道："想我一百六十余年的大宋基业，最后竟落得二帝被掳，娘娘公主……啊……啊……"他竟然泣不成声了。再看父亲，父亲也是满脸的泪水，全身颤抖着说："奇耻大辱，奇耻大辱！千古未有啊！"

众人一声盖过一声地痛哭，最后连饭菜都咽不下去了。幼小的陆游虽然似懂非懂，但心灵极受震动。稍大一些后，父亲告诉他："那个付老伯，一心想着收复大宋的失地啊！还有那位周老伯，曾几次受命负责边境防务，尽心尽力，很受将士尊重，这一年，金兵攻打潍城，周老伯因公务在外，而他的弟弟和堂哥，把家财全部拿来分享给守城将士，又率领全家老少百余人登上城楼，与战士们并肩作战，最终难敌金兵铁蹄，兄弟二人及全家一百余口，全部死难殉国！国恨家仇，每思至此，如何不痛哭顿足啊！"

陆游虽年幼，但仍记得在南迁的路上，有时晚上还听到了金兵的马蹄声！一家人都躲到野外草丛中，有时一连几天都吃不上饭，只能啃几口干粮充饥。那样的日子惊心动魄，永生难忘。

父辈的爱国热情和一腔报国的忠心，在陆游的心里埋下了种子，这种子随着岁月的流转，见识的增多，不断生根发芽，最终在他的心里长成了一株繁茂的大树；又仿佛燃起擎天的火炬，点燃了他心中的满腔热血，照耀着文坛仁人志士的家国情怀，从而一改词坛清丽婉约有余而豪迈激越不足之风。

当时士大夫群体普遍喜爱藏书，并以此为荣。但是在南迁的路途上，因战火纷乱，大多已散失了，能留下的已不足百分之一！这天，陆宰又在灯下修补破损的书页，陆游好奇地问父亲："这些书都破成这样了，还能有用吗？"

父亲叹了声气说："都是这战乱给闹的啊！好好的书，丢失了不少不说，在南迁的路上，这些书都已破损成这样子了！但是把边上被虫子噬咬坏了的剪掉，再粘贴在完好的纸上，也照样能翻看的。"

陆游说："那我来帮你吧！"

父亲点头，又说："这些书籍都是从太祖大人那时就开始收藏的，太祖大人就特别爱惜书籍。你看，这页书虽然破损了，但补好后不是一样能读吗？"

陆游问："金人为什么总要打我们呢？"

父亲瞪大了眼，咬着牙说："金人是虎狼之心，他们看我大宋大好的河山、丰沛的物产、富庶的国人，就起了掠夺之心。皇上年轻，总被求和派的小人蛊惑，每年还要向金人缴纳丝绸粮食和金银财宝，就这样，他们还不满足，常常在边境上制造事端，侵犯我边民。"

陆游听了，默默地点了点头。

陆游聪颖好学，父亲本来就爱书，祖上传下来的藏书多达万余册，在山阴当地算数一数二的藏书之家，五岁，他就跟着哥哥们学字描红，一笔一画有模有样，一点也不含糊。十二岁就能吟诗作对了。看着小陆游认真描红的样子，陆宰总是欣喜地把两个哥哥叫到一处说："你们要向观儿学习，现在咱家虽不是十分富贵之家，但比起当年我的祖父、你们的太爷爷来说，不知道要好多少倍了！当年，你们太爷爷家穷啊！白天在田间干活，晚上看书，没有灯，真的就是凿壁偷光，囊萤映雪读书的啊！为了求教一个字，一个典故，他会光着脚走十几里路去求教先生，来回几十里！这样的日子一走就是十几年，后来终于考中进士得到朝廷重用，这才创下了我们陆家的基业啊！"

陆宰故意考问儿子们：

"你们谁来讲讲凿壁偷光和囊萤映雪读书的故事啊？"

二哥陆濬抢着说："我来讲。"

"好，你讲。"

陆濬摇头晃脑地说："汉朝时，有个叫匡衡的少年，非常勤奋好学。由于家里穷，他白天必须干活，挣钱糊口。只有晚上，他才能坐下来读书。但是，他又买不起蜡烛，他的邻居家里很富有，一到晚上好几间屋子都点起蜡烛，把屋子照得通亮。匡衡鼓起勇气，对邻居说：'我晚上可以到你家来借着烛光看书吗？'邻居却挖苦说：'既然穷得买不起蜡烛，还读什么书呢！'匡衡听后非常气愤，但这更坚定了他读书的决心！匡衡回到家后，悄悄地在墙上凿了个小洞，邻居家的烛光就从洞中透过来了。他借着这微弱的光线，如饥似渴地读起书来，渐渐地把家中的书全都读完了。后来，他又到附近大户人家帮工、读书，直到成为西汉有名的学者，还做了汉元帝的丞相。"

陆宰高兴地摸着二哥的头说："嗯，讲得好，讲得好啊！"

陆游急了，抢着说："我来讲囊萤映雪吧。"

"囊萤讲的是晋代的车胤家贫，没钱买蜡烛，又想晚上读书，便在夏天晚上抓一把萤火虫来放在袋子中当灯读书；映雪讲的是晋代孙康冬天夜里利用雪映出的光亮看书。这样，他们的学识突飞猛进，成了饱学之士。后来，他们都成了社稷的栋梁。"

陆宰听了，高兴地笑了。母亲听到他们的笑声后进来说："我儿个个读书努力，科考时都能金榜题名！"

2

随着金人的铁蹄越来越近，金兵抢杀掠夺甚至屠城的消息不断传来。山阴城也是山雨欲来风满楼，不断地有人拖儿带女从陆游家门口经过，或者挑担或者推车，或者大小包裹扛在肩上。陆游好奇地问母亲："他们这是去哪里？"

唐氏没有理会，她拉住其中一老者问情况，老者说："圣上都已逃亡了，你们还不逃吗？金人就要过来了呀！"

唐氏返身去问陆宰，陆宰叹了声气说："前日就得到这一消息了，我实在不想这样逃，我也是七尺男儿呀！"

唐氏说："那你也得为我母子们想想呀！圣上不也在南……南迁吗？"她把"逃"字生生地吞了回去。陆宰听了，点了点头。

陆宰带着家人离开老屋去了东阳。不久以前，洞宵观里的道士唯吾道人曾对陆宰说过，东阳平安，让他们一家前往东阳暂时避一避。

他们一家刚刚到达东阳，会稽城就遭到金兵焚掠，有个乡邻好容易逃了出来，对陆宰说："连城西边的法云寺都没逃过这一劫呀！金人放火烧寺院,大火烧了三天三夜,最后片瓦不存!"法云寺离陆游的家咫尺之遥!一家人听说后,都含泪无语。

东阳四面被群山合围,仅有一山口可供出入,还有一河流贯穿山中,处境偏僻,地势险要,适合避兵。东阳地方武装首领陈彦声早就听到唯吾道人的介绍,于是,他带领属下跑到百里以外的路口,热情地接待了陆宰一家,并且将他们安置在一处带院的三间房屋里,一应用具均备办齐全。陆宰一家仿佛回到自己家中一样,终于有了安身立命之所,他们在东阳一住就是三年。

这天,陆家家仆李义和张妈在集市上买菜时,被一个中年男子好奇地盯着看。男子拿不定是否认识他们,倒是李义一下子认出了他,喊着:"舅老爷,你是唐舅老爷!"

唐闳问:"你们也都搬东阳来了吗?"说完便随李义和张妈一起来到陆家,刚走到家门口,李义便高兴地跑着进了大门,大声喊道:"老爷,夫人,唐舅老爷来啦!"

唐氏和陆宰听到喊声,领着几个孩子迎了出来,自从那次回到山阴分别后,两家人一直都没机会再见面,这次意外地在东阳见面了,都非常高兴!唐氏连忙问起李氏的情况,唐闳的眼眶便红了,说道:"自从那次回家后,本想着蕙儿她娘是在家待产,一切都好料理的,不曾想,她娘一路劳顿,回到家里刚刚住了几天,突然深夜临盆,却是难产!就因为前面生过孩子,所以事先倒没引起重视,事到临头却措手不及,竟至血崩而去了!"

"没请郎中吗?"唐氏连忙问道。

唐闳说道:"请了,郎中说这种急症任谁也没法子。"

陆宰和唐氏都好一阵唏嘘。在问了家中的其他情况后,便劝唐闳适当的时候续弦。唐闳说,他暂不考虑续弦的事。现在有一个老妈子帮忙打理家务,他一心只想把蕙儿好好培养成人,长大让他与陆游成家立业。

唐氏问唐婉姑娘怎么样了!

唐闳说:"蕙儿很懂事,既乖巧又聪明,很喜欢识文断字呢!"

陆宰高兴地笑了说:"不愧是书香门第的女公子啊!"

唐氏说："我看唐婉姑娘就是个贤淑的好孩子，像她娘一样，唉，只可惜……你以后多带唐婉来家中走动走动吧！"

东阳山中，地盘并不大，两家也离得并不远，次日，唐闳就领着唐婉来到陆家，还带来了唐婉学习临摹的书画。小小年纪就开始识文断字了，让陆家人好一顿夸奖。唐婉与陆游一见面，虽说时间过去了二三年，竟一点也不生分。此后，两家就常来常往，走得更近了。

这天，唐氏给陆游拿来了一只书袋，里面装好了笔墨纸砚。陆游已经六岁，他高兴极了，他知道，他可以像哥哥们一样进塾馆读书了。

其实，早在陆游进塾馆念书之前，唐闳就请了教书先生在家中教女儿唐婉识字学文，继而开始学习"四书""五经"。虽说当时人们信奉"女子无才便是德"，其实是世俗将它误解了，以为女子可以不读书，而它真正的含义是：女子有才华但不显露、表现出谦恭谨慎才是有德行的。所以真正的士大夫家族早就认识到了女子的见识和才能，对一个家族的兴旺有着极大的补益，对其个人的生活幸福更是具有重要的影响。唐闳家本来就是书香门第，他希望女儿将来嫁到陆家后，能够帮助陆游兴家立业，能够相夫教子。所幸，唐婉姑娘天资聪颖，又勤奋好学，时常受到先生的夸赞，这让唐闳十分欣慰。

3

陆游极聪慧，一天，家人正在屋门前晒谷子，有鸟飞来啄食，邻家的小伙伴就用一根棍子支起了一个捕鸟的竹箕，鸟来时，小伙伴一拉绳索，棍子倒了，飞鸟就被关进了竹箕！小伙伴高兴地把鸟抓去用火烤着吃。陆宰见了，便指着门前树上的鸟儿，让陆游作两句诗。陆游只稍稍停了下，马上答道："穷达得非吾有命，吉凶谁谓汝前知。"

小小年纪，就能出口成诗，才思敏捷而且眼光这么独到，确实让父亲发自内心地欢喜，他拍着陆游的头笑道："我陆氏一门，家学渊源，至尔等颖悟早慧，可望光宗耀祖啊，只是……唉，这国乱不知何时止啊！"

这天，塾馆先生给学生们上课时，讲的是唐朝杜甫的诗《春望》：

国破山河在，城春草木深。感时花溅泪，恨别鸟惊心。
烽火连三月，家书抵万金。白头搔更短，浑欲不胜簪。

先生说，唐朝末年，发生了"安史之乱"，安禄山率叛军攻下都城长安。杜甫听到了唐肃宗在灵武即位的消息后，便安顿好家小，前去投奔肃宗。途中被叛军俘获，带到了长安。因他官卑职微，最后被释放了。但他看到了昔日繁华的长安城里，一片破败的景象时，心里痛惜万分。他挥泪写下的诗句，难道不是我等现在的心情吗？

先生也是从会稽逃难而来的，他讲到了家乡被焚，财物被劫，以及亲人遭金人屠戮的惨痛，不禁泣不成声。塾馆的小伙伴也都流下了眼泪。他们的心中也充满了对金兵的仇恨。

绍兴元年（1131年）正月初一，宋高宗赵构升越州为绍兴府。这就是绍兴名称的开始。"绍兴"一名是从"绍奕世之宏休，兴百年之丕绪"而来，"绍"即继承；"奕世"，即累世，一代接一代；"宏休"即宏大的事业；"兴"即中兴、振兴；"丕绪"即皇统。也就是要使赵宋王朝继往开来的意思。在升越州为绍兴府后，越州官绅上表乞赐府额，赵构题"绍祚中兴"，意为继承帝业，中兴社稷。也就是说，"绍兴"一词是先有年号，再有府名，后有"绍祚中兴"的府额。

其实山阴与会稽历史久远，可追溯至公元前221年，秦始皇统一中国后，实行郡县制，以原吴越之地设置会稽郡，辖26个县。其中最大的县，就是山阴县。古人以山之北而为阴，山阴之名，是因其地处会稽山之北而得。

从秦汉至东晋，会稽郡郡治一直在山阴县。东晋时期，中原人士大量南迁，山阴县人口大量增加，并带动当地经济、文化的发展，使得山阴县在全郡的地位越来越重要。南北朝时期，为利于皇权控制和管理，防止地方政权做大，以贯穿其间的府河为界，将山阴县拆开，分设山阴、会稽两县。包括郡城在内，西部为山阴县，东部为会稽县，府河从此又有了界河的称谓。

4

陆游一家在东阳寄居三年后，于绍兴三年（1133 年）回到家乡。陆宰重新修整了老屋，又新建了双清堂、千岩亭，还建了一座别墅，准备在山清水秀的老家，好好研习他的经史之学，也想好好教育他的子女们。

会稽城南有座云门山，山里有座云门寺，陆游常与小伙伴往来于云门山中求学。这云门山曾是一代书法家王献之居住过的地方。乡学的教书先生们给他们讲了王献之的故事：

王献之是东晋著名书法家、诗人、画家，是"书圣"王羲之的第七子、晋简文帝司马昱之婿。王献之少负盛名，才华出众。他自幼随父练习书法。有一次，王羲之看献之正聚精会神地练习书法，便悄悄走到背后，突然伸手去抽王献之手中的毛笔！献之握笔很牢，笔没被抽掉。王羲之夸赞他："此儿后当复有大名。"

十来岁时，王献之自认为字写得不错了。可父亲说还远着呢。王献之就问父亲，有什么秘诀吗？

父亲指着院内的一排大缸说："你呀，写完那十八口大缸的水，字才有骨架子，才能站稳腿呢！"

王献之听了，暗自下决心，要显点本领给父母看。

于是他天天按父亲的要求苦苦练习，一天，他捧着自己的作品给父亲看。王羲之见其中的"大"字架势上紧下松，便提笔在下面加一点，成了"太"字，然后把字稿全部退还给他。王献之心有不服，又将全部习字抱给母亲看。母亲仔细地揣摩，许久才叹了口气说："我儿习字千日，唯有一点似其父。"

献之走近一看，惊傻了！原来母亲指的这一点，正是王羲之在大字下面加的那一点！王献之满脸羞愧，自此天天研墨挥毫，刻苦临习。后来，他终于成为举世闻名的书法大家，与其父齐名，并称"二王"。

先生讲完王献之的故事后问大家："你们从这则故事里学到了什么

呢？"

大家纷纷作答，有的说字写得再好，也很难超过父亲王羲之的；有的说要想把字写好，就得写完十八缸水的；有的说写好了字就能闻名天下的。

陆游却说："学无止境，只有勤奋努力，才能学有所成。"

十二岁时，陆游已能诗文，以门荫补登仕郎。他随母亲一道去姨母家，见到了姨母的婆母，即宋仁宗赵祯的第十女、秦鲁国的大长公主。姨母家的奢华与讲究，让他见识了皇亲国戚的豪门生活。那时，他并不知道，十年后，就在这一门亲戚中，有一个人物会在他的感情生活中扮演重要角色。

陆游十三四岁时，有一天，他从云门山学馆回家，看到院子中藤床上有陶渊明的书，便拿起书读起来，家人来喊他吃饭时，他读得正起劲呢，根本就无暇理睬，一直到天都黑了，家里的饭也吃过了，他仍兴味盎然地站在暮色里读着，如入了魔一般。

陶渊明是东晋末年的伟大诗人、辞赋家。曾任江州祭酒、建威参军、镇军参军等职，最后一次出仕为彭泽县令，上任八十多天便弃职而去，从此归隐田园。他是中国第一位田园诗人，被称为"古今隐逸诗人之宗"，有《陶渊明集》。陶渊明的田园诗数量最多，成就也最高。这类诗充分表现了诗人守志不阿的高尚节操，表现了诗人对淳朴的田园生活的热爱，对劳动的认识和对人民的真挚感情，也表现了诗人对理想世界的追求和向往。他为中国诗坛开辟了新的天地，并直接影响到唐代田园诗派。所以陆游一接触到他的作品，就再也放不下手了。他被书中纯朴自然的文字、高远拔俗的意境所吸引。

陶渊明的散文辞赋也不下于他的诗歌。《归去来兮辞》是一篇脱离仕途回归田园的宣言。文中不乏华彩的段落，其跌宕的节奏，舒畅的声韵，将诗人欣喜若狂的情状呈现在读者面前。让陆游深深叹服。而《桃花源记》更是提供了一种理想的生活模式：在桃花源生活着一群普通的人，一群躲避战乱的人，他们不是神仙，胜似神仙，他们比世人多保留了天性的真纯。陶渊明文学思想，特别是他不为五斗米折腰的精神，对后期陆游的思想和诗词文赋的创作，都有很大影响。

年少的陆游甚至幻想着，要是能寻找到那条通往桃花源的小径该有多好啊！人们就不会再有被金兵劫掠的痛苦了。但是哪里才能找到那条路径呢？

母亲唐氏见陆游读书如此用心，很是高兴，感觉这个儿子将来一定会有出息，是个做大官的料。晚上，陆游读书饿了，她会特地煮两个糖心荷包蛋或者煎一个面饼给他充饥。

年长后，每忆年少时读书生活，陆游多有感慨，曾写过一篇短歌：

> 少年志力强，文史富三冬。但喜寒夜永，那知睡味浓。
> 庭树风渐渐，城楼鼓咚咚。自鞭不少贷，冻坐闻晨钟。
> 探义剧攻玉，搞文笑雕龙。落纸笔纵横，围坐书叠重。
> 得意自吟讽，清悲答莎蛩。饥肠得一饼，美如紫驼峰。……
>
> ——《老病追感壮岁读书之乐作短歌》

但是，年少的陆游，和其他的孩子一样，也时常调皮、淘气。

寒食节的前一天，陆游像平常一样，穿上长袍、系上宽带、戴上乌帽，与同龄的许子威一起去学馆上课。先生鲍季和给他们讲了寒食节的来历。

在春秋时期，晋国公子重耳为躲避祸乱，流亡他国长达十九年。大臣介子推始终追随左右，不离不弃，有一天，由于君臣们长途跋涉，又累又饿，重耳实在是走不动了，介子推便走到林子中，从自己的腿上割下了一块肉，又在火上烤熟了，献给重耳充饥，这就是"割股啖君"的由来。后来，君臣们终于回到了晋国。重耳励精图治，成为一代名君"晋文公"。晋文公封赏随行的有功人员时，却忘记了介子推。经人提醒后，他立即派人前去请他入朝。介子推却不求利禄，与母亲归隐绵山。晋文公便让他的御林军上绵山搜索，没有找到。于是，有人出了个馊主意说，不如放火烧山，三面点火，留下一方，大火起时介子推会自己走出来的。

晋文公乃下令举火烧山，孰料大火烧了三天三夜，大火熄灭后，终究不见介子推出来！御林军士们上山一看，介子推母子俩已经死了！众人发现介子推脊梁堵着个烧焦的柳树洞，洞里好像有什么东西。掏出一看，原来是片衣襟，上面题了一首血诗：

> 割肉奉君尽丹心，但愿主公常清明。
>
> 柳下作鬼终不见，强似伴君作谏臣。
>
> 倘若主公心有我，忆我之时常自省。
>
> 臣在九泉心无愧，勤政清明复清明。

晋文公将血书藏入袖中。然后把介子推和他的母亲分别安葬在那棵烧焦的大柳树下。为了纪念介子推，晋文公下令把绵山改为"介山"，在山上建立祠堂，并把放火烧山的这一天定为寒食节，晓谕全国：每年这天禁忌烟火，只吃寒食，以寄哀思。这就是"寒食节"的由来。从春秋时起，寒食节定为清明前一天，形成了在这一天吃冷食、祭祀、踏青等习俗。后来，寒食节慢慢融入了清明节，"寒食"代表的是忠诚、廉洁、清明，而清明节又是人们祭奠亲人、踏青扫墓的日子。

先生讲完这个故事后说，明天就是寒食节了，他要回家祭祀，所以学馆要放假两天，他还给大家布置了作业，就是临写碑帖。

寒食节过后，照常上课，先生检查课业，所有的同学都交出了临写的本子，唯独陆游交上去的是一页页白纸。先生很生气，把他叫到讲台前，令他伸出手来，要用戒尺打手！谁知他却故意委屈地说道："我明明写完了作业啊，怎么会变成了白纸呢？"

先生举尺就要打，陆游笑了，说："先生别生气呀，您再看看。"说着，他把一块沾了墨汁的布往白纸上一抹，一行行字迹就显现出来了！原来，陆游是用矾水在纸张上临写的碑帖。

先生问他："你为什么要这样做呢？"

陆游说："也许将来有一天，我们可能用这种方法，在战场上传递书信，来迷惑敌人呢！"

先生捋着胡须点着头赞许地笑了，但马上又感觉不太对劲，于是，又追着陆游要打他的手！陆游早跑开了！同学们也都会意，开心地笑了。

后来，他在诗中记述这段经历：

尝忆初年十七时，朝朝乌帽出从师，

忽逢寒食停供课，正写砚书作赝碑。

——《绍兴辛酉予年十七矣距今已六十年追感旧事作绝句》

离山阴县城南三十多里，有个雍熙院里的禅师，常与陆宰互相拜访，二人参禅悟道的言行也在陆游的心中留下了印象，也就在这个时期，陆游开始喜欢上了诗人王维。

王维是唐朝著名诗人、画家，字摩诘，号摩诘居士。王维在盛唐时期曾有过建功立业的抱负和热望，安史之乱后，他心灰意冷，最终遁于山水及禅宗，他参禅悟理，学庄信道，精通诗、书、画、音乐等，以诗名盛于开元、天宝间，多咏山水田园，与孟浩然合称"王孟"。他的诗留下有数百首，各种诗体无所不长，堪称全才，尤其五言诗，从五言古诗、五言绝句、五言律诗、五言排律，到七言古诗、七言律诗、七言绝句，甚至少有的六言绝句，无一有缺，大家风范令人叹服，有"诗佛"之称。也许就是从这时起，陆游的潜意识里开始追随这位先贤了吧，因为日后的他，在创作大量爱国诗歌的同时，也同样地在山水田园诗的创作中大放异彩，且一样地对各种诗体无所不长。

第四章

　　第一次科考名落孙山，却见识了京师的歌舞升平；一块神秘的石碑，记载了大宋帝国的"天条"。陆家的书成了后世《四库全书》藏本，父亲借此复出的梦想却落了空。

1

　　十六岁那年，陆游开始了他的宦游生活——赴临安应试。其实这并非他的志趣所在，而是母命难违，何况同龄的伙伴们都是走的这一条路。

　　陆游与几个同门兄弟离开山阴县城，来到了临安（今杭州）。临安是南宋的京都所在。展现在他们面前的，是一幅喧嚣奢靡的繁华景象：街道宽阔、商铺繁华、酒肆林立、车马穿梭、人群如潮。摊贩的叫卖声、杂耍的吆喊声、青楼上的丝竹声、鸡鸣犬吠，好不热闹！同来的还有陆游的堂兄陆静之（伯山）、陆升之（仲高），亲戚孙综、高子长、王崿（季夷）、司马伋（季思），还有友人叶黯（晦叔）等人，他们都是同科考试。不过他们都比陆游年长，有几位甚至大他十多岁。

　　宋代的科考分为三级：解试（州试）、省试（由礼部举行）和殿试。解试由各地方进行，通过了的举人可进京参加省试。省试在贡院内进行，连考三天。为了防止作弊，考官皆为临时委派，并由多人担任。考官获任后，要即赴贡院，不得与外界往来，称为锁院。考生到达贡院后，要对号入座，同考官一样不得离场。试卷要糊名、誊录，并且由多人阅卷。而殿试则于宫内举行，由皇帝亲自主持并定出名次。凡于殿试中进士者，皆即授官，不需要再经史部选试。

　　虽然是国难当头，但又怎么抵得住这群血气方刚的年轻人的好奇！毕竟是少年不知愁滋味啊，况且又都是一帮富家或士大夫子弟！三天紧张的考试结束后，在放榜之前的日子里，他们相约游西湖、逛苏堤、观街坊灯火、赴酒楼买醉。

当年，北宋的都城汴梁（今开封）城内，有一处热闹的游艺场所，名叫"瓦子"，位于皇城东南角的东角楼附近街巷中，其中大小勾栏五十余处，内中瓦子莲花棚、牡丹棚、里瓦子夜叉棚、象棚，其中象棚最大，可容数千人！瓦子内有各种艺人演出，如说书、演奏、舞蹈、杂技、戏剧、相扑、傀儡戏、说唱、说浑话和学乡谈（类似相声、滑稽）、皮影戏等，和酒楼、茶坊一起，通宵营业，昼夜不停歇，往往上千观众围得水泄不通。此外还有货药、卖卦、喝故衣、探搏饮食、制剪纸、画令曲之类，终日喧闹。瓦子，又称为瓦舍，大概是"来时瓦合，去时瓦解"，易聚易散之意吧，是京师士庶放荡不羁之地，也是子弟流连徜徉的处所，专供市民甚至军卒们闲暇时娱乐的地方。

到了南宋临安，瓦舍更是有所发展，城内外的瓦舍，合计达十七处之多！在瓦子演出的各种技艺，名目繁多，大致可以看出有些与后世的戏剧有关，有些与曲艺、杂技以至武术表演有关。

陆游等几个少年郎，多年寒窗苦读，紧张的应试完毕后，结果尚未明了，自是需要一番轻松放纵。他们且将书本搁置一边，相伴游逛在喧闹的市井之中，追逐嬉闹，日夜不停。陆游诗中有这样的描述：

> 我年十六游名场，灵芝借榻栖僧廊。
> 钟声才定履声集，弟子堂上分两厢。

——《灯笼》

这次考试，是高宗皇帝需要修订"元祐"年间的朝廷故事，命大臣近侍以十科举士而进行的考试。伯山、仲高兄弟都比陆游大十多岁，深受考官的喜爱。他们称赞伯山、仲高文章典丽，在千百人之上，可备著述科。消息传来，立时引起轰动，名人公卿都巴结着他们。伯山、仲高被人称为"二陆"，他们骑着高头大马，宽带高帽，雍容华贵地在街上游行的情景，让陆游好生羡慕。陆游毕竟年少，虽然榜上无名，但他并未把这次考试当回事，只是抱着观摩的心态来演习了一番。

这群人后来各自都有了不小的成就，可见物以类聚、人以群分是有道理的。也所谓"近朱者赤，近墨者黑"。

2

转眼已是冬天，主战派参议政事官李光因言获罪，奉祠还里回到家乡，居在新河。所谓奉祠还里，实际上是因言论得罪了当权派，给个冷板凳你坐着，官职的实权取消了，让他回老家到宫观里去管祭祠吧！这是宋朝对五品以上文官退休政策或边缘化的处理方式。原本皇帝感觉天下太平，与金朝的关系也友好来着，派去金国的使臣刚刚按前次签订的条约送去了粮食绸缎牛羊金银，怎么可能还有危险呢？但是，像李光这样一帮子与陆宰有着同样思想的大臣们，却总是喊着要备战、要雪耻，要收复中原！还整天混在一起妄议朝廷，皇帝怎么能喜欢你呢？不过，大宋王朝祖上有定例：不得因言而杀文官，所以就只得让这些人一边待着去吧！

宋朝不杀言官，是宋太祖亲自立下的规矩。

大宋的开国皇帝宋太祖赵匡胤登基后的第二年，便在太庙里设了一方石碑，碑上以黄绸覆盖，不许百官窥视碑上文字。

碑上刻着三行神秘的文字：

一、柴氏子孙，有罪不得加刑，纵犯谋逆之罪，止于狱赐尽，
　　不得市曹刑戮，亦不得连坐支属；
二、不得杀士大夫及上书言事人；
三、子孙有渝此誓者，天必殛之。

宋太祖还规定：凡新帝登基，来太庙拜谒时，需恭诵碑上誓词。

赵匡胤为什么要立这样一块石碑呢？原来，后周世宗柴荣驾崩之后，继位的小皇帝太小了，当时只有七岁，在五代那个动荡的年代根本就没有能力去统领一个帝国。于是，历史选择了赵匡胤，因为他是唯一一个有能

力一统天下的人。"陈桥兵变"不仅仅是军队的拥立，也同样是历史的必然选择。

但是赵匡胤登基之后，内心却陷入了深深的自责之中，因为他和柴荣不仅是君臣关系，更是一起出生入死的好兄弟，有着深深的感情。可是柴荣刚死，赵匡胤就"夺天下于孤儿寡母之手"，于心不忍、于理不容。赵匡胤陷入了道德的负罪感之中，为了减轻心中的负罪感，便立了这样的一块石碑。

后来他更是亲自下旨宣布：从自己开始，以后每个继位的大宋皇帝，在祭祀时都要跪于这块碑前，并默诵碑上誓言，世世代代，不得违抗。

赵匡胤的这个做法很高明，更是一举数得，不仅让前朝的柴氏子孙得到善终，又向世人展示了自己的仁慈之心。宋朝的后代皇帝们基本都遵守了赵匡胤石碑上的誓言，所以宋朝成了对待前朝皇族、士大夫最仁慈的朝代，赵匡胤不失为一位有情有义的好皇帝！

幸亏宋太祖为大宋的后代帝王立了这方神秘的石碑，才有了不杀士大夫、言官的遗旨。若没有石碑上的誓词，恐怕苏东坡等文坛泰斗们，早就冤魂飘散了！

依照宋朝一贯的制度，对颇具名望的士大夫们，即便要他们赋闲在家，也会让他们在家乡管理道教宫观，借以领取一份俸禄，以示皇恩浩荡。其实就是没什么事儿，朝廷把你们给养起来，免得说闲话，有事时可随时召唤。

新河离陆游家不远，李光与陆宰是多年的故交，便常来陆家与陆宰喝茶聊天，吟诗作赋，必然都会说到朝廷社稷的大事。这天，陆宰又在屋前长廊下，与李光促膝长谈。虽然他们通常在一处议论这些大事时，说得都很隐讳，但已经十六岁的陆游其实都听到心里去了。他对当朝的对金政策、投降派的种种倒行逆施，以及抗金将领的浴血奋战，有了比较清醒的认识。也从父辈们的低声议论中，了解了当朝的一些过往历史。他专注地听着李光老伯的讲述。

宋王朝经过"靖康之难"，徽宗、钦宗二帝被掳，北宋王朝实际上已经灭亡，而宋高宗建立南宋王朝，是迫不得已之举。他是宋徽宗的第九个儿子，母亲韦氏，是一个地位较低的妃嫔，并不受徽宗的宠爱。他能登上南宋帝位，纯属机缘巧合。

靖康元年（1126年）金兵第一次包围汴京（开封）时，赵构曾以亲王的身份在金营中短期为人质，这年冬季，金兵再次南侵，他奉命出使金营求和，在磁州（今河北磁县）被守臣宗泽劝阻留下，得以免遭金兵俘虏。不久，被围在京城中的宋钦宗，派人命赵构为河北兵马大元帅，要他火速援救京城！然而他却只图自保，为了躲避敌锋，他向东转移到大名府（今河北大名），不久又跑到了济州（今山东巨野）。

靖康二年（1127年）四月初，金兵押着宋徽宗、宋钦宗北撤，金人树立的傀儡皇帝张邦昌，原本就没有想当皇帝，但金人虽然占领了大片中原土地，却需要一个汉人来帮助管理，便逼迫张邦昌建立了伪楚政权。待金人北撤后，张邦昌便将早年被废居于民间的宋哲宗皇后孟氏迎进宫中，尊称太后，垂帘听政。孟氏得知皇室宗亲只剩下康王赵构这棵独苗，即下手书让赵构继承大统。五月一日，赵构在南京应天府（今河南商丘）即皇帝位，也就是后来的宋高宗。

高宗上台后，迫于形势，起用了抗战派李纲为宰相。李纲殚精竭虑，精心谋划，宋军力量迅速增强，不断有捷报传到朝廷。可是，高宗在金营时目睹了金兵的强悍和残暴，每当想起，都心有余悸，他得了"恐金症"，无论在抗金战场上胜负如何，他心里永远只有一个念头：投降求和！他觉得中原离金朝太近，太不安全，便开始紧锣密鼓策划南逃，对李纲所提出的各项建议置若罔闻，最后干脆解除了李纲的兵权，将他贬出了朝廷，李纲任宰相总共只有七十五天时间。李纲一走，宋高宗就从应天府轻舟快马逃到了扬州。高宗开始重用一帮主和派人物，而权倾一时的便是秦桧。

秦桧，字会之，江宁（今江苏南京人），其妻王氏，是宋神宗的宰相王珪的孙女，也是从青州逃到江南的女诗人李清照的嫡亲表姐。她的亲姑父是宋徽宗朝的宰相郑居中。这样的出身门第，养成了王氏凶悍的性情，使秦桧终生惧内，但攀着妻子的裙带，秦桧入仕后得以步步高升。"靖康之难"时，秦桧夫妇也成了金兵的俘虏，不过很快就变节投降了。在金朝，秦桧不但未遭受苦楚，反而得到元帅左监军完颜挞懒的欣赏和任用。当他从金营南归时，说是趁金兵不备，夫妇二人连夜逃出了金国，到了中原的！不过，当时就有人怀疑他是挞懒派回来的奸细。后来，他又成为南宋最大的主和派的铁腕重臣，是典型的"挟虏以自重"的汉奸。从他当权期间的所作所为看，他与金统治者是有默契的。

对于这么一个来路可疑的旧臣，宋高宗却一见如故。当时宋高宗被金兵追打得屁滚尿流，三番五次地遣使求和，秦桧对此了如指掌，所以他向宋高宗提出"如欲天下无事，南自南，北自北"的主张，意思是南北两方各守其土，互不相犯，等于正式承认金朝和伪齐对中原和关陇等地的占领，以放弃故土、停战议和来换取金朝对南宋偏安的认可，而这也正是宋高宗梦寐以求的。所以在秦桧夫妇归来伊始，宋高宗就任命他为礼部尚书，后拜为参知政事，最后拜为宰相。宋高宗把宋金议和、偏安一隅的希望，都寄托在秦桧的身上了。

但事情并非想议和就能议和的，当时的金国统治者并未放弃灭亡南宋的野心，所以秦桧多次向金示好都未能如愿，金人继续发动对川陕地区的大规模进攻，支持伪齐政权南侵。宋高宗在有心乞和而不得的情况下，又迫于抗战派士大夫及全国军民的舆论形势，也不敢全然放弃抗金的旗帜，所以宋金之间就处于拉锯战之中。以岳飞等为代表的一批抗金将领就在这样的时势下涌现出来。

岳飞，字鹏举，出身于雇农之家，自幼习武，臂力超群，不到二十岁就能挽弓三百斤！他还喜读兵书及史书和三国故事，崇拜关羽、张飞。金兵南犯时，他毅然带着母亲在他背上刺的"精忠报国"四个字，告别妻儿，投身到如火如荼的抗金斗争中。在战斗中他屡立战功。在收复建康的战斗中，显示了岳飞的报国热忱和军事才能。他到越州来向朝廷献俘时，受到

上马击狂胡，下马草军书——陆游诗传

宋高宗的嘉奖，从此成为独当一面的主将。

岳飞自鄂州出兵，连战连胜，不到三个月就相继收复伪齐政权占领的郢州、襄阳、随州、邓州、唐州、信阳等地。这是南宋首次收复大片失地，岳飞因此被封为清远节度使，成为继刘光世、韩世忠、张浚、吴玠之后第五位封节度使的将领，此时他才三十二岁。他所领导的军队纪律严明、英勇善战，被称为"岳家军"，有"撼山易，撼岳家军难"之说。

通过南宋军民的浴血奋战，宋金之间的对峙格局逐渐形成，宋军从不战自溃到愈战愈勇，以岳飞、韩世忠、吴玠等为代表的抗金将领在战场上的表现，使金军付出了沉重的代价。金朝统治者意识到要想消灭南宋不太可能，便改变了策略！其对南宋的政策便从消灭转变到了议和。而此时，宋高宗又诏令定都临安（今杭州），向金人显示要偏安东南，放弃恢复旧疆，同时又任用秦桧为右相，专一主持议和。绍兴八年（1138年），宋金议和，双方以黄河为界，南宋向金称臣，每年进贡银二十五万两、绢二十五万匹。金同意"赐还"原伪齐所辖的河南、陕西等地，并归还宋徽宗和郑皇后的梓宫以及宋高宗的生母韦氏，因为这一年是金熙宗天眷元年，被称为"天眷议和"，宋金双方取得了暂时的和平。

"天眷议和"后，宋高宗宣布大赦天下，尽撤淮南守备，以为从此可以安享太平了。但岳飞却上书说"今日之事，可忧而不可贺，勿宜论功行赏，取笑敌人"。明显地与高宗和主和派唱反调，因此得罪了秦桧。而金都元帅完颜宗弼（兀术）派人秘密送信给秦桧，说："汝朝夕以和请，而岳飞方为河北图，必杀飞始可和。"

秦桧知道岳飞不死，总是议和的障碍，于是设计要除掉他们的心腹大患岳飞！

果然，绍兴十年（1140年）五月，金国悍然撕毁墨迹未干的和议，兵分四路，大举攻宋。幸赖广大军民为挽救大宋的危亡浴血奋战，完颜宗弼所率金军主力，在顺昌（今安徽阜阳）被宋将刘锜所率八字军击败，退回东京。

岳飞乘势反击，屡败金军，取得郾城（今属河南）、颖昌（今许昌）大捷，收复了京西广大地区，并命部将梁兴等人潜渡黄河，深入金军后方，联络两河义军，形成东西并进、南北夹击东京金军的有利态势。

然而，正当岳飞准备举兵收复中原，"直捣黄龙府，与诸君痛饮"时，宋廷为了向金国乞和，竟强令岳飞退兵！

岳飞以"将在外君令有所不受"为由，拒不退兵，一心想收复中原。

秦桧却鼓动宋高宗一天连下十二道金牌逼迫岳飞班师回朝！岳飞仰天长叹："十年心血，功亏一篑！"随后，秦桧又以"莫须有"的罪名，将岳飞赐死于大理寺狱中……

4

讲到这里，李光从怀里拿出一张折叠得方正的纸。展开来是一首词，他对陆宰说：这是我抄录的岳飞临被捕下狱前写下的《满江红·写怀》，说着，他展开纸张，用悲怆的声调朗诵起来：

怒发冲冠，凭栏处、潇潇雨歇。抬望眼，仰天长啸，壮怀激烈。三十功名尘与土，八千里路云和月。莫等闲，白了少年头，空悲切！

靖康耻，犹未雪；臣子恨，何时灭。驾长车，踏破贺兰山缺。壮志饥餐胡虏肉，笑谈渴饮匈奴血。待从头，收拾旧山河，朝天阙！

两位故交，竟都趴在桌上痛哭流涕起来！他们为岳将军的壮举和悲惨结局悲愤不已！

过了几天，李光老伯又来到陆家，与陆宰谈到了当朝尚书右仆射、同中书门下平章事兼知枢密院使赵鼎被贬的事。李光告诉陆宰，赵鼎要过岭南去那荒凉之地，与弟子们告别时竟痛哭流涕。李光愤愤地说道："若是贬谪我的文书下来，我绝不会像他那样出个妇人样子。我青鞋布袜立马就走！"

陆宰劝慰他说："你也别想得太多了，也许皇上会念及你……"

李光摆摆手，举起酒杯说："咸阳忌恨的就是我和赵鼎，想当年圣上对赵鼎是多么的信任有加！赵鼎在担任谏官时那么尽职尽责，他提出的四十件事，已经施行了三十六件。不久就被升为侍御史。现在他被贬到岭南了，我还能幸免吗？"

十天后，果然贬李光去滕州的诏令就下来了。

陆宰同一帮好友为李光送行，眼见主战的大臣们一个个都被贬出朝廷，众人只觉得前途一片暗淡。大家只能叮嘱李光要保重身体。李光却像平常一样谈笑慷慨，说有朝一日还朝，还要继续劝谏皇帝收复中原。

陆宰送李光回来后感叹说："果然这个'咸阳'要将他们赶尽杀绝啊！"

陆游早已明白，父亲与伯叔们说的是权倾朝野的宰相秦桧。因为秦国都城咸阳。在这样私密的场合都只能以"咸阳"来代指他，可见他的权势到了何等地步！

赵鼎被贬到吉阳后，从前的同僚部下甚至门人都迫于秦桧的权威，几乎没有一个敢去看望他。三年后，赵鼎得知秦桧要加害于他，为防家人受连累，他自己先绝食而亡了！临终前他对儿子说："你们把我埋回老家，这样你们就可能免遭涂炭了！"

这是后话。

李光被贬，陆宰更沉闷了，整日埋头看书或唉声叹气。岳飞精忠报国却蒙冤被害，在陆游幼小的心灵上留下了深深的伤痛。他后来写了大量的诗篇来缅怀颂扬这位抗金将领，以倾诉自己的仰慕之情。

5

绍兴十一年（1141年），宋金和议，宋完全接受了金提出的条件：一、南宋世世子孙，谨守臣节；二、确定宋金边界为东起淮河中流，西至大散关；三、南宋每年向金进贡银绢各二十五万两、匹。这就是历史上极为屈辱的"绍兴和议"。

遵照此协定，次年二月，宋派遣端明殿学士何铸等向金进呈誓表，誓表上的文字是："臣构言：今来画疆，合以淮水中流为界。西有唐、邓州割属上国；自邓州西四十里，并南四十里为界，属邓；四十里外，并西南，尽属光化军，为敝邑沿边州城。既蒙恩造，许备藩方，世世子孙，谨守臣节。每年皇帝生辰并正旦，遣使称贺不绝。岁贡银绢二十五万两匹，自壬戌年为首，每春季差人搬送至泗州交纳，有渝此盟，明神是殛，坠命亡氏，踣其国家。臣今既进誓表，伏望上国早降誓诏，庶使敝邑永为凭焉。"

三月，金遣使封赵构为"大宋皇帝"。八月，金遣还徽宗赵佶、郑后、邢后之骨骸及赵构生母韦后。可怜这些金枝玉叶享尽了人间的荣华富贵，也受够了世间的凌辱折磨，最终结局竟如此悲惨！

陆游一直喜欢写诗。陆宰这天告诉他，有一位江西派诗人，是诗坛的开路人，叫曾几，来山阴看望他的哥哥，要住一段时间。他对陆游说："这可是个好机会，你应前去请教他！"

陆游听了，十分高兴，第二天便拿着自己写的诗文登门求教。陆游的诗一下子就让这个铨试优等第一名并被皇帝赐为上舍出身的诗人大为赞叹，认为他年纪虽小，但文采不输当时诗坛的诗人。

因得到这位老师的极力推荐，陆游开始在诗坛上崭露头角。"千里马常有而伯乐不常有"，遇到一位识人识才的前辈，是陆游的幸运！

曾几，字吉甫，历任江西浙西提刑官，因为不附和议，得罪了秦桧而被罢官，暂居在上饶茶山寺，自号茶山居士。在教习诗文时，曾几也向陆游畅谈国家大事。

这天，陆游像往常一样，带着前一次的作业去见曾先生，路上看到几个衣衫褴褛的人在沿街讫讨，还有个八九岁的小姑娘，头上插着根稻草，一边哭着一边请求她父亲不要卖她！父亲也抹着眼泪说："娃儿，家里实在养不活你了，给你寻个好人家，找一条生路啊！"

其实陆游也不是第一次看到穷人卖儿卖女的悲惨情景了。今天，他忍不住向老师说起这事来："官府每年向百姓征收那么多的赋税，逼得百姓都没法活了。怎么就不能宽免一点呢？"

曾几叹了口气，告诉陆游，除了当权的贪官污吏们，你以为官差们的日子就一定好过吗？他们一级压迫一级，把征收来的钱粮运送到边境集中，

上马击狂胡，下马草军书——陆游诗传

再送往金国。按惯例，每年岁币银二十五万两，绢二十五万匹，枢密院要派四位使臣、户部要派十二位官员管押绢银。在前一年的腊月运送到盱眙军机库，然后再派将官一人、押运军兵300人，防护过淮河，在年前三天先送银三百锭、绢五百匹过淮河呈样，由金人交验官从所送来的银绢中拣取银六锭、绢三匹，分成三份，以快马一份送到燕京，一份送到汴京，一份留到泗州岁币军备案，大致不过一两个月。但是，送去的银绢十有八九会被退回来，因为金人的尺寸是没有定数的，接交的胥吏又从中作梗，故意敲诈，这样往往几个月后才能得到通融，从初交到结局往往又要支给金人接收官吏银一千三百两，金三十五两，布匹、酒等折银六百余两，而茶叶果蔬等则在外不计，这样耗银总计二千余两，且每年还递增！这些都由淮东漕司管认，包括棚屋厨厕都由盱眙运去的竹木建造。所有送过淮河的银币物资，若未验收，又得再搬运回来，过淮河送盱眙库交收，来往反复，过淮河后离金营还有一定距离，全是徒步搬运，有时遇雨，道路泥泞，押运的官兵一路艰辛，可谓劳民伤财！

陆游听得内心激愤、"那就不给他送了！"

曾先生叹声说："可这是朝廷跟金人签订的和约啊，敢不遵守？"

陆游气得握紧了拳头，牙关紧咬着。

曾先生继续说："淮南漕司权安节，因为金人退回多次，权安节不胜其愤，不愿再搬运回来，结果金人竟派了兵甲逼着他搬，他声色俱厉地说：我宁可死在这里也不搬回了。结果，那次金人倒收下了！"

曾先生喝了一口仆人送来的茶，接着说："自和议以来，年年如此啊！"他突然压低了声音，凑近陆游的耳朵小声说："传言金国元帅兀术临死前说'江南累岁供需岁币，竭其财赋，安得不重敛于民？非理扰乱，人心离怨，叛亡必矣。'你看，连金人都明白此理。大凡被派出的运送岁币的使臣，路过盱眙时，都会在路边的第一山崖石上题诗以记之，到后来竟成了惯例，而那崖石上竟题满了文字。有个叫郑汝谐的使臣写道：'忍耻包羞事北庭，奚奴得意管逢迎，燕山有石无人勒，却向都梁记姓名。'唉，这些当差的官员也不容易呀！"

陆游的学业不断长进，特别是在曾先生的教导之下，已经小有名气了，后来他在回忆这段求学的经历时说：

忆在茶山听说诗，亲从夜半得玄机。

常忧老死无人付，不料穷荒见此奇。

律令合时方贴妥，工夫深处却平夷。

人间可恨知多少，不及同君扣老师。

——《追怀曾文清公呈赵教授赵近尝示诗》

6

陆游回到家中后，把从曾几那里听到的话再说给父亲听，他真希望父亲告诉他那些只是传言，可是父亲从一堆书稿中抬起头来，又起身去把书房的门关严，然后才对陆游说："曾老师讲的都是实话。我大宋皇帝对金国皇帝都自称为臣了，朝中被秦桧这帮求和派把持着，他一味卖国求荣、以权谋私，导致民不聊生，各地都有义军造反啊！"父亲还想详细叙述，不料母亲推门进来说："时候不早了，游儿你快回房歇息去吧，明日一早，衙门有人来搬书了，老爷你也早点歇息吧！"

陆游正奇怪衙役来搬什么书，母亲却催着他回房间去，说："小孩子家不要管这些事，自有你父亲做主。"

陆游走出书房，却听母亲小声对父亲说："皇上宠谁或不宠谁，这些事，不要对孩子们说，将来会影响他的应试作文，说不准还会耽误他的前程呢！"

父亲并未表示异议，只是叹了口气说："这些书是我陆家四五代人传下来的心血呀！从太祖父时起一直爱书如命，他们四处为官，一路奔波，没有置办多少家财，搬运的就是这些藏书了！这次要全部捐献给朝廷，真的舍不得呀！"

原来，前两天，县衙就在城里大街小巷贴满了告示，说：因秘书省所藏祖宗国史、历代图籍、旧有右文殿、秘阁、石渠及三馆四库均藏于法慧寺内，与民间房舍连接，恐风火不慎遭遇不测，现拟于天井巷东重建秘书省，诚召天下藏书大家，捐赠各类图书以充实三馆。

陆宰本不想出头，但山阴方圆几十里人们都知道陆家藏书众多，他家大儿子陆淞前年中了进士，报喜的衙役敲锣打鼓来到陆府，引得周围邻居百余人围观的情景，现在还让人羡慕不已，谁不知道陆家是藏书大家呢？

果然，次日诏书就来了，一家人跪地接旨，只听得刘公公朗声宣读："奉天承运，皇帝诏曰：着绍兴府朝请大夫直秘阁陆宰家所藏书来上，钦此。"

陆宰双手接过诏书，请刘公公喝茶。刘公公推辞还有公务，就告辞走了。

陆宰因在书房捡点着书架上满满的图书，感到十分劳累，便坐在椅子上歇息。

唐氏说："老爷不必太吝惜，为国效力是做臣民的本分，依老爷的意思，若是朝廷要再招兵抗金，你也是愿意策马疆场浴血奋战的，又何惜这一屋书呢？"

陆宰说："夫人说得极是，虽然我现在无官一身轻，但仍享受皇恩，吃着俸禄，国家兴亡，匹夫有责啊！我倒真愿意战死疆场呢，只是没有这机会啊！"

唐氏说："老爷不必多虑了，打不打仗是朝廷的事，只是现在，朝廷要建秘书省，向我们家征集书籍，这既是为国效力，也是我们家的荣耀啊！索性都进献上去吧，听说城西的诸葛行仁家进献了八千四百六十六卷书，就被赐了个不小的官衔呢！我们家的藏书可是数倍呢！说不定这次朝廷要重用老爷了呢，最低也该让你官复原职吧？"

又过了几天，有消息传来，朝廷命信州教授虞仲琏等数人担任校勘，其中包括陆游的大哥陆淞。这其实是重建国家图书馆呀，整个工程相当浩繁，预计得几年时间才能完成。所以还招了一百多名写手去帮助誊录书籍。

但是，没有陆宰官复原职的信息！唐氏有点急了，担心是信使在路上耽误了，让陆宰去县衙问问。陆宰心中也奇怪，但不好意思自己去打听，只对唐氏说："圣上要起用我肯定会下诏书，怎么会耽误？再等等看吧。"

其实，他也不确定自己能否重新被起用？

唐氏是个急性子，她除了担心信使误了事，还记挂大儿子陆淞在新环境是否适应，于是就派陆淮平到临安找到陆淞，让陆淞找人打探一下消息。

不久，陆淮平就从临安回来了，他说："大少爷在临安很好，每天跟一些官员在秘书省看书呢！"陆宰夫妇听后，笑了。

唐氏问："让你去叫大少爷打听的事呢？"

陆淮平看看左右，小声说："大少爷听人说了，老爷的官位原本是应该恢复的，但是，秦宰相说：'当年是有因捐献书籍赏过一个什么人官衔的，但那是几年前的事了，现如今国力亏空，连每年的科举入仕的人数都大大减少了，不能因为向秘书省进献了图书就都要封官。'"

唐氏听了，大失所望，说："你下去歇息吧！"

陆淮平走后，陆宰叹了口气说："秦桧是不可能起用我的，排挤赵鼎、贬黜李光、罢免了我，都是他的主张，怎么可能轻易让我回到朝堂呢？我虽明知他心胸狭窄，只是不承想如此狭窄！也是啊，连岳飞、韩世忠这样的忠勇之士都难以免祸，何况我等一介文人呢！我陆家的那一万多卷书，就算我们为国效力的吧！"

唐氏听了，叹口气说："但愿我的几个儿子能有出头之日"。

陆宰安慰她说："有淞儿在秘书省公干，也算我陆家没有白进献书籍。"

陆宰说得没错，后来，到清乾隆年间编辑最大的丛书《四库全书》，有相当一部分就是陆家那时的藏本。《四库全书》延续了唐代以来按经、史、子、集来编录，所以称为四库，基本上囊括了古代所有图书，所以称为全书。

7

十九岁那年，在母亲的督促下，陆游再次来到临安参加了科举考试，这次考试他仍没有及第，却留在临安过年。

上元节时，表舅唐仲俊带他去观灯。南宋的灯节，从正月十四开始，

上马击狂胡，下马草军书——陆游诗传

047

到十六夜收灯，热闹非凡。大街小巷，人来人往。陆游在人群中左顾右盼，目不暇接。真正是："深坊小巷，绣额珠帘，巧制新装，竞夸华丽。公子王孙，五陵年少，更以纱笼喝道，将带佳人美女，遍地游赏。人都道玉漏频催，金鸡屡唱，兴犹未已。甚至饮酒醺醺，倩人扶着，堕翠遗簪，难以枚举。"（《梦粱录》语）

看到了京城的繁华，见识了富豪们的奢靡，加上自己科考的失利，陆游开始发愤在古学上用功。古学，即是科举功令文字，如策论、律赋、经义、八股文、试帖诗以外的经史学问，称古学。他的父亲陆宰在经史学上是颇有根底的，也深谙朝章典故。陆游研习古学，除了继承家学渊源外，是否也是对科举考试的一种失望和暂时的搁置？因为科考每三年一次，而他再次参加进士科考却已是十年之后了！并且南宋王朝由于对金岁币和官府的税赋，以及冗员的增多，通过科考举仕的数量也被迫大量削减，也就是说，通过科考取得做官的途径越来越窄了，所以陆游开始了对古学的钻研。但是科考取仕，又的确是下层官僚子弟甚至平民百姓走上仕途的一条可行之路，所以他不可能完全放弃。

第五章

有情人终成眷属。比翼鸟初飞沈园，定情的信物酿成弥天大祸！父母命实难违抗，棒打的鸳鸯被迫各飞西东。

1

春暖花开，草长莺飞。江南的四月天，是一年中最美的季节，也是陆游和唐婉男大当婚女大当嫁之时。陆、唐两家早已按习俗行过了纳采、纳吉、纳征之礼，只等选好的黄道吉日就要迎亲。

按照当时的习俗，男女双方家庭先要通过媒人互通草帖，两家初步同意后再通细贴，帖子里除各写上成亲的儿女姓名、排行及生辰之外，还须写上父亲、祖父、曾祖父的姓名、官职及财产状况等等。在了解了对方家庭和对方容貌举止之后，便可以下定礼，相当于上古婚礼的纳采。

陆游与唐婉两家都是当地的士大夫家庭，自然少不了所有的礼节。好在双方家庭其实都已相当熟悉，并非通过这些礼仪来加深了解，而只是遵循习俗罢了。但彩礼和嫁妆都相当丰盛。

其时，陆游与唐婉两个人之间也已熟悉了，青梅竹马，郎情妾意。迎亲的日子临近了，陆家又派了四个仆人到唐家去"催妆"，送去了四季冠披和四时的花粉香缀等物，唐家也请了四个"牵娘"到陆家来"铺房"，用唐家准备的帐幔、被褥、绢花之类，把新房装饰得花团锦簇，一片喜气。

终于等到迎亲的时日了！一大早，陆游就装扮一新，礼帽高戴，红花佩胸，骑着红绸缠辔的高头大马，领着八抬花轿前往唐家，自然会有一番"阻轿"活动。唐家的远近亲戚都来贺喜，李氏虽然不在了，唐婉的七大姑八大姨们更是不能怠慢了这个独生的侄女，特别听说陆游小小年纪，在当时的诗坛上已小有名气，便都齐聚了来唐家争看新女婿，免不了又是一番"考问"。陆游妙答也惹来阵阵喝彩。终于，披着绣花红绸盖头的唐婉被两个伴娘扶着出了闺阁，她在唐闳面前长跪不起，向生她养她的父亲拜别。陆游也一齐跪下来。唐闳扶起女儿女婿，自己也已热泪盈眶，却不住地说："爹今天高兴，高兴！"

上了花轿，鼓乐齐鸣，随着一声"起轿"的喊声，花轿轻轻抬起，红绸包裹的竹杠在轿夫们的肩上有韵律地弹跳起来，花轿在原地左右上下颠摇着，就是不前行！轿夫们走起了整齐好看的十字花步，引得围观的众人哈哈大笑。骑在马上的陆游也笑了，他知道他们的把戏，当然也知道轿中的唐婉滋味不好受。他挥一挥手，随行迎亲的陆淮平同几个家仆一道，忙着把红红绿绿的喜糖、果子往人群里抛撒，又往每个轿夫怀里揣上利士包。众人嬉闹一番，这才一路吹吹打打，逦迤而行，向着陆家而来。

唐闳果然没有食言，随大红花轿而来的，还有那一干人马挑来的两坛"女儿红"酒。一律用红绸布封盖，坛身雕龙画凤，启封后，倒入酒碗，酒色橙黄清亮，酒香馥郁芬芳，抿一口，酒味甘香醇厚。

陆宰笑得嘴都合不拢了，对唐氏说道："这可是十五年的陈酿'女儿红'咧！果然唐闳老弟、咱亲家公不虚言啊，这是那年回家后就开始酿下了今天的甘醇啊！"

唐氏也笑逐颜开，说："只可惜了蕙仙她娘走得早，没看到这一天。"

陆宰说："所以我们得好好善待她的女儿，我们的儿媳啊！"

唐氏笑着点头，连声说："是啊，是啊，蕙仙进了陆家，亲家母的在天之灵，也会保佑这双新人的。"

在众人的簇拥之下，喜娘扶着新人下了轿，鞭炮齐鸣，陆淮平带着几个家仆在大门两边用谷物、豆子、草节、果子和零钱朝着进门的一双新人身上撒去，据说这是为了赶走守在门口的三煞，即青牛、青羊、乌鸡之神，以求得吉利太平。进了大堂，开始"牵巾"，有喜婆递给新郎新娘一个用红绿彩缎绾成的同心结，让他们两人一人执一头，相向相牵而行，先拜祖先、再拜高堂，然后回房夫妻交拜。

交拜后，陆游和唐婉并坐于珠帐床上，陆淮平手持大斗，斗里装有红枣、花生、桂圆、莲子、板栗、大米、小米等物，喜娘则将这些东西抛撒到床上、被褥上、珠帐上，寓意"早生贵子"，嘴里还不停地轻声念叨着："撒大米、生大喜，撒小米，生小喜，一把栗子一把米，早生贵子早得继，一把花生一把莲，有男有女生得全。"

唐婉早已羞得满面通红，这会儿更是心如鼓敲。好在盖头遮住了脸庞，没人看到。"撒帐"礼仪完毕，接下来是"合髻"，喜娘分别在陆游和唐婉头上各取一缕头发，将它们绾在一起，用一个精制的小箧装着收藏好，这代表他们二人从此成为结发夫妻。然后再行"合卺之礼"，喜娘端来一个托盘，盘中是两只红线相连的酒卺。卺最初是匏瓜，后改为葫芦，寓意福禄。将它剖分为二而成装酒的杯。陆游与唐婉各自端起一卺，交换着喝干了卺中之酒，热烈的掌声和欢呼声在亲友中响起。夫妻共饮合卺酒，象征夫妻合二为一，永结同好。喜娘最后把卺一仰一覆安于床下。在一片欢呼声中，喜娘将众人请出新房，入席饮酒，将新房门合上了。

2

酒席吃过了，天地、高堂、夫妻也都拜过了，所有的喧闹都被关到了洞房的外面。摇曳的烛光下，柔曼的罗帐中，是一对甜蜜幸福又青涩羞怯的新人。

揭去大红盖头的唐婉，宝髻松松挽就，铅华淡淡妆成。真真是"俏丽若三春之桃"，把个陆游看得呆了。唐婉羞红了脸笑道："务观哥不认识我了么？"

陆游笑道："蕙仙妹今天太美了。"

"平常就丑么？"

"平常也美，只是今天非比平常呀，娘子！"

唐婉听了，脸颊上泛起一片红晕。

陆游说："从今往后，我们'在天愿为比翼鸟，在地愿为连理枝'。"

唐婉嗔怪道："快快别这样叫，以后还是叫我蕙仙妹吧！务观哥可知道，这诗是形容谁的么？"

陆游不假思索地说："这是白居易在《长恨歌》中，形容李隆基和杨玉环爱情永恒的诗句嘛！"

唐婉问："他们的爱情果然永恒了吗？"

陆游马上明白了唐婉的意思，辩道："那是白居易借了杨玉环的口，来表白对爱情的坚贞嘛，我不过也是借了这两句诗，来表白我的心迹呀！"

唐婉点头笑道："我当然明白务观哥的心意，只是李隆基与杨玉环的爱情，虽然被白居易所称道，也广为世人赞扬和同情，他们又贵为天子、贵妃，可仍免不了悲惨的结局！而后面两句是'天长地久会有时，此恨绵绵无绝期'，哎呀，这句子不好，不好！是不宜今天来说的，务观哥，你今天要受罚。"

陆游知道唐婉精通诗文，本想讨她欢心，不料却出了糗！只得笑道："好好好，是我错了，我认罚，娘子要怎样的罚我？"

"刚让你不要叫'娘子'仍叫蕙仙妹，你又犯一个错，得罚你两次。"

"好好好，一切都听娘子……哦，听蕙仙妹妹的，好吗？说吧，罚我什么？"

"嗯……你不是会作诗文么，就罚你也作一首诗吧！"

"这个好！"陆游应允后，坐到了书案前，提起笔来，想起刚刚唐婉告诉他，知道他长期读书，很费眼神，已为他做了一个菊花枕头，可清心明目的，便凝神写下了"菊枕诗"三个字。唐婉忍不住又调皮地说："不光是罚你作诗呀！叫错了名还得受罚呢！"

陆游故意逗她："我哪叫错了名呀，难道从今天起，你不是我的娘子？"随即吟起了司马相如的《凤求凰》：

> 凤兮凤兮归故乡，翱游四海求其凰。
> 有艳淑女在闺房，室迩人遐毒我肠。
> 何缘交颈为鸳鸯，胡颉颃兮共翱翔。
> 凤兮凤兮从我栖，得托孳尾永为妃。
> 交情通体心和谐，中夜相从知者谁。
> 双翼俱起翻高飞，无感我思使余悲。

唐婉更是羞红了脸，却仍娇嗔道："不许这样叫就不许这样叫嘛！"

"好好好，就叫你蕙仙妹妹好了，你说要罚我什么呢？"

唐婉眨着她那双乌黑的大眼睛说："听说禹迹寺的香火很旺，那里的菩萨也很灵呢，你带我去烧烧香吧！"

陆游点头说："这个自然是要去的呀！"

唐婉娇羞地点头。她走到案前，与陆游并肩而坐，二人在心中默默念着："死生契阔，与子成说。执子之手，与子偕老。"

3

禹迹寺在绍兴城内。寺中殿宇轩昂，人流如织，香火兴旺。陆游领着新婚的妻子唐婉，随人走进寺内，进香参拜过后，刚走出寺院大门，便被一个声音叫住了。陆游定睛看时，却见一着月白长衫的瘦高青年站在一棵老槐树下向他招手，原来是同郡宗子赵士程，他是陆游姨母家远房侄子，姨母的婆婆是宋仁宗赵祯第十女、秦鲁国大长公主。陆游曾随母亲去过姨母家，见识了皇亲国戚的奢华。而他在东阳避难时曾与赵士程在一处学堂求学，因此赵士程对唐婉也是认识的，后来他们又曾在一处游玩过，因此三人都很熟悉。

赵士程浓眉大眼，一看就是忠厚仗义之人。陆游带着唐婉走过来，向赵士程介绍了自己的新婚夫人。赵士程其实早就听说了他们迎亲时的排场。他羞报地一笑，谦恭地说了声："弟妹好。"又问陆游："令尊令堂可好？"

陆游回答后，问他站在这里干吗？

赵士程说，今天是陪母亲来的，母亲在寺内求签，他在这里等母亲，正好看到陆游和唐婉二人从寺内出来，就连忙招呼。

其实，赵士程没有说实话，在他内心早已对这个叫唐婉的女孩子有了好感，只是知道唐婉与陆游两家已经定了亲，且二人又是青梅竹马，感情甚笃，所以他只好把那一份深情埋藏在心头，从不示人。他从心底默默祝福他们爱情甜蜜、婚姻幸福。

告别了赵士程，陆游说，在禹迹寺南边还有一个沈家园子，里面的景致很美，问唐婉是否也想去看看？唐婉高兴地点头说："我听务观哥的！"

　　陆游问唐婉："你知道禹迹寺的来历吗？"

　　唐婉摇头。

　　陆游告诉她，传说帝尧时期，黄河流域常发大水。为治水患，保百姓，尧帝曾召集部落首领大会，征求治水能手。鲧被推荐来负责这项工作。鲧采用堤工障水，作三仞之城，就是简单地用堤埂把居住区围护起来以障洪水，九年而不得成功，最后被放逐羽山而死。舜帝继位以后，任用鲧的儿子禹治水。禹总结父亲的经验，改鲧"围堵障"为"疏顺导滞"，利用水向低流的自然规律，顺地形把壅塞的川流疏通。把洪水引入疏通的河道、洼地或湖泊，然后合通四海，从而平息了水患，使百姓得以从高地迁回平川居住和从事农耕。后来，禹因此而成为夏朝的第一代君王，并被人们称为"神禹"而传颂后世。

　　到了晋义熙十二年，骠骑郭将军将自己的舍宅改为了寺院，以纪念大禹治水有功，所以称为"禹迹寺"。现在人们到这来敬香，也是祈求大禹能保佑家宅平安。

　　唐婉："是啊，大禹为黎民百姓安居乐业治水十三年，终导水入海，千秋伟业无人能比呀！"

　　陆游："为了治水，他三过家门而不入，是真英雄啊！"

　　唐婉点头又摇头说："既是过家门了，就回家看看呗，又能耽误多久呢？唐代大诗人李白也曾'举头望明月，低头思故乡'；前相王安石还说'春风又绿江南岸，明月何时照我还。'他们是想回家而不得呀！神禹治水十三年，十三年在外不回家，家中的妻儿该是多么孤苦啊？柳永都知'多情自古伤离别，更哪堪，冷落清秋节'呢！"

　　陆游点头称是："诗佛王维也说过'独在异乡为异客，每逢佳节倍思亲'，他们都是不得已啊！"

　　唐婉："可是神禹三过家门而不入，我怀疑他是否真爱他的妻儿呢！务观哥将来精忠报国，我不求你为我专程回乡探家，至少路过家门时得回家喝口茶吧？"

陆游恨不得立即将唐婉抱在怀里！但在游人如织的沈园，他只能深情地看着唐婉说："蕙仙妹放心，将来无论我走多远，只要你不怕辛苦，必定是要你在我身边的。"

唐婉娇羞地看一眼陆游，又幸福地低下了头。

沈园的绮丽风光留下了这一对新婚佳偶浓情蜜意的倩影。

4

唐婉从小学琴，弹得高山巍巍流水潺潺，正好把陆游的诗文编进曲中吟唱。夫妻二人抚琴弄曲，唱和欢畅，也把个陆淮平和唐婉的陪房丫头萱草听得入了迷，惹得几个老仆人和老妈子也时不时总喜欢往二人居住的西院中来。唐氏几次有事都找不到下人了，不由得问他们去了哪里，众人都说三少爷与娘子在屋内吟诗作词弹琴唱曲儿，可好听呢！

这天，唐氏来到西院，果然，远远地就听到了一阵激越的琴声从陆游房中传来，接着是陆游的朗朗吟诵声："靖康耻，犹未雪；臣子恨，何时灭。驾长车，踏破贺兰山缺。壮志饥餐胡虏肉，笑谈渴饮匈奴血。待从头，收拾旧山河，朝天阙。"

唐氏静听了一会儿，心中颇为不满，但碍于他们新婚不久，只得对陆游说道："务观，你们夫妻恩爱，为娘的也很高兴，但千万不可荒疏了学业！何况什么时候、如何收拾旧山河，也不是你能定的。"

陆游说："母亲，这是岳飞将军的《满江红》词。"

唐氏道："岳飞已被赐死，你却还唱着他的词？！务观啊，你想我陆家一直以报效国家为己任，你却唱着一个被朝廷赐死的臣子的词，这不明摆着与朝廷唱反调么？"

陆游说："母亲，岳将军是被朝中的奸臣冤死的啊！"

唐氏道："住口！这不是你现在能管的事！当务之急是你要发愤读书，考取功名。人说红袖添香好读书，你可不要辜负了我和你父亲的苦心啊！"

唐婉站在一旁，低声说道："婆婆教导极是，唐婉明白了。"

唐氏看了他们一眼，便转身走了。

唐婉对陆游吐了吐舌，二人相视一笑，并未觉得有何大碍。

这一年六月，渐闽一带发生水灾，成群的灾民扶老携幼，一步一回头地离开家乡逃难去了。一路上，死者不知其数！宋高宗告诫新任的濠州知府，不可招集流亡的民众，以免金人找到借口再生事端。

次年四月，成州团练使邵隆在知叙州任上，有一次饮酒时，突然暴卒，时人都说是因为他在知金州时，多次派兵出境袭击金营，因此而招致秦桧的嫉恨，于是暗中派了人在他的酒里下毒！叙州人都悲痛不已，为他举行祭奠并罢市！

就是在这一天，高宗皇帝却受邀到了秦桧的府第，为他的新府第落成庆贺，将秦桧的妻子王氏、儿媳曹氏进行了晋封；孙子秦埙、秦堪、秦坦一并被封直秘阁，赐三品服，秦埙当年才只有九岁！

就是这个秦埙，几年以后，成了陆游仕途中一块绊脚石。

高宗还亲书了"一德格天之阁"赐予了秦桧。秦桧命人把它制成泥金匾额，高高悬挂在门楣上，以示皇恩浩荡。

虽然宋高宗与秦桧等最高掌权者一味地退让求和，但民间自发的抗金斗争一直没有停止过！作为一个深受家庭和师长抗金雪耻思想影响的热血青年，陆游更是热衷于参与民间的抗金组织，并成为他们中的活跃分子。

为了组织抗金义勇军，陆游和同乡青年陈立勇招募了一批青壮年，天天在一起舞枪弄棒地操练，一连几天都早出晚归。但他并没把这事告诉唐婉，也同样瞒着父母，一来怕他们为自己担心，二来也怕他们认为这样会耽误学业而加以阻止。正好前几天已答应母亲要发奋读书以愤再考功名，所以就借口白天在西院的厢房读书，其实他已悄悄溜了出去。

这天，一家人等着陆游回来吃晚饭，左等右等就是不见他的人影。唐氏问唐婉陆游在哪里？唐婉说在书房读书。唐氏说再等饭菜都凉了，不如留一份饭菜给他，让大家先吃。一连三天，天天如此。唐氏很是奇怪，便一个人来到西院，见唐婉正在给一盆兰花浇水，唐氏说："兰花不必常浇水，水多会烂根。"

唐婉忙上前来施礼问安，说道："已经多日未浇水了，今见盆中之土已发白，才浇上水的。"

唐氏问："务观在哪儿？"

唐婉说："他在西厢房读书呢！"

唐婉陪婆母穿过小花园来到西厢房，见笔墨纸砚都摆放在书案上，却未见到陆游的人影。唐婉的脸一下子红了，唐氏问："务观究竟去了哪里？"

唐婉只得实说："儿媳不知。"

唐氏说："孔圣人说'知之为知之，不知为不知'，你也是读过圣贤书的人，既不知，怎么可以欺骗我，说他在这里读书？"

唐婉婉言道："他确是说在这里读书的。"

唐氏："你还顶嘴！"

唐氏十分气恼，一直以来，家中没有人敢这样和她还嘴的，虽然唐婉态度卑恭、低眉顺眼地肃立一旁，但她毕竟是帮着陆游在欺骗自己了！现在陆游不但不在家用功读书，连人都不知去了哪里！这个儿媳，既与陆游那么情投意合，怎么会不知道他在哪儿干些什么呢？唐氏冷脸看了她一眼，转身走了。

陆游回到家中时，天都黑了。他就到父母亲那边去请安，唐氏问他今天究竟去了哪儿？怎么不见在厢房读书，陆游答说同窗陈立勇家有事临时出去了一会儿，不料母亲那时去督查他读书，因走时匆忙，唐婉也并不知情。

唐氏专门让陆淮平去把唐婉叫到房中来，当着陆游的面，教训二人说："好男儿当以博取功名，将来为国效力为己任，切不可沉湎于闺房之乐、儿女情长而忘乎所以、耽误了前程！"

唐婉说："儿媳记住了婆婆的教诲。"

陆游也说不会辜负母亲的希望。这事就这样瞒过去了。

回到自己房中，唐婉向陆游说了婆母来西院的情形，唐婉说："请务观哥以后去哪儿时，先告知一下蕙仙，以免婆母再次问起，造成误会。"

陆游便向唐婉讲起了与陈立勇等一帮想抗金的青年，筹办义勇团的事来，目前他们已经发展到了五百多人，募集了刀枪剑戟等武器，还有火铳等，但离抵抗金兵再度南侵的要求还远远不够，他们还需要筹集些银两去购置更多的火铳等兵器，这样金兵再来时，就可以与他们开展对决了。陆游与几个领头的人正在想办法多筹集些银两，陈立勇已是举全家之力，变卖了家中值钱物件。他们还正在向周边富裕的大户人家募捐，所以回家晚了。他向唐婉说，可能这一段时间都会为此而忙碌，但是他不愿让父母为他担心，所以这事只对她一人说，也希望她不可对外泄露此事。

唐婉点头表示理解，她叮嘱陆游一定要小心注意安全。然后从箱子的底下找出一个小木匣来，打开一层，是一些碎银。唐婉说："务观哥，我知道你们是在做大事。我帮不了你很多，只能表示一点心意，请你一定收下，也算我为国出了一份力吧！"

唐婉又打开了匣子的最下一层，露出了一个红绸包裹，解开包裹，是一对金钗，成色纯正，做工精美。

唐婉把金钗递给陆游，说道："这是我们订婚的信物，现在我们已是一家人了，把它用在该用的地方吧！"

陆游说："那怎么可以，毕竟这……"

唐婉说："先救救急，在当铺里典些银两，等以后找机会再赎回来，不是一样的嘛！"

陆游说："我原以为表妹你一柔弱女子，肯定会害怕我们组织抗金义勇团的，想不到你竟这样深明大义。"

唐婉说："我一家也是饱受金兵南侵之苦的，母亲若非南迁时颠沛流离一路艰辛，也不会年纪轻轻就抛下我们离开人世呀！所以，务观哥做的是大事，我尽点绵薄之力也是想为母报仇，请你不要推辞。"

陆游既感动又佩服，只得依了她。

第二天，陆游将金钗拿给陈立勇，让他速速换了银两去买武器。陈立勇将金钗拿到长兴典当行去质押，老板看到当品十分贵重，一定要问出金钗的来由，说是官府有令，凡是贵重物品，都得讲明来龙去脉，否则不便收押。

陈立勇只好说这是陆家新媳妇的嫁妆，陆家三公子有急用，临时托他来抵押，日后还会来赎回。于是讲好短则一个月长则两个月的期限。

5

他们谁都不曾想到，陈立勇在长兴典当行典当时，却被一个人看在了眼里，他就是长兴典当行的大公子吴秉华。

有一天，唐婉与萱草去绸缎铺买衣料时，被吴秉华撞见，吴秉华被唐婉的美貌和气质所吸引，求父亲央人到唐婉家去提亲，被唐父婉言拒绝。可是吴秉华一直没有死心，他认为陆游家不过是个读书人家，陆宰赋闲在家多年，虽然也算得上一方旺族，但论财富，不可能与自己家相比，所以他缠着父亲再次央人去唐家提亲，谁知再一次遭拒！

吴秉华不仅不死心，反而感觉失了面子，等到陆游迎亲时，欢天喜地的锣鼓声、邻里乡亲的祝福欢笑声，更让吴秉华感觉到是对自己的嘲讽，他恼羞成怒，决心要寻找报复唐婉和陆游的机会。现在机会终于来了，陈立勇在当铺抵押金钗时的一番话，让正在铺店后面的吴秉华听了个明白，他心中顿时起了恶念。

过了几日，吴秉华把那副金钗送到了陆府。又添盐加醋地说来典金钗的是一个长相颇俊的年轻后生，说这金钗是陆家新媳妇交给他的等等。陆宰一听这话，一张老脸竟不知往哪儿搁！怀着几分疑惑，再细看那对金钗，可不正是当年两家定亲的信物么？另一只一直由夫人唐氏收留着的，陆游迎亲过后，这对金钗就都交给了唐婉。

一时间，陆宰羞愤难当，这个儿媳真的是贞洁不保红杏出墙了么？难道陆家几代人的清白家风就要毁于一旦么？陆宰强忍着心中的羞愤，对吴秉华说："这东西暂且存放我家，待我查清原委再说，若不是我家之物，到时原物奉还。"

打发走了吴秉华后，他气冲冲地来到了内室。

陆游夫妻的恩爱，在唐氏看来，是唐婉太能黏人！这样下去，陆游的学业必然会耽误，一个男人没有功名，就没有前程。不能立业，何以立家？这天一大早，唐氏就起床沐浴更衣，她要去尼姑庵里为陆游问一卦。

妙真庵里的老尼姑是个精明人，一看唐氏的衣着、气度，还有她随行的丫头，就知道来人是个大施主，一般这样的人，先来问卦，然后如果有难，肯定会舍下本钱求解。如此这般，她就能招财进宝了。于是一番礼数周全的恭迎过后，她和颜悦色地问："施主一向可好？所来何求？"

唐氏叹了一口气，说："想问问儿子的前程，还有儿媳何时能够喜怀六甲？"

老尼姑问明了两人的姓名和生辰八字后，便装模作样地先卜了一卦，眯着双眼又掐指一算，然后故弄玄虚地说道："贵家公子聪明博才，不愁功名，只是中间会有些许波折，少夫人嘛……"

唐氏赶紧说："师太您尽管直说。"

老尼姑道："恕老尼直言，你家儿媳与贵公子八字不甚相合，恐有灾难，会累及性命啊！"

唐氏听了这话，心中顿时起了不祥的念头。按一般情况，这时问卦者都会求问解脱之法，然后舍财，要求尼姑做法求解，尼姑可再行解说，然后索要一笔钱财。但唐氏却取出一锭纹银交给尼姑，转身便领着丫鬟走出了庵门，这让那老尼姑很不得解，不知道这施主为何没要求她做法事解脱就匆匆离开了！但她收了银子，也不好再拦人家了。

唐氏刚回到内室，心里盘算着如何劝说陆游休妻，正碰上陆宰拿着那对金钗进了房。陆宰把金钗掷到唐氏面前问："你看看这是什么？"

唐氏一眼就认出来了，她说："这不是陆游与蕙仙订婚的信物么？"

陆宰把刚才的事讲了，唐氏又惊又怒，立即命陆淮平找来陆游，唐氏厉声问道："你媳妇的那对金钗是怎么回事？"

陆游不明就里，忽被这样一问，一心只想掩盖他资助义勇军的事，便答说："孩儿不知道。"

这还了得！如此说来，果真是唐婉背着丈夫私自把家中贵重物品送与了外人，这分明是有私通之嫌啊！陆宰拿出金钗来示予陆游，陆游情知事情瞒不住了，便如实说出是自己把金钗交由陈立勇，为购买武器之用。哪知，这下唐氏不仅不相信陆游的话，反认为他是为了袒护媳妇自担责任！即便他说的是实情，而这又是触犯权贵违反朝廷的举动，弄不好是会全家遭殃的！她大声呵斥陆游："你不要再替她掩饰了，你一向袒护着她，把她惯得不知天高地厚，上不知孝敬公婆，下不知勤俭持家，整天就知缠着你吟诗弄琴，荒废学业，这些都还只是不守家规不遵妇道，仅此也够逐出家门了！现在居然又怂恿你组织什么义勇军，这可是欺君罔法，要满门抄斩的，这样的祸害之人，还怎么能够留她在家？你现在就给我写休书！"

陆游一听这话，如雷轰顶，他跪在母亲面前苦苦求情，一再声明这一切唐婉都不知情，是他自己的主张。哪知，他越是这样解释，唐氏越发认定他是在袒护唐婉，也就越发地坚定了决心。

陆宰听了陆游的辩解，又看他痛哭流涕的样子，心里倒是开始相信了陆游的说法，但又觉唐氏的说法也是有道理的，虽然，他本质上是主张抗金的，但他认为只有皇上支持抗金，才是正道、皇上不支持，私下的抗金活动不仅无益，而且也有违抗圣意的嫌疑，一切与朝廷背离的行为，都是不合规矩法度的。所以，他认为唐氏说得更有道理：陆游这样私下里组织义勇军，真有被杀头甚至满门抄斩之虑！因而，当陆游再次求情于父亲时，陆宰只是叹了口气，摇头走出了卧室。陆游一路求着情来到了父亲的书房。

陆宰叹了口气，说："你母亲说得很有道理，目前要想她收回成命恐怕太难，不如你先写个假的休书，让你母亲消消气，你带蕙仙去外面租一处房屋暂且回避一段时间，待日后你母亲消了气，再领她回来。只是你再也不可荒废学业辜负我们的希望了。"

其实这一切，都被唐婉听到了。唐婉正要往婆母屋里来请安时，在窗外听到了公婆对陆游的训话，接着也听到了婆母要求陆游写出休书的经过。她一时伤心欲绝，不敢上前去辩解，也知道以婆婆对自己一向的看法，辩解也是徒劳的。她又羞又急，满脸泪水地跑回自己房中。

陆游回到房中，夫妻二人抱头痛哭，一边是母命难违，一边是夫妻难舍，陆游不知道应该怎么办才好。

上马击狂胡，下马草军书——陆游诗传

这时唐氏追到了他们的房中。唐婉跪到她的面前，哀求道："婆婆请消气，儿媳千错万错，从今往后，儿媳愿当牛做马服侍您二老，只求婆婆收回成命不要将我撵出家门。"

唐氏冷冷地说："我当不得你的婆婆，当初也不是没给你机会，想不到，你不仅不能让务观专心读书，还撺掇着他做起了有杀头之祸的事来！"

陆游哭道："母亲，我实在不知道唐婉犯了哪条必得要休她的大罪呀！"

陆游说的是古代妇女被休必有的七种罪状即七出：无子、淫泆、不事公婆、口舌、盗窃、妒忌、恶疾。亦作"七去"。其实，陆游这是负隅顽抗，他知道母亲出身官宦，也懂些文墨，又口齿伶俐，她不可能找不到说词。

果然，唐氏说："她擅将物品送与外人，是目无尊长，整日缠着你沉湎于闺房，荒废学业，是为淫泆；过门二年，尚无身孕，有这三条还不够吗？不用多说了，务观，你现在只有两条路可走，要么休妻顺亲，要么逆亲殉情。还有你……"她指着陪跪在陆游身旁早已泣不成声的唐婉说道："你若真的还爱务观，还有一点廉耻之心，就不要让他再背上不忠不孝的恶名，逼得我陆家骨肉分离才好。"

唐氏说完这些，怒气冲冲地转身走了。

唐婉羞惭得晕了过去，倒在了地上！陆游也痛苦得捶胸顿足。丫头萱草忙着扶起这个又去搀那个，自己也哭成了泪人儿。

婆母已把话说到决绝的份上了，唐婉再难在陆家留下来了，萱草说："古有文君夜奔的故事，小姐，公子，要不你们双双出逃吧。"

陆游问："怎么出逃法？"

萱草说："你带着小姐先到堂哥那边去避一段时间吧！"

唐婉说："不可，那样，婆婆更加认为是我拐骗走了表哥呀！"

萱草说："这怎么叫拐骗，你是公子明媒正娶的夫人呀！"

唐婉摇头："那也是让表哥背上了不忠不孝的恶名啊！"

陆游也觉得那样太有违孝道了。想来想去，他们只能选择按父亲的建议做。陆游先按母亲的意志写下了休书，对母亲谎称已送唐婉回了娘家，暗地里把唐婉安排到了陈立勇家后院暂住，陆游常常来这里与唐婉团聚。

可是，好景不长，唐氏发现了异样，因为陆游时常神龙见首不见尾，而恩爱夫妻突然被离散了，陆游应该是怎样的郁闷，唐氏心里是有准备的，可是，仔细观察，陆游似乎也没有什么大的反应，好像什么也没有发生一样，这很不符合情理。唐氏便暗中观察巡访。

这天，她果然查找到了陈立勇家。亏了陆淮平事先跑去提醒陆游，可怜陆游与唐婉慌忙躲到了一处杂草丛生的树林里面，听得唐氏对陈立勇说："你休得要隐藏他们，他们这样目无尊长，欺上瞒下，不忠不孝的东西，不值得你为他们冒险！"

陈立勇笑道："他们是明媒正娶的夫妻呀，伯母您何苦呢？"

唐氏道："这是我们的家事，希望外人不要插手为好。否则，小心有人举报你私自招兵买马，破坏宋金和议，这可是死罪呢！"

"我招募义勇为的是抗击金人南侵，伯母您也是见证过金人劫掠、经历过逃难艰辛的啊！"

唐氏道："我今天不与你争论，只要我发现了那个小贱人藏在你这儿，休怪我不客气！"说完便愤愤地走了。

6

这一番话，躲在树林草丛中的唐婉听得明明白白，字字句句都如乱箭穿心，陆游不知道如何安慰她才好。

唐婉流着泪道："表哥，我不能在这里待下去了，万一哪天真的让婆母知道了，会连累立勇兄弟。不如我还是回到娘家去吧！"

说是娘家，其实娘亲早已不在人世，家中只有老父亲一人，这唯一的女儿又遭弃归家，父亲该会多么痛心！她的命运，与当年才女蔡文姬初嫁后，被夫家以未生育为由休弃的遭遇一样！想到这里，唐婉和萱草都哭成了泪人。

这样回到娘家，无异于诏示众人，她是被弃之妇！可是不回娘家，她又能去哪儿安身呢？陆游一时间也没了主张，只得让陈立勇连夜将唐婉、萱草护送回了娘家。

唐婉拿出了象征结发夫妻绾在一起的两绺发丝，新婚之夜剪取它们的情景浮现在二人眼前，她双手把发丝交给陆游说道："务观哥，我等你早点来接我……"

她含泪吟起李商隐的诗句：

> 相见时难别亦难，东风无力百花残，
>
> 春蚕到死丝方尽，蜡炬成灰泪始干。

陆游伤心欲绝地目送着她的身影，渐渐消失在暮色中。

多年后，陆游一定后悔，当一个弱女子在这样走投无路的情形下，作为她的丈夫，没能给她一个遮风挡雨的去处；也一定后悔，他没能拿出男儿的勇气为心爱的妻子抗争；甚至会后悔没有像司马相如那样与卓文君私奔！同时，他是否会反思自己的优柔寡断、反思自己对于那个大家庭的过度依赖而葬送了自己的美好爱情？肯定是有的，不然怎么会在古稀之年仍念念不忘，写下了一篇又一篇怀旧的诗词！或许，那是他壮志未酬时回归恋情的一种补偿？所有的一切，都只能是后人的猜想了。而在那时，他确实不知道。这一别，竟成了另一种版本的孔雀东南飞！是他们夫妻的永诀！日后再见，便是"人成各，今非昨"了！

唐婉回到娘家，唐闳大感意外，当初可是你陆家主动提出结亲的啊！为了永结良缘世代相亲，唐闳培养女儿不惜代价，延请家教，授以文章琴瑟，诗词歌赋，让她明事理，辨是非，远近多少人家，下聘求亲，都被他婉言谢绝，为的是恪守当年的承诺，他甚至连续弦的事都不予考虑，生怕委屈了女儿。更何况女儿女婿相亲相爱，这是多好的姻缘呀！怎么能因毫无根据的猜测就棒打鸳鸯呢？自家的名声倒在其次，女儿女婿的幸福才是大事呀！他决定亲自去一趟陆家，向儿女亲家求和。

然而，亲家母唐氏的态度让唐闳大吃一惊，想不到当年那个和颜悦色的唐氏、联了宗亲的姐姐，竟变得如此冷若冰霜！她指责唐婉完全不似当年那个可爱的小闺女了，而是变成了一个不善女红、不安于室，且不敬公婆，还怂恿陆游反对朝廷的淫邪之人！这样的污蔑，自然让唐闳怒从心头起，他也毫不客气地指责唐氏强词夺理、不顾人伦、拆散良缘，顺带着也指责陆宰不问缘由、纵容妻室，成了河东之狮！呵斥陆宰，冤枉子媳。

唐闳原本是为求和去的陆家，最终却被唐氏的冷漠和强势，噎得也说出了负气的话："离开你陆家，我女儿不愁找不到好的人家！"

唐氏立即回道："我家务观马上就要迎娶新人了！"

唐闳以为她说的是一句气话，他负气走出了陆家，一对亲家就这样不欢而散了。

<h1 style="text-align:center">7</h1>

为了彻底断绝陆游与唐婉的来往，时隔不久，唐氏真的找人给陆游又定了一门亲事。陆游开始坚决不答应，无奈唐氏命人将他锁在了家中不得外出，还轮番派人来规劝。

想到逼陆游休妻之事做得实在有点过分，何况那些个罪状多少也有些牵强附会，陆宰心有不忍，他知道陆游郁郁寡欢，心中一直放不下唐婉，可是母子间总是这样拗着也不是长久之事，而唐氏又是个个性强势且意志坚定的人，在家中说一不二，虽算不上是河东之狮，但他总是事事忍让三分，他没办法改变她的主张，只得亲自来劝说陆游。

陆宰说："好男儿不可一味沉湎于儿女情长，还要报效国家，建功立业，光耀门楣，实现更大的人生抱负。当年太祖爷爷如果不是发愤苦读，再经过几代人的努力，积攒下了陆家的基业，恐怕你们现在也像那些食不果腹、衣不蔽体的人一样，哪里还有闲心说什么情与爱啊！"陆宰还建议陆游："不如你暂且顺从母亲，或许你母亲心回意转了，那时再把蕙仙接回家来也未必不可呀！大丈夫能屈能伸，何况是遵从母意呢？"

陆游想到父亲曾经让他将唐婉暂时不送回家，而是安置在外居住的好意，心有所动。

陆宰又说："现在，你母亲做主，已给王家下了聘礼，绍兴城里都知道了这事，所有的礼仪都已行过，如若你再不从，让人家王家女儿今后如何做人？让你父母的脸往哪搁？我陆家几代书香门第的名声，也会被玷污了呀！"

陆游道："父亲可知蕙仙妹今后又怎么做人？舅父的颜面又往哪搁呀？"

陆宰说："男人多娶几房妻妾算什么？蕙仙和你舅父不会不明白这个道理，何况将来我们会想法把蕙仙再接进门的。"

父子二人谁也说服不了谁，不欢而散。

这一边，唐氏已差人将大红的喜帖分送各亲朋好友了，特意让陆淮平去到唐闳家送喜帖。陆淮平扯了个由头没有去，唐氏就让一个老仆去唐家送去了喜帖。

唐婉看到这个迎娶新娘的喜帖，无异于再遭雷劈！如果离开陆游回到娘家，是心上的一记刀伤，收到这张喜帖就不仅是伤口上再撒了把盐，雪上再加上了一层霜，而是再一次给了她致命的一击，彻底断绝了她心中的一丝希望、一点念想。她只有一心求死了，可是老父独自一人辛苦把她养大，她如何能再伤他的心？真正是求生不得，求死不能呀！她只有削发为尼、出家修行了。可是对于老父亲来说，这与求死又有何异？

8

唐闳是战场上过来的人，又当过郑州通判、江东运判官，起先是想劝和亲家，可受到唐氏的刺激，自己也说了一句过激的话，回到家来就有了悔意，想着也许他们夫妻恩爱终有一天会让公婆感动，也盼着能有柳暗花明之时。不料，等来的却是大红的喜帖送上了门！这分明就是下了绝交的战表呀！于是，他也立马着手为女儿寻找新的婆家。

其实，人选是现成的。同乡中的宗室子弟赵士程，就是一位温良忠厚之人，他常来唐府与唐父下棋解闷。当他得知唐婉"大归"在家的缘由后，不由得对唐婉的遭遇产生了同情，本来，他对唐婉的才情早有耳闻，那日在禹迹寺偶遇，又亲眼看见了成年后唐婉的美丽端庄和知书达礼，心中有过倾慕之情，只是当时人家名花有主，所以也不敢有非分之想，现在，那一份倾慕，在同情心的驱使之下鼓起了勇气，他托人向唐闳提出了请求。唐闳倒是很看重这个年轻的晚辈，只是不知唐婉能否答应，他已让萱草试探过几次，现在他要亲自出马来说服女儿了。

　　倒是没费很多的口舌，唐婉就答应了父亲的要求。五内俱焚的她已没有了知觉，心中只有一个念头：不能让老父再为自己伤心了。她说："一切全凭父亲为女儿做主。"

　　一个被弃的弱女子，可以随时赴死，也可以孤独地老去，唯独不可以眼见得年迈的父亲总为自己操心着急，一天天地衰老下去；不可以让他陪着自己在羞辱和委屈中度过晚年。也许，顺从父亲再嫁，是最好的尽孝方式。唐婉的孝顺明理，让唐闳心疼不已，但同时也得到了一分难得的欣慰。

　　就这样，她对陆游的恩爱，只能深深地埋在心里了。

　　这边，当陆家敲锣打鼓迎娶王姑娘进门时，那边，赵府在声声鞭炮中，也将唐婉迎进了高悬着大红灯笼的宽门大宅，陆游与唐婉这一对情深恩重的夫妻，就这样"孔雀东南飞了"……

上马击狂胡，下马草军书——陆游诗传

第六章

立志上马杀狂胡的书生，果然锁厅科考试头一名！一句台词，惹来杀身之祸；得罪权贵，遭遇功名罢黜。

1

半个月后的夜晚，一个人影独自在院中徘徊着，陆游上前一看，是陆淮平，他手上还拿着个包裹。陆游问："淮平，你为何一个人在这里，有事吗？"

陆淮平嗫嚅半天终于说道："公子与蕙仙姑娘分开了，我心里难受。"

陆游半天无语。

陆淮平又说："我不能在家里待下去了。"

陆游奇怪，问道："这与你何干？"

陆淮平说："上次送喜帖时义母让我去，我撒了谎说不记得路没去，义母对我有了看法，我……我想去参加陈立勇公子的义勇团。"

陆游听到这话，心里倒生了几分敬佩。

陆淮平说："请公子转告义父义母：这么多年，义父义母的收留养育之恩，待淮平建功立业后再来报答。"陆游听了，心里难过，却又留他不得，只能由他去了。

不久就传来了陆淮平与陈立勇随着义勇团一路奔淮河而去，投入了东路的王师，还袭击了几个金兵大营的消息！陆游心里好生羡慕，只可惜自己无法像淮平那样说走就走。

王氏虽然不比唐婉美丽端庄、知书达礼，但也温厚贤良，是那种"嫁乞随乞，嫁叟随叟"的柔顺女子，所以很得婆母唐氏的欢喜。次年，她就为陆游生了个儿子，取名子虡，字伯业，小字彭儿。

子虡的出生，给一家人带来了欢喜，然而还有四个月就是六十花甲的陆宰，却是经不住病魔的折磨，竟早早地撒手西去了。陆宰去世后两个月，又从无锡传来陆游一个叔父的死讯。

叔父是陆实，曾以提举常平组织武装反抗金人的侵扰，使金人不敢随意进犯陈留境地。陆游闻得此讯，连夜为叔父写下墓志铭：

公讳寔、字元珍……避亲嫌，移提举京机常平等事。与转运提点刑狱皆置司陈留。会金人犯京师，游骑突至，转运、提点刑狱仓卒避去。故事：两司皆兼提举将兵及保甲，而常平司弗与也。及是，公独不动，以便宜招集燕山戍卒数千，杂以保甲，日夜部勒习教，命旧将张宪统之，扼据要害，虏既不能犯，而溃卒亦不为乱。措置号令，赫然有大将风采，因闻道上章自劾，且乞犒军；诏释罪，从所请。方是时，虏摽掠四出，陈留适当其冲，微公几殆。议者谓宜出入兵间以尽其材，而公罢归矣！……铭曰：以公之材，遭时艰虞。驰骋功名，公盖有余。世方尚法，豪杰斥疏。抑或知之，旁睨歔欷。卒敛智略，老于里闾。

年轻的陆游，虽然爱情受挫，但对家仇国恨仍是铭刻心头。对叔父的抗金行为，用兵勇谋，称道有嘉，对临阵脱逃或不抵抗者则是嗤之以鼻，而叔父及所有爱国之士的才华和志向，不能得以施展更让陆游颇多感慨，他感受到了生命的短暂，联想到自身的未来，心中有点茫然。这个时候，他收到了老师曾几的来信。

上饶有个茶山寺，有茶园数亩。相传唐代陆羽（字鸿渐，性嗜茶）曾居住在寺内，这里泉水甘洌、草木清润，他依山开荒种茶，后来就以他的名命此山为茶山，泉名陆子泉。陆游的老师曾几就寓居在这里，他来信问候陆游，并鼓励他参加科考入仕，报效国家。陆游想到先生讲过的那些抗金故事，不禁有感而发，写下了一首《答谢诗》：

庭中下乾鹊，门外传远书。

小印红屈蟠，两端黄蜡涂。

开缄展矮纸。滑细疑卵肤。

首言劳良苦，后问逮妻孥。

中间勉以仕，语意极勤渠。

字如老瘠竹，墨淡行疏疏。

诗如古鼎篆，可爱不可摹。

快读醒人意，垢痒逢爬梳。

细读味益长，炙毂出膏腴。

行吟坐卧看，废食至日晡。

想见落笔时，万像听指呼。

亦知题诗处，绿井石发粗。

公闲计有客，煎茶置风炉。

倘公无客时，濯缨亦中娱。

井名本季疵，思人理岂无。

居然及贱子，愧谢恩意殊。

几时得从公，旧学锄荒芜。

古文讲声形，误字辩鲁鱼。

时时酌井泉，露芽奉瓢盂。

不知公许否，因风报何如。

曾几对陆游的关怀，以及陆游对曾几的尊崇由此可见一斑。

陆游常与一班好友名士如王睎、陈山、堂兄升之等人唱和，每逢重阳时节，必登高望远，赋诗作词，畅谈国事，特别是对于秦桧谋杀岳飞，以及毒杀岳飞的部将、鄂州驻扎御前左军统制牛皋之事，总是义愤填膺。

这一年，金帝完颜亮诏示中外：迁都燕京，改元贞元。

完颜亮，女真名迪古乃，因为他杀死金熙宗而自立为帝，后来又在政变中被杀，所以在历史上没有庙号，只称海陵王。他曾与亲信谈论自己的志向时说："吾志有三：国家大事皆自我出，一也；帅师伐国，执其君长问罪于前，二也；得天下绝色而妻之，三也。"江南锦绣繁华之地，早已令他垂涎三尺，同时，完颜亮也深受汉族文化思想影响，有着强烈的正统观念，认为只有实现南北统一，金朝才称得上是正统，因此他登上皇位之后，就把武力统一作为自己最大目标。

受老师的影响，陆游希望将来能有机会上战场为国效忠，并立下一生的志向："上马杀狂胡，下马草军书"。为此他常通宵苦读兵书。

> 孤灯耿霜夕，穷山读兵书。
> 平生万里心，执戈王前驱。
> 战死士所有，耻复守妻孥。
> 成功亦邂逅，逆料政自疏。
> 陂泽号饥鸿，岁月欺贫儒。
> 叹息镜中面，安得长肤腴。
>
> ——《夜读兵书》

2

要实现自己的志向，当然就得进入仕途，而最直接的路径就是参加科举考试。陆游听从老师的建议，决定再试科举。绍兴二十三年（1153年）他去临安参加省试锁厅试，这次应试离他上次来临安参加科举考试，已过去了十年。

"锁厅试"是宋代现任官吏或者有爵禄者应进士试的称谓，也是宋代科举考试的一种补充形式，是专门为有官衔的人举行的一种单独考试，也是考进士，其学历水平类似于现在的"在职研究生学历"。陆游在十二岁时荫补登仕郎，登仕郎为文散官正九品，所以具备了参加"锁厅试"的资格。"锁厅试"是一种非常形象的说法，意即锁其官府的办公厅而去应试。

如果考中，只迁官而不与科第，如果不中，则停现任。如果通过省试，次年就可参加殿试。

这时的陆游已经有了一定的名声，考取的可能性很大。

踌躇满志的陆游，在临安城里的"连升"旅馆前驻足。他正犹豫是否住在这里时，店小二一把拉住了他，说道："公子是来考试的吧？快请入住吧，这条街上的旅馆，住满了参加考试的各地士子和官员，晚了可就找不到地儿啦！"

陆游见旅馆门前人来人往，好不热闹，好像真的都是来应试的。便决定就住这里。进到店里时，发现已经有数十人住在里面了，见陆游进来了，互相打过招呼后，又继续谈论着今年的主考官。

一个说："今年的主试官陈之茂大人，字阜卿，诗清劲，画尤有法，令人钦佩。"

一个说："高宗绍兴二年，陈大人还很年轻，应进士试，廷对时忤逆了权相，被罢黜。后为太常博士的张九成进士在殿试时，叩头答皇帝话时说：'臣之学不如之茂，臣不当得。之茂能言人之所不敢言，之茂宜奖不宜黜。'皇帝感叹说：'忠言也'。于是赐予之茂同进士出身，除休宁尉。最后官至吏部侍郎兼中书舍人，直学士院。这次是为两浙转运司考试官。"

"如此说来，这位陈之茂先生，应该是一个能主持公道的考官。"有人附和着说。

又一个说："此次主考官本为平江府观察推官萧燧，因他不附和秦相，秦相临时换人来接替了萧燧。也不知是不是他？"

"如此说来，这个陈之茂先生就是秦相的人啦！"有人担心地说，其余人都摇头叹息说不知道。

……

不管主考官是谁，陆游想的是尽自己最大努力考出自己的最好成绩。

这时，只听得一声叹息，大家转头看时，有个身着绿袍男子摇了摇头说："你们不知道吧，当今秦太师秦相的孙子秦埙，这次也来应考了。他是皇上亲封的右文殿修撰，九岁时就被赐三品服呢！这次锁厅试头名非他莫属啊！"大家听了这话，多少都有点丧气了。

自"绍兴和议"后，秦桧在宋高宗的支持和纵容下，总揽朝政已达十余年。宋高宗向金人乞和时，金人提出的一个条件就是"不许以无罪去首相！"即是说若罢免秦相，就是宋方撕毁和议！

携金人以自重，秦桧得以长期专权，上至执政大臣的去留，下至地方州县长官的任免，主要取决于秦桧及其党羽。陆游知道，秦桧之孙如果参加考试，将是自己最大的竞争对手！

当晚，陆游在外面吃完晚饭回到旅馆，看到后院墙角有几点星火，他很是奇怪，再定睛看时，就是白天在大厅里说锁厅试头名非秦埙莫属的那个绿袍男子，他正虔诚地跪在地上，面向贡院方向祷告着。陆游也连忙双手合十，默念着："三清上圣，诸天高真，一切大神，悯念垂慈，保佑陆游遂愿高中！"

"连升"旅馆离贡院不远，转过街角就到了贡院街。满街都是应试和送考的人员，贡院的大门前已被手持兵器的卫兵把守，任何人不得擅入。

陆游和一同应试的士子们一个个被全身上下地搜查一遍，防止舞弊夹带，然后大家集中到台阶前焚香礼拜，礼拜时大家都双手合十，专注又虔诚，口中念念有词。然后再按照顺序进入号房，彼此之间再不得言语。每一个号房门口都有兵丁把守，庄严肃穆的氛围，常让参考的士子们紧张得透不过气来，陆游也有几分紧张，他看到有个虚弱的士子突然一下晕厥了，倒在地上，立刻有几个兵丁上来，将他搀扶到一边去了。

短时间的紧张感过去后，陆游便进入良好的应试状态，他感觉思维越来越清晰，运笔越来越顺畅。他是第一个交卷的。当他信心满满地走出贡院时连守卫的兵丁都向他投来羡慕眼神。

回到旅馆，店小二吃惊地问道："公子这么早就回来了？考得一定很好吧！"陆游只说道："等着看榜吧！"小二便道喜说："公子一定会高中的！"

陆游听了，踌躇满志地回到了房间。

3

发榜的日子终于来了，榜上的第一名，竟是陆游的名字，这消息迅速传遍了绍兴城。

宋代科举结果的通知有三种形式：一是张榜公布考试结果，类似于现在的公示公告；第二种是送喜报给本人，类似于现在的送达高考录取通知书；第三种是有快报送到考生的家中，类似于现在的快递了。

当一队人马敲锣打鼓、高扬旗幡来到"连升"旅馆报喜时，几乎全城的人都知道了这一喜讯。大家纷纷给陆游道喜时，店小二喜滋滋地上前来说道："恭喜公子高中，我说了进我家旅店不错吧，'连升'嘛！"

谁也想不到，结果发榜公布后，却惹恼了太师秦桧，因为他的孙子秦埙居然屈居陆游名下，名列第二！

秦桧大怒，当即革去了陈之茂的官职！其实，陈之茂这次是以绍兴通判作为秋试的考官，虽然没有擢秦埙为第一，但他也不敢不置他于高等，所以将秦埙定为第二！就是这样，仍让秦桧非常记恨。如果不是后来秦桧病死了，陈之茂肯定会吃不了兜着走的！

此刻秦桧还在气愤之中。他查看了陆游的答卷，思路清晰、文采飞扬且笔墨俊逸，让他感觉是可造之才，但却满纸纵论抗金之事，这让他恼羞成怒。他让人把陆游叫到了相府，他要亲自训导陆游。让他不可再妄议恢复山河的主张。

陆游被相府的一个家丁引领着，穿过大院，来到一幢豪宅门外，家丁让他稍候，说他去请太师。

陆游站在屋檐下，环顾四周，院中古木参天，怪石林立，亭台楼阁、奇花异草、目不暇接。陆游早就听说过秦相如何的大权在握，如何的一门富贵，其子辈孙辈俱任高官，亲党故旧无不攀附高升；也听说他如何的迫害异己，钳制舆论，而且公然开门受贿，富可敌国等。今见到这后院的铺张堂皇，陆游算是开了眼界了。

透过几扇窗子，他向屋子里面看去，原来里边是一个戏院，一些梨园子弟正在演出一曲不知什么名的戏剧，台下坐着几十人，可能都是秦相的家眷或亲友们。只见台上一个扮演官人的戏子，头发上戴的大环不知怎么掉到了地上。

另一个戏子问道："这是什么环？"

那官人答："二胜环。"

戏子说："你坐太师椅，为什么把'二胜环'丢到脑后了？"

这话刚一落地，就看到台下前排居中的一人，突然站起身来，冲着台上挥了挥手，音乐锣鼓戛然而止！这人转身离去，正碰到有个家丁跑来向他禀告什么，他便拂袖走出了戏院子他见到陆游时，脸上的恼怒还没有收回，只是傲慢地问了句："你就是阴山的陆游？"

陆游施礼道："在下便是。"

一边的家丁连忙对陆游说："这是秦太师秦大人。"

陆游随秦桧来到了一个水榭中间，这里四周围绕着池水，可以轻晰地看见水中的鱼儿戏水游弋。

秦桧说："如今宋金和好多年，河清海晏，太平盛世，你年纪轻轻，不思为宋金和好歌功颂德也就罢了，为何要北伐、鼓动百姓抵御金人，还在应试文章中书写你的所谓报国志向？！"

陆游说："这些都是在下心中所想啊！"

秦桧说："你若能放弃鼓噪抗金的主张，我倒是可以保你及第，一生享不尽的荣华富贵。"

陆游："太师，请恕陆游难以从命。如今……"陆游正想借此再叙述他的恢复中原之论，不料秦桧却不屑地"哼"了一声，悻悻地拂袖走了。

4

陆游回到旅馆，想着与秦桧的对话，知道说不定什么时候会有一场噩运等着自己！晚上，他辗转反侧，到凌晨时才睡去。第二天，他醒来时，街上早已人来人往了。

有消息不胫而走，说是今天一早，衙门里昨夜里关进去的一个戏子，不明不白地死在了牢里！

旅馆的店小二又拉住陆游告诉他说："哎，陆公子知道吗？听说有个戏子昨天上了大刑，回到监号后，一个狱卒送了碗酒来让他压压惊，戏子却在酒后吐血而亡！"

旁边一人插话说："我听说是遭了廷杖当场毙命的呢！"

店小二说："啊，总之是个活生生的人，头晚进去，第二天清早就死了！还说有人看着拉出去时浑身上下全是血，没一块好皮肤哩！"

陆游心里顿时一阵慌乱，他忙拉着那个身着绿袍的士子问是怎么回事？

绿袍士子把他让到一边，悄声说："听说死的是个戏子，昨天在秦太师府上唱戏，一个演官人的戏子把大环掉在地上，他说'你坐在太师椅上，怎么把二胜环丢到脑后了呢？'就为这句台词呀，把他给……"绿袍士子做了个抹脖子的动作。陆游还没明白，问："究竟他犯了什么法？"

绿袍士子把声音压得更低了说："他胆子也太大了，他说的是'二圣还'呀！这是在讽刺秦相把迎接徽、钦二帝回来之事，丢到脑后了呀！"

陆游想到昨日之事，自己竟是整件事情的目击者，又想到秦桧对他说的话，心情忧愤至极。

绿袍士子又说："其实就高宗皇帝而言，当年他也未必是真心想迎接二圣回来的，你想呀，徽宗是他父亲，钦宗是他哥哥，他们要是真的回来了，怎么办呢？他这个皇帝还能当吗？"陆游听了，心里更加郁闷不已。

5

陆游没有驯服。次年，按吏部的规定，他去参加礼部应试，再次被荐为第一名！这一次彻底得罪了秦太师，他提笔将陆游的名字从录取名单中一笔划掉了！张榜公布时，陆游眼见得一个一个的同科士子们被点名参加殿试，却独独他一人名落孙山！而殿试的结果，头一名就是秦埙！他悲愤难抑却无能为力。事情到此远未结束。他做好了最坏的打算，想不到的是，不久，秦桧竟病死了！

秦桧自被金人送回南宋，即以专主议和博得金人和高宗赵构的信任。那时，在朝廷内部关于和与战的问题，壁垒分明，斗争极为尖锐。凡反对议和的大臣都遭到赵构和秦桧的排斥，甚至加以杀戮，或者迫使其屏野闲居。前者如赵鼎、张浚、岳飞、李光等；后者如曾几、朱松、傅崧卿等。陆游父亲及师兄等人及其交好者，均属主战派，陈之茂早年也因"言人之所不敢言"而得罪了秦桧。陆游在战乱中生长，痛心大宋国土沦丧，同情百姓的苦难，受到父师先辈的熏陶感染，心灵深处久蕴驱逐金寇，收复中原的壮志，当科场对策时，他的爱国热情喷薄而出，一发而不可遏。这样，秦桧对他必除去而后快！假若不是秦桧病死，则陆游所谓的"奇祸"，真的是不可避免的！这件事，陆游后来记叙说：

陈阜清先生为两浙转运司考试官，时秦丞相孙以右文殿修撰来就试，直欲首送，阜清得予文卷，擢置第一，秦氏大怒，予明年既显黜，先生亦几蹈危机，偶秦公薨，遂已。予晚岁料理故书，得先生手帖，追感平昔，作长句以识其事，不知衰涕之集也。

其实，陆游对自己的言行是颇为自得的，说自己："顷游场屋，首犯权贵……讼刘蕡之下弟，空辱公言；与李贺而争名，几成奇祸。"在后来的《放翁自赞》中还说："名动高皇，语触秦桧。"在《记梦》中说："少日飞扬翰墨场，意曾上疏动高皇。宁知老作功名梦，十万全装入晋阳。"

秦桧重病期间，高宗带了一帮随从去相府探视。秦桧的儿子秦熺在病榻边迫不及待地问高宗："未来谁承相位？"

高宗冷冷地答道："这不是你应该问的事。"

其实是明确拒绝了秦熺想要继承相位的要求。

第二天，秦桧、秦熺、秦桧的孙子秦埙一起被免官！得知这是高宗的旨意后，秦桧当夜便咽了气！也许在内心里，高宗是忌讳秦桧的，秦桧用金人来邀宠于高宗，其实也是"挟虏以自重"，且金人要求高宗"不许以无罪去首相"，这多少让高宗在心里有被钳制之虑，所以眼见得秦桧再无利用价值，便果断地免了他的官，且断绝了他子孙的指望！

但是对金议和，也是高宗的本意，所以，直到秦桧死时，高宗还不止一次地告诫文武大臣说：对金媾和，是出于他本人的决策，不允许任何人趁秦桧之死而对此事再提异议，动摇既定国是。可见，高宗与秦桧之间，实际上是一种互相利用、狼狈为奸的关系。

毫无疑问，秦桧的死，让陆游躲过了一劫。但是，宋高宗仍然推行苟安求和的国策。后来所任用的宰相如沈该、万俟卨、汤思退等，一个个也都是秦桧的党羽，"一桧虽死，百桧尚存"。朝政萎靡，吏治腐败的状况并未改观。

陆游的心情，仍然是抑郁的。

第七章

再度游沈园，壁上的两首《钗头凤》，让世人为之肝裂肠断。踏上仕途，开始了宦海的漂泊生涯。真假柔福帝姬，都是议和投降的耻辱和牺牲品。

1

有一天，抑郁的陆游信马由缰地四处巡游，冥冥中似有神灵的指引，抬头一看，已过了禹迹寺，来到了沈园。他索性进去散散心。那明媚的春光说不定会洗去心头的阴郁。春色依旧，花团锦簇，那柔绵的岸柳，抚水撩人，春色流光溢彩。远处缥缈的琴曲，乘风入耳，牵情动心。陆游看着眼前的一切，想起了杜牧的《泊秦淮》：

> 烟笼寒水月笼沙，夜泊秦淮近酒家。
> 商女不知亡国恨，隔江犹唱《后庭花》。

陆游一个人徜徉在这莺歌燕舞里，踽踽独行。其实，他想得最多的还有一个人，他们曾经携手走在这里的一条石砌的曲径里，他要去那曲径再走一走……蓦地，对面春波桥上走来一个熟悉的倩影，他定住了，倩影并非独行，她的身边多了一位翩翩公子。陆游恍惚了，不知是真是幻？待他们走近，才看清，竟然真的是唐婉和赵士程夫妇！

想避开来不及了，一声"表哥"叫住了陆游，唐婉与赵士程从桥上走了过来。

"听说表哥省试第一后，又在礼部的锁厅试中了第一名呀！"唐婉甜甜地笑着，柔声说道。

陆游答说："是，但是后来，让秦太师罢黜了。"

唐婉安慰他说："表哥不要太悲伤了，留得青山在，不怕没柴烧。"

陆游默然。

一会儿，萱草送来了几碟小菜和一壶酒，说："公子，这是我家赵公子让我送给您的。"

原来，赵士程陪他们走到长廊后，就悄悄退出去了。他打发萱草送来了酒、菜。唐婉拿起酒壶，将一只酒杯斟满，然后递给陆游说："表哥，唐婉敬你一杯酒，请你保重身体。"说完，双手捧着酒杯，递给了陆游。

陆游接酒杯，还是那双手，那双红酥手，曾经为他研墨铺纸弹琴的手，曾经为他叠被铺床奉送金钗的手，曾经那么熟悉，如同自己的左手和右手，如今却劳燕分飞，还相隔了十年！同样也是这双手，如今为谁抚琴？为谁添香？为谁画黛眉点绛唇？陆游心潮汹涌，脑子却一片空白。

陆游还在痴痴地呆着，唐婉低头说道："请表哥慢用，唐婉告辞了。"说完，施礼后就悄然离去。

待陆游醒来，却不见了人影。酒冷肴凉，他扬头把酒喝干，两行热泪却顺着脸颊流了下来。也许此时此刻的酒劲发作了，他好像身处朦胧的梦中，眼前的景物和游人有些恍惚，但心里却是清醒的。他在一个卦摊上借来了笔墨，快步走到一堵粉墙旁边，写下了心中的痛惜：

红酥手，黄藤酒，满城春色宫墙柳。东风恶，欢情薄，一怀愁绪，几年离索。错、错、错。

春如旧，人空瘦，泪痕红浥鲛绡透。桃花落，闲池阁，山盟虽在，锦书难托。莫、莫、莫！

——《钗头凤》

写完后，又站墙前默默吟咏了一遍，止不住地泪流满面，他低着头，缓缓离开了沈园。

他走后，园中的游人纷纷走到粉墙下，有人说他的字写得好，也有的说上面的词更好，虽然说不清好在哪里，但诗句流畅，有一种韵味。

次日，唐婉独自来到沈园，她默默地读了这首词，感慨万千。于是，提起笔来，还没写，泪珠便滴到了雪白的纸上，她和着泪水，依韵和了一首：

世情薄，人情恶，雨送黄昏花易落。晓风干，泪痕残，欲笺心事，独语斜阑。难、难、难！

人成各，今非昨，病魂常似秋千索。角声寒，夜阑珊，怕人寻问，咽泪装欢。瞒、瞒、瞒！

——《钗头凤》

虽然赵士程家境富裕，他对唐婉也体贴有加，但是"曾经沧海难为水，除却巫山不是云"。一个没有领略过诗文曲赋之美的蒙昧之人，一个未曾沐浴过情爱之辉的女子，可以糊涂地混沌一生，但是唐婉不可以。假如没偶遇陆游，她也许会自欺欺人地苟存于世。赵士程虽不是自己的青梅竹马，却也是一个通情达理的士子。但是，命运让她再次与陆游相遇于沈园，他们曾经夫唱妇随，琴瑟和谐，在这里留下了足迹和美好的记忆。再次遇见，便是心有千千结，永远都无法解开。唐婉的灵魂好像随陆游而去了，一个没有了灵魂的女子，她的肉身也必不久于人世。

"莫把幺弦拨，怨极弦能说。天不老，情难绝。心似双丝网，中有千千结。夜过也，东窗未白凝残月。"自沈园一别，唐婉便茶饭不思，一宿一宿地辗转反侧、夜不能寐。她以为只有自己一个人沉湎在对往昔的追怀之中，可是，看到表哥的《钗头凤》后，她更知道了表哥竟仍然是那样与自己情意相连、休戚与共！但大错已经铸成，再难更改，这更让她伤痛不已。她在桌前一遍遍地默写着陆游的《钗头凤》和自己的和词，原本柔弱的身体更加速地垮了下来，以致最后茶饭不思。

在一个凄风冷雨的夜晚，萱草看到唐婉坐在窗前，手里拿着一张薛涛笺，一阵风吹来，案头的烛光熄灭了，萱草过去点燃蜡烛时，她已经……

萱草在收拾她的遗物时，看到那满桌的字纸，每一张都浸透着泪痕，她手里的薛涛笺上写着的，就是两首《钗头凤》！萱草心中无声地念叨着：

"小姐呀，小姐，你的命咋这么苦呢？"

唐婉留给陆游的，是五十年温馨又伤感的旧梦，直到八十多岁，直到生命的尽头，陆游都还忘不了这次的"惊鸿一瞥"。这一错过，便是一辈子！此后五十多年，他多次故地凭吊，不仅留下了一系列情真意切的诗词，也给后世留下了一个凄切而美丽的故事。

2

沈园一别，陆游心境悲痛，但是，好男儿志在远方，个人之上还有国家，爱情之上还有事业。何况他一直认为"学者当以经纶天下自期"。

虽然高宗仍然秉持与金人的议和国策，但人心不足蛇吞象！金帝完颜亮又起了南侵之心，要再修汴京而迁都。

礼部侍郎孙道夫对高宗说："中外籍籍，皆谓金人有窥江意。"提醒高宗要早做防备。

但高宗却回答说："朕待之甚厚，彼以何名兴兵？"

其天真幼稚及苟安之态令人憎恨！

道夫回说："兴兵岂问有名？"

御前诸军都统兼知兴元府姚中，听说金有败盟之意，为战守备，招集五郡义士，短短时间就招了两万人。

秦桧死了，朝廷的气氛宽松了许多，曾被秦桧压制的一批主战派人士，也纷纷被召回起用。陆游的老师曾几以左朝请大夫诏为浙东提刑，后改知台州；十月间入京任秘书少监。主张抗金，力斥和议的直秘阁、湖南提刑辛次膺，为官清正，敢于直言。为秦桧所陷，奉祠十八年，也被起知婺州。绍兴二十七年，试给事中。曾经因殿试第一而被罢黜的陆游，一度对科举失望至极，这时，他重新感受到了一线希望。

老师重新起用的消息传来后，陆游给他写了一封信，除了表达对恩师的依依惜别之情外，还对他提出多向皇上进献忠言，揭露时弊，传达国人疾苦的期待。与此同时，陆游还给辛次膺写了封自荐信，信中当然有奉承，也有曲意的自谦。他写道：

> ……某束发好文，才短识近，不足以望作者之藩蓠，然知文之不容伪也，故务重其身而养其气，贫贱流落，何所不有，而自信愈笃，自守愈坚，每以其全自养，以其余见之于文，文愈自喜愈不合于世。夫欲以此求合于世，某则愚矣，而世遂谓某终无所合，某亦不敢谓其言为智也。恭惟阁下以皋陶之谟，周公之诰，清庙、生民之诗，启迪人生而师表学者，虽乡殊壤绝，百世之下，犹将想望而师尊焉。某近在属部而不能承下风，望余光，则是自绝于贤人君子之域矣。虽然，非敢以文之工拙为言也，某心之为邪为正，庶几阁下一读其文而尽得之。唐人有曰："士之致远，先器识而后文艺。"是不得为之文者，天下岂有器识卑陋而文辞超然者哉……
>
> 《上辛给事书》

这一篇言辞骈俪的自荐文，收到了较好的效果。绍兴新到任的太守王师兴对陆游也十分欣赏，人前人后都对他加以赞扬。

绍兴二十八年（1158 年），三十四岁的陆游出任福州宁德县主簿，从此，他的人生开始踏上了仕途。

主簿是县令的属员，掌管档案文书，"凡民租之版，出纳之会，符檄之要，狱讼之成，皆总而治之。勾检其事之稽迟与财之亡失，以赞令制。"好像比现在的政府秘书长的职责更多，包括司法、统计与宣传。但比县尉的权要小得多。

3

陆游带着仆人丁山一同启程前去赴任，一路向南，在浙江瑞安境内，二人泛舟瑞安江上。看着两岸的青山，如镜的江水，仿佛置身仙境。陆游心情舒畅。秦桧已死，主和派有所收敛，主战派渐有作为，自己也步入仕途，他觉得美好人生就在前面，便随口吟道：

俯仰两青空，舟行明镜中。

蓬莱定不远，正要一帆风。

——《泛瑞安江风涛贴然》

经过福州罗源县的走马岭，一条小路在山中穿行，荆棘丛中露出崖石，石上有"树石"二个大字可见，字大直径足有尺余，且字迹奇古可爱。在这样的山野处竟有这样的字迹，陆游很是惊奇，丁山扒开荆棘，看到"才翁所赏树石"六个大字，原来是苏舜元所书。

陆游问丁山："你知道这个苏舜元是何许人吗？"

丁山摇头说："少爷，你知道就告诉我呗。"

陆游说："世人皆知宋代文学家四川眉山的'三苏'，即苏洵和他的两个儿子苏轼、苏辙。他们也是我崇拜的先贤。可是还有一个'三苏'，知道的人可能就不多了，他们是四川铜山的苏易简和他的两个孙子苏舜元与苏舜钦。"

陆游所说的苏舜元是北宋初期文学家、书法家、庆历进士。苏舜元，字才翁，为人精悍有气节，为歌诗亦豪健，尤善草书。官至尚书度支员外郎、三司度支判官。苏舜元于庆历六年（1046年）出任福建路提刑，后擢为尚书祠部员外郎，移京西提刑，又移河东提刑。

苏舜元为官刚正，关心民苦。早年在开封府扶沟县任主簿时，即有赈灾之举。时遇饥荒，当时的县令称病不能履责，苏舜元则舍出自家的粟米来救济饥民。他在福建路提刑任上，兢兢业业，除统辖一路司法、监察等事务外，还担负劝课农桑、兴修水利、赈救灾民、减免赋税、移风易俗等重大责任。在福州，他看到坊间百姓生活用水不便，为方便城内百姓就近取水，组织人力择地挖掘十几口水井，后人称之为"苏公井"。

"苏公井"大多清澈见底，大旱不枯，冬暖夏凉，水质很好。王安石称他"壮志负平生"，黄庭坚赞他"高材傲世人"。只可惜他好人不长寿，不到五十就去世了。所以挽诗如涌，好评如潮。苏舜元游宦福州仅短短两年，但"苏公井"和他为官一任、造福一方的事迹，却被人们久久铭记、传颂。陆游心里想的是，自己现在也是一县主簿，为官也该像苏舜元这样造福于民。于是，他刚到宁德县就向县令项膺报告了路上所见，建议做护栏将这块崖壁保护起来，既纪念为民造福的苏舜元，更传扬这种高尚的品行。这方墨宝摩崖石刻现在福州罗源县白塔道旁，成为当地一处文物，很多人不远千里前来观摩。

在宁德县，陆游结识了县尉朱孝文。他们有共同的志趣，相处得很好。一次公务结束后，陆游和他在一个小酒馆吃饭，听得邻桌有几个人正在高声议论一个叫陈嗣光的，说他为人清廉又孝顺，其母病卧在床十几年，他都亲自奉汤喂药，为此，连自己的终身大事也耽误了，可他从无怨言，一心只愿母亲高兴。时逢朝廷下诏举孝廉，陆游放下手中的酒盅起身来到他们桌边问："请教几位兄长，你们刚才所说的，果有其事？此人家住何方？我们要去询访一下。"

那几个人一看陆游和他同桌的人，仿佛是官场中人，便详细地告诉了他们，并说："官府对这样的孝子贤孙应该大大地颂扬才是啊！"陆游点头称是。

次日陆游便到乡下去专程核实此事，发现陈嗣光的母亲瘫痪在床多年，都是陈嗣光一人照料，乡邻十分感动，都说久病床前无孝子，可是陈嗣光却供奉病母床前十几年！大家都拿他的孝行来教育孩子们。陆游把他的事迹写成奏章上报朝廷应诏，又从县衙领出部分银两为陈家修缮了破旧的房屋，还立起了一座孝廉牌坊，大力宣扬孝亲事迹，让人们学习效仿。宁德县地广人稀，民风淳朴，从此尊老孝亲之风更加深入人心。

这天，陆游带着仆人走在县城街道上，拐了几拐来到了城隍庙门前，只见那庙宇矮小，庙门狭窄，匾额也已残破，几处窗棂也断损，但祭拜的人众多。陆游想，城隍，又称城隍神、城隍爷，是宗教文化中普遍崇祀的重要神灵之一，是道教信奉的守护城池之神。人们最初只是对城池本身进行崇拜，汉代以后，城隍信仰逐渐人格化，唐宋时期，城隍的职能逐渐扩大，并列入政府祀典。城隍庙里供奉的是一座城池的保护神，是老百姓祈求丰年、祈盼平安的神圣之地，它的面貌也体现着这座城里百姓的精神状态。

于是，他向县令提出重修城隍庙的建议，县令大大称善，并让陆游主持新城隍庙的规划及重修工程。陆游克勤克俭，亲力亲为，招徕了懂宗教懂建筑的能人设计图纸、测算规模，又召集了一批热心民工，经过大半年时间的修缮和扩展，终于让城隍庙旧貌换新颜了。

落成庆典那天，百姓云集，从四面八方涌来参拜，烧香祈福。陆游又为之洋洋洒洒作了一篇《重修宁德县城隍庙记》，虽是应景之作，但也十分贴近民众心理。他从宁德的特殊自然条件入手，精辟分析了当地城隍信仰盛行的原因，指出："宁德为邑，带山负海。双岩、白鹤之岭，其高摩天，其险立壁，负者股栗，乘者心掉。飞鸾关、官井之水，涛澜汹涌，蛟鳄出没，登舟者涕泣于父母妻子别，已济者同舟更相贺。又有气雾之毒，蛙、黾、蛇、蚕、守宫之蛊。邮亭逆旅，往往大署城壁，以道出宁德为戒。然邑之吏民独不得避，则惟神之归，是以城隍祠比他邑尤盛。"

陆游在这篇记文中，还提出了一个重要观点："神惟正直。"这是因为，中国的神与希腊神话中的神不同，中国的神多数为人演变而来，如武圣关羽，妈祖娘娘林默，等等。他们之所以能成为神，因为生前正直，做了有利于黎民的好事。正因为城隍正直大家才祭奠他，即使祭祀之礼微薄，城隍也不会介意，因此无须谄媚神明以求福。

陆游常在公务之余，除了到乡下，还走出衙门，广交朋友，多方了解各界情况。也常与朱孝文、景参等朋友吃茶饮酒，遍访名胜。

4

一阵阵鸟鸣，吵醒了陆游。他翻身起床，昨夜因处理公务睡晚了，今天多睡了一会儿。他走出馆舍，见丁山在院中一棵大榕树下踢腿挥拳，便笑了。自来宁德，丁山也像变了个人样，时常练些拳脚，说是少爷做了官，说不定哪天上战场，他得把身体练得棒棒的，到时可跟少爷一道上前线去杀敌。

陆游说："趁今儿天气好，我们出去看看农家的农事吧。"

丁山高兴地说："太好了，这几日你总关在衙门写字，把我可憋闷死了。"

陆游去了前院县衙大堂，向县令项膺报告想去农户察访农事的想法，县令称赞他勤政为民，他知道陆游擅诗，说道："可体察一下这里的风土人情，把它们写进你的诗文。"

主仆二人离开衙门，走出县城，眼前就是一派南国田园风光。耕牛在田垄间行走，农人扶犁一声声吆喝，竹林一丛一丛，炊烟一缕一缕，稻粟桑麻阵阵飘香。陆游不禁高声吟哦了一首《出县》：

> 匆匆簿领不堪论，出宿聊宽久客魂。
> 稻垄牛行泥活活，野塘桥坏雨昏昏。
> 槿篱护药才通径，竹笕分泉自遍村。
> 归计未成留亦好，愁肠不用绕吴门。

陆游有个习惯，无论公务多么忙碌，他都会将自己的诗词抄录、整理出来，妥善地保存起来，正是因为他的这一习惯，才为后世留下了9300余首诗词作品，比唐朝的李白、杜甫，本朝的苏轼、秦少游等人留世的作品都多！

今天，他正坐在窗前抄写自己的诗稿时，丁山忽然来报："少爷，有临安的客人求见。"

陆游问："是哪一位？"

丁山摇了摇头。

陆游连忙起身，前往门口迎接，刚走出书房，朝大门口看了一眼，就大声笑起来了："原来是庄兄则仁呀！你怎么来了？"

庄则仁说："在下要去福州，顺便来看看大人。"

二人进了书房，丁山端上茶来，相互叙了各自的经历之后，庄则仁忽然说道："临安城里出了件大事，大人可曾知道？"

陆游摇了摇头，庄则仁又说："大人可曾听说过柔福帝姬吗？"

陆游说："知道哇，就是从金国逃回来的柔福公主啊，她怎么啦？"

"她被斩首啦！"

陆游很吃惊，问："为什么斩首？"

庄则仁说："说她是冒名顶替的假公主！"

陆游有些困惑，因为在十多年前，他曾听说过柔福公主逃回了江南，从地狱一步跨进了天堂。但怎么又落得这个下场呢？

靖康元年（1126年）冬天，金兵占领汴京后，在城中大肆烧杀抢掠，无恶不作。次年开春后，又将宋徽宗、宋钦宗及皇室成员及在京的大臣三千余人，押赴金国为奴，有宋徽宗的皇后朱氏，宋高宗的生母韦氏，以及宋徽宗的二十多个女儿，其中就有柔福帝姬等人。

帝姬就是公主，是北宋效仿周代的"王姬"称号，规定公主称为"帝姬"。

到了南宋建炎三年（1129年），宋军奉命剿灭地方上的土匪时，抓获了匪首的女眷，审问她时，她竟说自己是当今皇上的亲妹妹！

宋军一听，顿时蒙了！再仔细看时，见她不但美貌，而且一言一行的气度，都有些不同于常人，脸上毫无惧色，便立即停止了审问，将她护送到了临安。

宋高宗得到柔福帝姬回来的消息后，有些半信半疑。他身为皇子，自己的兄弟姐妹众多，加之宫深如海，规矩严格，平时很少见面，但却记得自己有个同父异母的妹妹叫柔福帝姬。因时隔多年，自己已长大成人，并在江南即了皇位，早已忘了这个妹妹的模样了，相认吧，又怕认错了，令天下人嘲笑；不认吧，这个妹妹不远万里逃到江南，不但不近人情，也会受到朝廷里那些主战派文武大臣的指责。于是，便让当年逃到江南的年老的太监和宫女们去查证她是否就是柔福帝姬。

他们与这位女子见面时，女子竟然叫出了他们的名字！还说出了当年在宫中的一些往事，甚至还说出了高宗皇帝小时候的乳名！他们越看越像当年见过的柔福帝姬！唯一有点变化的，是她的脸庞不那么白净了，脚也比当年大了一些。

那女子解释说，小时候自己是缠过足了，后来被掳往北国城时，因要长途跋涉，行走不易，便放了脚。自己在金国为奴，受尽了煎熬，好不容易逃出金国，冻着两只脚，日夜奔走逃命，爬山越岭，涉水过河，风吹雨打，一走就是几千里！两只脚能不走大吗？脸上能不粗糙吗？说着说着，就低声哭泣起来。

太监、宫女们听了，也禁不住流下了眼泪。

她的身份被认定，是皇族的真公主！高宗十分高兴，血浓于水，手足之情让高宗感到了莫大的欣慰。他立即下诏，将这位柔福帝姬迎进了宫中，封为福国长公主，还为她选定了一门亲事：永州防御使高世荣成了她的驸马，赏赐了一万八千缗（一千钱为一缗）。这位死里逃生的公主，终于脱离了地狱，得到了自由，享受起了荣华富贵。

陆游问道："真公主怎么又成了假公主呢？"

庄则仁说："这事，与韦太后有关。"

陆游说："韦太后不是从金国回到了临安吗？"

庄则仁说："正因为韦太后回到了临安，这位真公主才变成了假公主！"

陆游越听越糊涂，庄则仁也欲言又止，陆游也就不再难为他了。

此事确实与韦太后有关。

"靖康之变"发生后，宋徽宗、宋钦宗及皇族、大臣们到了金国后，过起了一段忍受凌辱的非人生活。徽、钦二帝的妃子、公主有的被金人所占，有的成为他们的奴婢，有的被糟蹋折磨而死！宋徽宗的韦贤妃，也就是宋高宗的生母，被配给了金帝之叔、葛天大王为妾，她还为金人生了一个儿子！

康王赵构即位后，遥尊韦贤妃为宜和皇后。也就是她向徽、钦二帝写了一封秘信，告知康王已即帝位，并透露了宋军在镇江大败金兵，给二帝带去了一线希望。

南宋绍兴十一年（1141年，金皇统元年），宋金议和，达成屈辱的绍兴和议。双方划淮水为界，宋向金纳币称臣。这样，金廷于次年四月遣使护送徽宗、郑太后、邢妃梓宫（即灵柩）及高宗的生母韦贤妃回到南宋。韦贤妃被尊为皇太后，住在慈宁宫中，颐养天年，享年八十而卒。

韦贤妃准备回南方时，钦宗泪流满面地对她说："归语九哥（指九弟高宗）与丞相（秦桧），我得为太乙宫使，足矣，他不敢望也。"意思是说如果高宗能救他回朝，能在宫中当个仆人于愿亦足，根本不敢复辟帝位。韦贤妃泪如雨下，与他告别。但是，当韦贤妃回到了临安，入居慈宁宫后，知道高宗根本不曾打算迎回钦宗，因而也就不敢将钦宗的话转达给高宗。这样，钦宗在五国城苦苦盼望了近二十年，一直盼到了金大定元年（1161年）五月十九日，始终得不到召回的音讯，绝望而含恨死去，享年五十一岁。此乃后话。徽、钦二帝就这样结束了他们奇耻大辱的后半生。

有民间传说：韦贤妃回来后，高宗曾向她谈起了柔福帝姬逃回江南之事，她听了，大为诧异，她告诉高宗，柔福帝姬早已死于金国的五国城了。绝不可能逃到江南！

第二天，高宗下令拘捕了这个柔福帝姬，并命大理寺连夜审问，在严刑逼问之下，她承认了自己是冒名顶替的。

高宗极度生气，立即下令将她斩首了！

其实，杀了她，还有一个说不得的天大秘密：韦贤妃害怕这个逃回来的柔福帝姬，说出她在金国苟且偷生的实情，为了灭口，才杀死她的！

庄则仁走后，陆游又听到了几个从临安来的人，说起了柔福帝姬的事。大致是说那个假柔福帝姬承认了她是冒牌货，之所以能够瞒过那些老太监和宫女，是因为她确实被金人劫掠过，在逃亡时遇到了从宫中逃出的一个宫女，听说了很多宫中的事，然后还被告知，她很像被金人掳去的柔福帝姬！于是她在被南宋官兵剿匪俘获时，为求保命，便假冒自己就是当年的公主！

无论她是真的还是假的柔福帝姬，靖康之难是让大宋蒙羞含垢的耻辱，陆游都感到十分心痛。

宁德属福州郡所辖，陆游奉县令之命前往福州办理公事时，也正好去拜见了福建路提点刑狱公事樊茂实。

樊茂实，进士及第后，除秘书省正字。曾上书朝廷说："金人诡诈不足忧，信实深可惧。请奖忠议，戒滥进，惜民力，作士气。"

当时正是秦桧当权，所以被罢为阆州教授。直到秦桧死后，才一步步提拔到这个职位。他知道陆游的家世，也早就听说了陆游的诗文大名，热情地接待了他，看过陆游呈上的诗文，更觉陆游可堪重用，于是，决定写一封举荐信。嘱咐陆游返程时来取。他在信中夸赞陆游："有声于时，不求闻达。"但是，陆游却没有去取这封难得的举荐信。

过了几个月，二人再次见面时，樊茂实问陆游："何不来取奏状？"

陆游笑着回答："来取奏状，哪能算'不求闻达'？岂不辜负了提刑的美意？因此不敢。"

樊茂实也哈哈大笑起来，还是吩咐书吏把奏状取来交给了陆游。按照当时的惯例，必须由被举荐的人到临安去投递。但此事，却被陆游搁下了。也许真的就是"不求闻达"的夸赞，让书生意气的陆游觉得不好意思吧。

5

第二年，辛次膺除福州路安抚使兼知福州。陆游发去《贺辛给事书》中说："……指朋党于蔽蒙膠漆之时，发奸蠹于潜伏机牙之始，庭叱义府，面折公孙，可否一语而不移，利害十年而后验。人服其识，家诵其言。皓首来朝，方共推于宿望；丹心自信，宁少贬于诸公。洗鄙夫患失之风，增善类敢言之气。俯仰无愧，进退两高。不可诬者忠邪之情，不可揜者是非之实。出守未几，见思已深，唯是谋帅之难，孰先旧德之举。然而方政机之虚席，宜招节之在途。开慰斯民，始自今日。"

他对辛次膺给予高度颂扬和希冀。

辛次膺在朝廷敢于直言，颇具声名，也曾因斥责秦桧妻党惹遭秦桧愤怒。宋金议和后，他指斥秦桧"怀奸固位，不恤国计，娬婳趋和，谬以为便。"这让陆游发自内心地敬重他。

在宁德任主簿一年后，大约是辛次膺的提携，或者是樊实茂的推荐，陆游调任福州决曹。这是福建路提点刑狱属员职务。不到一年，他又被调回临安。福建毕竟远离朝廷、远离南宋政治中心，再说，回临安，离家也近，陆游心情是舒畅的。

福建任职共两年，陆游当然知道当地的造船航海业发达。陆游决定走海路回临安，丁山高兴地跳起来说："太好了，早听说海船又大又平稳，可是我还没坐过呢！"丁山挑着简单的行李，随着陆游一路去了港口。

在港口，老远就看到沿海边大小各色商船，成片地停泊在海面上，放眼望去，风樯鳞集。一队队的精壮汉子，排着长队，将一包包、一箱箱、一捆捆的货物搬上卸下，十分忙碌。海上丝绸之路通达四海，岸边则商贾云集，人来车往，一片喧嚣繁忙景象。陆游不由得在心里祈祷，但愿百姓这样活色生香的日子能够天长日久。

他们辞别了送行的友人，登上甲板。航船张起了满帆，一路向北驶去。

丁山不禁惊叹道："公子，这船是真大啊！"

陆游道："这只能算是中等的船，能容二三百人，最大商船能容五六百人呢！仅船上的纲首（即船长，以巨商充任）、副纲首、直库、杂事、部领、梢工、舵工、火长、碇手、缆工等就有近百人！"

丁山问："那么多人怎么过日子啊？"

陆游笑道："'一舟数百人，中积一年粮，豢豕酿酒其中'，这是常事。"

听说船中还养着猪羊鸡鸭，还能酿酒，丁山惊得张开了嘴半天合不拢。

船上执管淡水柜的部领，是一个四十来岁的汉子，他看陆游是个官员模样，便拿了一副象棋来与陆游对弈。他们边下棋边闲谈起来。从谈话中，陆游了解到这汉子从十五六岁就开始在船上捞生活，跑过高丽（朝鲜）、日本及东南很多国家。他告诉陆游："出远洋主要还是靠季节信风，橹桨只是辅力。从前都是靠人力观天象星宿、水流来辨方向，现在有了指南针，方向更准了。"

陆游说："你说得对，舟师识地理，夜则观星，昼则观日，阴晦观指南针，这是书上说的。远洋的船员赚的钱更多吧？你怎么没有去那些远洋船上呢？"

部领说："去东南各国得头一年的十一月、十二月随西北风行船，又要等到第二年的五月、六月起东南风时才能返航，所以，一般一年才能回一次家；你别看那么大的船呀，在海上，它就是一只孤勺，船工辛苦又危险。运送出去的大都是瓷器、茶叶、丝绸，再运回香料、象牙、珠宝等，两头赚，可是大头都是船主和富商拿走了，我们只是得一份辛苦钱，所以，老了，不能在远洋船上做了，就在这中小船上跑些短途。"

二人下着棋，不觉到了开饭时间。丁山买来了几样小菜，还开了瓶酒，陆游又邀了一个没值守的船工，四个人围坐一处喝酒聊天看海鸥翔集，好不开心。酒酣之时，陆游让丁山取来了一支竹笛。

一声声悠扬的笛音乘着海风飘向远方，也许有过一瞬间，陆游想起了那个曾伴着他的笛声，弹琴吟诗填词的情影！但是仕途正畅的他，只能把她深藏心底，此时有一种"青春作伴好还乡"的畅快。

深夜，突然下起了雨，大雨连天，电闪雷鸣，就听得舱外船工忙碌的脚步和吆喝声夹杂在风雨雷电中。第二天，当一轮红日升起在海平面时，陆游看到万道霞光照得海面无比瑰丽，鸥鸟欢快地追逐在船尾鸣叫，陆游心情像大海一样宽阔了，他大声吟哦起来：

> 羁游那复恨，奇观有南溟。
> 浪蹴半空白，天梁无尽青。
> 吞吐交日月，澒洞战雷霆。
> 醉后吹横笛，鱼龙亦出听。
> ——《海中醉题时雷雨初霁天水相接也》

第八章

诗酒歌赋，陆编修往来皆是权贵；文韬武略，辛将军活捉义军叛贼！烛影斧声，竟成千古疑案。

1

陆游这次调回临安，任敕令所删定官的职务，主要工作是编纂公布法令制度。这得益于左丞相汤思退的推荐。

敕令所的工作并不繁忙，有文才，有酒量，人缘好，豁达又谦逊，所以陆游有时间和机会结识一批有识之士。比如闻人滋、周必大、曾季狸等，大家同住在百官宅里，也就是同一宿舍大院，频繁往来，互通有无、相互交流，好不畅快。

特别周必大（字子充、洪道，庐陵人），小陆游一岁，却是绍兴二十一年的进士，又中博学宏词科。他就住在陆游的隔壁，二人过从甚密。夜间读书，形影相对，吟哦之声相闻；白天谈笑，志趣相投，古今朝野纵横。有时，陆游来了朋友，想要喝酒了，就直接到周必大家中去取，周必大少了油盐，当然也是直接过来拿的。他们还在房前屋后开辟了菜地，种上时令蔬菜，在锄草除虫时谈古说怪，还相邀出游。两马并驱时又吟诗作对。周必大后来累官左丞相，封益国公，官至宰相。但二人之间的友情一直保持良好。陆游后来的《祭周益公文》写道："某绍兴庚辰，始至行在。见公于途，欣然倾盖。得居连墙，日接嘉话。每一相从，脱帽褫。从容笑语，输写肝肺。邻家借酒，小圃锄菜。荧荧青灯，瘦影相对。西湖吊古，并辔共载。赋诗属文，颇极奇怪。淡交如水，久而不坏。名谓知心，绝出流辈。……"

绍兴三十一年（1161年）春，李浩（字德远），因言事得罪，奉祠以归临川；王柟出佐南昌。王柟（字嘉叟），北宋翰林学士，也是敕局删定官，二人都是当时的名士。

陆游为他们送行时，分别赋了《送李德远寺丞奉祠归临川》《送王嘉叟编修出佐南昌》。

五月，王十朋除大宗正丞，将赴会稽。

王十朋是南宋主战派主要人物。他对宋高宗力陈金人不可不防备。而御敌莫急于用人，他倾向于张浚、刘锜。每见高宗，必言恢复河山之计。曾对高宗说："今权虽归陛下，政复出多门，是一桧死，百桧生也。"

陆游在他临行前赋诗《送王龟龄著作赴会稽大宗丞》：

> 有越逾千载，何人不宦游？
> 向来唯一范，真足壮吾州。
> 高躅今谁继？先生独再留。
> 登堂吊兴废，想像气横秋。
>
> 大将上兵符，军容备扫除。
> 恭惟陛下圣，方采直臣书。
> 忽报分司去，还寻入幕初。
> 宗藩虽旧识，莫遣得亲疏。

王十朋敢于直言，在当时言路阻塞已久形势下，遭到很多臣僚的反对，但与陆游政见一致。也许是受了他的影响，陆游对主战大将张浚也很推崇。

七月，陆游以敕令所删定官为大理司直，正八品，负责刑讼断狱之事。

这是一段云淡风轻的日子，诗酒交游，应该是陆游人生中过得较为舒心的时光，难得的舒缓平静。如果不是国家的危难来临。也许陆游一生都可以这样逍遥下去了。

宋高宗以他个人和家族的屈辱以及百姓的苦难，换来的安稳是不可能长久的。国家之间的和平，一定要建立在平等互利的基础之上，任何一方的委曲求全都只能是苟且偷安，甚至会助长另一方的嚣张气焰，促使他的得陇望蜀之心膨胀。

在双方极不对等的情形下，金朝皇帝开始了南侵的准备。于短暂的二十年和平期间，金帝完颜亮完成了迁都燕京，修建汴州，改东京为南京，作为南侵南宋的基地等一系列动作。金宋之间以淮河为界，但南北通使，往来其间，金人的作战计划如司马昭之心，路人皆知，只是宋高宗还不相信罢了。

其实，早在两年多以前，也就是绍兴二十八（1158 年）年底，战争疑云就开始密布了，消息从北边传来，但宋高宗不相信，直到次年的十二月，才被正式证实。那时两国每年都有几次使节来往。金国的贺正旦使，即贺年的使节，如期来到南宋的都城。贺正旦使施宜生，六十多岁了，是福建邵武人，故土情结难忘，他曾做过北宋的官，宋廷南迁后他还参加过起义军，后起义军失败，他又逃到北方，在金人扶持的刘豫傀儡政权之下做官，刘豫被废后，他就为金国服务。也许是在异族总难免有被欺辱的时候，所以，他没有丧失对家园的良心。南宋的接待使是吏部尚书张涛。二人都比较熟知，所以相处也很融洽。张涛曾经问施宜生：

"不知如今金国天气何如啊？"

施宜生明白他的意思，说道："如今北风吹得猛啊！"说完，他顺手抽出了桌子上的一支笔，说道："笔来笔来！"

这已是相当明白地告诉了张涛：金人欲大兵压境了！张涛立即把这一情况向宋高宗禀报，但并未引起高宗的警惕。

隔年的五月，高宗的生日这天，金人的贺生辰使来了。高宗在正殿以国礼接见来使。金使告诉宋高宗：宋金两国多年和议，以淮河为界。但是私渡很多，容易引起纷争，要求两国以长江、汉水为界；又说：金帝完颜亮八月间要到南京，九月要到泗州、寿州和陈、蔡、唐、邓等地打猎。

这明着就是要将南宋的疆域视为己土了！宋朝大臣当场就有人提出异议，双方交涉的气氛开始紧张起来。

金人贺生辰使副使王全不耐烦了，他干脆叫嚷："长江以北土地贫瘠，百姓贫苦，都是你们治理不力，不如尽归我大金皇帝来管辖好了。否则我大金只有派兵来保护那里的百姓了。"语气咄咄逼人！

在提出通牒时，王全在殿堂之上竟然谩骂起来！

高宗实在忍受不了，说了句："听说，副使也是北方的名家，何至于此呀？"

王全答道："不要啰唆了，赵桓都已经死了。放聪明些吧！"

这突如其来的噩耗让朝堂上众人惊惧不已。赵桓是宋钦宗，众人一直以为，他与徽宗被掳到金后，受尽凌辱是可想而知的，徽宗已死，但钦宗还活着，却不知道他也连性命都不保了！这消息突然从王全口中以这样的方式说出来，高宗又惊又悲，羞愤难当，竟当堂号啕大哭，起身回宫，匆匆地结束了这次会见。

宋金之间的和议的订立，已经二十年，高宗向金国称臣屈服，每年献金献绢，出卖了北方，也出卖了南方，他以为这样的平安祥和可以世代长久，却不料金国对江南一直虎视眈眈，意犹未尽。

这样的逼迫，已让宋高宗退无可退，战争一触即发。丞相陈康伯按照高宗的旨意召开了一次战前会议，他传达高宗的口谕："今日更不问和与守，直问战当如何？"这等于是下达了战争令！

会议决定：把主要力量集中在淮南、江东、浙西一带，以刘锜为制置使。

刘锜（字信叔），有胆略，善骑射。右相兼枢密张浚推荐了他，称他为"文武两器，真大将才"。刘锜曾以四万兵大破金兀术的十万大军，他又是一个不爱财的名将，因此威望很高。

一天，陆游去拜见丞相陈康伯，刚一坐下，外面报奏杨存中来了，杨存中是当时的一位老将。陆游听说了他关于战事的一席话。杨存中说："士大夫多谓当列兵淮北，为守淮计，即可守，因图进取中原，万一不能支，即守大江未晚。此说非也。士惟气全乃能坚守，若俟其败北，则士气已丧，非特不可守淮，亦不能守江矣。今据大江之险，以老彼师，则有可胜之理。若我师克捷，士气已倍，彼奔溃不暇，然后徐进而北，则中原有可取之理，然曲折尚多，兵岂易言哉。"

陆游听了，深以为然。

3

绍兴三十一年（1161 年）九月，金朝皇帝完颜亮开始南侵。虽然完颜亮南侵之心早已有之，但最终付之行动的，据说是因为一个女人。

这个女人就是宋高宗的刘贵妃，她才色出众，素有"宋有刘贵妃，天下绝色"的称号。完颜亮从亲信太监那里听说了刘贵妃是南宋的第一大美女，便开始了行动。其实，江南的锦绣繁华早已令完颜亮垂涎三尺，金兵一旦攻陷了临安，南宋的江山和美人不就是自家的了吗？

完颜亮大军自北向南，进攻川陕、荆襄，同时他还亲率六十万人马直逼淮水青河口，号称百万大军！完颜亮在部署兵力时，曾列举宋将的姓名，由金兵将领自行报名应战，当举到刘锜时，大家都不吭声了，完颜亮只得自己亲自率兵，攻打刘锜防线。

运河、淮水这一线，都是双方的主力，刘锜率部沿运河北上，准备在淮阴迎击敌人，路过镇江时，全城的百姓听说刘大将军率军迎敌，纷纷在道路两边焚香迎接，可见百姓对这位抗金将军非常敬重。

除了军队的布置外，南宋当时抗金最得力的力量，还有千千万万的老百姓。他们受儒家学说影响，忠君爱国思想根深蒂固，所以一旦国家有难，人民群众抗击外侮的势力不可小觑。宿迁人魏胜率领义士三百人渡淮，取涟水军，进攻海州，取得重大胜利后，发展队伍，一举连克五县！山东的百姓也起来了，耿京与魏胜取得联系，号称数十万人，准备随时迎接南宋的大军；济南的辛弃疾虽然只有二十二岁，但已组织了一支二千余人的子弟兵，也投奔了耿京的反金义军，并成为中原数十万义军的掌书记。

4

陆游因偶感风寒，在家里休息了几天，这一日，为办一件公事，他去了东门，因为天气太热，又十分口渴，便来到值守城门的哨棚，向守门的士兵讨碗水喝。

守门的士兵中有个中年汉子，姓齐，叫齐大刚，十分热情，为他泡了一壶浓茶，还递给他一把蒲扇。二人边品茶边闲聊起来。因这名汉子操的是中原口音，陆游问他的祖籍是何处时，他说："家在山东的泰山脚下，唉，自从金兵占领了中原，我就成了有家难归的北人了！"

北人，是指"靖康之变"后逃到江南的中原人，因颠沛流离，像在水面上漂泊着的浮萍，被称为北人。陆游知道，著名的女诗人李清照，从山东的青州府逃到江南后，又因丈夫病故，她只身逃亡数千里，居无定所，便说自己就是北人。

陆游问："你怎么来到了这里？"

齐大刚叹了口气，说道："我是跟随辛弃疾将军来的江南。"

辛弃疾？就是那位抗金英雄辛弃疾？！这几天陆游虽未到敕令所值守，但关于辛将军的英雄事迹却传遍了临安城。

陆游比辛弃疾年长十五岁，此前也曾听过他的传说，但二人却从未谋面，他问齐大刚："你见过辛将军吗？"

齐大刚有些激动："见过，当然见过！我就是跟随他到了江南的。"接着，他讲述了那一段经历：

辛弃疾，字幼安，别号稼轩，山东济南人，骨子里很有北方人的豪侠之气，辛弃疾的祖父辛赞虽在金国都城任职，却一直希望有机会能够拿起武器和金人决一死战，因为辛弃疾的先辈和金人有不共戴天之仇。

辛弃疾出生时，北方已沦于金人的铁蹄之下，他从小目睹了汉人备受屈

上马击狂胡，下马草军书——陆游诗传

099

辱的生活状况，心中立下了为国雪耻的抱负，所以练就了一身好武功。年仅二十二岁就召集了二千人马愤起抗击金兵，后来，他带领这支队伍加入了耿京领导的声势浩大的抗金义军，担任掌书记职务。起义军在耿京的领导下连战连胜，规模也越来越大，甚至达到二十万人马！绍兴三十二年（1162年），辛弃疾奉耿京之命南下，要求归附南宋，与南宋朝廷一同抗金。高宗十分高兴，还对义军的首领们一一进行了赐封。在完成使命回去的途中，突然听到耿京被叛徒张安国暗杀、起义军溃散的消息，他悲愤难忍，发誓一定要给耿京报仇，而且要活捉张安国送交朝廷处置！

张安国原是一名衙门小吏，金兵攻占县城后，正值耿京招兵买马，他便投奔了耿京，由于为人圆滑又善于结交，受到耿京的重用，成为他的右帅。张安国有个拜把的兄弟与金人牵上了关系，金人向他提出：只要张安国杀了耿京，就封他和耿京一样的官职——济州知府。于是，这位拜把的兄弟就策反了张安国，二人领着金兵偷袭了耿京的义勇军，混乱中，二人借着保护耿京突围的名义，将耿京引入了一条小路，那位拜把的兄弟从后面向耿京捅了一刀。然后将耿京的首级交给了张安国。张安国又将首级献给了金人，金人封张安国为济州知府，义勇军的二十多万人马也解散了，有的回乡了，有的投奔了其他义勇军。在张安国的胁迫下，有一万多人投靠了金兵。

而此时，张安国正躲在金营中，金营有五万守军，戒备森严，辛弃疾提出活捉张安国，为耿京报仇，有人说活捉恐怕不太现实，但是辛弃疾意志坚定，不为所动，当夜，他挑选了五十名精明强干的骑士，连夜飞奔八百里，悄悄来到金营附近，他先命人潜入敌营，将金兵的马匹全部放跑，再带人杀入敌营！那时张安国正在大摆宴席，欢庆他因暗杀耿京成功而被金人提拔重用。听到外面人声喧哗，还以为是有人来恭贺他的，命兵丁大开营门欢迎，话音未落，辛弃疾已旋风般冲了进来，张国安及部下还没明白是怎么回事，就被杀了个人仰马翻！被喊杀声惊醒的守卫们慌忙要上马抵抗，却四顾找不到战马，只得丢盔卸甲，束手就擒。而张安国则被结实地捆在了辛弃疾的马背上。辛弃疾日夜兼程、一路向南，到了临安。辛弃疾沿途还收编了一万多义军士兵，将他们带回了南宋，齐大刚就是随他到了江南。

辛弃疾将叛徒张国安交给了刑部，刑部遂命人将张国安绑在囚车上，在京城里游街之后，将他斩首于刑场。因他罪恶滔天，难平民愤，刑部遂又下令：将其首级悬于城头，示众三天！

这就是认贼为父、叛国投敌者的最终下场。

陆游听了，有些激动，说道："我敬佩辛将军的为人，多么希望将来能见将军一面啊！"

辛弃疾到了南宋后，任镇江知府时，登临北固亭，感叹对自己报国无门的失望，凭高望远，抚今追昔，写下了《永遇乐·京口北固亭怀古》这篇传唱千古之作：

千古江山，英雄无觅孙仲谋处。舞榭歌台，风流总被雨打风吹去。斜阳草树，寻常巷陌。人道寄奴曾住。想当年，金戈铁马，气吞万里如虎。

元嘉草草，封狼居胥，赢得仓皇北顾。四十三年，望中犹记，烽火扬州路。可堪回首，佛狸祠下，一片神鸦社鼓。凭谁问：廉颇老矣，尚能饭否？

陆游读了这首词后，对辛弃疾更是钦佩不已。他不知道，等到他们相见之时，二人都已是白头之人了。

5

宋高宗年仅二十二岁时就丧失了生育能力。那是在靖康二年（1127年）五月一日，赵构在应天府登基，建立南宋政权，称为宋高宗，金人得知后，准备趁高宗立足未稳，将其扼杀。赵构吓得迁都到扬州。建炎三年（1129年）二月，金人的兵马向扬州奔袭而来，正在后宫与妃子寻欢作乐的赵构乍闻战报，慌忙中顾不得什么，拎上裤子就仓皇出逃，一路狂奔出城，到了江边瓜洲渡，准备在这里过江再往南逃。当时，高宗身边只剩下一千多人了。经过这一次突如其来的惊吓，赵构留下了严重的后遗症：从此不能生育。但他始终还存有亲生骨肉的念想，所以，当岳飞出于忠心建议高宗立储，时年高宗才三十岁，唯一的儿子又在八年前惊悸而亡，岳飞的建议无疑触痛了高宗的难言之隐，又触犯了武将不得干预朝政的"祖宗家法"。赵构当即警告他："卿言虽忠，然握重兵于外，此事非卿所当预也。"其实，这也是犯了大忌的事，所以高宗后来决计杀他。当然，这只是原因之一。

南宋已拉开了迎战的架势，高宗也在退无可退被逼无奈中表示了作战的决心，但是南宋的将领已腐败到了无可挽救的地步，刘锜的副将王权在皖北合肥被金人击溃，一直退守到昭关、和州，致使刘锜大军失去左翼，陷入金兵包围，只得向扬州撤退，退到了镇江。仅一个月时间，完颜亮就进驻了合肥。

王权的溃退几乎误了朝廷的大事，也动摇了高宗抗金的决心。高宗派杨存中去和丞相陈康伯商议，准备从海路逃跑，陈康伯以酒菜招待杨存中，让他告诉高宗，事情远没有那么可怕。高宗情绪才稍稍缓和，但仍下达手谕："如若不敌，可即解散，自投生路。"

陈康伯把手谕烧掉，向高宗再三指出百官一散，皇帝必孤立无援。高宗情绪稳定后，陈康伯请求下诏亲征。这无疑给前方奋战的将士鼓舞了士气。

但是，王权率部退到采石，他的溃退动摇了高宗的抗金决心。十一月王权奉命调职，在继任人未到达之前，他就退出了采石。

这时，奉命到采石犒军的虞允文，见局势危急，毅然负起了抗击金兵渡江的责任。他将王权溃散的残部组织起来，进行宣传，鼓舞士气，又利用宋人原有的兵舰，把金兵准备用于渡江的小船七十多条全部冲散沉没！第二天，又烧毁了敌船三百多条。然后沿江布防，终于力挽狂澜，金军只得奔向扬州。

就在这时，北方金太祖的孙子、担任东京留守的完颜雍，趁完颜亮后方空虚之机，在辽阳自立为帝。

消息传来，金军将士人心动摇，但是完颜亮并未回头去平定内乱，反而把前途命运都押在了渡江灭宋上。他认为，当前有强敌，后有分裂，万一退军，腹背受敌，不如置之死地而后生！如果过江，部下意志统一，就有击溃宋军的可能，一旦取胜，再乘胜班师回朝平乱，一定容易，于是决定冒险。但是他错误地估计了形势：他们的内部不统一，在每个军事单位里，都是以部分北方部族和部分"签发"的汉人混合编制，战斗意志不强，而宋人的军队爱国热情高涨，虽然人数不如金兵，但战斗力远超金兵。女真部族的首领们也不与完颜亮同心同德，他们认为渡江，南宋有熟悉水战的将士，并且南宋主力虽然从淮阴撤退，但实力没有损害，依然是强大的敌人；而北方已经分裂，丧失了有力的后援，镇江的刘锜大军及宋朝的沦陷区军民都给这支侵略军构成了死亡的威胁。

完颜亮在扬州，企图再行强渡，他孤注一掷，下令三天内全部渡江，否则处死！完颜亮的决定一下子引起了金军内部矛盾的激化。于是，在一个月黑风高的夜晚，几个女真族首领摸进了完颜亮的大帐，将他杀死！还割下了他的头颅。他们提着完颜亮的头颅来与宋人谈判，双方停战，金人有秩序地向淮北撤退。

就在这时，完颜雍迅速进驻到燕京，控制了北方，南宋大将收复了两淮州郡，宋金两方仍以淮水为界，恢复到完颜亮南侵前的局势。

在战事激烈时，沦陷区里的爱国人士组织的义勇军与敌人后方的军队纠缠在一起，给了金兵有力的打击，曾一度收复了几个州郡，直逼西京洛阳！

临安城内的陆游听到这个消息，高兴极了，他抽出桌上的毛笔，一挥而就，写下了《闻武均州报已复西京》：

> 白发将军亦壮哉，西京昨夜捷书来。
> 胡儿敢作千年计，天意宁知一日回。
> 列圣仁恩胜雨露，中兴敕令疾风雷。
> 悬知寒食朝陵使，驿路梨花处处开。

这年九月，大战在即时，陆游感到是为国效力的时候到了，正好黄祖舜被诏为同知枢密院事。陆游在给他的贺启中，表达了坚决为国效命的决心——《贺黄枢密启》：

方时多故，为计实难，夷狄鸱张，肆猖狂不逊之语；边障狼顾，怀震扰弗宁之心，东有淮江之冲，西有楚蜀之塞，降附踵至，人心虽归而强弱尚殊；涌跃请行，士气虽扬而胜负未决。坚壁保境，则曷慰后来之望；辟国复土，则又有兵连之虞。窃惟明公，素以处此。某顷联官属，获侍燕居。每妄发其憨愚，则误蒙于许可。虽辍食窃忧于谋夏，而荷戈莫效于防秋。敢誓糜捐，以待驱策。

宋朝有轮对的惯例，就是皇帝召见一定官阶的大臣进见，阐述各自的政见主张。这一次轮到了陆游，他提前多日就写好了"札子"，主要要求高宗追究反对北伐老臣们的罪责，杜绝衰乱的根源，但却没有得到重视。他后来在《感兴》中写道：

贼亮负函贷，江北烟尘昏。
奏记本兵府，大事得其论：
请治故臣罪，深绝衰乱根。
言疏卒见弃，袂有血泪痕。

又有："贾生未解人间事，北阙犹陈痛哭书。""后生谁记当年事，泪溅龙床请北征。"

真正是字字血声声泪！可怜却被弃如敝屣。

陆游心里十分郁闷，便去拜访少年时的老师曾几。

曾几客居在禹迹寺，一家百十口，只居住在禹迹寺东边的十几间空屋子中。他亲手种下了满院子的竹子，每日在竹林中读书赋诗。离陆游山阴家不远。陆游时常从临安回家，每次回家，便去老师家看望。这天陆游又去探望老师时，见篱笆的院门贴了一副对联：

手自栽培千个竹
身常枕籍一床书

陆游会心地笑了。

曾几时年已七十有余了，他一生清约，不营尺寸之产，所以才寓居在僧舍里，以避风雨，只领着奉祠之禄，身边只有两个老仆。这让陆游心生敬佩。

进得客堂，照例是师生对坐，清茶一壶。陆游向老师讲述了这一段朝中的见闻。

陆游说："学生有一事不明，金人既已退兵，北边完颜雍尚未立稳足跟，我军大可乘机追击，为何要眼睁睁放他按部就班地撤兵呢？"

曾几摇头，叹息了一声，说："淮南的东西两路因为连年的战乱，以及金兵南下与北撤两次的搜刮，再也经不起战事的折腾了！去冬李显忠将军的军队开到淮西，老百姓的房子都已被烧光了，无法住宿，士兵们只得在大雪中进军，连脚趾头都冻掉了呀！所以只得回到建康。"

陆游点头。

曾几又说："圣上起用了主战派的首领张浚，可这是无奈之举，因为圣上对张浚一直都不放心，张将军因为力主抗战，为众望所归，圣上其实是很忌恨他的，所以他最终宁可把宣抚使交给众望不满的杨存中，也不交给张浚将军！最主要的是，圣上对收复失地的信心早已丧失，他所要求的

上马击狂胡，下马草军书——陆游诗传

105

只是小朝廷的安稳。所以，他一边下诏亲征，却又一边准备投降，当然也就无心追击敌人收复失地了。"

陆游心里依稀明白了自己的"札子"不被重视的原因，也感觉老师虽深居简出，对时局的分析却十分透彻。

隔了几天，他再次去拜望老师。曾几说："听说完颜亮南侵之时，圣上决定立储了。这么多年的事实，圣上终于在国家外忧内困之时，不得不安排立储了！"

陆游在临安任职，往来皆是朝中之人，对此事当然耳熟能详。他说："圣上盼望亲子的幻想破灭了，朝廷上下都知道了皇帝的生理缺陷。有人便上书请求从太祖的后代中选定继承人，因为自从太宗登极后，社会上就流传着'太祖之后，当再有天下的预言'，先生您应该听说过吧？"

曾几悄声说道："当然。北方在太宗一系的手上灭亡，人们更认为太祖开创了大宋基业，其子孙却无缘享受帝祚，所以上天要以示惩戒，于是更希望太祖的后代重掌皇权，复兴社稷呀！"

陆游知道老师说这话，有一个关于大宋太祖太宗兄弟二人的千古疑案，即"烛影斧声"：

史书上说，开宝九年（976年）十月二十日，开封城中风雪弥漫。太祖皇帝赵匡胤心情很好，派人将弟弟赵光义请来喝酒，兄弟两人喝到酒酣耳热之时，不知为何，赵匡胤将旁边侍候的太监宫女统统支走，烛光忽明忽暗，而赵光义则时不时地离开座席。禁漏三更时，这场酒终于喝完了，这时，院子里的雪已经下了数寸，太祖拿着一把玉斧在地上戳雪，一会儿回屋，解衣上床，鼻息如雷，当晚便驾崩了，时年五十岁。他的弟弟赵光义继位，当上了皇帝，成为宋太宗。

但宋太祖之死与"烛影斧声"却众说纷纭，留下一个千古之谜。有人说太祖死于常年饮酒过度或突发脑出血；有的说太祖死于谋杀；有的说太祖感觉有魔鬼缠身，让弟弟为他舞斧驱鬼，所以有玉斧戳地之声，是弟弟将哥哥谋杀了！有人说赵光义是因为调戏嫂嫂被哥哥发现，他情急之下杀了哥哥：据传，赵光义早就对哥哥的妃子费氏垂涎，一天，赵光义进殿去，恰逢太祖昏睡，他乘机去挑逗在一旁陪侍的太祖妃子费氏，不料太祖突然醒来，见状大怒，抛出斧子去击打赵光义，赵光义闪身躲开，斧子戳地，赵光义情急之下扔出斧子将哥哥砍死了！

总之，太祖赵匡胤极具人格魅力，他心地清正，疾恶如仇，宽仁大度，虚怀若谷，好学不倦，勤政爱民，严于律己，不近声色，崇尚节俭，以身作则等等，而太宗继位后，又将"兄终弟及"的传位次序，改为了"父传子"。所以，才有了"太祖之后，当再有天下"的传言。

陆游问曾几："先生知道圣上是怎么确立皇太子的么？"

曾几说他略有所闻。

陆游还是按照自己的思路讲了起来。

对宋高宗来说，反正都不是自己的骨肉，太祖太宗并无分别，于是就决定从太祖一系的宗室中挑选比高宗低一辈的孩子，收养在宫中，这就是赵伯琮、赵伯玖。但他那时还存有亲生子的幻想，所以一直没给这两孩子正式的皇子名分。现在，这两孩子已改名为赵瑗和赵璩，在他俩之间究竟立谁为储，高宗迟迟拿不定主意，思虑再三，想出了一个美人计。高宗给赵瑗和赵璩两人各赐宫女十人，赵瑗的老师史浩看出了皇帝的用心，告诫赵瑗持重自爱。几天后，高宗召这二十名宫女体检，发现给赵瑗的十名宫女全是处女，而赵璩的则不然。于是赵瑗就以不近女色而赢得了最后胜利，被立为皇子，封为建王，改名为玮，其时，赵玮已三十四岁了。

曾几说："确立皇太子，人品固然重要，但好色与否，只人品中之一种，更注重的该是人品和才能，比如治国方略、识人用人、气量与胆识。圣上这样做未免有失周全啊！"

陆游临告辞时，曾几从一摞书中抽出一张纸来，陆游接过来看，是一首小诗《雪中陆务观数来问讯用其韵奉赠》：

> 江湖久不见飞禽，陆子殷勤有使临。
> 问我居家谁暖眼，为言忧国只寒心。
> 官军渡口战复战，贼垒淮壖深又深。
> 坐看天威扫除了，一壶相贺小丛林。

陆游从老师家出来，屋外已是一片银色天地，他深深地吸了口气，想起几个月前，老师听说朝廷又要对金兵的南侵议和时，不顾病体缠身，奋然从床上坐起，给圣上上疏说："遣使请和，增币献城，终于小益而有大害。为朝廷计，当尝胆枕戈，专务节俭，整军经武之外，一切置之，如是，虽北取中原可也。且前日陛下降诏，诸将传檄，数金人君臣如骂奴耳，何词复和耶？"

　　果然，现在战事打起来后，结果仍是划淮河而治，老师的忧国忧民之心感动不了君王，却感动天地！

　　不久，传来刘锜在临安都亭驿呕血而亡的消息，陆游不确定，到周必大家问讯，周必大告诉陆游："刘锜虽然有病在身，去年在淮南东西两路抵御完颜亮时，就是带病作战，但病不致死，完全是因为受了丞相汤思退的羞辱激愤吐血而没！"

　　二人一番唏嘘，感叹天不假年，当年是刘锜率部扼守天堑镇江，造成如虎负隅的阵势，使得完颜亮的部将宁可杀死完颜亮也不敢过江迎战！他的死，让二人很是悲叹。陆游写下《刘太尉挽歌辞》：

羌胡忘覆育，师旅备非常。

南服更旄节，中军铸印章。

驰书谕燕赵，开府冠侯王。

赫赫今何在？门庭冷似霜。

坚壁临江日，人疑制敌疏。

安知百万虏，锐尽浃旬余？

智出常情表，功如定计初。

云何媚公者，不置箧中书？

　　周必大说："我大宋缺的就是像刘锜这样的帅才啊！"

　　陆游说："不是没有，而是遭遇不公。岳飞将军不就是个例证吗？"

　　其实二人心中都明白，他们最缺的是朝廷的决策。但为尊者讳，谁也不会明说。

绍兴三十二年春天，陆游的家眷来到了临安，一家人团聚，让他心里十分欣慰，特别是见到孩子们。此时他已有四个儿子一个女儿，他欣然写下《喜小儿辈到行在》，仍念念不忘"却思胡马饮江水，敢道春风无战尘"。

时逢朝廷召集百官赴朝堂，陈述弊政和救治方法。诏书下来后，陆游把久郁在心的想法写成"条对状"，共七条：

一、有国之法，当防其微，人臣之戒，尤在于逼……自今非宗室外家，虽实有勋劳，毋得辄加王爵；

二、小臣干办于外，既衔专命，又无统属，造作威福，矜诧事权，所在骚然，理有必致……若朝廷或有大事，势须遣使，即乞于廷臣中遴选材望，庶几不负任使；

三、自古有国，设官分职，非独下不得谮上，上亦不得侵下……顷者遂有以师傅而领殿前都指挥使者，……近复有以太尉而领阁门事者，渎乱名器，莫此为甚；

四、臣欲望圣慈令三省具诸路监司姓名，精加讨论，其不足当委寄者，例皆别与差遣，选有才智学术之士代之，始可要具部内知州治行，既一清监司之选，又审知郡守之政；

五、欲望圣慈特命有司除凌迟之刑，以明陛下至仁之心，以增国家太平之福；

六、夫宦侍之臣，自古所有，然晚唐以来，始进养子，童幼何辜，横罹刀锯……今道路之言，咸谓员已倍冗，司局皆溢，而日增岁加，未闻限止；

七、惟是妖幻邪人，平时诳惑良民，结连素定，待遇而发，则其为害，未易可测……欲乞朝廷戒敕监司守臣，常切觉察，有犯于有司者，必正典刑，毋得以习不根经教之文，例行阔略。

陆游希望朝廷能"正名分，行仁政"，他对当时的吏治、官宦管理、严刑峻法，冗员等政治弊端看得较准，也提出了自己的见解。

第九章

圣恩浩荡，新皇帝亲赐进士出身；京城笔吏，"小李白"草拟修好国书。一句宫闱戏言，宦海风浪乍起；两首临别赠诗，兄弟南辕北辙。

1

宋高宗在一次次乞和又一次次失败的现实面前进退两难，身心俱疲，便萌生了推卸责任的念头，于绍兴三十二年（1162 年）六月传位于赵昚（即赵玮），这就是宋孝宗，高宗赵构自称太上皇，退居德寿宫享清福去了。

宋孝宗是宋太祖赵匡胤之后，但在徽宗时代他只是一位远房宗室，其父官只做到嘉兴县县丞。只是由于高宗的独子赵敷早死，他才被收入宫作养子，后立为太子。他生在民间，对于金人入侵，中原沦陷深感沉痛，希望能收复失地，有所作为。孝宗登基后改第二年的年号为隆兴元年（1163 年）。"隆兴"二字是把太祖的"建隆"与高宗的"绍兴"年号相结合，用意就是要把开国的事业和争取存在与发展的意图相结合，干出一番事业。

孝宗六月继位，即宣布为岳飞父子平反昭雪。七月追复岳飞原官职，以厚礼改葬，并寻访岳家后人，特予录用。一代忠良终于一洗冤屈。同时，驱逐朝中的秦桧党羽! 这让陆游及爱国主战志士感到了慰藉和希望。

也就是这年十月，权知枢密事史浩和同知枢密院事黄祖舜两人，都向孝宗推荐陆游，说他"善词章，谙典故"，而此前周必大也向孝宗夸赞过陆游，因为孝宗也喜爱文学，他曾问大臣们"当今的诗人中，谁能比得上唐代的李白？"周必大说："唯有陆游，人称其为'小李白'"。

于是，孝宗召见了陆游，夸赞陆游"力学有闻，言论剀切"，赐予陆游进士出身。这虽然是迟到的功名，但却是无上的荣耀，毕竟是皇上亲自所赐，不同于科考的功名。与陆游同时被赐进士出身的还有尹穑，他年龄比陆游大得多，以强记出名。

陆游按当时的惯例上了一份辞状——《辞免赐出身状》，其中说道："孤远小臣，比蒙召对，从容移刻，褒称训谕，至于再三。……惟是科名之赐，近岁以来，少有此比；不试而与，尤为异恩。揣分量材，实难忝冒。"

孝宗再赐，陆游再上一份《谢赐出身启》："自悲薄命，久摈名场，敢谓一朝，遂叨赐弟。"

其实，按陆游的人生志向，他是希望能为国驰驱效命疆场的，他年少就喜读兵书，入仕后更是将兵书带在身边时常研读，希望有朝一日能"上马击狂胡，下马草军书"。然而向孝宗推荐他的人都不约而同地对他的文才大加赞誉，却忽略了他的军事才能。这也是他此后的人生岁月中引以为憾的事。个人的志向实现与否，总是与机遇相关联。能得到圣上的赏赐，陆游必定要竭尽所能效忠效力。

一个月后，陆游上《上殿札子》请求整肃纲纪：

……陛下初即大位，乃信召令以示人之时，前日数十条，或曰"当置典宪"或曰"当议根治"，或曰"当议显戮"，可谓叮咛切至，赫然非常之英断也。若复为官吏将帅，一切玩习，漫不加省，一旦国家有急，陛下诏令戒敕之语，将何加此，而欲使人捐肝脑以卫社稷乎？"周官"冢宰以正月之吉，始和、布治于邦国都鄙垂像之法，徇以木铎，曰："不用法者国有常刑"。正月，周正，今之十一月也。正岁，夏正，今之正月也。自十一月至正月，若未甚久，而申饬告诫，俟以刑辞，已如此其严，今命下累月，而有司或恬然不以为意，臣窃惑之。欲望圣慈以所下数十条者申谕中外，使恪意奉行，毋或失坠，仍命谏官御使及外台之臣，精加考核，取其尤沮格者与众弃之，不惟圣泽速得下究，亦使文武小大之臣，耸然知诏令之不可慢如此，实圣政之所当先也……

这天，细雨纷纷，朝中无事，周必大来到陆游家中，陆游便约了几个同僚一起在家中饮酒品茶，尹穑也在邀请之列。席间，大家都要一试尹穑的记性。

当时的印刷书籍有麻沙版本,出自福建建阳县的麻沙岭,是比较通行的版本,大家都听说尹穑能背诵一寸高的麻沙印刷的一本书,虽说宋版书字大,但一寸厚的书至少也有一万多字了!有人故意拿出了记载有两个月的记事本来,要求尹穑在一道菜的功夫间将它背出来,否则罚酒三杯。

陆夫人贤惠温顺,善于持家,她亲自下厨。当她端出一盘猪肉炖笋时,尹穑便开始背诵那本书,大家对照着书上的文字,真的竟一字不差地背完了!众人都一同鼓起掌来。

陆游也不由得佩服他的好记性。然而,就是这位尹穑,后来却与陆游"道不同不相与谋"了。这是后话。

2

宋孝宗被认为是南宋历史上最有作为的皇帝。他不甘偏安一隅,改革内政,力图夺回中原疆土。他任命史浩为丞相,张浚为枢密使,都督江淮军马,开府建康。

此时的金国,内部经过一年的整治已经稳定。完颜雍是一位很有见识的统治者,他对内团结女真、契丹等各部落首领,加强对汉人的监视和统治;对南宋则一边在边境屯兵威胁,一边却谈判议和、要求割让唐、邓、海、泗、商州等地。孝宗的初衷就是要收复失地,这样就必须争取外援。此时,陆游在枢密院担任编修官,枢密院是南宋的军事领导机构,编修官实际上还是担任秘书工作。隆兴正月二十一日,按照陈康伯的意图、受中书省和枢密院之命,陆游起草了致西夏的国书《代二府与西夏国主书》,其意为:

……昔我祖宗与夏世修盟好,岂惟当无事时,共享安平之福,亦惟缓急同休戚,恤灾患,相与为无穷之托。中更变帮,壤地阻绝,虽玉帛之聘,弗克往来,然朝廷未尝忘祖宗之志也。乃者皇天悔祸,舆图寝归,会今天子绍登宝位,慨然西顾,宣谕大臣曰:"夏,二百年与国也,岂其不念旧好而忘齐盟哉。"某等恭以国主英武聪哲,闻于天下,是敢辄布腹心于执事,愿留神图之,惠以报音,当告于上,议所以申固欢好者……

西夏国王接到这封修好的国书后，先是兴奋，因为西夏国也一直受到女真部落的欺凌，希望能通过与南宋修好而改变被动局面，但是仔细品味后发觉不对，于是与几位部属商议，部属一致认为宋朝的国书称西夏王为国主而非皇帝，且是以陈康伯的名义所修，并未给西夏国以平等地位。再则言辞并非恳切，而宋与金所面临的情形路人皆知，国书却讳言之，显现不诚心。所以未予理睬。这或许并非陆游之过，他不过是受指派起草文书，必定有过字斟句酌的过程，其主谋当然是中书省和枢密院二府的当权者了。

才过十几天，也就是二月初，二府又令陆游起草一份鼓励北方沦陷区人民起义的文书，大意为："有据以北州郡归命者，即以其所得州郡，裂土封建。"

这是史浩的计策，命平头百姓李信甫为兵部员外郎，怀揣着蜡封的密信，悄悄潜入到北方中原地带，招募豪杰壮勇，鼓励他们占据州郡，宋廷许诺给他们封王世袭。称为《蜡弹省札》。这仿佛就是建立敌后根据地。后来，陆游在回忆这段经历时说：

> 青山初为九重城，结友尽豪英。蜡封夜半传檄，驰驱入幽并。
> 时易失，志难成，鬓丝生。平章风月，弹压江山，别是功名。
>
> ——《诉衷情·青衫初入九重城》

这两件事的结果无论成与否，至少陆游是很为之感到自豪的，能够参与并主笔这样的国是，除了说明位处中枢外，至少也是对其文章典范功力的肯定。

这期间，陆游又代枢相张浚起草了一份《代乞分兵取山东札子》，在文中他畅论抗金大计，直抒己见。并向朝廷提出"建都"及"登用北方遗才"的建议。他在这份札子中说：

> 臣等恭睹陛下特发英断，进讨京东，以为恢复故疆、牵制川陕之谋；臣等获侍清光，亲奉睿旨，不胜欢抃。然亦有惓惓之愚，不敢隐默者。窃

见传文之言，多谓虏兵困于西北，不复能保京东；加之苛虐相承，民不堪命，王师若至，可不劳而取。若审如此说，则吊伐之兵，本不在众，偏师出境，百城自下，不世之功，何患不成？万一未至尽如所传，虏人尚敢旅拒，遗民未能自拔，则我师虽众，功亦难必；而宿师于外，守备先虚。我犹知出师京东以牵制川陕，彼独不知侵犯两淮荆襄以牵制京东乎耶？为今之计，莫若戒敕宣抚司，以大兵及舟师十分之九固守江淮，控扼要害，为不可动之计；以十分之一，遴选骁勇有纪律之将，使之更出迭入，以奇制胜；俟徐郓宋亳等处抚定之后，两淮受敌处少，然后渐次那大兵前进，如此，则进有辟国拓土之功，退无劳师失备之患，实天下至计也。盖京东去虏巢万里，彼虽不能守，未害其疆；两淮近在畿甸，一城被寇，尺地陷没，则朝廷之忧复如去岁，此臣所以夙夜忧惧，寝不能瞑，而为陛下力陈其愚也……

同时，陆游还写了一篇上奏的折子，即"札子"，准备在轮流觐见时，作为自己的发言提纲，他在"札子"中劝谕圣上要心胸开阔，广纳善言。

可以说这一时期，陆游在仕途中顺风顺水，畅所欲言。如果不是因为一次不着边际的闲谈，陆游也许会在南宋政治军事中心平步青云，或至少安稳为官。

3

陆游对有知遇之恩的史浩非常敬重，因此常到史家去拜见他。史浩原是孝宗继位前王府的老师，为孝宗的正式继位立过功。高宗皇帝曾经给两个养子布置了抄写《兰亭序》各五百遍的作业，史浩硬是让赵眘抄写了七百遍！而另一位养子赵璩却没有动笔。这给高宗留下了极好的印象。后来又有了是否好色的考验，终于让高宗下了决心，传位于赵眘。赵眘终于成了宋孝宗。

这天，在史浩家中，陆游与史浩二人相谈甚欢，史浩又告诉陆游最近宫内发生的一件琐事。说的是前不久德寿宫的一位掌管果品的内臣，和宫娥来往不当，被交给了法司讯问，这事尚未了结，孝宗在内廷饮酒，请了几位亲信陪侍，其中就有从前做太子时的门客曾觌，其间一位宫娥拿出了一幅手帕来请曾觌题词，这在当时是很盛行的事情，但是曾觌因常出入内廷，便随口道："不敢、不敢，你没有听到德寿宫的那件公案吗？"

陆游因与参知政事张涛很熟，就在一次闲聊中顺便把这事告诉了张涛。不想几天后，孝宗准备提拔曾觌和龙大渊，遭到给事中、中书舍人的反对，认为这两人招权纳贿，不能重用！

孝宗下手谕痛斥，认为言官议论群起，太上皇在朝的时候也没人敢这样！恰此时张涛觐见，孝宗指望张涛为他说话，张涛却说："陛下初即大位，不宜与臣下燕狎，以至于此。"

然后把从陆游那里听到的话告诉了孝宗，孝宗很是羞愧，问："卿得之谁？"

张涛答："臣得之陆游，游得之史浩。"

孝宗厌恶地说："游反复小人，已得罪行遣矣。"于是就把陆游调出临安，任镇江府通判。

当时还有一个传说：南宋的馆阁之士多为功勋子弟，大家时不时就小聚来增进感情。有一次，枢密使张浚的孙子张功甫主持酒会。酒过三巡后，原本拘谨的众人逐渐放松了许多。张功甫叫出新纳的小妾新桃，给众人唱小曲，而这小曲是张功甫自己编创的，他让新桃拿着团扇，当场请客人们题诗。他的主要目的是炫耀自己编的诗集，让客人题诗无非是做做样子。大多客人都懂这些人情世故，谦让说自己才情不足。唯独陆游不识趣，提笔在团扇上题了首诗：

> 寒食清明数日中，西园春事又匆匆。
> 梅花自避新桃李，不为高楼一笛风。

> ——《饮张功父园戏题扇上》

他自诩为落魄高洁的梅花，新桃暗指掌权得势之流。同时，也暗藏了小妾之名。此举不仅有讽众、轻薄之嫌，而且还得罪了不少人，加上一直主张抗金，朝中却多为主和派。

果然，不久后陆游便被调离京城了！

事实上，传说并无考证。而议论内廷密语之事，只是一个导火索而已，关键是龙大渊和曾觌都是孝宗从前的门客，孝宗对此二人非常亲信。而陆游曾公开说过"政一出于庙堂，权弗移于贵幸，岂独坐消于外侮，固将驯致于太平"。这不是讥讽皇帝过于宠幸二人而致大权旁落吗？欲加之罪何患无辞！何况传言总能添盐加醋。而孝宗对龙、曾二人的宠幸，已到无以复加的程度，甚至连罢宰相、换大将的事也要先听听他们的意见再决定。孝宗一直想提拔重用他们，但二人轻儇浮浅，凭恃恩宠，摇唇鼓舌，搬弄是非，招致众人反对。那时，孝宗本想张涛来解围，却又听到了有关议论内宫的事，所以愤而借题做文章。显而易见，陆游坚定的抗金思想与朝廷执政者之间的矛盾，才是他被调离的根本原因。

陆游被迫离开了临安，这在他人生宦途中是第一次遭遇贬谪。他领着一家人，情绪低落地向城外走去。走不多远，后面一行人马匆匆追了上来，到跟前时，才看清是周必大、范成大、韩元吉等一帮友人。众人在长亭处为他摆上了践行的酒，范成大举起酒杯吟道：

> 宝马天街路，烟逢海浦心。
> 非关爱京口，自是忆山阴。
> 高兴余飞动，孤忠有照临。
> 浮云付舒卷，知子道根深。
> ——《送陆务观编修监镇江郡归会稽待阙》

周必大接着诵了首：

> 议论今谁及，词章更可宗。
> 三年依玉树，一别送尘容。

尽日寻山寺，思君傍塞烽。

五言何敢续，持用当缄封。

——《次韵陆务观送行二首》

韩元吉举起酒杯唱道：

高文不试紫云楼，犹得声名动九州，

金马渐登难避世，蓬莱已近却回舟。

烧城赤口知何事，许国丹心惜未酬。

归卧镜湖聊洗眼，雨余万壑正争流。

——《送陆务观得倅镇江还越》

陆游也举酒唱道：

重入修门甫岁余，又携琴剑返江湖。

乾坤浩浩何由报，犬马区区正自愚。

缘熟且为莲舍客，伴来喜对草堂图。

西厢屋了吾真足，高枕看云一事无！

——《出都》

陆游的诗直抒胸襟，似乎看淡仕途的沉浮，众人就此挥手告别。

陆游踏上归途，他要在去镇江赴任之前，先回家乡看看。在夕阳的余晖中，陆游的身影渐渐远了，淡了。

4

陆游在老家山阴早已自立门户，建有一座庭院，绿树环绕，辟有一块菜地，自种果蔬。听说他回到家乡了，故友乡邻纷纷前来看望。一个小时玩伴告诉陆游：堂哥陆升之也回家乡了！哦，这倒提醒了陆游应该去看望

上马击狂胡，下马草军书——陆游诗传

一下这位堂兄了。陆游早已得知堂兄自从秦桧死后，曾被贬到雷州七年，而现在又被贬回了家乡。他们之间还有一段少有外人知晓的过节，不如乘此机会消解了吧，毕竟血浓于水啊。

陆升之，字仲高，与陆游同曾祖，比陆游大十二岁，有"词翰俱妙"的才名，陆游十六岁时赴临安应试，他们正好同行。当年静之、升之两兄弟得中进士、高头大马游行在京城接受夹道欢呼庆贺的情形，陆游一直印象深刻。当然，陆游更知道，高宗绍兴二十年（1150年），陆升之任诸王宫大小学教授，阿附秦桧，谄事秦桧羽党两浙转运使兼临安知府曹泳。曹泳为政凶酷，缙绅畏之如鬼蜮。而当时升之为右通直郎，与右承务郎李孟坚亲善。孟坚的父亲李光私撰国史，语涉朝政，或多讪谤褒贬。李孟坚把这作为秘密告诉了升之，而作为李光侄婿的陆升之，却将此事告状到知府曹泳那里，曹泳又检举到朝廷秦桧处，李光即获罪遭贬。

陆升之因告状有功，擢升大宗正丞。陆游有《送仲高兄宫学秩满赴行在》诗以劝讽他，诗云：

> 兄去游东阁，才堪直北扉。
>
> 莫忧持橐晚，姑记乞身归。
>
> 道义无今古，功名有是非。
>
> 临分出苦语，不敢计从违。

陆游指责他的行为有悖于道义，要取得功名富贵，就不应不择手段，以致为舆论所非议，劝他及早抽身。仲高看到陆游的诗很不高兴。后来，陆游入朝，仲高也照抄此诗送行，只改"兄"字为"弟"字。两人的思想分歧，是因对秦桧态度不同而起。现在这一切也应该了结了，所以陆游决定要去堂兄家看看。

两人相见，颇多感慨，对床夜话，前嫌已释。由于时间的推移和情势的改变，彼此之间的隔阂也已消除。陆升之把自己的书斋命名为"复斋"，大约是要重新研学的意思吧，他请陆游为复斋记文。陆游便写了一篇《复斋记》：

某自念少贫贱，仕而加甚，凡世所谓利欲声色，足以败志泪心者，一不践其境，兀然枯槁，似可学道者，然从事于此数年，卒无毛发之得。若仲高驰骋于得丧之场，出入于忧乐之域。而自得者乃如此，非深于性命之理，其孰能之。某盖将就学焉。

这天，陆游正在书房读书，家仆李义来报：外面来了位老者，自称左朝请大夫提刑王葆（字彦光）的。

陆游听了，连忙出门迎接。

王葆递给陆游一包茶叶，说这是福建有名的壑源春茶，知道陆游嗜茶懂茶，还知道陆游的脍炙人口的诗"遥想解醒须底物，隆兴第一壑源春"，所以特带给陆游品新的。陆游在福建任职过，当然知道这茶，他非常高兴，唤李义取井水煎茶二人在客堂坐定后，陆游笑着说道：

"提刑大人当年上疏力陈时弊，实乃切中肯綮呀！"

王葆喝了口茶笑道："当年，秦丞相秦桧曾经问老生'桧欲告老，何如？'老生答：'此事不当问葆。'秦相说：'他人不敢言，以公有直气，故问耳。'老生答：'果欲告老，不问亲仇，择可任国家之事者使居相位，诚天下生民之福。'呵呵，你猜他秦桧当时怎么说？"

陆游笑问："怎么说？"

王葆拍着桌子说："他能怎么说？他气得没话说了呗！"

二人开怀大笑起来。

王葆为人正直，疾恶如仇，在任泸南安抚使、知泸州时，引用名士，罢免很多贪官污吏；他学行俱高，潜心古学，其门下弟子也多名士，又善识人，周必大未出仕时，王葆就把女儿嫁给了他，范成大早年孤苦艰难，几乎要荒废学业，王葆留他住在家中，严加督导，他们后来都成了名臣。陆游看着王葆两鬓已显露的白发，心中慨叹朝中这样的直臣太少了。送走王葆后，陆游常常进出道观庙宇中，盘桓于青山绿水间，在卧龙山腰镜湖之尾，访问贤达，自慰自勉。

第十章

将帅不和，难得的进攻战打得丢城失地。主战的元帅死在了贬途之上；彻夜论剑，偶得的一柄"龙泉"陪伴他在山水间流连。

1

隆兴元年（1163 年）正月，孝宗以史浩为相，张浚为枢密使，都督江淮军马，开府建康。

张浚是当时主战派的代表人物，但是，他在几次战役中的表现却不尽如人意：在川陕杀大将曲端，在富平战役中大败，不很得人心。陆游在《贺张都督启》中，希望张浚能不负众望，收复中原：

……属边烽之尚警，烦幕府之亲临……仰为列圣之恩，实被中原之俗，耕田凿井，举皆涵养之余，寸地尺天，莫非照临之旧。岂无必取之长算，要在熟讲而缓行，顾非明公，谁任斯事，不惟众人引颈以归责，固亦当宁虚心而仰成。某获预执鞭，欣闻出纆，斗以南仁杰而已，知德望之素尊，陕以东周公主之，宜勋名之益大，虽不敢纪殊尤于竹帛，或尚能被一二于弦歌……

这是陆游对张浚的希望，也是他一直的期待，但这也为他日后的再次罢官埋下了伏笔。

就在陆游流连家乡山水之间时，宋金之间爆发了一次十余日的战争。

金世宗完颜雍即位后，为了缓和社会矛盾，稳定自己的统治，确定了与南宋议和的方针。而此时的南宋，高宗赵构做了太上皇，孝宗赵昚刚刚即位。孝宗素有恢复中原之志，正厉兵秣马，准备北伐。

金世宗完颜雍却决定以武逼和。

绍兴三十二年（1162 年）十月，金世宗任命纥石烈志宁为左副元帅，并派其赶赴宋金前线。十一月，任命左丞相仆散忠义居南京（今河南开封）总揽军事，节制诸军。

纥石烈志宁驻军睢阳（今河南商丘市南），负责直接指挥对宋作战。他已制定出作战方案，拟派完颜王祥取蔡州（今河南汝阳）、完颜襄攻颍州（今安徽阜阳）。又向南宋枢密使张浚发出照会：“可还所侵本朝内地（即南宋所收复的两淮失地），各守自来划定疆界，如必欲抗衡，请会兵相见。”这其实是一种虚张声势的威胁。

张浚复书纥石烈志宁：“疆场之一彼一此，兵家之或胜或负，何常之有？当置勿道。”并在盱眙（今江苏盱眙）、濠州（今安徽凤阳）、庐州（今安徽合肥）等地部署重兵，以与金兵抗衡。

四月初，张浚入奏，决定进兵。当时的左右丞相陈康伯、史浩都兼枢密使，对军事大政共同负责，他们认为准备还不充分，不同意贸然进兵。但是，在张浚的一再坚持下，孝宗还是决定用兵，不再征求陈、史两相的同意，造成“帷幄上奏”的局面。即凡有关军令事项，可以不经过大臣商议而直接上奏皇帝，即是皇帝直接决定战事。

隆兴元年（1163 年）农历五月初七，南宋终于向金军发动了进攻。这是宋朝有史以来的首次主动进攻战。

张浚将都督府设在盱眙，指挥十三万人马，越过淮河北伐。宋军兵分两路，西路由淮西招抚使李显忠率领，自濠州（今凤阳）渡淮至陡沟（今固镇东浍河支流）进攻灵璧；东路由御前诸军都统制邵宏渊率军，自泗州攻进虹县（今泗县）。

李显忠率领的西路军进展较为顺利。战前，李显忠暗中策反了灵璧守将、金右翼军都统萧琦做内应。萧琦却临阵背约，用拐子马来阻击，被李显忠击败。萧琦背靠城池列阵抵抗。李显忠率将士与之鏖战，再次将其击败。萧琦落荒而逃。李显忠入城宣布不戮一人，遂收复了灵璧。

邵宏渊率领的东路军围虹县而未攻下，李显忠率部前往支援，并派遣灵璧投降官兵前往劝说。金国贵戚周仁及蒲察徒穆皆出城受降，虹县也被攻克。

邵宏渊耻于功非己出，恰巧有个投降的千户状告宏渊之卒夺其佩刀。李显忠立即下令斩了那个士卒，自此，李、邵二将渐生隔阂。

五月十四日，李显忠兵临宿州城下。金国宿州防御使乌林答剌撒、万户温迪罕速可等，没有遵守金左副元帅纥石烈志宁坚守待援的命令，出城与李显忠交战。李显忠斩其左翼都统，消灭和俘虏金兵数千人，追敌二十余里。宋军随即包围宿州城。李显忠让士兵闭营休整一天。并约邵宏渊共议攻城之计，准备攻城。但邵宏渊并不配合。

十六日，宋军发起猛烈攻击，金兵顽强抵抗。李显忠麾下将领王琪攻城时战死。将领杨椿率兵登上城墙打开北门，宋军遂攻入城中。邵宏渊看到城门洞开，怕李显忠夺得全功，才率部渡过护城河登城。宋军在巷战中歼敌数千，俘虏八十多人，收复了宿州。

捷报传来，宋孝宗亲手起草嘉奖令："近日边报，中外鼓舞，十年来无此克捷。"于是论功行赏，"显忠进开府仪同三司、淮南京畿京东河北招讨使，宏渊进检校少保、宁远军节度使、招讨副使。"

这时，李显忠的声望已高于邵宏渊。

李显忠收复宿州时，宿州仓库中尚有黄金三千余两，白银四万余两，绢一万二千匹，钱五万缗，米、豆、粮食共六万余石，布袋十七万条，衣缘、枣、羊各一库，酒三库。邵宏渊提出把宿州城的库藏发出犒军，李显忠却坚持军队驻扎城外，但其亲信部属，却恣意搬取，所剩下的才用来犒赏将士：三个士兵共奖赏一贯钱！

由于封赏不厚，士兵们十分气愤：攻下宿州奖赏三百文钱，攻下南京（今开封），必须要奖赏四百文钱！出去作战时，士卒们均把赏钱丢弃到宿州城外的护城河里了！

自此之后，军营里弥漫着愤世嫉俗的不满情绪，邵宏渊充分地加以利用，在李显忠的部下散布了不和的言论，官兵斗志锐减。

十八日，张浚令邵宏渊受李显忠节制。邵宏渊不服，张浚复改命邵宏渊与李显忠分统所部，又造成军无统帅，各自为战的局面。

此时的李显忠已被眼前的胜利冲昏了头脑，产生了轻敌情绪。在占领宿州之后的连续几天里，整日与一帮亲信及金国投降将士置酒相贺。当得知金左副元帅纥石烈志宁带领万名精兵，自睢阳（今商丘）日夜赶来宿州的情报，李显忠轻飘飘地说："当令十人执一人也。"

二十日，纥石烈志宁率部赶赴宿州，把兵力作了周密的部署：在宿州城的西面遍布旌旗，设为疑兵；三猛安兵驻扎在宿州城之南；自领大军驻扎在宿州城的东南面，阻隔其归路。

这天，张浚以盛夏人易疲乏为由，急召李显忠等班师。李显忠接到此命令时，正与纥石烈志宁交战，一时无法脱身。纥石烈志宁的万名精兵被李显忠击败！

此时，金兵副统孛术鲁定方奉命从南京率领十万步骑兵赶到了宿州增援。拂晓，孛术鲁定方部迫近宿州城下，并摆出阵列。李显忠出城与之交战，孛术鲁定方败走，死于阵中。不久，金兵又增兵来攻，李显忠约邵宏渊出兵合力夹击，但邵宏渊作壁上观。金兵被李显忠用强弩射退。邵宏渊阴阳怪气地对士兵们说："当此盛夏，摇扇于清凉犹不堪，况烈日中被甲苦战乎？"邵宏渊的消极情绪感染了周围的士兵，致使军心动摇，斗志大减。

2

二十一日，李显忠登上城楼瞭望，发现城西战旗猎猎，漫山遍野。便认定金军的主力在城西，城东、城南兵少不足为虑。于是，亲率数万步骑兵冲出城南，手执盾牌，背城列阵，并于阵前布设行马护栏以阻挡敌骑兵。另派一名将领带三千士兵从东门杀出，以绕到金兵的背后攻击，被金万户蒲查击败。处于右翼阵列的金万户夹谷清臣作为先锋，首先摧毁李显忠设置的行马，接着与宋兵短兵相接厮杀。李显忠孤军力战百余合，杀金左翼都统及千户、万户，斩首金兵五千余人！最终没能阻挡住金兵的冲击，阵容开始混乱，随即溃败。金兵乘机追杀至城下！这天晚上，李显忠准备处斩临阵脱逃的将领以严明军纪，统制常吉害怕被杀，投降了金兵，并把宿州城中的虚实全部告诉了金人。

上马击狂胡，下马草军书——陆游诗传

二十二日，李显忠率其全部主力出城与金兵决战。宋军把骑兵作为前锋，以五六千骑兵为一方阵，步兵跟在骑兵的后面，协同向前攻击。纥石烈志宁令万户夹谷清臣率部迎战。宋兵与夹谷清臣部相遇，阵列被夹谷清臣的骑兵冲散。宋兵掉头往宿州城里奔跑，夹谷清臣部追着攻击。宋军再次大败。金兵各路大军随机追杀。宋兵相互踩踏，僵尸相枕，夺门而入。因城门堵塞，遂攀城而上。金兵从护城河外用弓箭射之，宋兵大多坠落死于城墙之下。此役，宋军有一万五千骑兵、三万多步兵被杀。

半夜，中军统制周宏擂鼓大呼，谎说敌人来了，与邵宏渊之子邵世雄等各率所部逃遁。随后，殿前司马军统制左士渊、统领李彦孚等也各率所部逃遁。建康统制张渊知道邵宏渊与李显忠不和，难成大事，也率所部逃遁。

二十三日，金人乘虚再次攻城。李显忠竭力防御，斩首二千余人，尸体已把宿州城的羊马墙填平了。城的东北角，已有二十多个金兵登上城墙。宿州危在旦夕。李显忠从军士手中夺过一把大斧一阵猛砍，才把金兵击退。李显忠说："若使诸军相与犄角，自城外掩击，则敌兵可尽，金帅可擒，河南之地指日可复矣！"

邵宏渊对李显忠说："围城金兵又增二十万，如不撤退，后果将不堪设想！"

李显忠知邵宏渊无固守之志，宋军援兵又遥遥无期，仅凭自己所部孤军守城已不可能，叹曰："是老天不让收复中原吧，为什么这么不顺呢！"遂于当夜放弃宿州，从北城撤出。金左副元帅纥石烈志宁复取宿州。

金军派万户夹谷清臣、张师忠等跟踪追击。追到符离集（今宿州北二十里）时，宋师大溃，"器甲资粮，委弃殆尽。士卒皆握空拳，南奔，蹂践饥困而死者，不可胜计"。金人乘胜斩首四千余级，获甲三万。至五月二十四日止，历时十八天的北伐，以宋军惨败而告终。

此次北伐，是南宋建立以来罕见的主动性战略进攻，因时机选择不当，主帅指挥不力，主将失和，奖赏不厚等因素导致功败垂成。由于当时宿州与符离县是州县同城，北伐最后时刻宋军又溃师于符离，故史上把这次北伐称为宋金"符离之战"。

3

消息传来，陆游十分悲痛，叹息道："符离既班师，北讨意颇阑，志士虽有怀，开说常苦艰。"他为战事的艰难揪心难过，为北伐的结局伤心欲绝。

张浚当时还在盱眙，李显忠见了张浚，交出将印，等待治罪。

张浚渡过淮水，入泗州抚慰将士，随即退到扬州，请求致仕，也就是免官。孝宗降张浚为江淮东西路宣抚使，经群臣指出处罚过重后，才又恢复了张浚的都督江淮东西路军马的职权。

张浚是一位爱国的将领，但是对于符离之战的失败不能不负有重大责任，准备不充分，发动不全面；但是责任也不完全在他，孝宗想迅速收复失地的思想也失之冒进。

"符离之战"对宋孝宗恢复中原的图谋是个沉重打击。退居德寿宫的宋高宗又一再向宋孝宗施加压力，使孝宗皇帝不得不重新起用了秦桧的党羽汤思退为相，派使臣向金求和。

孝宗把议和的打算向太上皇报告，太上皇很是高兴，并说自己还有一份体己的礼物要送给金人。

张浚听到此消息，派儿子张栻入奏，说四郡决不可弃！孝宗又动摇了，此时陈康伯已病，汤思退上奏道："群臣皆以利害不切于己，大言误国以邀美名，宗社之重，岂同戏剧？今日议和，政欲使军民少就休息，因得为自治之计，以待中原之变。"

这种"待变论"，实际上是彻头彻尾的投降！孝宗开始首鼠两端摇摆不定，一边屈从于太上皇高宗的意旨，重用议和派汤思退，一边又心有不甘地令川陕荆襄做好准备，但也不能轻举妄动。

4

张浚抗金之心坚定不移，他要以实际行动感动孝宗。他招募山东、淮北的忠义之士充实建康、镇江两军共两千余人，万弩营所又招了淮南、江西的壮士万余人守泗州，在所有要害之地，筑城堡，掘城池，增置江淮战舰，各路军马的弓弩箭矢都准备齐全。当时金国也屯重兵于河南，扬言随时可与宋对决。但听说张浚来了，金人急忙撤兵北归。从淮北前来投奔南宋的人络绎不绝，大概是因为祖宗之恩泽未忘吧！山东的抗金豪杰也都愿受张浚节制。

而汤思退也加紧了对孝宗议和的胁迫，说"国家大事必须面奏上皇而后从事"。

这是挟上皇以令今皇吗？

孝宗很是气愤，在他的奏章上批道："敌无礼如此，卿犹欲和，今日敌势非秦桧时比，卿之议论，秦桧不若！"这在当时是非常严厉的斥责了！汤思退只得请求罢相，但未被准。地位倒是保住了，他便一计不成又生一计，他让王之望、龙大渊他们奏称兵少粮乏，器械未备，又提醒孝宗，要以"符离之战"为戒。孝宗听了，真的犹豫了。

126

孝宗一直就是个孝子，对高宗的话是不能不听的。曾经有一次孝宗去看望太上皇高宗，赵构问他："近来，朝野可有什么事？"

孝宗答："大臣们都在议论郑藻娶了自己的嫂子。"

高宗很生气，说："他们也不看看是谁做的媒！"

孝宗一脸疑惑问道："谁呢？"

高宗答："朕！"

孝宗听了，只好灰溜溜地回去了，次日，就把那些议论大臣送进了监狱，罪名是"诽谤"。

就在孝宗最犹豫不定时，高宗又派人传话来说："与金交战，待朕百年后，再议。"这无疑是给了宋孝宗最严厉的警告！在种种胁迫之下，又苦于主战派人士早已被迫害殆尽了，仅存者中没有真正能挑起大梁的人！孝宗不得已放弃了自己的振兴计划，召张浚还朝。四月，撤销都督府，罢免张浚相位，出判福州。

张浚是主战派代表人物，宋金议和，主战派自然要受贬谪。

此时，金左副元帅纥石烈志宁乘机渡过淮河，攻取南宋盱眙、濠州、庐州等地。在接连失败的情况下，孝宗被迫同意金国提出的议和条件。双方议定：在"绍兴议和"确定边界的基础上，南宋割让海州（今连云港）、泗州（今江苏盱眙）、唐州（今河南唐河县）、邓州（今河南邓县）、商州（今陕西商县）、秦州（今甘肃天水市）给金朝。宋对金称侄皇帝，不再称臣。每年向金贡献银二十万两、绢二十万匹。

这一年恰是宋孝宗隆兴二年，史称"隆兴和议"。"隆兴和议"以后，金宋之间四十多年再没有发生大的战争。

5

陆游于隆兴二年二月到镇江通判赴任。三月初一日，张浚奉命巡视江淮，张浚曾与陆游父亲相识，这次过镇江，陆游特地前去拜谒，受到张浚的厚待。随后，张浚带着几个随从住进了镇江的府衙。

当晚，陆游安顿好张浚一行的食住，刚回到自己的官舍，突然看到门边站着一骑人马，那马上之人冲着陆游兴奋地喊道："少爷，少爷！"

陆游定睛看时，发现那人一身铠甲，英武豪壮，一时还没反应过来。那人却跳下马来向陆游行了个半跪礼，摘下头上的头盔。陆游这才认出，原来是陆淮平！

自从唐婉与萱草"大归"回家，嫁与赵士程，陆游也娶了王氏为妻后，陆淮平就离开了陆家，投奔了陈立勇，算来分别已经十五个年头了。

此时此地，主仆相见，都分外激动。陆游将陆淮平让进屋中，二人在桌前坐定。陆淮平告诉陆游，当年他随陈立勇带领的一千人的义勇团，首先是准备到淮河边，后来感觉人少装备不足，便沿长江辗转加入到了李显忠的军队，打过几场胜战。又随李显忠将军参加了宿州战役。在宿州保卫战中，由于缺乏后援，又与邵宏渊不和，致使宿州战败。陈立勇在金兵的攻城战中被乱箭射中，临死前，他将身上的一把佩剑交给了陆淮平，嘱他一定将剑转交给陆游。二人为陈立勇血洒沙场的气节所感动，一时热泪如注。

陆淮平从身后取出剑匣交给陆游，陆游见剑如见人。

那次陈立勇护送唐婉回娘家后，又连夜来家中告辞，说自己要率义勇团赶赴前线去，希望陆游不要忘记要接唐婉回家的承诺。还说，唐婉反复念叨着"春蚕到死丝方尽，蜡炬成灰泪始干"的诗文，陆游又是一阵唏嘘伤情。

陆游细看那剑匣，错金嵌玉琉璃莲，开匣验剑，寒光凛凛三尺水。剑柄，蛟胎皮老蒺藜刺；剑脊，白光纳日月，紫气排斗牛；剑刃，风吹断发，削金如泥；剑锋，可令铁寸断！不由得叫道："好剑！好剑！"

这是一柄绝好的龙泉剑！陆游手握剑柄徐徐起舞，一边还吟唱道："君不见昆仑铁冶飞炎烟，红光紫气俱赫然。良工锻炼凡几年，铸得宝剑名龙泉。龙泉颜色如霜雪，良工咨嗟叹奇绝。琉璃玉匣吐莲花，错镂金环映明月。正逢天下无风尘，幸得周防君子身。精光黯黯青蛇色，文章片片绿龟鳞。非直结交游侠子，亦曾亲近英雄人。何言中路遭弃捐，零落飘沦古狱边。虽复沉埋无所用，犹能夜夜气冲天。"边舞边唱，越舞越唱，情绪越昂扬。

舞罢，陆游全身汗水涔涔。陆淮平激动得立身鼓掌说："少爷，剑好，诗更好！"

陆游说："哪里，这是郭震的《古剑篇》，是他受武则天召见时所写。"

"啊？不是少爷您写的啊？"

陆游摇了摇头，向陆淮平讲起了郭震。

这首诗以龙泉宝剑为喻，咏物言志。其中"何言中路遭弃捐，零落飘沦古狱边。虽复沉埋无所用，犹能夜夜气冲天。"是来自于晋史的典故。说的是晋代张华见天上有紫气，让雷焕察看解释。雷焕说："宝剑之精上彻于天。"张华便让雷焕前往寻剑，雷焕在丰城县监狱的屋基下掘得一石函，中有双剑，上刻文字，一名龙泉，一名太阿。郭震是以龙泉宝剑即使深埋土中，还能剑气冲霄来表明自己的宏大志向。

陆淮平听了，点头惊叹。

陆游又对他讲起了郭震其人。他说，郭震（字元振），进士出身。他丝毫没有普通书生的呆板与迂腐。他在做通泉县（今四川射洪）县尉时，身为执法者却经常知法犯法，猖獗一时。为武则天所知，将郭震昭入长安，欲治其罪。

郭震正是在这时候上呈了他的这篇《古剑篇》。武则天"凤颜大悦"，认为郭震是不可多得的人才，遂免其罪，委以参军之职，并传阅《古剑篇》于诸位学士。

郭震身为进士出身，肆意妄为，知法犯法。如果是现在早就被御史弹劾罢官了，幸好那是盛唐，开阔的胸怀和宏达的舞台，郭震的才华和抱负，才得到最好的施展机会。陆游想到了自己，仅仅只是一句不当的议论，就被贬出了京城！

郭震一生都没有打什么大战，更没有显赫的战功。这个人的长处是经略运筹、权谋机变。"不战而屈人之兵，善之善者也。故上兵伐谋，其次伐交，其次伐兵，其下攻城"。他曾上言武皇，说吐蕃必内乱，武皇深以为然。果然如他所料，数年后，吐蕃君臣相猜疑，而其弟赞婆等来降。郭震出将入相，位极人臣。他经历了唐朝的权力更替，始终安然无恙。既被武则天赏识，也同样被后世尊敬。无论是突厥人、吐蕃人还是其他部族，在他的治下都不得不臣服。他谢世后，被列入凌烟阁功臣。

陆游有感而发："盛唐，才会有这种兼容并蓄的气度。武将不因为武人之不足而遭到猜忌罢黜。人臣的最高理想是出将入相，文武兼修。"

陆淮平点头，想起曾跟随陆游和陈立勇组织义勇军、操练刀枪剑戟的日子，深有感触地说："少爷也是文武兼修之人。"

陆游摇头："惭愧。"

陆淮平说："少爷只需等待时机罢了。"

陆游叹了口气，为二人续上茶后，又问："你知道这剑的来历吗？"

陆淮平说："是陈立勇当年在战场上从一个敌将身上缴获的。"

陆游点点头，又摇了摇头说："想必立勇兄是知道的，他在临终前还让你将此剑转交于我，他当然是知道的啊！"接着他给陆淮平讲述了铸剑大师欧冶子的传说：

春秋晚期，越国有一位杰出的铸剑大师，名欧冶子。越王允常请他铸了五柄名剑，分别取名湛卢、纯钧、鱼肠、巨阙、豪曹。一次，善于相剑的秦客薛烛来到越国，越王允常就请他相剑。先取豪曹，薛烛看后说："非宝剑也，夫宝剑五色并见，今豪曹黯然无华，殒其光，亡其神矣。"

又取巨阙，薛烛说："非宝剑也，夫宝剑金锡和同，气如云烟，今其光已离矣。"

又取鱼肠，薛烛说："夫宝剑者，金精从理，至本不逆。今鱼肠倒本从末，逆理之剑也。佩此剑者，臣弑其君，子杀其父。"

允常于是取出纯钧剑，薛烛矍然而望，赞叹道："光乎如屈阳之华，沈沈如芙蓉始生于湘。观其文，如列星之芒；观其光，如水之溢塘，观其色，涣如冰将释，见日之光。此纯钧者也。"

允常说："正是，有客想买此剑，出价：有市之乡三十、骏马千匹、千户之都二。你看如何？"

薛烛答："不可，大王当初造此剑时，赤堇之山，破而出锡，若耶之溪，涸而出铜。雨师洒道，雷公鼓橐，蛟龙捧炉，天帝装炭，太一下观。于是欧冶子因天地之精，悉其技巧，造为此剑。吉者宜大王自佩，凶者可赐外人。凶者尚值万金，何况纯钧剑耶！"

最后，允常取出湛卢，薛烛说："善哉！衔金铁之英，吐银锡之精，奇气通灵，有游出之神。佩此剑者，可以折冲伐敌。人君有逆谋，则去往他国。"

后来，允常将湛卢赠予吴国。当公子光刺杀吴王僚时，湛卢剑果然遁去，被楚昭王所得……

"啊！"陆淮平惊得张开了嘴："果然神剑啊！"

陆游继续说："楚昭王问风胡子：'此剑值几何？'风胡子答：'赤堇之山已合，若耶之溪深不可测，欧冶子已死，虽有倾城量金，珠玉竭河，亦不能让出此剑。'"

陆淮平拍手道："不能让出此剑！"

陆游说：“你知道欧冶子铸剑在什么地方吗？”

陆淮平又是摇头。

陆游说：“就在离我们家乡不远的龙泉。”

“真的么？”

陆游只笑而不答，他抚摸着那把剑，想象着陈立勇的英武豪爽，深深地吸了口气，又说：“索性我再给你讲个与宝剑有关的复仇故事吧！”

陆淮平兴奋地点了点头。

6

相传楚国的干将、莫邪为楚王作剑，三年才成，楚王甚怒，欲杀掉他们。剑有雌雄，莫邪有孕将产，干将对妻子说：你若生男，长大后告诉他：出门望南山，松生石上，剑就藏在背后。于是，干将带着雌剑去见楚王。

楚王召人相剑，相剑人告诉楚王，剑有雌雄，雌来雄不来。楚王大怒，即将干将杀掉。

不久，莫邪生一儿子，名为赤比，长大后问其母：“父亲去哪了？”

莫邪告诉了儿子实情。

赤比出门寻剑，南望，不见有山，只见堂前有一松木柱，下有石础。即以斧破开柱背，果然得剑，于是日夜想着为父报仇。

一日，楚王做梦，见一儿童，两眉之间有一尺来宽，声称要报仇。楚王当即悬赏捉拿。

赤比听到消息后逃进了深山，他边哭边走边唱，遇见一位过客，问他为何而哭？

赤比说：“我是干将、莫邪之子，楚王杀了我父，我要报仇。”

客说：“听说楚王以千金买你的头，你将头和剑给我，我替你报仇。”

赤比于是自刎，双手捧头和剑送于客，身躯僵立。客说：“我不会辜负你的。”尸体这才扑倒。

客带头去见楚王，王大喜，客说：“这是勇士之头，当用大汤锅来煮。”

楚王即命架锅煮头，三天三夜，头不烂，跃出汤中，瞪目大怒。

客说："大王亲往临视，头必烂。"

楚王便走到锅边观看。客迅即以剑斩王，王头堕汤中；客又自刎，头也落汤中。三首俱烂，不可识别，大臣们只好将汤肉分而葬之。而这三座墓，世人通称为"三王坟"。

陆淮平说："宝剑真乃神物！赤比复仇，竟连性命也不要了！"

陆游点了点头说："立勇兄的深意我当然明白！"

看看东方已发白，主仆二人竟论剑一夜。

陆游再次取剑抚摸，斯人已去，唯有这柄龙泉，见证了陈立勇马上击狂胡的壮举，有朝一日，自己定要以此宝剑，手刃金兵，为立勇报仇，为国尽忠。还有立勇兄临行前的叮咛，他哪里知道，陆游犹在，佳人已去。迎接唐婉回家的承诺，已成了空许。陆游悲伤不已，眼泪潸然而下。

陆淮平好一阵劝抚，然后起身说，他昨日白天看到了陆游迎接张浚将军一行人马，才知道陆游在这里任通判，他只是张将军帐下一名武德郎（从七品），专为送剑告了假来的，得马上回去值守。

临别时，他又告诉陆游，那日晚间与陆游在后院告辞后，他还私下见了萱草一面，二人定下终身约定，他希望能跟随张浚将军打一场大胜仗，待建功立业后，他就回山阴去与萱草成婚。

陆游听了百感交集，既羡慕又惭愧。当年自己怎么就没看出他们二人彼此的关系呢？难怪唐婉被迫"大归"后，陆淮平也在家里待不下去了！他们真是一对有情有义的人啊！

从此之后，这把龙泉宝剑就一直被陆游佩在身上。

送走陆淮平，陆游又忙于与张浚之子张栻及其幕僚陈俊卿、冯方、查龠之间的迎来送往，陪同他们巡视战船防务，夜间则在前院中舞剑，渴望着能亲临沙场，像陈立勇那样，在恢复中原的沙场上挥剑杀敌，建功立业。

又过了一个月，张浚忽然被解职了！张浚解职后，幕府中的人也都解散了，陆游极度消沉苦闷，夜间，他仰天而吟：

台省诸公日造朝，放慵别驾媿逍遥。
州如斗大真无事，日抵年长未易消。
午坐焚香常寂寂，晨兴署字亦寥寥。
时平更喜戈船静，闲看城边带雨潮。

——《逍遥》

这是一种寂寞无聊的心态描写。反正闲来无事，不如研习一下高祖的《修心鉴》。《修心鉴》是一部研习道学的书，对善恶因果报应有深刻见解。陆游将它抄录下来，并作跋，他的道家思想观念可说是源自家传、源远流长。

7

朝廷以"少师、保信节度使、判福州"降调张浚，既贬了官也给了点面子。一心主张抗金的张浚有点心灰意冷了，竟在归家的途中忧愤而死！临死之前，还对床前的儿子张栻说："国家得无弃四郡乎？"这消息由张浚幕府中的王质告诉了陆游，陆游得知这一消息后，心中十分伤感，口中吟道：

张公逮如此，海内共悲辛。
逆虏犹遗种，皇天夺老臣。
深知万方策，不愧九原人。
风雨津亭幕，辞君泪满巾。

——《送王景文》

王质还告诉陆游，张浚写有一份万言策上奏。陆游看后也写下《上二府论都邑札子》：

……伏闻北虏累书请和，仰惟主上圣武，相公威名，震叠殊方，足以致此，而天下又方厌兵，势且姑从之矣。然某闻江左自吴以来，未有舍建康他都者。吴尝都武昌，梁尝都荆渚，南唐尝都洪州，当时为计，必以建康距江不远，故求深固之地，然皆成而复毁，居而复徒，甚者遂至于败亡。相公以为此何哉？天造地设，山川形势，有不可易者也。车驾驻跸临安，出于权宜，本非定都，以形势则不固，以馈饷则不便，海道逼近，凛然常有意外之忧，至于谶纬俗语，则固所不论也。今一和之后，盟誓已立，动有拘碍，虽欲营缮，势将艰难。某窃谓及今当与之约：建康、临安，皆系驻跸之地，北使朝聘，或就建康，或就临安。如此，则我得以闲暇之际，建都立国，而彼素闻，不自疑沮，黠虏欲借以为辞，亦有不可者矣，今不为，后且噬脐。

陆游对建都问题极为重视，认为为永久计，则应建都关中，为目前形势计，建康亦较临安为胜。他也曾写诗论及"鸡犬相闻三万里，迁都岂不有关中？广陵南幸雄图尽，泪眼山河夕照红"。

陆游的这份札子是直呈汤思退的。因中书省丞相张浚已没，丞相府只有汤思退一人了。陆游与汤思退虽对金政见不一，但私交尚存，所以这份主张建都建康的札子呈给了汤思退。

当时有两种意见，主和派主张建都临安，一则不致引起金人犹疑，二则在敌人南侵时可随时后迁，以免措手不及。而主战派极力反对建都临安，他们主张建都关中、南阳，最低限度也该建都建康，认为从那里渡江，可以随时收复东京。尽管张浚已死，但陆游的主张仍一如既往地坚定，然而却不被采纳。

镇江知府方滋，也是位爱国爱民的主战官员，是陆游的顶头上司，与陆游相处较好，他邀友人游览"多景楼"时，陆游登楼见景，吟了一首《水调歌头·多景楼》：

江左占形胜，最数古徐州。连山如画，佳处缥缈著危楼。鼓角临风悲壮，烽火连空明灭，往事忆孙刘。千里曜戈甲，万灶宿貔貅。露沾草，风落木，岁方秋。

使君宏放，谈笑洗尽古今愁。不见襄阳登览，磨灭游人无数，遗恨黯难收。叔子独千载，名与汉江流。

这年十一月，许昌的韩元吉来镇江省亲，二人已分别一年多了，陆游设酒招待元吉。自是把酒述旧，几近东方泛白。一觉醒来，窗外竟是白茫茫一片，但却暖阳和煦，陆游兴致极高，又邀来三朋四友，踏雪登山去观《瘗鹤铭》。

镇江江对岸的章甫是元吉的朋友，听说元吉来了镇江，也乘船赶来相聚。

瘗鹤铭是著名的摩崖石刻，字势雄强秀逸，传说是华阳真逸撰，上皇山樵正书，也有人以为是晋王羲之所书。因为被雷所劈，所以几个人看到的是残缺的碑石和碑文。

陆游让人在石碑旁摆上酒菜，大家开怀畅饮。放眼望去，风樯战舰在烟雾间，零星散落，竟是那样虚无缥缈。那是张浚为抗金增置的战舰。舰艇往来游弋、兵戈操练的情景，犹在陆游眼前，仅仅半年之久，却恍如隔世！众人激扬文字，都留下了诗赋，最后都大醉而归。

8

隆兴二年（1164年）后，南宋改元乾道。孝宗继位之初是想中兴国家，现在既已议和，就把年号改得和缓一些了。乾道元年正月，宋国通问使将国书送到金国。国书的格式是："侄宋皇帝眘，谨再拜致书于叔大金圣明仁孝皇帝阙下。"岁币是二十万。

金人回复的是："叔大金皇帝"没写"谨再拜"却写着"致书于侄宋皇帝"，不用尊号，不称"阙下"，这口气与当年宋高宗写给金人的誓表何其相似！从此之后便成为定式。

乾道元年（1165年）七月，陆游改任隆兴府通判军事州。隆兴府在江西南昌，离临安更远了。行前，同僚们为他饯行，在绿树成荫的浮玉亭设下酒席，大家共话离情别意，席上一歌女拿出手帕来请陆游题词，陆游提笔写上：

绿树暗长亭，几把离尊，《阳关》常恨不堪闻。何况今朝秋色里，身是行人。

清泪浥罗巾，各自消魂，一江离恨恰平分。安得千寻横铁锁，截断烟津。

——《浪淘沙·丹阳浮玉亭席上作》

次日，陆游踏上赴任之路。一路经过建康、繁昌、铜陵，至达阳山矶。在建康，陆游受到了翁蒙之的热情款待。

翁蒙之的父亲当年听说金人立张邦昌为伪皇帝，写信去责骂他叛国。后来翁蒙之任常山尉，时逢丞相赵鼎已死，灵柩过常山安葬，而守臣左中大夫章杰与赵鼎有宿怨，意图让翁蒙之以护丧的名义，搜查他与故旧往来的书信以罗织罪名，后又怀疑翁蒙之会走漏消息，偷偷地派人监视他。翁蒙之便悄悄写了张小字条，派仆人连夜从后墙翻出去，让赵鼎的儿子把那些书信全烧了。官兵后来一无所得，章杰盛怒之下治他的罪，罢了他的官。还把赵鼎之子也都拘押起来。直至孝宗继位才为其平反。

陆游知道这些早年的旧事，翁蒙之身为位卑的县尉，却是以实际行动抵制秦桧的正义之士。翁蒙之也知道陆游不仅诗文出众，而且有志于复国雪耻。所以陆游到了建康，他带病款待陆游，让陆游深受感动。

行程中，陆游又得知张浚安葬在衡山，他边走边回忆往事，写下诗一首：

河亭挈手共徘徊，万事宁非有数哉！

黄阁相君三黜去，青云学士一麾来。

中原故老知谁在？南岳新丘共此哀。

火冷夜窗听急雪，相思时取近书开。

——《去年余佐京口遇王嘉叟从张魏公督师过焉魏公》

终于到达了隆兴任上。端午节时，按照时俗要举行龙舟赛，隆兴府官员也纷纷来到江边观看竞舟。人潮涌动中，陆游看到一个熟悉的身影，竟是尹穑！不一会儿，他与尹穑挤在了一处。

二人当初同为孝宗赐进士出身，后又同在枢密院作编修，陆游对他的超强记忆力十分佩服，但是，后来尹穑追随秦桧的议和主张，甚至还弹劾张浚为人跋扈，因此而一连升官，做到殿中侍御史、右谏议大夫。他对不肯割地撤兵的官员，一连弹劾了二十多人！陆游在心里是很不屑于他的，但因看龙舟而挤到了一处，还是要打声招呼的。看着龙舟上的人摇旗鼓舌挥桨争渡，陆游不禁对身边的尹穑笑道："楚人遗俗阅千年，箫鼓喧呼斗画船。风浪如山鲛鳄横，何心此地更争先。"（《重五同尹少稷观江中竞渡》）

陆游以"风浪、鲛鳄"喻仕途之艰险，告诉尹穑，自己根本无心与他在仕途上计较。后来朱熹对尹穑是"称其文而薄其行"，说他"晚节狼狈，殊可惜也"。

陆游原也知道从镇江任上改调隆兴通判，是离政治中心更远了，但他也看淡了很多。好在通判本来就是个闲职，空闲的时间很多，他把主要精力用在了研习道教经典中，而道教在江西相传甚广，道观众多，其中南昌的玉隆万寿观很是有名，陆游常去那里习经悟道。但是，乾道三年，陆游被人弹劾"结交台谏，鼓唱是非，力说张浚用兵"，陆游再次被免职了！

其实，陆游只是个小小的通判，因在张浚幕府遭打击后，自己也被一再牵连，他多少是有点压抑的。难道只能屈辱求和，主张作战雪耻也是罪过吗？

离开隆兴以前，陆游去拜访了曾几老师的同乡李浩。李浩，字德远，号桔园。陆游曾多次听老师谈论过他，说他为官正直，不屈权贵，清正廉明。李浩早年就因为文采著称。绍兴十二年，考中进士。当时秦熺凭借宰相秦桧儿子的身份考中状元，招揽读书人，同年考中的进士都去拜见他，有人拉李浩同去，李浩毅然没有去。李浩天生正直，涵养深厚，不因祸福改变自己的意志。其言行甚为孝宗赏识，也让陆游十分敬佩。他给李浩留下了一首《寄别李德远》：

李侯不恨世卖友，陆子那须钱买山。
出牧君当千里去，归耕我判一身闲。

上马击狂胡，下马草军书——陆游诗传

中原乱后儒风替，党禁兴来士气屏。

复古主盟须老手，勉追庆历数公间。

三月初，陆游便从南昌出发还乡了，途中经过玉山，友人检详官苒煜给陆游送来盘缠。苒煜曾因一首诗中有"宁知汉社稷，变作莽乾坤！"以王莽篡权之事讥讽当朝，遭到秦桧的嫉恨，把他贬到了化州，直到秦桧死后才被召还。他也敬佩陆游的为人和才华。二人见面，自是一番同仇敌忾，对酒当歌。

9

陆游终于又回到了家乡山阴。他世居镜湖之三山，陆氏家族在山阴是大户人家，父亲陆宰在镜湖之滨置下了屋宇，在城中也有别墅，陆游在云门山也建有房舍。三山在山阴县城西九里，最初只有十几间屋子，后来逐年扩建，成为一处大宅。辞官回家，买田置地，是中国古代文人远离政治后的理想生活方式。陆游曾作过两首诗，其中有这样的句子：

我居城西南，渺渺水云乡，

舟车皆十里，来往道岂长……

——《不入城半年矣作短歌遣兴》

陆游在家乡的生活是闲适的，亦不可谓不富足，十多间的房屋还带有花园，园中种了名贵花木百余株。这天，他独自一人饮了几盅酒，忽然心情舒畅，提笔在纸上龙飞凤舞了一番，竟是一首《大圣乐》：

电转雷惊，自叹浮生，四十二年。试思量往事，虚无似梦；悲欢万状，合散如烟。苦海无边，爱河无底，流浪看成百漏船。何人解，向无常火里，跌打身坚。

须臾便是华巅，好收拾形骸归自然。又何须著意：求田问舍，生须宦达，死要名传。寿夭穷通，是非荣辱，此事由来都在天。从今去，任东西南北，作个飞仙。

一气呵成，自赏自玩一番，自觉是句法清真、笔势圆熟、姿态横生。夫人王氏见他高兴，送来莲子银耳羹，他望着她的背影，心想若是唐婉在，也许会操琴唱和起来呢！于是他停笔走出房门，经过前院，信步来到田间，在田间除草的农人看见陆游，都纷纷向他问好，他也一一致意。不远处有锣鼓笙箫传来，他知道离春社已经不远了。

春社日是立春后的第五个戊日，人们在这天祭祀土地神，祈祷风调雨顺，丰年大吉。陆游心情大好，在山水树丛中走了一程，前面好像无路可走了，不料拐过一弯，竟出现了一个小村落，不知不觉经过一家农舍，一阵阵肉汤香味扑鼻，主人正在门前喂鸡，看见了陆游，这可是远近闻名的大诗人呀！他热情地邀陆游进屋共进午餐。原来已是农家的午饭时间。

陆游笑呵呵地坐到了小木桌边，桌上丰盛的农家菜勾起了他的馋虫，主人殷勤地拿出了自酿的酒，宾主把酒论农事，轻松愉快。回到家里，他记下了一天的所见所闻，又追忆了前几日的观感，写了一首《游山西村》：

> 莫笑农家腊酒浑，丰年留客足鸡豚。
> 山重水复疑无路，柳暗花明又一村。
> 箫鼓追随春社近，衣冠简朴古风存。
> 从今若许闲乘月，拄杖无时夜叩门。

接着又写了一首《观村童戏溪上》：

> 雨余溪水掠堤平，闲看村童戏晚晴。
> 竹马踉跄冲淖去，纸鸢跋扈挟风鸣。
> 三冬暂就儒生学，千耦还从父老耕。
> 识字粗堪供赋役，不须辛苦慕公卿。

上马击狂胡，下马草军书——陆游诗传

陆游在家乡读书写诗，也游历山水结交友人，生活虽闲适，心情却压抑。五月的一天，听闻老师曾几去世消息，他悲叹不已。回想起年少求学和科考的生活，如今师长一个个都凋零了。这天晚上，他写了首《独学》：

师友凋零身白首，杜门独学就谁评？

秋风弃扇自安命，小炷留灯悟养生。

踵息无声酣午枕，舌根忘味美晨烹。

少年妄起功名念，岂信身闲心太平。

第十一章

上任西蜀的所见所闻都融进了他的诗行；边塞纵马、山中杀虎，尽显诗人的豪放之气。

1

乾道三年二月，龙大渊出任浙东总管，曾觌为福建总管，虞允文为知枢密院事。陆游写下了《题十八学士图》，道出了自己的看法：

> 但余一恨到千载，高阳缪公来窜名。
> 老奸得志国几丧，李氏诛徙连孤婴。
> 向令亟念履霜戒，危乱安得存勾萌。
> 众贤一佞祸尚尔，掩卷涕泪临风横。

对龙、曾擅权植党、祸国殃民等奸邪，他进行了无情的抨击。

周必大认为，自唐代以来，禅学日盛，有才智者往往都出入其间，认为陆游跟随僧人道士游学，如师如友，很是羡慕。陆游把自己的书屋命名为"可斋"。周必大问他是什么意思啊？他说：

> 得福常廉祸自轻，坦然无愧亦无惊，
> 平生秘诀今相付，只向君心可处行。
>
> ——《书室名可斋或问其义作诗告之》

乾道四年十月，陈俊卿为右仆射，并同平章事兼枢密使。陆游给他寄去贺启。

陈俊卿是一位敢于直言的正直官员，四年前，他曾在张浚幕中以礼部侍郎参赞军事，随同张浚一起奉命巡视江淮，经过镇江时，在陆游任通判的衙门居住，彼此之间"无日不相从"。陆游给陈俊卿寄去了贺启，有这样的文字：

> ……名盖当代，材高古人，瑰伟之器，足以遗大而投艰，精微之学，足以任重而道远，方孤论折群邪之锐，盖一身为众正之宗。徇国忘家，惟天知我。论去草者绝其本，宜无失于事机，及驱龙而放之菹，果不动于声气。卓矣回天之力，孰曰拔山之难？积此茂勋，降时大任，岂独明公视嘉祐之良弼？初无间然，亦惟圣主享仁祖之治功，殆其自此。某孤远一介，违离累年。登李膺之舟，恍如昨梦。游公孙之阁，尚凯兹时。敢誓糜捐，以待驱策。

既是贺启，当然有一番奉承之辞，重点是要表明自己"敢誓糜捐，以待驱策"的决心和期盼。

2

乾道五年（1169年）三月，左中大夫参知政事兼同知枢密院事王炎（字公明），除四川宣抚使，依旧参知政事。也许是受了陈俊卿的推荐，王炎即召陆游为幕府。十二月，陆游得到了邸报，被授左奉议郎差通判夔州军州事。自从隆兴年间被弹劾免官后，陆游在老家闲居了五年，这次被起用应该是件喜事，但他的心情很复杂，除了道路艰险，山高皇帝远，毕竟人也不年轻了，他犹豫不决，加之因身体不适，直到第二年夏天才启程赴蜀。

行前，他去拜访参知政事兼枢密院事梁克家，写了一诗：

> 浮生无根株，志士惜浪死。
> 鸡鸣何预人，推枕中夕起。

游也本无奇，腰折百僚底。

流离鬓成丝，悲吒泪如洗。

残年走巴峡，辛苦为斗米。

远冲三伏热，前指九月水。

回首长安城，未忍便万里。

袖诗叩东府，再拜求望履。

平生实易足，名幸污黄纸。

但忧死无闻，功不挂青史。

颇闻匈奴乱，天意殄蛇豕。

何时嫖姚师，大刷渭桥耻？

士各奋所长，儒生未宜鄙，

覆毡草军书，不畏寒堕指。

——《投梁参政》

在诗中，他表明自己志在从戎草檄，为国雪耻。可见他的内心并未因为五年前主张抗战被罢免官职，而有丝毫改变。

乾道六年（1170年）五月十八日，陆游领着家小开始向夔州出发，他将一路上的所见所闻所感，都记录了下来，共走了一百六十多天，日日记录不辍。后来结集成《入蜀记》。

《入蜀记》不但是陆游的散文创作中最为引人注目的一部分，而且是宋代笔记体散文中不可多得的佳作。陆游曾说："古乐府有《东武吟》，鲍明远辈所作，皆名千载。盖其山川气俗，有以感发人意，故骚人墨客得以驰骋上下，与荆州、邯郸、巴东三峡之类，森然并传，至于今不泯也"。《入蜀记》就是在自浙东至巴东数千里"山川气俗"感发下写成的一部杰作，它与其此前安坐在故乡书斋里所写的散文作品，有着迥然不同的艺术风貌。

《入蜀记》的文学成就仅就写景而言，也足以与唐宋古文名家的同类作品相媲美。而事实上其中缅怀历史人物、评说历史事件、考证历史事实，以及对民生的描摹等同样具有隽永的文学意味。摘片段如下：

二十六日，发大谿口，入上瞿唐峡，两壁对耸，上入霄汉，其平如削成，仰视天，如匹练然。水已落，峡中平如油盎。过圣姥泉，盖石上一罅，人大呼于旁则泉出，屡呼则屡出，可怪也。晚至瞿唐关，唐故夔州，与白帝城相连。杜诗云：“白帝夔州各异城”，盖言难辩也。关西门正对滟滪堆，堆，碎石积在，出水数十丈，土人云：“方夏秋水涨时，水又高于堆数十丈”，肩舆入关，谒白帝庙，气像甚古，松柏皆数百年物。有数碑，皆孟蜀时所立。庭中石笋有黄鲁直建中靖国元年题字。又有越公堂，隋杨素所创，少陵为赋诗者，已毁，今堂近岁所创，亦甚宏壮。自关而东，即东屯，少陵故居也。

3

终于到达夔州。陆游任左奉议郎通判军州，主管学事兼管内劝农事，从七品官；作为州考监事官，他还要参与当地科举监考。陆游的诗名早已远播，自然受到夔州同僚们的敬重，加之并不繁重的公务对他来说驾轻就熟，所以受到上司的器重和提名推荐。但是，陆游总也找不到精神上的寄托。好在公事并不繁忙，白帝城离夔州府也不远，在闲暇之时，他去寻访杜甫故居、登临白帝城，缅怀少陵。因为，他这一路入川的艰辛，杜甫也同样经历过的，他感叹说：

少陵，天下士也，早遇明皇、肃宗，官司爵虽不尊显，而见知实深，盖常慨然以稷、高自许。及落魄巴蜀，感汉昭烈诸葛丞相之事，屡见于诗，顿挫悲壮，反复动人，其规模志意岂小哉？然去国寝久，诸公故人熟睨其穷，无肯出力。比至夔，客于柏中丞、严明府之间，如九尺丈夫，俯首居小屋之下，思一吐气而不可得，予读其诗至“小臣议论绝，老病客殊方”之句，未尝不流涕也。嗟夫，辞之悲乃至是乎！荆卿之歌，阮嗣宗之哭，不加于此矣。少陵非区区于仕进者，不胜爱君忧国之心，思少出所学佐天子，兴贞观、开元之治，而身愈老，命愈大谬，坎壈且死，则其悲至此，亦无足怪也。

陆游这样评论杜甫，其实也是说自己。

陆游既对杜甫深表同情，也对自己的命运喟叹，他感觉自己与杜甫有着同样的遭际，杜甫受知明皇、肃宗，自己受知高宗、孝宗；杜甫从秦州入川，辗转来到夔州，自己是从镇江辗转来到夔州；杜甫"九尺丈夫，俯首居小屋下"，自己不也是一样吗？相同的人生遭际，让陆游流下了同情的泪水。他们"非区区于仕进者，不胜爱君忧国之心"，是一样的啊。早年的陆游有"小李白"之称，现在，他可能更加理解了杜甫。他的诗也一步步更接近现实生活了。

> 拾遗白发有谁怜，零落歌诗遍两川。
>
> 人立飞楼今已矣，浪翻孤月尚依然。
>
> 升沉自古无穷事，愚智同归有限年。
>
> 此意凄凉谁共语？夜阑鸥鹭起沙边。
>
> ——《夜登白帝城怀少陵先生》

4

夔州气候潮湿而溽热，陆游这天起床便感头疼身懒，请了郎中来看，说是体热受了凉，并无大碍，先用艾灸灸过，又嘱卧床静养。这天稍觉轻松一些便拿起笔，写下一首《自咏》：

> 朝衣无色如霜叶，将奈云安别驾何！
>
> 钟鼎山林俱不遂，声名官职两无多。
>
> 低昂未免闻鸡舞，慷慨犹能击筑歌。
>
> 头白伴人书纸尾，只思归去弄烟波。

这诗明白地写出了他心生归意。从八月至九月初，陆游整整卧病四十多天，人也消瘦了一圈！九月三十日，身体稍稍恢复一些了，他登上城门向东瞭望，想起离开家乡，起程来夔州已经一年多时间了，不知何时才能回归，不禁凄然有感：

减尽腰围白尽头，经年作客向夔州。

流离去国归无日，瘴疠侵人病过秋。

菊蕊残时初把酒（自注：病中久止酒，秋末方能少饮），雁行横处更登楼。

蜀江朝暮东南注，我独胡为淹此留？

《九月三十日登城门东望凄然有感》

在诗中，他表达了更加强烈的思归之意。宋代的官员任期是三年，三年期满就得卸任。所以一般得事先打通关节，否则便是失业。最主要的，还是在这个闲职上，他不可能实现自己的人生抱负，所以他要改变。

生活的窘迫和强烈的思归之心，驱使陆游给虞允文写了封信。虞允文此时与梁克家共为左右丞相，并兼枢密使。陆游在信中说："某行年四十有八，家世山阴。以贫悴逐禄于夔。其行也，故时交友醵缗钱以遣之。峡中俸薄，某食指以百数，距受代不数月，行李萧然，固不能归。归又无所得食，一日禄不继，则无策矣。儿年三十，女二十，婚嫁尚未敢言也。某而不为穷，则是天下无穷人。伏惟少赐动心，捐一官以禄之，使粗可活，甚则使可具装以归，又望外则使可毕一二婚嫁。不赖其才，不藉其功，直以其穷可哀而已……"

信写得有点夸大其词了，但也可看出这期间他的俸禄微薄，生活拮据，思归心切，再则儿女们都大了，陆游不得不考虑他们的成家立业问题，或许这些都只是托辞？

改变现状的机会终于来了！虞允文应该是了解陆游的真实想法。许是经由虞允文的提名，四川宣抚使王炎招请陆游为左承议郎权四川宣抚使司干办公事兼检法官。

宣抚司设在南郑，宣抚使主持西北军民事务。四川宣抚使王炎，字公明，是当时抗金的领袖人物，乾道五年三月，他以中大夫参知政事改任四川宣抚使，一到任，就将治所由原来的绵阳（今广元）迁往抗金前沿的南郑（今陕西汉中市），并在南郑沿线积极布防，收集情报，积粟练兵，延揽人才，图谋恢复大计。所以，陆游从夔州调南郑应属重用，这也让陆游有了一个身临前线的机会。陆游得到消息后，身心都振奋起来，他立即给王炎上了一份《谢王宣抚启》，表达谢意：

民之先觉，国之宗臣，精义探系表之微，英辞鼓海内之动，至诚贯日，践危机而志意愈坚，屹立如山，决大事而喜愠不见。虽裴相请行于淮右，然萧公宜在于关中，姑讫外庸，即登魁柄。凡一时之荐宠，极多士之光华，岂谓迂疏，亦加采录。某敢不急装俟命，碎首为期、运笔飒飒而草军书，才虽尽矣，持被刺刺而语婢子，心亦鄙之。尚力著于微劳，庶少伸于壮志。

5

乾道八年正月陆游启程，从夔州出发，一路风尘仆仆，一路踌躇满志。经过万州、梁山军、邻水、岳池、广安、利州。在梁山途中他赋诗一首：

平生爱山每自叹，举世但觉山可玩。
皇天怜之足其愿，著在荒山更何怨。
南穷闽粤西蜀汉，马蹄几历天下半。
山横水掩路欲断，崔嵬可陟流可乱。
春风桃李方漫漫，飞栈凌空又奇观。
但令身健能强饭，万里只作游山看。

——《饭三折铺铺在乱山中》

一路上，蜀中风物，让他想到了三国时的诸葛丞相。三国时期蜀汉丞相诸葛亮在北伐中原之前，给后主刘禅上书《出师表》。诸葛亮在实行了一系列正确的政治、经济措施后，蜀汉境内呈现兴旺景象。诸葛亮在平息

上马击狂胡，下马草军书——陆游诗传

南方叛乱之后，决定北上伐魏，夺取凉州。临行之前上书后主，以恳切委婉的言辞劝勉后主要广开言路、严明赏罚、亲贤远佞，以此兴复汉室；同时也表达了自己以身许国，忠贞不二的心志。在这里，陆游除了敬重武侯的"鞠躬尽瘁，死而后已"精神外，同时也想到了谯周作降笺的故事。当年如果不是谯周劝后主刘禅投降，蜀国不一定就真的亡国。他写道：

> 运筹成迹故依然，想见旌旗驻道边。
> 一等人间管城子，不堪谯叟作降笺。
>
> ——《筹笔驿诗》

对于投降行为，陆游一直都是鄙视的。

暮春时节，芳草萋萋。陆游兴之所至，信马由缰来到一处开阔地，远处居然能依稀望见长安南山。

"这是哪里？"陆游问道。

随从指着一处平坦处答道："这里是拜将坛。"

陆游想起了声名赫赫的韩信。当时汉高祖刘邦就是在这里筑坛，拜他为大将的！不由得吟道：

> 南郑春残信马行，通都气像尚峥嵘。
> 迷空游絮凭陵去，曳线飞鸢跋扈鸣。
> 落日断云唐阙废，淡烟芳草汉坛平。
> 犹嫌未豁胸中气，目断南山天际横。
>
> ——《南郑马上作》

乾道八年（1172年）三月十七日，陆游终于到达南郑，他的生命旅程，走进了一个全新的境界，他的爱国思想及其创作也都到达了辉煌的时期。

南郑北瞰关中，南蔽巴蜀，东达襄邓，西控秦陇，地势上处于咽喉地位，原本就是一个重镇大邑，现在这里更是西北边防前沿，为宋金的必争之地。

绍兴初年这里曾陷入金兵之手，兵燹荼毒，灾难浓重，但是经过多年的修整，陆游现在看到的是一片承平景象。报国雪耻、恢复中原的人生志向，澎湃在他胸中，他抵达的当天晚上，就提笔写下了《山南行》：

> 我行山南已三日，如绳大路东西出。
> 平川沃野望不尽，麦陇青青桑郁郁。
> 地近函秦气俗豪，秋千蹴鞠分朋曹。
> 首蓿连云马蹄健，杨柳夹道车声高。
> 古来历历兴亡处，举目山川尚如故。
> 将军坛上冷云低，丞相祠前春日暮。
> 国家四纪失中原，师出江淮未易吞。
> 会看金鼓从天下，却用关中作本根。

陆游一到南郑，雄伟险要的大散关就给他留下了极其深刻的印象，他后来在《观大散观图有感》中写道：

> 大散陈仓间，山川郁盘纡。
> 劲气忠义士，可与共壮图。
> 坡陁咸阳城，秦汉之故都。
> 王气浮夕霭，宫室生春芜。

他赞颂大散关的壮伟雄峻，首先想到的是它在抗金作战中的价值，是诗人据此以图恢复的壮志：

> 安得从王师，迅扫迎皇舆。
> 黄河与函谷，四海通舟车。

入川之前，陆游一直生活在江浙一带，以为恢复中原失地，一定要以江淮为根本。现在他看到了西部局势，眼界大为开阔，他主张要以关中作

上马击狂胡，下马草军书——陆游诗传

为根本，以图恢复。这一时期，同舍的幕府同僚十四五人，他与范仲芑、张缜、宇文叔介、周颉等人年龄相仿，志趣相同，尤其与张缜交谊甚笃。他们之间常谈论恢复中原的想法。他决定向王炎进言自己的恢复中原的作战方案。

四川宣抚使王炎的府衙在兴元府南郑县。宣抚使是西北的军民长官，官位在四川制置使和各路安抚使之上。他是一位敢于直言的诤臣，曾在浙西一带兴修水利有功，受到提拔重用，又在荆南招募训练"义勇军民"受到孝宗的青睐，赐他进士出身，调兵部侍郎，签书枢密院事。

这一天，陆游去了王炎的宣抚司大衙。宣抚司的门额上有"静镇堂"三个大字。进入客堂，迎面是一道屏风，上面是唐代画家边鸾的折枝梨花，高洁中透露着寂寞。多年后陆游在回忆这段生活时，还对这幅画记忆犹新：

> 开向春残不恨迟，绿杨窣地最相宜。
> 征西幕府煎茶地，一幅边鸾画折枝。
>
> ——《梨花》

穿过厅堂，在后面的茶室里，王炎热情地接待了他。陆游向王炎禀报了自己的经历和家庭，特别谈到自己的志向。在谈论恢复中原的策略时，陆游说："丞相若欲雪国耻，必经略中原，经略中原，必自长安始，取长安，必自陇右。"

王炎听了，笑而点头称是。

陆游又说："目前当务之急，是要囤积粮食，加紧练兵，有机会就进攻，无机会则防守。"

王炎征询陆游，幕府中谁人可担大任？

宋人南渡以后，西边的军事，主要是依靠大将吴玠，吴玠死后，军权掌握在了其弟吴璘手中，后来，吴璘之子吴挺代其掌兵。吴挺为人骄纵，好结交人，但性格暴烈，多次误杀他人，而王炎也拿他没办法。吴挺掌兵权后，吴玠的后人，相对受到了一些冷落。陆游说："目前都统制吴挺代其父统军领兵，吴挺倾财结士，军纪严苛，很有威信，但是为人却骄横，不善用人，前次酒后又误杀了一人！军士们不满的情绪相当高，丞相有否考虑提拔吴玠的儿子吴拱来代替吴挺呢？"

王炎沉吟了片刻后说："吴拱，胆怯，又寡谋，遇敌必败。"

"可是假使吴挺遇敌，谁能保证他不败呢？即令有功，愈加不可驾驭啊！"

但是，王炎最终没有听陆游的建议，他以为吴挺还算有才能，而且孝宗也很赏识他，关键可能还是吴家的势力在蜀地正如日中天，是朝廷倚重的国之重器，王炎轻易也撼动不得。但陆游的话后来得到了验证，吴挺的儿子吴曦最终谋反叛敌，这是后话。

在陆游拜见王炎后不久，都统吴挺在自家的大庭园里请客，文人雅士武官显贵结集而来。酒菜上来时，歌姬舞娘也出场了，吴都统举杯请大家干杯，仙乐缈缈霓裳飘飘，酒过三巡，吴挺让酒僮端上来笔墨纸砚，请大家留下墨宝。陆游的诗词、草书都是相当有名的，当然不能空过，于是，他提笔挥毫写下：

> 参谋健笔落纵横，太尉清樽赏快晴。
> 文雅风流虽可爱，关中遗虏要人平。
>
> ——《次韵子长题吴太尉云山亭》

这是直接提醒吴挺，军事要务非儿戏，关中的事务关系国家大局，需要特别关注。

北方失地的人士对南宋的军队是有感情的，他们常对戍边的王师夹道欢迎，又常奔驰而来递送情报。这让陆游非常感动，他记下了这些感人的事件：

忆昨王师戍陇回，遗民日夜望行台，

不论夹道壶浆满，洛笋河舫次第来。

官辅遗民意可伤，蜡封三寸绢书黄。

亦知虏法如秦酷，列圣恩深不能忘。

——《追忆征西幕中旧事》

昔日从戎日，身由许国轻。

阵如新月偃，箭作饿鸱鸣。

坚壁临关守，连营并渭耕。

至今悲义士，书帛报番情。

（《昔日》自注：予在兴元日，长安将吏以申状至宣抚司，皆蜡弹，方四五寸绢，虏中动息必具报。）

6

　　宋金"隆兴和议"后，大局总体是平稳的，但在双方对峙的前线，试探性地冲突、擦边走火也时有发生。南郑是宋金对峙的前沿阵地，作为"左承议郎、四川宣抚使司干办公事、兼检法官"，陆游常往来于南郑周边各营帐，也同将士们同操练同驻守。

　　边境生活是孤寂的，也是丰富的。陆游身背宝剑、一身戎装，骑在马上，带领一队人马涉过渭水，酷烈的日头照在头顶上，一个老大爷举着瓦罐在马前为他们献上甘泉来，大爷流着泪对陆游说：我们就盼着王师早日归来呀！

　　陆游听了，大为感动。宋金议和已经多年，若非亲临此境，他不可能想象得出，遗民对大宋有如此深厚的感情。

　　夜间，他和将士们躺在山梁上看满天的星宿，占卜哪天战争会来临。天亮了，再登上战车，继续察看敌人那边的动静。

　　从南郑出发，西边他到过仙人原，原上的仙人关是宋金对峙的前线，仙人原以西是两当县，陆游去那巡视时，距金兵的营寨只有一箭之遥。在凤县，他到过黄花驿，与宋军一起巡逻边界。在宁强，他到过金牛驿，检查过那里的哨所。南郑周边他常去的还有西县、定军山、孤云、两角，以及大散关下的鬼迷店、广元道上的飞石铺、桔柏渡等宋军的驻地。

军旅生活的艰苦卓绝和异域民族的风土人情，极大地丰富和滋养着陆游的诗歌内涵。他扎实的文学素养又经历了这番风霜磨砺，已经从抒写理想抱负情怀等浪漫主义写作，开始转向现实主义创作上来了。他像他一直敬重喜爱的杜甫那样，眼光更加专注于当下现实的军旅生活了。

这段时期，是他诗风转变的关键时期。他由学习江西派诗词的"绘藻"转向了"宏肆"，并形成了"功夫在诗外"的诗论主张，进而对当时诗词的创作和研究，也产生了重要影响。这是陆游诗歌创作的转折点，他的诗风、诗歌思想和诗学观都有了重要转变。正是南郑的"酣宴军中""打球筑场""阅马列厩""花灯纵赌"的现实生活环境，使他的诗境形成宏肆雄健的独特风格。此前二十多年的时间里，他的诗词总数不足二百，且多是咏物记游，赠答唱和之作，南郑以后，军旅的铁马秋风、豪纵奔放以及壮丽的河山，淳朴的风情使他感到"从军乐事世间无"。这一时期，他的诗歌题材包括了抒怀、送别、登临、吊古、咏物、行役、饮酒等。正是："纸上得来终觉浅，绝知此事要躬行。"他写了一首《忆昔》：

忆昔西征日，飞腾尚少年。

军书插鸟羽，戍垒候狼烟。

渭水秋风夜，岐山晓雪天。

金鞭驰叱拨，绣袂舞婵娟。

但恨功名晚，宁知老病缠。

虎头空有相，麟阁竟无缘。

壮士埋巴峡，孤身卧海壖。

安西九千里，孙武十三篇。

裹叹苏秦弊，鞭忧祖逖先。

何时闻诏下，遣将入幽燕？

南郑城西北有高兴亭，正对着南山，南山的那一边就是长安城，陆游率领随从，在大雪天里登上高兴亭，等待着平安火。

从唐代起，每三十里置一堠，就是瞭望敌情的土堡。每日初夜举烽火报无事，谓之"平安火"。这习俗一直延续下来。冰天雪地，渺无人迹，夜幕降临得也早，总算盼到了一炬烽火远远升起。陆游想到了唐朝元稹《遣行》诗："迎堠人应少，平安火莫惊。"他不由得念道："壮游谁信梁州日，大雪登城望夕烽。"

多年后回忆这一情景，他写道：

> 客枕梦游何处所？梁州西北上危台。
>
> 雪云不隔平安火，一点遥从骆谷来。
>
> ——《频夜梦至南郑小益之间慨然感怀》

对面就是金人占领的土地，那边的百姓虽然身在金国，但心在南宋，他们天天盼着宋军早日北伐。如果朝廷有意收复失地，这边王炎的幕僚们早已对敌情了如指掌，士兵也都求战心切，正是建功立业的大好时期！

七月十六日，将士们相约登上高兴台。秋高气爽，正是把酒临风登高望月的好时节，鼓角声中，烽火照高台。酒，抬上来了，歌女，邀上来了，在欢歌笑语中，大家喝酒、唱歌、击筑、吹笛。琴声叮咚，一轮满月升上天空，清辉映照大地。山峦起伏，灯火点点。陆游端着酒杯望向北方，他知道那边有灞桥烟柳，那边有曲江池馆，那边还有大宋的父老乡亲啊！

"将军为何独自一人发呆呀？"

陆游回头，见刚刚还在纵情欢唱的红衣女子，正笑看着自己。他悄悄拭去眼角的泪滴说道："你还年轻，不会懂的，四十七年了，多想见识一下长安城里的繁华啊！"

不料女子却摇头叹息道："我明白将军的心思，我爹娘就是从长安城逃出来的，他们也很怀念故土，可是却回不去了……"

女子黯然神伤的样子，让陆游突然感觉遇到了知音，细看，她云鬟高挽，秋波荡漾，不禁心生怜惜。女子似乎真的明白陆游的心思，她举起酒杯来向陆游敬酒，又递过手帕来，说道："都道将军是大诗人，不如给我们作首诗，姐妹们日后也好有新曲儿唱呀！"

这时，其他几位女子拿来了笔墨，看着花团锦簇的女孩们一个个水灵俊秀，秋波荡漾，陆游提笔在丝帕上写了一首《秋波媚》：

秋到边城角声哀，烽火照高台。悲歌击筑，凭高酹酒，此兴悠哉。
多情谁似南山月，特地暮云开。灞桥烟柳，曲江池馆，应待人来。

乘着酒兴，借着歌声，陆游从忧郁中回过神来，他诗人的豪情重新被点燃了。

将士们也被感染了，他们高声唱和："灞桥烟柳，曲江池馆，应待人来。"那是收复失地必胜的信念。

这一段的军旅生活，是陆游平生最感快意的，在以后的几十年中，每每回忆，必会歌之咏之：

宣和之末予始生，遭乱不及游司并。
从军梁州亦少慰，土脉深厚泉流清。
季秋岭谷浩积雪，二月草木初抽萌。
夏中高凉最可喜，不省举手驱蚊虻。
藏冰一出卖满市，玉璞堆积寒峥嵘。
柳荫夜卧千驷马，沙上露宿连营兵。
胡笳吹堕漾水月，烽燧传到山南城。
最思出甲戌秦陇，戈戟彻夜相磨声。
两年剑南走尘土，肺热烦促无时平。
荒池昏夜蛙阁阁，食案白日蝇营营。

何时王师自天下，雷雨㶁洞收㩭枪。

老生衰病畏暑湿，思卜鄂杜开柴荆。

——《蒸暑思梁州述怀》

8

  将士们偶尔与金兵小范围遭遇战后，总是很兴奋，仿佛意犹未尽。他们就在宽阔的大草原上恣肆地纵马驰乘，互相追逐嬉戏；他们骑着金色鬃毛的宝马，飞奔在梁州球场上打球比赛，一赌输赢。累了就用玉雕的酒杯斟上鹿血，挨个儿喝酒，喝酒也要比个输赢！然后命令抓来的俘虏弹起箜篌助兴，酒兴借着乐声，激发着胸中的杀敌立功的勇气。他们大声呼喊着："打回长安去，打回老家去！"然后站在胡床上拉弓射箭，仿佛敌人就在前方！

  陆游被这种情绪感染着，骑在马上，一边高呼着一边拉满了弓，风在耳边"呼呼"响，箭从弦上"嗖嗖"飞，血脉偾张，旗帜飞扬！在刘邦庙前，在中梁山下，都是陆游登高远望、跃马呼鹰之地；也有帐中献策，也有夜晏欢歌，华灯光满楼，钗裙舞艳酒。

  宋代的军中设有营妓。史料记载，最早出现营妓的是汉朝军队飞将军李广之孙李陵所率领的军队。李陵是汉武帝刘彻时期的得力战将，家学渊源，带兵有方，本应作为一代名将流芳百世，最终却成了中国历史上最著名的匈奴战俘。

  李陵被俘后，匈奴单于将自己的女儿嫁给了他，并对他予以重用。李陵为之忠心报效的汉武帝，斩杀了他的全家！司马迁挺身为李陵辩护，惨遭大刑，终于忍辱负重，写下千古绝唱之《史记》。李陵在送别被困匈奴十九年的苏武回国时，起舞歌曰："径万里兮度沙幕，为君将兮奋匈奴。路穷绝兮矢刃摧，士众灭兮名已聩。老母已死，虽欲报恩将安归！"短短几句，就道出了李陵内心中的矛盾和悲痛无奈。

在李陵极富传奇色彩的一生中，他的军队中就有不少随军女子。据《汉书·李广苏建传》记载：

陵且战且引，南行数日，抵山谷中。连战，士卒中矢伤，三创者载辇，两创者将车，一创者持兵战。陵曰："吾士气少衰而鼓不起者，何也？军中岂有女子乎？"始军出时，关东群盗妻子徙边者随军为卒妻妇，大匿车中。陵搜得，皆剑斩之。

其实，这些被李陵"皆剑斩之"的女人就是军妓，而不是"妻妇"。在古代，男人一旦获罪，他们的妻女大都会流放涉边而沦为妓女。罪人的妻子编入军队，曾经是长期通行的制度。作为随军妓女并不仅仅是含泪卖笑以供将士们娱乐和泄欲，而且还有相当一部分随军妓女白天充当起了杂役，为军队保障后勤，晚上陪酒侍寝。

战争的残酷和女人的温存形成的强烈反差，使得二者往往同时出现。军妓，这似乎是对行军者最合乎人情的犒劳。其实，普通随军妓女，命运是十分悲惨的，不是被无辜地杀害，就是老死边关，终其一生。

在唐宋时期，军妓渐渐成为一种相对普遍的存在。唐代边塞诗人岑参在《玉门关盖将军歌》中透露出的军妓在"军中无事但欢娱，暖屋绣帘红地炉。织成壁衣花氍毹。灯前侍婢泻玉壶"，这只不过是当年随军妓女生活最为普通的一幕。

陆游后来常回忆这段军旅生活，他也有描写：

貂裘宝马梁州日，盘槊横戈一世雄。
怒虎吼山争雪刃，惊鸿出塞避雕弓。
朝陪策画清油里，暮醉笙歌锦幄中。
老去据鞍犹矍铄，君王何日伐辽东？

——《忆山南》

在南郑巡视各军营驿站，道路遥远又艰险，去来没定时，不分昼夜。

陆游已经学会射箭和刺枪。敌人也常在夜深人困时，突然来袭、一次，陆游正在睡梦中，一阵从天而降的喊杀声惊得他跳了起来，手握宝剑就冲出了营帐，原来是一小队金兵冲过了边界，被防守的战士发现，他与将士们一起将他们驱赶回去了。陆游奇怪怎么事先没有听到一点声音？原来他们在马蹄上裹布，嘴中衔物防出声，这样"束马衔枚"来偷袭是常有的事，但都被宋军歼灭了！

陆游跟着王炎出过几次兵，第一次出兵是从南郑向北进发，再沿着宝鸡西南的大散岭一路向东。那里是宋金两国的边境线，路上时不时会碰到骚扰大宋边界的小股金兵，时常发生遭遇战，王炎胸有成竹地指挥军队直接将入侵金兵歼灭！陆游曾在夜里坐在一堆篝火边写下了一首诗：

> 我昔从戎清渭侧，散关嵯峨下临贼。
>
> 铁衣上马蹴坚冰，有时三日不火食。
>
> 山荠畬粟杂沙碛，黑黍黄穈如土色。
>
> 飞霜掠面寒压指，一寸赤心惟报国。
>
> ——《江北庄取米到作饭香甚有感》

9

歼灭战打了十几回，不过每回都是以多胜少。陆游已看出了宋军的不足之处：南郑的士兵大都是南方人，这些士兵擅长水战，不擅长陆战；擅长阵战，不擅长野战；擅长步战，不擅长马战；擅长防守，不擅长冲锋；擅长射箭，不擅长肉搏。

金军的单兵战斗力强于宋军，若一对一厮杀，宋军准输无疑！而宋朝的经济文化和科技都远远胜于金国，火药也已经用于了军事，还制造出了火枪、火炮，这是当时世界上最先进的武器。但是他们的连弩和火炮只有在远距离突袭的时候，才能发挥优势，把敌人杀得人仰马翻。

陆游向王炎详细分析了宋军的优势和劣势，他认为宋军的武器虽然比金军先进，协同作战能力也比金军强，可是体力远不敌金军，格斗技巧也不如金军。

金军以女真人和北方汉人为主，从小在寒冷地带生活，先天体质要超过来自南方的宋朝士兵，这一点无法改变。但体力是可以锻炼的，格斗水平也是可以强化提高的。所以陆游向王炎建议：从金国地区大量招募中原义军，最好能招降有战斗经验的士兵。

这是一个非常大胆的建议，因为宋金已经议和，现在贸然从金国招降，可能会引起金国的抗议，甚至可能掀起又一次宋金战争。但王炎却接受了他的建议，通过提高军饷和分发田地的办法，果真招募了一大批金军和义军进来，他把这些来自金国的士兵单独整编成一支特别的军队：义胜军。

义胜军用的武器跟其他宋军不一样，其他宋军用连弩、弓箭和大刀、长矛，义胜军却配备狼牙棒和义胜枪。王炎将义胜军整编完毕，让他们教其他宋军学习近身搏击和扎枪技巧。陆游身先士卒，也跟着学。王炎看到汗水渗透了陆游的衣襟，且他已年近半百，说道："陆通判，你只督促他们练习就行！"

陆游却说："我体力不如青壮士兵，可以练得强壮呀！"

经过刻苦训练，陆游果真能把四十斤重的义胜枪，使得风雨不透！

南郑在秦岭的高处，下面是褒城、骆谷，这条路可通向长安。王炎、陆游及所有的将士们都清楚，沦陷区的百姓时时盼望着王师的到来，隆兴和议十年了，虽然维持着表面上的和平，但每年的纳贡就是压在百姓身上的大山，只有通过战争，才能收复失地，解救民众。陆游与王炎讨论局势时，都认为北伐的时机已经成熟了。他在诗中写道：

> 客游山南夜望气，颇谓王师当入秦。
> 欲倾天上河汉水，净洗关中胡虏尘。

> ——《夏夜大醉醒后有感》

陆游曾多次向王炎提出挥师北伐的建议，并要求自己身先士卒，直捣金营！王炎知道他的建议是可取的，也有决胜的把握。但是作为边关的主

上马击狂胡，下马草军书——陆游诗传

帅，他不可能也不敢轻举妄动。在敌我双方对峙的情势下，只可加紧防备，不可轻开边衅，因为当朝皇帝宋孝宗一心维持求稳不战局面，决不允许将帅对金国先动手！

10

学了一身武艺，却派不上用场！陆游很是苦闷。听说南郑乡下有老虎出没，还咬死好几个在村外耕地的农人，吓得百姓们不敢出门！陆游便带着三十余名士兵出了城，他要去为民除害！

不入虎穴，焉得虎子！陆游决定闯进老虎的藏身之处。他请经验最丰富的猎户帮忙，在山林中寻找了半天，终于找到了老虎的足印，循着足印在密林深处一条小溪旁边，找到了虎窝。见窝里有三只小老虎正在啃吃人骨，地上有一只破烂不堪的麻鞋！这一定是附近村民被大老虎咬死并拖到窝里，成了小老虎的点心。

陆游一声令下，士兵们冲上去，刀枪并举，"喊哩咔嚓"就把三只小老虎剁成了肉酱！

消灭了小老虎，陆游和士兵们在虎窝边守株待兔，想等大老虎回来了一起宰杀。左等右等，大老虎始终没回来。眼看天色已晚，只好回撤。

他们沿着一条羊肠小道往附近的村子里走，冷不丁刮起一阵狂风，路边高粱地里的高粱成片倒下，一只威猛无比的大老虎"呼啦"一声蹿了出来，堵住了去路！

只见老虎两只前爪紧紧扒住泥土，狠狠地瞪视着打虎队伍，喉咙里发出一阵愤怒的低吼声。经验丰富的老猎户惊叫道："是只母老虎，可能就是那几只虎崽的虎娘！"

没错，这只母老虎回到窝里，发现小虎被杀，便跟着兵器上的血腥味儿追了过来，拦在路中间，要给它的孩子报仇。

猎户建议大家不要轻举妄动，千万不要表现出胆怯来！因为老虎一旦发现人们怕它，它就会猛扑过来，把人咬死！可是，猎户的话没有说完，士兵们出于本能反应，扭头就跑——他们从来没见过这么大、这么近的老虎，下意识地想要逃走。

人不动，老虎也不动，人一跑，老虎就动了，它大吼一声，半空中好像响起一个炸雷，对着陆游等人猛扑过来。所有人都惊呆了，陆游却紧握义胜枪对着老虎冲了上去，不偏不歪，一枪扎进了老虎的咽喉！

巨大的冲力把陆游压倒在地，枪也离手了，老虎的前爪不偏不倚正搭在陆游肩背上，把他的战袍撕了两道大缝，好在那一枪扎在要害部位，老虎已经毙命！陆游用尽全身力气，挣扎着从老虎底下爬了出来。这时候士兵们才惊醒过来，纷纷围上去对着老虎就是一顿刀砍枪刺！

看着浑身虎血的陆游，大家纷纷赞叹他的勇猛，感叹若非他的壮举，打虎队伍可能都要丧身虎口了。次日，众人抬着老虎回城，百姓奔走相告，纷纷上来围观，赞叹他们为民除害。

这一次打虎的经历，让多年后的陆游回忆起来，总是十分自豪：

> 我时在幕府，来往无晨暮。
> 夜宿沔阳驿，朝饭长林铺。
> 雪中痛饮百榼空，蹴踏山林伐狐兔。
> 眈眈北山虎，食人不知数。
> 孤儿寡妇仇不报，日落风生行旅惧。
> 我闻投袂起，大呼闻百步。
> 奋戈直前虎人立，吼裂苍崖血如注。
> 从骑三十皆秦人，面青气夺空相顾。
> ……
>
> ——《十月二十六日夜梦行南郑道中既觉恍然揽笔作》

除了习武练兵、打猎，陆游也巡游乡间，看民间风俗喜乐。他写道：

> 寒食梁州十万家，秋千蹴踘尚豪华，
> 犊车辚辚归城晚，争碾平芜入乱花。
>
> ——《春晚怀故山》

上马击狂胡，下马草军书——陆游诗传

梁州陌上女成群，铜绿春衫掩画裙。

相唤游家园里去，秋千高挂欲侵云。

——《新春感事八首终篇因以自解》

　　这样丰富深广的生活阅历，让陆游的创作题材、思想境界日趋开展与扩大，真挚深切的爱国情感，雄奇奔放的艺术风格，益加突出与鲜明，在他一生创作道路上，具有划时代的意义。二十年后，他曾写过：

我昔学诗未有得，残余未免从人乞。

力屏气馁心自知，妄取虚名有惭色。

四十从戎驻南郑，酣宴军中夜连日。

打毬筑场一千步，阅马列厩三万匹。

华灯纵博声满楼，玉钗艳舞光照席。

琵琶弦急冰雹乱，羯鼓手匀风雨疾。

诗家三昧忽见前，屈贾在眼元历历。

天机云锦用在我，剪裁妙处非刀尺。

世间才杰固不乏，秋毫未合天地隔。

放翁老死何足论，《广陵散》绝还堪惜。

——《九月一日夜读诗稿有感走笔作歌》

　　陆游认为，从前自己作诗都只是妄取虚名，是形式大于内容的空泛之说，南郑以后，他的诗才真正悟得了"诗家三昧"，且已到了炉火纯青的阶段。

11

　　乾道八年（1172 年）十月，宣抚使王炎奉诏还都回到临安。陆游与王炎的相处时间不长，但志趣相投，情谊日深，他的调离应该是重用，但对陆游来说多少有些不舍和疑虑。他担心的是，这几年与王炎在南郑经营西北防线的大好形势，能否继续？

陆游专门为王炎饯行，他举起酒杯道："丞相枕戈待旦、厉兵秣马，将这边界防务整饬得成效显著，眼见得恢复大业唾手可得，不知圣上此时召您回都是何意图啊？"

王炎摇了摇头道："当初圣上命我入川，就是令川陕荆襄做好准备，但也不能轻举妄动的，所以我一直谨遵圣命，现在突然召我回京，我也捉摸不定圣意啊！"

陆游喝干了杯中酒说："感谢丞相提携，让我终于体会了边防前线的军旅生活。只是太短暂了。此去路上请多保重！"二人都流下了伤感的泪水。

王炎走后，他的幕府自然也就解散了。仅仅一年后，乾道九年正月二十五日，王炎罢枢密使、以观文殿学士提举临安洞霄宫。也就是说，朝廷已完全把他搁置起来了。而此前，虞允文也被罢相，二位都是主战代表人物，是隆兴和议后仍积极备战的朝中大臣，朝廷及孝宗的意图已经很明显了。

陆游改任成都府安抚司参议官，十一月二日，陆游携家眷从兴元赴成都。一路上他想了很多，回想自己一生的宦途艰辛，写道：

平生无远谋，一饱百念已。

造物戏饥之，聊遣行万里。

梁州在何处？飞蓬起孤垒。

凭高望杜陵，烟树略可指。

今朝忽梦破，跋马临漾水。

此生均是客，处处皆可死。

剑南亦何好，小憩聊尔尔。

舟车有通途，吾行良未止。

——《自兴元赴官成都》

上马击狂胡，下马草军书——陆游诗传

从戎报国的梦破碎了，剑南的军旅生活再好，也不过是一个过客。其实，人生走到哪里又不是过客呢？也许该想想回家的路了吧？就在赴任途中，他写下了《思归引》：

善泅不如稳乘舟，善骑不如谨持辔。

妙于服食不如寡欲，工于揣摩不如省事。

在天有命谁得逃，在我无求直差易。

散人家风脱纠缠，烟蓑雨笠全其天。

筑丝老尽归不得，但坐长饥须俸钱。

此身不堪阿堵役，宁待秋风始投檄。

山林聊复取熊掌，仕宦真当弃鸡肋。

锦城小憩不淹迟，即是轻舠下峡时。

那用更为麟阁梦，从今正有鹿门期。

——《自元兴赴官成都》

第十二章

蜀中辗转两年七地，偶遇老道，听到一个不老成仙传说。青城山上论道，发现了抗金宿将疑踪；海棠开成知音，唱出了他心中的惆怅。

1

成都从前是个水旱灾害严重的地方，秦昭王末年（约前256—前251），是蜀郡太守李冰父子在前人鳖灵开凿的基础上，修建了都江堰大型水利工程，由分水鱼嘴、飞沙堰、宝瓶口等部分组成，一直发挥着防洪、灌溉的作用，使成都平原成为水旱从人、沃野千里的"天府之国"。它是以无坝引水为特征的宏大水利工程，现在，这里城里城外皆平原，树木繁茂，江河交错，田地肥沃。除粮食外还有丰富的物产，盐、茶、酒、蜀锦、蜀笺，非常丰富。物质的富有非但没有让百姓生活幸福，反而造成这里的官宦奢靡之风盛行，互相攀比炫富，也不乏附庸风雅者。

他在《汉宫春》中写出了自己的心境：

羽箭雕弓，忆呼鹰古垒。截虎平川，吹笳暮归野帐，雪压青毡。淋漓醉墨，看龙蛇飞落蛮笺。人误许，诗情将略，一时才气超然。

何事又作南来，看重阳药市，元夕灯山？花时万人乐处，欹帽垂鞭。闻歌感旧，尚时时流涕尊前。君记取、封侯事在，功名不信由天。

这时候，他是压抑而痛苦的。何以解忧？唯有杜康，何以消愁？舞榭歌楼。陆游出入酒肆歌院，要用醇酒麻痹自己，让香艳的肉体温暖自己。

倚锦瑟，击玉壶，吴中狂士游成都。

成都海棠十万株，繁华盛丽天下无。

青丝金络白雪驹，日斜驰遣迎名姝。

燕脂褪尽见玉肤，绿鬟半脱娇不梳。

吴绫便面对客书，斜行小草密复疏。

墨君秀润瘦不枯，风枝雨叶笔笔殊。

月浸罗袜清夜徂，满身花影醉索扶。

东来此欢堕空虚，坐悲新霜点鬓须。

易求合浦千斛珠，难觅锦江双鲤鱼。

——《成都行》

有一天，陆游办完公事，信步来到了锦江岸边，他想去寻访唐代女诗人的"薛涛井"。江边有一片青翠的竹林，他沿着林中的小径，走到一户人家门口时，见一位头发霜白的老者正在修剪一株海棠，便向前询问。

老者朝陆游望了一眼，笑着问道："先生是……"

陆游连忙答道："在下陆游，山阴人氏。"

老者听了，连忙施礼，笑着说道："原来是陆大人呀！老朽早就听说了大人的诗名！"他放下手中的剪刀，问道："大人来这里，可是要看薛涛井的？"

陆游点了点头。

老者指着不远处的一口水井说道："那就是当年的薛涛井！当年的薛涛就是汲此井的井水，再施以丹粉，才制成了'薛涛笺'的。"说完，领着陆游来到一口水井旁边。

陆游站在井沿上，低头久久地望着幽深的井水。

薛涛，字洪度，长安人，唐代著名的女诗人，与卓文君、花蕊夫人、黄娥并称为蜀中四大女诗人。她幼年随父来到成都，聪慧好学，及笄时能诗善文，通晓韵律，多才多艺，十六岁时因父病故，入了乐籍。

当年的剑南西川节度使韦皋看重薛涛，召令她佐酒赋诗，并拟奏请她为秘书省校书郎，故才有女校书之称。她与诗人元稹、白居易、张籍、王建、刘禹锡、杜牧、张祜等人，都有唱和交往，名重一时。

她住在成都鸡碧坊时，自制了一种深红色的诗笺，不但自用，也分赠文朋诗友们。一首诗写在了着色艳丽的诗笺上，显得尤为雅致精美，被人誉为"薛涛笺"，自此，"薛涛笺"之名不胫而走。

这时，老者忽然转身回到院中，俄尔，手里捧一叠鲜艳的纸页来到陆游面前，说道："这是老朽家中收藏的一些'薛涛笺'，望陆大人收下。"说着，将诗笺递给陆游。

陆游连忙说道："此笺是稀罕之物，在下不能夺君子之爱，谢谢老伯了。"

老者听了，爽朗地大笑起来："俗话说，胭脂馈佳人，宝剑赠英雄嘛！大人是名噪天下的大诗人，用此笺题诗，是锦上添花呀！"说完，硬是将"薛涛笺"塞到了陆游手中。

其实，陆游早就听说过薛涛的故事，还读过她传世的《洪度集》，他认为，薛涛的诗因写得委婉清丽，意味不俗，故被人传诵。但诗中的儿女情长多于家国情怀，少了些阳刚之气，在多如繁星的唐代诗人中，他更钟爱杜甫，杜甫的《三吏》《三别》《兵车行》和《闻官军收复河南河北》，还有他客居城都时作的那首《茅屋为秋风所破歌》。

陆游自到了城都之后，曾多次去过浣花溪旁边的杜甫草堂，看了草堂院子中的森森古松，读了前人题写的众多诗词碑刻，还找到了诗人居住过的茅屋旧址。每去一次，就多一种敬仰之情，每读过一首他留下的诗歌，都会觉得是在阅读一页诗史！他知道杜甫被人称为"诗圣"，实属众望所归。

此后陆游有过在蜀州任通判的短暂时光，不久又回到成都。朋友聚一起，说起他几年改任多职，头上已有了白发，陆游听了，心中颇多感慨，他起身高声唱道：

> 前年胘鲸东海上，白浪如山寄豪壮。
> 去年射虎南山丘，夜归急雪满貂裘。

今年摧颓最堪笑，华发苍颜羞自照。

谁知得酒尚能狂，脱帽向人时大叫。

逆胡未灭心未平，孤剑床头铿有声。

破驿梦回灯欲死，打窗风雨正三更。

——《三月十七日夜醉中作》

从南到北，由东至西，"南穷闽粤西蜀汉，马蹄几历天下半"，四处漂泊，他心里仍然念念不忘赶走胡虏。

2

夏天，陆游摄知嘉州事，经过眉山，结识了隐士师伯浑。师伯浑在青衣江上为陆游饯行时，二人都喝醉了，便在船上朗声高歌，惊起一阵阵的水鸟来，直至半夜才发船。睡到酒醒时，船已到平羌，陆游看到船舱里有一大长轴，展开来，是伯浑的醉书，满纸的燥墨，如春龙奋蛰，奇鬼搏人，十分壮观。人却早已登岸，他为师伯浑留下了一首《夜游宫·记梦寄师伯浑》：

雪晓清笳乱起，梦游处，不知何地。铁骑无声望似水，想关河，雁门西、青海际。

睡觉寒灯里，漏声断、月斜窗纸。自许封侯在万里，有谁知，鬓虽残，心未死。

嘉州城（今四川乐山），曾有一个唐代边塞诗人在这里做过刺史。他就是岑参，荆州江陵人。岑参早岁孤贫，从兄就读，遍览史籍。中进士，初为率府兵曹参军。后两次从军边塞，先在安西节度使高仙芝幕府掌书记，后为安西北庭节度使幕府判官。后卒于成都。岑参工诗，长于七言歌行，对边塞风光，军旅生活，以及少数民族的文化风俗有亲切的感受，故其边塞诗尤多佳作。这无疑与陆游有很多相同之处，所以陆游尤喜其诗。但岑参的诗以"雄奇瑰丽"为特点，生动夸张、慷慨激昂、奇峻壮阔、气势磅礴、想象丰富、语言变化自如。而陆游则多了一份空虚与悲悯，这与他的宦海沉浮及个人生活境遇密切相关。

在嘉州，他曾写过一诗：

> 陌上弓刀拥寓公，水边旌旆捲秋风。
> 书生又试戎衣窄，山郡新添画角雄。
> 早事枢庭虚画策，晚游幕府愧无功，
> 草间鼠辈何劳斫，要挽天河洗洛嵩。

——《八月二十二日嘉州大阅》

嘉州城有座高标山，山上有万景楼，山前大江东流，远山缥缈明灭，烟云无际。师伯浑、王志夫、张功父、王季夷等友人相约赶到嘉州来访陆游。陆游与他们重阳登高时登上了万景楼，他们人手一束菊花，争相爬山登楼，楼里有美酒，楼下还有歌妓。他们把手中的菊花送给她们，她们插在发间、别在胸前，又增添了几分妖媚。一位拉胡琴的女子放下怀里的琴弓来向陆游敬酒，并娇声说道："都说官人是有名的大诗人，可否为我等写首诗呢？"

陆游本没有心情，但大家争相怂恿，他只得走向一旁的文案，提起笔来填了一首"竹枝词"，后来又赋了一首诗：

> 粲粲黄花手自持，登高聊答此佳时。
> 纤云不作看山祟，斗酒聊宽去国思。
> 落日楼台频徒倚，西风鼓笛倍凄悲。
> 彭城戏马平生意，强为巴歌一解颐。

——《重九会饮万景楼》

不过，自到了四川，陆游心中一直有两位先贤，虽不能见到他们，却想去看看他们留下的遗迹。一位是诗仙李白的家乡——绵阳的青莲乡，另

上马击狂胡，下马草军书——陆游诗传

一位是苏轼的故里——眉山。他总想前往寻访他们留在那里的逸闻逸事，也想知道那里的风土人情，但不是因故失之交臂，就是公务缠身走不开。有一天，他约了几个同僚准备去李白居住过的青莲乡时，突然得到了朝廷的急报：女真内部发生动乱，先是西北路纳哈塔齐锦谋反，后又有德州防御使完颜文谋反！金帝下令说，他们"皆因术士妄谈禄命陷于大戮"，并规定"除占问嫁娶、修造、丧事，不得推算禄命"，惊惶虚怯之情昭然。

陆游以为，这可是天赐良机！可趁着金人内乱之际，发兵北伐，定有斩获！他与将士们摩拳擦掌，跃跃欲试，准备大干一番事业！他们"更呼斗酒作长歌，要遣天山健儿唱"。浪漫情怀在陆游胸中激荡而成为诗篇：

> 幽人枕宝剑，殷殷夜有声。
>
> 人言剑化龙，直恐兴风庭。
>
> 不然愤狂虏，慨然思远征。
>
> 取酒起酹剑，至宝当潜形。
>
> 岂无知君者？时来自施行。
>
> 一匣有余地，胡为鸣不平？
>
> ——《宝剑吟》

诗中充满爱国与杀敌的浩然之气。

乾道八年（1172年）十二月，宋遣礼部尚书韩元吉，出使金国贺金主生辰。回来后，他将在金时的见闻和感想写信寄给了陆游，陆游有感而发：

> 大梁二月杏花开，锦衣公子乘传来。
>
> 桐荫满第归不得，金辔玲珑上源驿。
>
> 上源驿中挝画鼓，汉使作客胡做主。
>
> 舞女不记宣和妆，庐儿尽能女真语。
>
> 书来寄我宴时诗，归发知添几缕丝。
>
> 有志未须深感慨，筑城会据拂云祠。

（自注：唐中受降城在拂云祠。《得韩无咎书寄使虏时宴东都驿中所作小阁》）

陆游反复回味韩元吉的信，那异妆的舞女和异语的小儿，还有主客颠倒的情形就如在眼前，他辗转反侧、夜不能眠，披衣起身，挑灯察看大散关地图，看着看着，他有了新的想法，于是挥笔写下了一首诗：

上马击狂胡，下马草军书。
二十抱此志，五十犹癯儒。
大散陈仓间，山川郁盘纡。
劲气钟义士，可与共壮图。
坡陁咸阳城，秦汉之故都。
王气浮夕霭，宫室生春芜。
安得从王师，汛扫迎皇舆？
黄河与函谷，四海通舟车。
士马发燕赵，布帛来青徐。
先当营七庙，次第画九衢！
偏师缚可汗，倾都观受俘。
上寿大安宫，复如正观初。
丈夫毕此愿，死与蝼蚁殊。
志大浩无期，醉胆空满躯。

——《观大散关图有感》

又写下《金错刀行》：

黄金错刀白玉装，夜穿窗扉出光芒。
丈夫五十功未立，提刀独立顾八荒。
京华结交尽奇士，意气相期共生死。
千年史策耻无名，一片丹心报天子。

尔来从军天汉滨，南山晓雪玉嶙峋。

呜呼！楚虽三户能亡秦，岂有堂堂中国空无人！

3

公元 1174 年，宋孝宗赵昚改年号淳熙，这是结合了太宗"淳化"和神宗"熙宁"两个年号，表示要继承太宗、神宗遗愿，想在内部进行改革。这就谈不上恢复失地了。

淳熙元年，虞允文死。朝廷主战人物渐渐凋零了。恢复中原的希望越来越渺茫了。春天，陆游返回蜀州任上，他在余暇时间，多游访禅林胜地，如翠围院、化成院、慈云院、白塔院等，都留下了他的身影。

四月，参知政事郑闻以资政殿大学士出任四川宣抚使，陆游在给他的贺启中说："……窃以当今秦蜀之权，重无与比，中原祖宗之地，久犹未归，既天定而胜人，宜王明之受福。非得太行黄河山川所钟之杰，谁复庆历嘉佑华夏太平之基……复关河其自此，知龟筮之悉从。"

他希望郑闻能凭借秦蜀之天险，恢复中原。在王炎身上没有实现的愿望，陆游希望在新的宣抚使身上得以实现。

但是郑闻在任才半年就病故了，陆游的这番期望，又一次白费了！朝廷再派薛良朋为四川安抚使。陆游又寄希望于他，他在给薛的贺启中仍然论及恢复中原之事："窃以江淮驻跸，胜人在天定之时；梁益宿兵，击首有尾应之势，傥事权之少削，则脉胳之不通。宜得股肱之良，用增臂指之重。至于旁连荆豫，外抚戎蛮，亭障骞胜，东轶巴渝之阻；关河重复，西当秦陇之卫，盖有应变于立谈之间，岂容禀令于千里之外，维时诏旨，实契事机。"

孝宗在位频繁地更换官员，其实是为了防止大臣擅权。他往往事必躬亲，大权独揽。用人方面也矫枉过正，猜忌心重。这一年内几次更换朝廷主官，四川宣抚使就三易其人，而陆游这年也已半百，他的恢复中原之心更加急切。

这一天，是陆游五十岁生日，清晨，他被一阵鸟叫声惊醒了。昨夜家人为他祝寿时，他多喝了两杯，现在东窗已白，他坐在床头回想自己五十年来的路，他走错了吗？他还要坚持自己的主张吗？他走到书案边，看到昨天朋友们宴请时，他就着酒意写下的《对酒叹》，又重读一遍，意犹未尽，将《对酒叹》放在一边，铺上一张新的宣纸，就着昨夜的墨汁，写下了《晓叹》：

> 一鸦飞鸣窗已白，推枕欲起先叹息。
> 翠华东巡五十年，赤县神州满戎狄。
> 主忧臣辱古所云，世间有粟吾得食！
> 少年论兵实狂妄，谏官劾奏当窜殛。
> 不为孤囚死岭海，君恩如天岂终极！
> 容身有禄愧满颜。灭贼无期泪横臆。
> 未闻含桃荐宗庙，至今铜驼没荆棘。
> 幽并从古多烈士，恺恺可令长失职。
> 王师入秦驻一月，传檄足定河南北。
> 安得扬鞭出散关，下令一变旌旗色？

　　显然，陆游的人生态度是进取乐观的，他认为只需一个月的时间，就能拿下黄河南北的大片失地！

　　八月二十七日，蜀州大阅兵。看到旌旗猎猎，战马长嘶，将士们勇往直前，他浑身的热血沸腾起来，有感而发，写下了《蜀州大阅》：

> 晓束戎衣一怅然，五年奔走遍穷边。
> 平生亭障休兵日，惨澹风云阅武天。
> 戍陇旧游真一梦，渡辽奇事付他年。
> 刘琨晚抱闻鸡恨，安得英雄共著鞭！

　　写完放下笔，又从头至尾朗声咏吟了一遍，咏哦完了，泪水也从面颊上滚落下来。

上马击狂胡，下马草军书——陆游诗传

这年冬天，陆游摄知荣州事。离开成都，经过青城山，他又一次登顶。十天后，到达荣州（今四川自贡）。

荣州在蜀南，这里山高林密，鸟雀栖飞、狐兔出没、偏僻荒凉。他形容这里是："一起一伏黄茅岗，崔嵬破丘狐兔藏，炯炯寒日清无光，单车终日行羊肠。"有一种漂泊的悲凉。

不久，他接到家书报喜：他的第六子子布出生了！家人要自蜀州来荣州团聚。陆游骑马出城去迎接时，远远看见家眷的车马缓缓而来。陆游想到一生的志向没有实现，却辗转在这蜀中偏僻之地，又是这样囿于家庭的羁绊，不禁喃喃地念叨着昔日曾说过的话："平生万里心，执戈王前驱。战死士所有，耻复守妻孥。"感到心里酸酸的。

除夕这天，陆游正与家人忙着置办年货，迎接新年，忽有飞马传来制置司檄，除陆游朝奉郎（正七品）成都抚路安抚司参议官兼四川制置使司参议官。

才不过七十来天，又要走马履新了，自从离开南郑后，不到两年时间，换了六七处职所，陆游似乎一直在迁徙的路上，他厌倦了。虽然在这里待的时间不长，但因为地处偏僻，人口稀少，也少了很多公务，陆游多少还有一点不舍这里，这种闲适的日子其实是最适合他的。

荣州城北有一横溪阁，横跨在两溪之上，一溪自西而来，水浊；一溪自东而来，水清，二水合流于城下。建阁其上，称之为横溪阁，正是俯瞰双溪合流的好地方。陆游在这里小宴友人，众人请他留下墨宝，他挥毫写下一阕《沁园春》：

粉破梅梢，绿动萱丛，春意已深。渐珠帘低卷，筇枝微步，冰开跃鲤，林暖鸣禽。荔子扶蔬，竹枝哀怨，浊酒一樽和泪斟。凭阑久，叹山川冉冉，岁月骎骎。

当时岂料如今，漫一事无成霜鬓侵。看故人强半，沙堤黄阁，鱼悬玉带，貂映蝉金。许国虽坚，朝天无路，万里凄凉谁寄音？东风里，有霸桥烟柳，知我归心。

（自注：三荣横溪阁小宴）

5

正月十日，陆游启程往成都赴任。在成都，陆游一家被安置在成都花行，距离大圣慈寺只有几里远。到了六月，敷文阁直学士范成大，被诏为成都府权四川制置使。他的到来，给陆游的蜀中生活带来了新的希望。

范成大，字至能，晚号石湖居士。南宋名臣、文学家、诗人。他比陆游小一岁，与陆游在临安圣政所为同僚，乾道六年，陆游从山阴入夔州任通判时，在金山与范成大相遇，当时范成大奉使赴金，还让人专门请陆游到玉鉴堂去赴宴。二人自金山一别已经五年了，现在范成大成了陆游的顶头上司。故交多年，感情甚好，他们相处不似一般的上司与下属，更像是诗友与同僚。

陆游因公去汉州，经过新都时，上了云顶山。云顶山在汉州北边，又名栖贤山，山下隘口壁立千仞，只一条可供人骑马通过的小路。路上，遇到一位老道，二人相伴登山。到达山顶时，却见山顶平坦开阔，有神泉万丈，清澄透明，二人掬泉而饮，皆觉神清气爽。坐在一块青石上歇息时，老道问陆游家在何处？陆游说家在浙江绍兴，老道说："那里有个云台山，你可知道？"陆游说："当然，我家离那里不远！"老道笑着，给陆游讲了一个故事：

传说李八百三度学仙于此，所以这山又名三学山、栖贤山。李八百，已活了八百多岁！他听说陕南汉中有个叫唐公昉的人，有志于修道，就打算把修炼的方术教给他。李八百打算先试试唐公昉的人品，就自称是外地人，到唐公昉家受雇为仆人。

有一次李八百故意装病，唐公昉就给他请郎中抓药诊治，花费了几十万钱，还不停地问寒嘘暖，精心侍候着。李八百又让自己生了全身的恶疮，脓血恶臭。唐公昉哭着说，"你的病总也不好，叫我怎么办啊！"

李八百说："如果用舌头舐我的疮，兴许就能好了。"

唐公昉就让三个丫鬟轮流给李八百舐恶疮。

李八百又说："丫鬟舐还是好不了，如果你能给我舐，我的疮一定能好！"

公昉听了，就用嘴给他舐疮。

李八百又说："你舐还是不见好，如果让你夫人来舐就好了。"

唐公昉就让妻子给他舐疮。

李八百又说："我的疮要想完全治好，必须用几十斗的酒洗澡才行。"

于是，唐公昉就买了几十斗的酒，装在一个大桶里，李八百起床进入酒桶中洗澡，全身的疮竟然立刻好了！而且皮肤白得像凝住的油脂，连一点疤痕都没有！

这时李八百才告诉公昉说："我是神仙，听说你有志于修道，所以才故意考验你。看来你是可以受教了。"

李八百让唐公昉夫妻以及三个舐过疮的丫鬟，都用他洗过澡的酒洗浴，洗过之后，他们不但都变得年轻了，而且都很漂亮。李八百又授给唐公昉一本炼丹的经书。唐公昉就进入浙江绍兴的云台山中炼制丹药，服用之后终于成仙，便升天而去了。

讲完这个故事，老道挥手而去了。

陆游想，原来自己的家乡云台山还有这样的故事啊！思乡之情，油然而生。

6

听说在弥牟八阵原有诸葛丞相庙，陆游便抽时间前去拜谒。

八阵原上有八阵图，相传是三国时诸葛亮创设的一种阵法，以乱石堆成石阵，按遁甲分成生、伤、休、杜、景、死、惊、开八门，变化万端，

可挡十万精兵。这个由天、地、风、云、龙、虎、鸟、蛇八种阵势所组成
的军事操练和作战的阵图，是诸葛亮的一项独创，反映了他卓越的军事才
能。一直喜读兵书的陆游对诸葛亮十分崇拜，他记道：

> 汉中四百天所命，老贼方持太阿柄。
>
> 区区梁益岂足支？不忍安坐观异姓。
>
> 遗民亦知王室在，闰位那干天统正。
>
> 公虽已没有神灵，犹假贼手诛钟邓。
>
> 前年我过沔阳祠，再拜奠俎衰泪迸。
>
> 洁斋请作送迎诗，精忠大义神其听。

（自注：弥年八镇原上《谒诸葛丞相庙》）

又逢成都大阅兵了，上万人在军校场上操练，阵式众多，气壮山河。
陆游又艳羡又自怜，他记下这种壮阔的场面和内心的自怜自伤：

> 千步毬场爽气新，西山遥见碧嶙峋。
>
> 令传雪岭蓬婆外，声震秦川渭水滨。
>
> 旗脚倚风时弄影，马蹄经雨不沾尘。
>
> 属櫜缚袴毋多恨，久矣儒冠误此身。

——《成都大阅》

他认为都是儒生的这顶帽子把自己给耽误了呀！多年前，有人以他文
章妙笔而推举他时，他就有过类似的感叹，他的人生志向是上马杀狂胡，
下马草军书！明明是"彭城戏马平生意"，现在却总"强为巴歌一解颐"，
他只能在一旁欣赏大阅兵的磅礴气势了！

与此同时，另一位爱国诗人、仓部郎中辛弃疾，任江西提刑，节制诸军，
湖南、湖北的茶商军在赖文政率领下叛乱，一路打败宋军，攻入湖南直到
广东！辛弃疾奉命率领宋军攻打这支茶商军时，设计将首领诱杀，镇压了

上马击狂胡，下马草军书——陆游诗传

这次叛乱！

陆游是从邸报上看到这一消息的。他既羡慕又惭愧！

7

阳春三月，海棠盛开，处处园林艳若云霞。成都海棠为天下奇艳，堪比牡丹，久负盛名。

喜好炫财斗富的豪绅们也同样喜好附庸风雅。他们争相宴请文人墨客赏花饮酒赋诗作画。对于既是官员又是诗人的陆游，更是各家争相宴请的嘉宾。陆游几乎把成都附近的花园都看遍了。他有十首《花时遍游诸家园》，前二首是：

其一

看花南陌复东阡，晓露初干日正妍。

走马碧鸡坊里去，市人唤作海棠颠。

其二

为爱名花抵死狂，只愁风日损红芳。

绿章夜奏通明殿，乞借春阴护海棠。

范成大上任后勤于政务，励精图治。他设置路分都监，修筑栅栏，派兵戍守。成功阻击了吐蕃人的入侵。设计诱捕并斩杀了不服宋律还屡次攻打边境的白水砦守将王文才。同时，整肃吏治，招揽人才。陆游后来评价他"勋劳光竹帛，风采震羌胡"。

作为一州主帅，范成大更是文章辞赋俱佳，与陆游成为莫逆。范成大游宴时，总免不了要邀陆游同行。

转运司园又称西园，园中有西楼，有锦亭，陆游与范成大同为东南文墨之彦，宾主唱酬，吟诗作赋，每一篇出，众人以先睹为快，且争相传诵。

陆游流连其中，写了一首《锦亭》：

天公为我齿颊计，遣饫黄甘与丹荔。

又怜狂眼老更狂，令看广陵芍药蜀海棠。

周行万里逐所乐，天公于我元不薄。

贵人不出长安城，宝带华缨真汝缚。

乐哉今从石湖公，大度不计聋丞聋。

夜宴新亭海棠底，红云倒吸玻璃钟。

琵琶弦繁腰鼓急，盘凤舞衫香雾湿。

春醪凸盏烛光摇，素月中天花影立。

游人如云环玉帐，诗未落纸先传唱。

此邦句律方一新，凤阁舍人今有样。

陆游表面的欢欣与内心的失落产生的矛盾，也时时有所流露：

华堂却来弄笔砚，新诗醉草夸坐中。

剑关南山才几日，壮气摧缩成衰翁。

雪霜萧飒已满鬓，蛟龙郁屈空蟠胸。

邻园杏花忽烂熳，推枕强起随游蜂。

遶看百匝几叹息，吹红洗绿行忽忽。

暮年逢春尚有几？常恐春去寻无踪……

——《春感》

他是自责也是担忧，雄心壮志会在这轻歌曼舞酒香花艳中消磨尽了！

8

因为心里的志向总不得实现，所以无论外表如何光鲜，总难消解心头的隐忧。陆游日复一日地沉湎于酒肆歌楼，他的诗才与酒名，当然也包括了与朝廷不合时宜的抗金论调，传扬开去，无可避免地招徕了言官的弹劾。

上马击狂胡，下马草军书——陆游诗传

原本朝廷是要任他知嘉州的，就在这个时候，他被人指责"燕饮颓放"而罢免了官职。

消息传来，朋友们都为陆游惋惜，他从官衙收拾了笔墨纸砚，便回到了家中，夫人王氏也不敢多问，只是好言劝他说："老爷虽免了官，幸得有领祠禄，不致饥寒，须得爱惜身子，好生养息呀！"

陆游当然知道，大宋的惯例是从太祖那一辈传下来的，文官不得因言被斩，即便犯了罪，还得给他们一条生路，所以被免的官员往往能得到一个闲职：主管某一道观，获得少量薪俸以维持生计。陆游领的祠禄，是主管台州桐柏山崇道观。他苦笑着对王氏说："饱饭即知吾事了，免官初觉此身轻。"虽然这样说，但其实在任时，也不是很忙，这多少是有一点自我安慰吧！果然不久，陆游就病倒了，他还自嘲说："免从官乞假，且喜是闲身。"

王氏还奉劝他少饮些酒，却不料，陆游没了官职，就像没了束缚和羁绊，索性更加颓放起来。他笑着对王氏说："你知道柳永吗？"他看着王氏一脸懵懂的样子，只好摇了摇头，告诉她说："从今以后，我就是放翁了。"

王氏听了，也只好由着他。

陆游再次来到了掬云楼，倚霞姑娘早已在闺房等着他了，她清亮的歌喉总能让陆游在愁烦郁闷中得以纾解。她缓缓地弹起了那把凤首箜篌，叮咚的琴音把陆游的思绪带向遥远的家乡。

记得第一次见她，她唱的恰恰是《孔雀东南飞》："孔雀东南飞，五里一徘徊。十三能织素，十四学裁衣，十五弹箜篌，十六诵诗书。十七为君妇，心中常苦悲"。词中唱的是东汉末年的建安时期刘兰芝与焦仲卿夫妻因不容于婆母，双双被迫自尽的故事。

这故事流传甚广。陆游哪有不知？那分明是一个深埋在陆游心中不能示人的伤疤。他只是自欺式地从不让自己想起。就是那次偶然听到倚霞姑娘唱着这段乐府诗，他也是不忍听完就打断了她，让她改唱别的曲子。后来她唱了什么？陆游已不记得了。再后来，他不由自主地把掬云楼当作了排解内心苦楚的首选地了。

他听过她的很多曲子，当然是柳永的最多。

柳永原名柳三变，北宋著名词人，他的词广为流传，"凡有井水处皆唱柳词"，但柳永的仕途充满坎坷。他赴京赶考，没考上。他轻轻一笑，走了。等了五年，第二次开科又没考上。他便写了一首《鹤冲天》："黄金榜上，偶失龙头望。明代暂遗贤，如何向？未遂风云便，争不恣狂荡？何须论得志。才子词人，自是白衣卿相。烟花巷陌，依约丹青屏障。幸有意中人，堪寻访。且恁偎红翠，风流事，平生畅。青春都一晌。忍把浮名，换了浅斟低唱。"

这是一首发牢骚的词，但流畅的词句和优美的音律却征服了太多的人，覆盖了所有的官家和民间的歌舞宴会，最后还传到了宫里。当时的皇帝宋仁宗一听，大为恼火。

又过了三年，柳永第三次赴京科考，终于考中了。但在放榜时，宋仁宗看到了柳永的名字，想起了他那首《鹤冲天》，就在旁批道："且去浅斟低吟，何要浮名？"提笔就把他的名字勾掉了！

柳永只好自我解嘲说："我是奉旨填词。"

从此，他终日流连在歌馆妓楼、瓦肆勾栏，他的文学才华付诸青楼的丝竹管弦。

正是这种失意造就了独特的词人柳永，也造就了独特的"俚俗词派"。据传，柳永晚年穷愁潦倒，死时一贫如洗，无亲人祭奠。歌伎们念他的才学和痴情，纷纷凑钱将他安葬。每年清明节，又相约赴其坟地祭扫，并相沿成习，称之"吊柳七"或"吊柳会"。这种风俗一直持续到宋室南渡。

柳永的故事同样在歌馆妓楼传扬，无人不知。陆游笑着对倚霞说道："从今往后，我就是一'放翁'了。"

王氏不懂他，是因为她读书不多；举荐人不懂他，是把他当作只会吟诗作词的书生；弹劾他的人不懂他，是因为只看到他外表的颓唐与放荡，当然最根本的，还是容不下他的政治主张。现在，终于有一个人能懂他了，可她只是一个青楼的弱女子！陆游满眼含泪，惹得倚霞也泪水盈眶。她笑眼含泪抚琴，为陆游唱一曲："吹破残烟入夜风。一轩明月上帘栊。因惊路远人还远，纵得心同寝未同。情脉脉，意忡忡。碧云归去认无踪，只应会向前生里，爱把鸳鸯两处笼。"

为何只能"爱把鸳鸯两处笼"？明明应该"爱同寝也同"的！这一夜，陆游没有回家。他从此真的就是一位"放翁"了。只是，这种落拓不羁的态度，未必不是一种消极的反抗。早上醒来，他唤倚霞给他取来了文房四宝，挥毫写下：

> 策策桐飘已半空，啼螀渐觉近房栊。
> 一生不作牛衣泣，万事从渠马耳风。
> 名姓已甘黄纸外，光阴全付绿尊中。
> 门前剥啄谁相觅？贺我今年号放翁。
>
> ——《和范待制秋兴》

官是可以不做的，无官一身轻！但酒却不能不喝，我就是一个放荡不羁的老酒鬼，你们都来祝贺我吧！哈哈！从此，他流连忘返在歌楼酒肆，沉湎在莺歌燕舞之中。

宋代的官妓，又称营妓，隶属于朝廷教坊、禁军、地方官署，教练并演出歌舞。在北宋东京城中，各大小街巷，都有妓院。伴随着商品经济的繁盛，酒楼妓馆的勃兴，不仅为城市的文化娱乐提供了物质条件，也为官妓提供了生长的土壤。遇有官府主持的庆典活动，一般都有官妓到场佐酒歌舞；迎接新官员到任或接待过往官员，以至官员的宴游，也往往召她们陪宴，或表演歌舞助兴。

自宋太祖"杯酒释兵权"后，除给予将士们优厚的俸禄外，还设立了"公使钱"，这公使钱其中的一个功能，就是用于官员、军兵的宴饮娱乐。到了北宋的中期，随着国势日益衰微，新旧党人的残酷纷争，宦海风波的跌宕险恶，一些想济世安邦的士大夫文人，在国家、民族、个人的前途未卜之下，纷纷在酒楼烟花中寻求刺激而与官妓交往，已成为一种风气。靖康之后，虽然偏安江南，山河破碎，但君臣们不思抗金北伐，只知苟且偷安，沉湎于歌舞升平之中，而西子湖畔的士大夫文人，也大多游离政治斗争之外，迷恋于声色之娱。南宋的一百五十年间，上层社会的享乐之风有增无减，风气所及，使一部分人将歌妓唱词佐欢，作为享乐生活中不可或缺的内容，这也推动了官妓的发展。社会的各色人等，跟风接踵而至，又给官妓的兴盛提供了巨大的市场。

但是，宋朝也规定：官妓虽得以歌舞侑觞，然不得与长官有枕席之欢，违者官员受处，官妓也要受处罚！如果说北宋官吏和青楼女子的关系还在明暗之间徘徊，那么到了南宋以后，官吏和青楼之间逐渐泾渭分明，渐行渐远。朝廷开始限制官员狎妓，规定妓女只能为官员提供歌舞和陪酒之类的活动，双方不能发生性关系，违者都要受到各种处分。但私底下，官员狎妓之风仍然难以禁止。

郁闷忧虑，加之酗酒伤身，陆游病倒了，郎中让他修身养心，不可操劳过度，他却置若罔闻，王氏如何也劝不了他，只得在生活上更加细心体贴关照，希望陆游能稍息少思。可是，他还是撑起了病体，以诗抒怀。他写道：

> 病骨支离纱帽宽，孤臣万里客江干。
> 位卑未敢忘忧国，事定犹须待阖棺。
> 天地神灵扶庙社，京华父老望合銮。
> 《出师》一表通古今，夜半挑灯更细看。
>
> ——《病起书怀》

有一天，他与友人相聚时，因饮酒过量，不能自己，被人送回家中。王氏着急却又无策，只得劝他说："老爷，你不要太操劳了，多歇息歇息呀！"陆游摇头，看着自己的一双手，自言自语："我平生所愿上马击狂胡，下马草军书，如今却将这草军书之手，描绘春景来应酬。唉……"不觉泪水盈眶。

半夜，他似乎听到玉匣中龙泉宝剑发出吼声，气冲霄汉。那是壮士陈立勇在战场上从敌人手中夺来的宝剑！他不觉惊醒，提笔写下：

183

少时酒隐东海滨，结交尽是英豪人。

龙泉三尺动牛斗，《阴符》一编役鬼神。

客游山南夜望气，颇谓王师当入秦。

欲倾天上河汉水，净洗关中胡虏尘。

那知一旦事大谬，骑驴剑阁霜毛新。

却将覆毡草檄手，小诗点缀西州春。

素心虽愿老岩壑，大义未敢忘君臣。

鸡鸣酒解不成寐，起坐肝胆空轮囷。

——《夏夜大醉醒后有感》

9

陆游的酒名，就像他的诗一样，在成都已相当有名了。这天，他走在路上，正是要去寻欢买醉，恰被街边春锦楼的老鸨拉了进去。老鸨告诉他说楼里新来了位雏儿，极标致可人的，请陆游老爷给个脸面儿瞧瞧。

待那姑娘出来见面时，陆游原本晦暗的心情，突然被眼前的女子照亮了。只见她眉如黛，眼似星，粉腮朱唇，长发齐腰，一副良家少女模样。见惯了风月场中的花团锦簇，再见到这样的女子，自是与众不同。最让陆游惊异的是，她羞中带怯的眼眸，掩藏不住的质朴与聪慧，似曾相识，似曾相识！一瞬间，唐婉的身影在他眼前若隐若现起来。

“叫什么？”

“回老爷话，小女姓杨名兰仙。”

兰仙？蕙仙？怎么这么巧？陆游心里“咯噔”一下。

“多大了？”

“十七岁。”

陆游心中更是惊异了。也正是这样的青春年华，唐婉十七嫁作陆家妇。莫非是她转世而来再续前缘的？就在这一刻，陆游决定要帮她脱籍从良。

旧时妓女，列名乐籍，如从良嫁人或不再为妓，须经官府批准，才能除去乐籍，这在陆游自然容易办到，只是要迎娶一个歌妓，哪怕她还是个雏儿，也不太冠冕。

王氏得知了这一消息后，心里既辛酸也庆幸，辛酸的是这么多年，她服侍丈夫尽心尽力，却始终没能走进他的内心，他深藏于心中的情爱，似乎都随那个被休弃的女子而去了，他把所有的心事都付之诗文。他宁可出入酒肆歌楼，与青楼女子赏舞听曲吟诗作赋，也不曾对她言及他的酸甜苦辣喜怒哀乐；庆幸的是，无论怎样的缺乏精神慰藉和心灵沟通，他始终对她不离不弃。六个儿子和一个女儿也都已长大成人，现在他要纳妾，既是官场风尚，又或许是他情感有了新的寄托，也许这样更好。有个人可代替自己更加周到地照料他，总好过他浪迹在秦楼楚馆寻花问柳夜不归家吧！更何况那女孩与自己女儿年龄相仿，且当她是女儿一般又有何妨呢？这样想来，王氏也就心无挂碍了。不仅心无挂碍，还要积极帮助陆游将杨兰仙迎娶进家门。于是，她不但先出钱为杨兰仙赎了身，还将杨兰仙接到了离家不远处的尼姑庵中，让她带发修行，然后让她还俗，再将她迎娶进家门。这一切做得顺风顺水，让陆游特别感动。

新娶的侍妾杨氏年轻貌端，聪慧灵秀，确实给陆游带来了一段清新舒心的生活，让他郁闷失落的情感得到稍稍舒缓，但终究人生志向没能实现，且一再地遭受挫折，这让他有一种命运弄人、不可捉摸的虚无感，他想探究命运的奥秘，而道家主张清静无为思想，正契合了他的心境，他又一次登上了青城山。

青城山上的上清宫道长在门口迎接他，一见面，道长便向他道喜说："恭喜先生喜纳新人！"

陆游说："道长消息灵通。"

道长说："先生乃一方名士，诗文远播，些小动静就能惊动四方，何况迎娶新人！贫道还闻听先生近来自号'放翁'，果真就此要颓放了么？"

陆游说："且随他们说去，索性就做个颓放之人好了！"

道长却摇头："先生不过戏谑而已，哪有颓废？在这一树梨花压海棠的时光，你是要做个豪放之人吧？"

"哈哈哈哈……"想不到道长还是个机敏又不失幽默之人。陆游开怀大笑，一扫从前的阴郁。

道长是借用了北宋诗人苏轼所作的一首七言绝句，那是苏轼用来调侃好友张先在八十岁时，迎娶十八岁小妾时所作。张先曾得意的赋诗："我年八十卿十八，卿是红颜我白发。与卿颠倒本同庚，只隔中间一花甲。"苏轼的和诗是：

> 十八新娘八十郎，苍苍白发对红妆。
> 鸳鸯被里成双夜，一树梨花压海棠。

这个传说流传颇广，不知是确有其事其诗，还是诗人之间的调侃？没人考究过。

笑过之后，二人心照不宣，气氛却活跃起来。道长令小道士用瓦壶给陆游斟上清茶，二人隔几对坐。陆游对道家思想略知一二。少时受家学渊源影响，曾研习过一些道家书籍，知道道家提倡道法自然，无所不容，自然无为，与自然和谐相处。但也存在无所不能，长生不灭以及阴阳五行学说等不可解释的东西。所以每次上山来，也想听听得道升仙的事，就像上次上栖贤山时与那位老道人相遇一样，哪怕遇着些奇闻逸事，也可聊以慰藉。

当二人谈及道教的列位大圣天尊的功德时，陆游说："道家七十二位祖师，留下七十二样手艺养人度日，救济群生。比如：风厚子留下奇门遁甲，赤松子留下修行道术，黄石公留下阴阳风水，孙武子留下兵书战策，姜太公留下三略六韬，鬼谷子留下定数命书，麻衣先生留下观看相法，孔明留下计策算法，周文王留下周易八卦，还有神农留下识百草药性，鲁班留下烧窑修楼造木器，葛真人留下造砌磨杂色染坊，杜康留下造酒等等，七十二行艺，传流济世，养民度日，功德无量啊！"

陆游如数家珍般讲出这些古人的名字和故事，令道长呵呵笑了。说起前段身体小恙以及心中的郁闷，陆游还是不能释怀，便以此请教道长。道长只微微一笑，告诫他说："去甚，去奢，去泰，身乃无害。"

陆游似有所悟。

这时，小道士来给他们续上茶水，顺便告诉道长："刚刚来送柴草的樵夫，在来时路上碰到一人，说在这山中遇到五十年前战败逃亡的姚将军了。"

陆游心中不觉一惊，忙问那樵夫在哪里？小道士说已下山去了。陆游知道，他们说的这位姚将军就是姚平仲。

10

建炎元年（1127年）五月，忠州刺史姚平仲再复官吉州团练使，已发榜，召他赴任。但姚平仲却率万人夜间偷袭金营虏寨，结果未能取胜，从此销声匿迹。传言说他已被乱兵杀害。到了靖康末年，高宗念他有才，怀疑他并未死，恢复了他的官职，又悬赏让人四处寻访，但姚平仲仍然未出现。有人说他隐居到九江的山中了，又有人说在四川青城山中见过他。众说纷纭，莫衷一是。陆游几次到青城山，也是有意想要寻找他。这次，他居然又听到了关于姚将军的事，所以很是惊异。上清宫道长当然也知道姚将军，陆游随上清宫道长来到一处崖壁，见崖下深壑万树，郁郁葱葱，上清宫道长指着崖壁说："先生诗书俱佳，不如在此留下墨宝，我命人刻录其上，留待后人观瞻，如何？"陆游欣然颔首，应道长之请，题诗一首：

> 造物困豪杰，意将使有为；
> 功名未足言，或作出世资。
> 姚公勇冠军，百战起西垂。
> 天方覆中原，殆非一木支。
> 脱身五十年，世人识公谁？
> 但惊山泽间，有此熊豹姿。
> 我亦志方外，白头未逢师。

年来幸废放，傥遂与世辞。

从公游五岳，稽首餐灵芝。

金骨换绿髓，欻然松杪飞。

——《姚将军靖康初以战败亡命建炎中下诏求之不可得》

诗前面还有题跋：姚将军靖康初以战败亡命。建炎中下诏求之，不可得。后五十年，乃从吕洞宾，刘高尚往来名山，有见之者。予感其事作诗，寄题青城山上清宫壁间，将军倘见之乎？

第十三章

铜壶阁上夜宴，争奇斗艳赛诗，呼鹰打马，纵论国策，武侯祠祭奠，杜甫草堂缅怀……皆成了赋诗的灵感。

1

敷文阁直学士范成大，在成都制置使任上竭心尽力，不久治内便一片承平。这天，有人禀报，说西门直街的古楼铜壶阁坏塌，铜壶阁是几任知府维护修缮的成都一景，如若修缮，费用太大。范成大认为，若现在不修，以后再修可能费用更大！于是亲自参与策划、绘图、建造。

寒食节这天，范成大差人送来请柬，请陆游夜宴赏花，说是专为铜壶阁落成庆典。

陆游十分兴奋，他骑在马上，奔西门而去。远远就看见了修饰一新的铜壶阁如高山般耸立入云，飞檐陡壁，雕梁画栋，十分壮观。

铜壶阁内外挤满了围观者，阁前阁后的路上也都站满了看热闹的人。成都的达官富豪及范成大的幕僚都来了，文官武将也来了。众人都以新落成的铜壶阁气势雄伟，纷纷赞叹这是西蜀的奇观。众人见陆游来了，都迎上来，希望他能就此吟诵几句赞美诗。陆游也不推辞，他边赏边说："雄杰闳深，始与府称。山立翚飞，巍然摩天！"

众人皆说："若非亲见，不知能有这般雄伟！"

陆游说："这就如作文一般，必得成竹在胸，此阁已先成于范公之胸中呀！"

众人皆附和说范公有雄才伟略，是成大事之人。范成大笑着听任大家赞叹。

有人说："范公躬自经画，趣令而缓期，广储而节用，急吏而宽役，范成大更是乐得合不拢嘴了，陆游也点头称是。

酒宴摆在阁内。大家纷纷举杯盛赞范成大能施德政，举大事，有气魄，有胆识。陆游举起酒杯敬范成大："范公，天子神圣英武，荡清中原，范公且以廊庙之重出抚成师，北举燕赵，西略司并，挽天河之水，以洗五六十年腥膻之污，到那时，登高大呼，犒赏将士，奏凯歌，刻铭文，传扬百世，那么，今日之事，则不足道哉！有见识者知范公举大事不难矣！"

这是在激励好友范成大北伐、建功，并且指出修铜壶阁不过为"天下之事"中之区区小者，只有荡清中原、洗尽腥膻，才是国之大事。说范成大在修阁过程中所表现出的行政指挥能力，应该在北伐大业中建树更大的功业。这样的激将法，范成大当然心知肚明。但是北伐，收复失地，又岂是一个小小的成都知府能决定的？所以，当下，范成大只是笑而不答，哼哈过去了。众人纷纷献诗作词。不觉两个时辰已过。最后范成大又引领着众人把目光转向那楼阁下面的一片花海。

来时路上，陆游就已对一路上看到的姹紫嫣红很是惊艳了。成都民俗爱花，陆游早已领略过，但今天这般的繁茂更甚于往日任何一次盛会，不仅量多，铺满了街面巷道，还组成了形状各异的图形，赤橙黄绿青蓝紫，竞相在阳光下争奇斗艳。尤其铜壶阁正下方的广场上，一条巨型的飞龙，抱柱而上，昂首挺立，周围瑞鸟翔集，祥云卷舒。而更令人惊异的是，这一切都是一株株硕大的牡丹编组而成！陆游早被惊艳住了，只是阁楼上有人招呼着快快上去，他才没能驻足观看。现在经范成大的提醒，他再把目光投向那一片花海，不由得发出由衷的赞叹："久知成都花盛，却也未见如此繁盛之景致呀！"

范成大笑了，说："此乃天彭之牡丹。成都花好，却不及天彭。"

旁边的一名随从道："这些都是知府大人命人从天彭花户那里购得，以飞马送来，到达时还含珠带露呢！"

天彭（今四川彭县），人们喜好花卉观赏，也善于培育，牡丹与海棠的种植更盛，也许因此而号称小西京。富豪之家往往种植达千余株，花盛时节，从太守以下，往往家家竞相置酒宴于花下，邀请宾朋歌舞。

陆游心里盘算了一下，天彭距成都约百十里路程。再看那火焰样灼灼的花朵，径大一尺，真是花中魁首！莫非那就是"洛阳红"么？

天下牡丹应属西京洛阳最盛，不仅是它的色品，更是缘于一个传说。传说唐武则天在一个大雪纷飞的日子饮酒作诗。她乘酒兴醉笔写下诏书"明朝游上苑，火急报春知，花须连夜发，莫待晓风吹"。

百花慑于此命，一夜之间齐相绽放，唯独牡丹抗旨不开！武则天勃然大怒，遂将牡丹贬至洛阳。刚强不屈的牡丹一到洛阳就昂首怒放，这更激怒了武皇，又下令以火烧死！牡丹枝干虽被烧焦，但第二年春季，牡丹反而开得更盛。因为这种牡丹在烈火中骨焦心刚，矢志不移，人们赞它为"焦骨牡丹"。后人又称其"洛阳红"。靖康年间，金军攻破北宋京城开封，牡丹从此衰落。但自从洛阳牡丹享誉之后，各地慕名者纷纷前来求购，洛阳牡丹得以流传全国，所以各地牡丹无不与洛阳牡丹有着渊源关系。天彭的牡丹，应该也不例外吧！

"那就是'洛阳红'吗？"陆游问。

"正是，真正的花王。"范成大无不得意地说。

此际，怎不令人怀想起那失去的城池与河山？天彭，小西京，真正的西京是洛阳，金人的铁蹄之下，那里还有牡丹绽放吗？

夜幕降临，华灯初上。千万支烛光摇曳下，花色更艳丽，花姿更婆娑，倚着彩楼，就着花影，夜宴的酒杯再次斟满，颂声鼎沸中，陆游想到的是，何时能收复西京洛阳和东京汴梁，那时再筑园赏花，才是尽兴乐事啊！

陆游吟唱道："……香云不动熏笼暖，蜡泪成堆斗帐明，关陇宿兵胡未灭，祝公垂意在尊生。"

他是在规劝范成大不要忘了金人尚未消灭，不可沉湎于奢华的生活。可是，难道陆游忘了自己也是"颓放"在酒色之中吗？可见，他真的是用这种放荡不羁，掩饰他心中的郁闷和愤怒。

范成大在成都知府任上两年后，便被召入京。淳熙四年（1177年）六月起程离开成都，这一对多年的好友又要分别了。他们自圣政所分别后，总是五年一聚合，然后分别又总在六月间，似乎是命中定数。陆游送成大回朝，从成都出发，经过永康、唐安到眉州。这一送竟是一百六十多里，两个好友加诗友的送别，自是免不了一番唱和。

平生嗜酒不为味，聊欲醉中遗万事。

酒醒客散独凄然，枕上屡挥忧国泪。

君如高光那可负，东都儿童作胡语。

常时念此气生瘿，况送公归觐明主。

皇天震怒贼得长？三年胡星失光芒。

旄头下扫在旦暮，嗟此大义知谁当。

公归上前勉画策，先取关中次河北。

尧舜尚不有百蛮，此贼何能穴中国！

黄扇甘泉多故人，定知不作白头新。

因公并寄千万意，早为神州清虏尘。

——《送范舍人还朝》

范成大也是性情中人，感情也很丰富，但头脑却十分的冷静，他也吟成一诗：

送我弥旬未忍回，可怜萧索把离杯。

不辞更宿中岩下，投老余年岂再来。

——《次韵陆务观慈姥岩酌别》

多年交往，不拘礼节，千里送行，挥泪分别。他始终只谈个人情谊，不言军国大事。对陆游提出的"早为神州清虏尘"的要求，范成大避而不谈。或许他才是政治上的成熟者，绝不违拗朝廷意向，所以他才得以不断迁升。他也应是韩愈所论"中朝大官老于事，讵肯感激徒媕娿"之人。但是陆游还是寄希望他能说动君主，而这，注定了是他的一厢情愿。

2

八月的成都热浪滚滚，陆游偕杨氏来到邛州访友，邛州太守宇文衮臣热情地接待了他。

陆游急着要去天庆观。衮臣便派了两个随从护送陆游及杨氏登山。

山虽不高，但仙风缥缈，天庆观屋宇层叠，陆游一边观赏一边向杨氏讲述天庆观的历史。

天庆观的始建，源于李渊父子起兵夺天下时，为抬高门第，争取上层贵族的支持，便利用道教祖师老子姓李的巧合，尊老子李聃为唐王室祖先，借以扩大"君权神授"的舆论。李渊降敕规定：都城保留三寺三观，各州保留一寺一观。天庆观应运而生。太宗李世民以老子为李唐夺天下有功为由，将"崇道抑佛"进一步深化。唐高宗仪凤三年（678年）下诏，以《道德经》的上经，作为国家科举考试科目，列于儒家经典之前。

邛州天庆观内曾隐居一位道德高深、精通内炼大道的道教大师何昌一，著名的道教思想家谭景升、陈图南均同出何昌一门下。谭景升即谭峭，泉州人。他一生不求仕进，爱好黄老。曾出游终南，遍历名山。其著有《化书》六卷；陈图南，名抟，又号扶摇子。朝廷赐名曰希夷，即民间所说陈抟老祖，系普州崇龛人，即今四川安岳。陈图南不仅精通儒释道的思想文化，而且著述颇丰。所以，"天庆观"可谓高人辈出。

看着身边青春年少的杨兰仙，陆游想再寻觅些陈抟真迹及探究些长命百岁、修道成仙的途径。有州府衙役传话：太守宇文衮臣已备好接风酒宴，在府衙等候了。

陆游想着以后还有机会再来寻访，便偕杨氏一行人匆匆下了山。

次日，陆游带杨氏去看文君井。在邛州府衙不远的里仁街，一小巷的尽头，一口古井寂寞地藏在野草丛生的荒地里，这就是卓文君当年的故宅。传说，文君亲手汲井中之水，井水清冽甘香，沐浴则滑泽鲜润，若他人汲来，

上马击狂胡，下马草军书——陆游诗传

则与常井无异。井边，有一稍高的土坡，传说是司马相如抚琴的琴台。

司马相如是西汉时期著名的文学家，字长卿，蜀郡成都人。邛州县令王吉与司马相如交好，见他求官不顺，邀他来邛州，后经王吉的引荐，司马相如结识了邛州的大富翁卓王孙，并到卓王孙家做客。主、客玩到高兴的时候，邛县令请司马相如奏琴助兴。司马相的琴声，或如行云流水，或如凤凰和鸣，声声动人心弦，众人都听得如醉如痴。

卓王孙有一个女儿名叫卓文君，当时正丧夫寡居在家，年纪十八岁，貌美而又聪慧，且琴棋书画，无所不能。司马相如又正好还没有娶妻，他从王吉嘴里得知文君是位贤淑女子，且多才多艺，便生了求凰之心。此时，月光如水，杨柳依依，司马相如在园中对月抚琴，不禁想起卓文君，想趁此机会，表达自己的爱慕之情。

卓文君也久仰相如文采，正从屏风处窥视相如，司马相如佯作不知，边抚琴边唱起了《凤求凰》，倾吐爱慕之情："凤兮凤兮归故乡，遨游四海求其凰。"

陆游讲到这里顿住了，他刚要开口唱时，声音却像被什么突然掐断了，他想起了与唐婉的新婚之夜。他不能再唱下去了。掩饰性地干咳了几声，才又接着讲下去：

卓文君喜爱上司马相如的仪容才学；现在又听到他的琴歌，不禁大为所动。

宴罢之后，司马相如备下厚礼，让人送给卓文君左右的侍从，并再次殷勤转达自己对卓文君的爱慕之情。但卓王孙却坚决反对他们成婚。文君思虑再三，不忍错失，于是偷偷离开家门，私奔到司马相如的住处。二人连夜回到成都，这就是"文君夜奔"。

司马相如家里一无所有，几个月后，他们回到邛州开了一间小酒家。卓文君当垆卖酒，司马相如洗涤杯盘瓦器。才子佳人开的小酒店远近闻名、门庭若市。就这是"当垆卖酒"的故事。

卓王孙闻讯后，深以为耻，整天大门不出。他的弟兄和长辈都劝他说：相如虽然家境清寒，但毕竟是个人才，文君的终身总算有了依托。而且，他还是县令的贵客，怎么可以叫他难堪呢？

卓王孙无可奈何，只得分给文君奴仆和财物。于是，卓文君和司马相如过上了幸福美满的生活。

后来司马相如得到汉武帝赏识，被封为郎（帝王的侍从官），衣锦荣归，着实让岳父卓王孙风光了一把。

再后来，司马相如打算纳妾，冷淡了卓文君。于是卓文君写诗给相如，回忆从前恩爱时光。司马相如给妻子回了一封十三字的信：

"一二三四五六七八九十百千万"。聪明的卓文君读后，泪流满面。一行数字中唯独少了一个"亿"，无忆，岂不是夫君在暗示自己已没有以往过去的回忆了。她，心凉如水。怀着十分悲痛的心情，回了一篇《怨郎诗》：

> 一别之后，二地相思。
>
> 只说是三四月，又谁知五六年。
>
> 七弦琴无心弹，八行书无可传。
>
> 九曲连环从中折断，十里长亭望眼欲穿。
>
> 百思想，千系念，万般无奈把君怨。
>
> 万语千言道不尽，百无聊赖十倚栏。
>
> 重九登高看孤雁，八月仲秋月圆人不圆。
>
> 七月半，秉烛烧香问苍天。
>
> 六月伏天人人摇扇我心寒。
>
> 五月榴似火红，偏遭阵阵冷雨浇花端。
>
> 四月枇杷未黄，我欲对镜心意乱。
>
> 急匆匆，三月桃花随水转。
>
> 飘零零，二月风筝线儿断。
>
> 郎呀郎，恨不得下一世你为女来我为男。

卓文君又附两篇《诀别书》。司马相如看完妻子的信，不禁惊叹妻子之才华横溢。遥想昔日夫妻恩爱之情，羞愧万分，从此不再提遗妻纳妾之事。两人白首偕老，安居林泉。

陆游断断续续地向杨兰仙讲述了卓文君的故事。兰仙惊叹于文君的爱情悲喜剧和她的智慧勇敢。陆游自己也被深深地感动了。这世间哪里去找寻这样深情、勇敢又聪慧的女子？也许自己曾经拥有过，但最终是自己的怯懦，断送了一切！站在文君井前，陆游感觉自己七尺男儿，在面对礼教、舆论与爱情的选择时，是无能的为力，连一个弱女子都不如！多年来，他心中的遗憾只能深深埋藏，那是一道久不愈合的伤口，他只能像讳疾忌医的病人一样，从不回想，更不谈及。

3

文君井旁边有座白鹤馆，馆内存有文同所作怪木竹石真迹。馆主是位白发老者，他引陆游在馆堂浏览。

一幅竹枝图引起了陆游的注意，莫非这就是文同的画么？白发老者点头道："此乃文湖州真迹。"

文同，字与可，号笑笑居士、笑笑先生，人称石室先生。北宋梓州梓潼郡永泰县（今属四川绵阳市盐亭县）人。宋仁宗皇佑元年（1049 年）进士，迁太常博士、集贤校理，历官邛州、大邑、陵州、洋州（今陕西洋县）等知州或知县。是著名画家、诗人。他一生爱竹、种竹、写竹，曾赴湖州（今浙江吴兴）就任，世人称文湖州。开拓了"湖州竹派"。文同之前的竹画，多为双勾着色，而且仅作背景。文同则单画竹，水墨单色，一笔画出竹的竿、节、枝、叶，并首创以深墨之叶为正面，淡墨之叶为背面。后人谓之墨竹画。

画竹必先爱竹，文同作诗赞美竹："心虚异众草，节劲逾凡木。"他命其住舍为"墨君堂"，在四周广栽竹林，他观竹、赏竹、画竹，提出了"画竹必先得成竹于胸中"的见解。"胸有成竹"这个成语就是起源于他。他画竹，不只是画竹之状，更是寄情于竹，借竹之荣、枯、丰、瘠，抒写人的悲、欢、穷、达。

听说这就是文同真迹，陆游不由得走近细看。

只见一幅绢本水墨，长宽四尺余。一枝从左上方低垂而曲向上的墨竹，布满画面。凝重圆浑的中锋画竿，节节虽断而意连，细枝用笔迅疾坚挺，左右顾盼，竹叶则八面出锋，挥洒自如，浓淡相间，在叶尾折转处提笔露白，以示向背之势，聚散无定，疏密有致。整幅画屈伏中隐寓有劲拔的生机，是士大夫人格与节操的隐喻。

白发老者说："文同五十岁后，疾病缠身，仕途失意，心情郁闷时常画纤竹。'屈已以自保，生意愈艰'，但又挣扎向上，这正是他自身的写照。文同死后，其从表弟苏轼在《跋与可纤竹》一文中说：'想见亡友之风节，其不屈不挠者盖如此云。'"

陆游正奇怪这老者竟知道这么多时，老者又告诉他："在黑龙滩那边，有八十五座岛屿星罗棋布。传说，在其中最大一座孤岛上的龙岩寺中，一面石壁一到下雨天，或泼水石上，就会出现一幅墨竹。墨竹主干亭亭，枝叶潇洒；竹根处怪石嶙峋，一丛幼竹，婀娜可爱；而顶部侧叶，却是刺向云天的长剑。传说也是文同所作的石壁画，人称'怪石墨竹'，先生可曾去那里看过？"

"哦，不曾去看，但早有耳闻。敢问先生您是？……"

"哦，不才不过一介农夫，因喜爱文同书画，便留在这馆中与这幅《墨竹图》相伴而已。"

陆游心中惊叹：蜀中奇人奇事奇观多矣！这位老者如此喜爱文同的书画，也许他如文同一样，一生仕途失意，屈已避祸才来到这里的？

看到这难得一见的真迹，陆游哪里还挪得动脚步？天色已晚，老者说太守早已派人告知于他，已让人收拾了一间干净的厢房，正好可以安置陆游及夫人在此过夜。于是，这晚陆游索性就在这白鹤馆里住下了。

夜晚，听着竹声松涛，仿佛所有的烦恼都烟消云散了。心沉静下来，他从文同想到了历来的文人墨客们的文辞风格。他让馆主拿来纸笔，写下了《白鹤馆夜坐》：

竹声风雨交，松声波涛翻。

我坐白鹤馆，灯青无晤言。

廓然心境寂，一洗吏卒喧。

袖手哦新诗，清寒愧雄浑。

屈宋死千载，谁能起九原？

中间李与杜，独招湘水魂。

自此竟摹写，几人望其藩？

兰苕看翡翠，烟雨啼青猿。

岂知云海中，九万击鹏鹍。

更阑灯欲死，此意与谁论？

　　这是陆游的论诗之作，在他看来，屈原、宋玉、李白、杜甫，他们的诗，气魄雄浑，有云海鹍鹏之势，而非"阑苕翡翠、烟雨青猿"所能望其项背的。

　　邛州城外，山山相连，沟谷纵横，林麓苍翠，江流萦纡。山中胜景，美不胜收，而壁间绘像，文人词翰，虽丹青剥落，但笔法俱在，无不令陆游流连忘返。他不禁发出"人生适意方为乐，甲第朱门只自囚"的感慨。

4

　　十多日后，陆游才与宇文衮臣告辞。从山中乘船，将杨氏送回成都。然后他又向汉州（今四川广汉）而去。

　　在汉州，他邀约了好友独孤策一同打猎。独孤策（字景略），河中人，工文墨，善骑射，喜击剑，可谓文韬武略，一世奇才。陆游一身如雪白袍，银鞍白马；独孤策则红袍赤驹。二人并驾齐驱进入山中。

　　山高天寒，远处高岗上有野火燃起，江上暗云低垂。一只骁鹘在霜天下凶恶地吼叫，陆游正好弯弓搭箭，一射命中！独孤策在一处草地挖下一洞穴，又在上面铺上枯草，做上标记。远处一只麋鹿惊慌地跑过，二人策马扬鞭紧追而上，陆游穿过一丛茂竹，绕到鹿的前方，那鹿腹背受敌，进退不得，被二人双箭击中！回过头来，找到原路，独孤策翻身下马，拨开枯草，伸手从那个草坑中抓出了一只活兔！查看战绩，独孤策的猎袋中多了只带箭的雉鸡，雉鸡死而不屈的样子甚是壮烈。陆游不禁言道："不是我等暴殄天物，狩猎也是一种练兵，也有兵法寓含其中。"

独孤策笑而称是。二人遂下山返程。

人也累了马也乏了，细密的冷雨洒了下来，一条下山的小路上，正好远远看到一户农家，独孤策说："下山还有很远一段山路，不如先在这歇息一下吧。"于是二人下了马，轻叩柴门。一老姥开了门，上下打量，见来人气度不凡，知非俗人，便让他们把马系在院内，请他二人进了屋内。

客堂内一盆篝火正旺，老姥让他们快快把裘衣脱下，把被雨水和汗渍浸湿的衣裤烤上，将新鲜的猎物退毛剁块，然后架在火上炙烤。"嗞嗞"的油脂滴落下来，一阵阵的肉香味弥漫开了，老姥又端上了家酿的米酒。告诉他们说，今晚就别走了，客房已为他们打扫干净，只管开怀尽兴吧。好一个豪情仗义的老妇人啊！二人再无顾忌。陆游端起酒杯来："景略，多谢你陪我今天尽兴，满载而归，干！"

独孤策也豪情万丈："务观呀，是贤弟你在陪我，愚兄已久没这样畅快了。干！"

陆游："兄长名策，字景略，是要为国出谋划策，如贤相王景略一样，武能安邦，文能治国吗？"

王景略是前秦贤相，有经天纬地之才，无论是军事还是执政才能，都不下于管仲和诸葛亮。

独孤策却笑了，举杯说："今天不谈国事。"

"好，那就谈诗！"陆游借着酒劲起身吟道：

客途孤愤只君知，不作儿曹怨别离。

报国虽思包马革，爱身未能货羊皮。

呼鹰小猎新霜后，弹剑长歌夜雨时。

感慨却愁伤壮志，倒瓶浊酒洗余悲。

——《猎罢夜饮示独孤生》

上马击狂胡，下马草军书——陆游诗传

"好诗！继续啊！"独孤策说。

陆游喝口酒，又吟：

> 关辅何时一战收？蜀郊且复猎清秋。
>
> 洗空狡穴银头鹘，突过重城玉腕骝。
>
> 贼势已衰真大庆，士心未振尚私忧。
>
> 一樽共讲平戎策，勿为飞鸢念少游。

独孤策击掌道："好诗，真好诗啊，来，干！"

陆游道："景略兄气钟太华中条秀，文在先秦两汉间，备受世人推崇，你也露一手吧！"

独孤摆手："贤弟今夜好兴致，愚兄且听你尽兴。"

陆游又吟：

> 白袍如雪宝刀横，醉上银鞍身更轻。
>
> 帖草角鹰掀兔窟，凭风羽箭作鸱鸣。
>
> 关河可使成南北？豪杰谁堪共死生。
>
> 欲疏万言投魏阙，灯前揽笔涕先倾。

——《猎罢夜饮示独孤生》

陆游吟罢，泪水溢出眼眶。独孤策把酒杯往陆游的杯上一碰，便仰头一饮而尽，说："贤弟，你也是能'上马击狂胡，下马草军书'之人，既是'报国欲死无战场'又何苦总是这般'枕上屡挥忧国泪'啊？"说完自己的眼眶也潮湿了。

陆游举酒："知我者，景略兄也。"

那老姥也一直陪坐一旁，听他们纵酒吟诗，笑道："怎么我看你二人如一人一般。"二人听了，不禁大笑起来，异口同声道："那就是一人吧！"

5

范成大走了，陆游的官职也免了，但衙门的衙吏们还是与陆游交好，有一天，太尉邀他上阅江楼饮酒，赴宴的还有陆游曾经的同僚们。

酒过三巡，年轻的衙役张重武，是个瘦高而俊朗的后生，总跟随陆游前后，看他写诗，听他讲各地习俗，也跟随他去过很多乡村农舍，对陆游很是敬重。他向陆游举杯敬酒说："我最喜听陆参议讲古，今天再给我们讲讲前人逸闻吧！"

陆游说："好，你们知道飞将军李广，还有刘琨吗？"

众人说："听人说过，但不尽知。"

陆游说："好，那我就讲讲飞将军李广的故事吧！"

李广是汉武帝时的将军，骁勇善战、箭法百发百中，而且每次打仗都身先士卒，深受官兵们爱戴，是不可多得的将才。一生之中与匈奴作战七十余次，打得匈奴闻风丧胆。人送美名"飞将军"。可偏偏这么厉害的人物，一生之中没有被封侯，最终的结果，竟然是刎颈自尽！

众人都纷纷叹息，张重武又给陆游的酒杯斟满。陆游接着讲刘琨。

"刘琨，字越石，汉中山靖王之后，美姿仪，弱冠以文采征服京都洛阳，自有浑然天成的'魏晋风度'。"

张重武调皮地插言："就是陆参议这样的人物吧！"

陆游微笑以示默认，却并不接腔，继续讲他的故事：

西晋末年，北方匈奴骑兵经常南下骚扰，北部边疆很不安宁。晋怀帝任命名将刘琨为并州刺史，驻守晋阳城。

有一次，匈奴骑兵五万人马入侵，将晋阳城围得水泄不通。当时晋阳城里守军不过两千，刘琨一面布防死守，一面派人出城求援。匈奴骑兵几次攻城，刘琨指挥守军沉着应战，一次次打退匈奴人的进攻。几天过去，援军还未来到。城里的兵力在减弱，粮食在减少。情况万分危急。

一天晚上，刘琨登上城楼巡察。看见城里城外一片寂静，一轮明月挂在空中，月光下，远处匈奴骑兵的营地隐约可见。面对边塞的冷月、荒漠、山丘、孤城……刘琨禁不住发出一声声长啸。那一声声凄厉的长啸，在夜深人静时传得很远，传到匈奴的兵营，把匈奴兵惊醒了。匈奴兵营里发出一阵骚动，这一下启发了刘琨，他想起了当年项羽的八千兵马被'四面楚歌'唱败的故事，想出了一个计谋。他让人取来匈奴人最喜爱的乐器——胡笳，朝匈奴兵营吹奏起来。胡笳曲是那么悦耳动听，又是那么哀伤凄婉，就像是年老的慈母在呼唤久别的孩子，又像是年轻的妻子在思念在外的丈夫……

刘琨一遍遍地吹奏着深情的乐曲，连自己也被感动得流下了热泪。这时，忽然有人发现匈奴兵营有了动静，传来幽幽的哭泣声。

刘琨及时作了布置，然后回营房和众将商量对策。第二天一早，卫兵赶来报告，说匈奴兵已经全部撤走了！

原来，昨夜刘琨的胡笳曲勾起了匈奴人的思乡之情，并很快感染了大部分将士。他们士气低落，有人还结伙逃回去了。匈奴首领眼看将士们已无心作战，就下令连夜撤兵，退回了草原上的老家。

一首胡笳曲，救了一座孤城，被传为千古佳话。

听到这里，众人也都舒了口气。陆游饮尽杯中酒赞道：

> 李广射归关月堕，刘琨啸罢塞云空。
> 古人意气凭君看，不待功成固已雄。
>
> ——《病酒述怀》

陆游不以成败论英雄，他的一席话，说得满座的年轻人豪气冲天。

张重武说："陆参议，我们明白你的意思，我们也想建功立业，可是没机会呀！"

陆游说："机会总会有的，只希望我们的人多些，再多一些。"

阅江楼宴饮，陆游又是醉意朦胧。张重武要送他回家，被他拦住了。他说想一个人走走，便辞别众人独步溜达，往城南而行，来到了惠陵。

6

惠陵是蜀先主昭烈皇帝刘备的陵寝，刘备病故白帝城之后，灵柩运回成都，下葬于此。

古冢拔地突起，砖垣矮墙环绕，虽有几处残缺，却也可见当年的庄典肃穆。周围却杂草丛生，树木凋敝，十分荒凉。惠陵的西边就是武侯祠，是纪念三国时期蜀汉丞相诸葛亮的祠堂。这里的飞檐碧瓦也已破旧，但是祭品新鲜，香火不断。可见官府的维护不善，但民间的祭祀却未曾中断。

公元 234 年八月，诸葛亮因积劳成疾，病卒于北伐前线的五丈原（今陕西省宝鸡市岐山县城南约 20 公里），时年五十四岁。诸葛亮为蜀汉丞相，生前曾被封为"武乡侯"，死后又被蜀汉后主刘禅追谥为"忠武侯"，因此被尊称其祠庙为"武侯祠"。诸葛亮死后，百姓遇到年节，都私祭于道旁。后蜀几番政权兴废更迭，成都城池也几经毁建。唯有这武侯祠一直保留，蜀人也一直没有改变每逢清明来这里祭奠他的习俗。"鞠躬尽瘁，死而后已"的武侯，赢得了千百年来世人的尊崇。

站在破旧的武侯祠前，想象着当年惠陵苍松环抱，庄典肃穆，武侯祠绿瓦飞檐，雕梁画栋，交相辉映，气象万千的景象。陆游不由得深深叹息。当年诸葛亮守着十顷薄田，八百株桑，躬耕于垄亩。而刘备求贤若渴，三顾茅庐，感动了他，应允出山，最终成就三分天下伟业。如今的大宋，二帝被掳、皇亲国戚三千余人被押往金国，受尽凌虐，这是何等的奇耻大辱，怎么可以忘记？怎么可以认贼作父作兄？而百姓们流离失所生灵涂炭则更难以言说！陆游又想到了自己，少小学优，以为能为国效力，却遭奸相黜名，宦海沉浮，又屡被谗罢！虽练得一身武艺，却无用武之地，研得恢复大统策略，却无法付之行动！每想到此，他胸中就有一股无名之火熊熊燃烧，这烈火烧得他气难平、眼充血、发枯焦。他低声念道："尚想忠武公，身任社稷重。整整渭上营，气已无岐雍。……论高常近迂，才大本难用。九原不可作，再拜临风恸。（《谒汉昭烈惠陵及诸葛公祠宇》）"

纵酒，其实是因他的人生屡屡失意。他最终是以诗词确立了在中国文学史上的地位。诗人一生的夙愿就是金戈铁马，冲锋陷阵，直捣黄龙，恢复九州；草拟檄文，慷慨陈词，疾书捷报，酣畅淋漓。长剑与读书相伴，马革裹尸无憾。但是，人生已经半百，他的宿志与现实生活似乎越来越远了。"酒醒客散独凄然，枕上屡挥忧国泪。"更何况，除了仕途失意，还有爱情的受挫……不想了，不想了，夜深了，回吧，回家吧！

王氏是典型的传统女性，三从四德，温良恭俭让。她见陆游前时新娶了杨兰仙，心情好过一段时日，但耐不住时间一长，仍回复到从前的意气难平，终日郁郁寡欢。常常大醉而归。微醺时，便一人关在书房，惹得一家人都大气不敢出。王氏告诉杨兰仙，要她多多宽慰老爷，让他把心放平和一些。

杨兰仙乖巧地对陆游说了，陆游朗声大笑道："好，好，从此我就把心放太平一些，拿纸笔来！"

杨氏为他铺展开宣纸，递上了饱蘸浓墨的狼毫。陆游转腕命笔，"心太平庵"四大行草，跃然纸上。

陆游不仅仅擅长草书，还精通正体书法以及行书。只因诗名太盛，掩盖了其书名。其时，他站在书案前，审视着自己的书法。感觉似有汉唐遗风，笔势苍劲，内蕴万千之力。而前日读过的《黄庭经》中，就有"存思五脏神，万病都可消除"的说法。用"心太平"三字为自己居室命名，他很是得意。便让杨兰仙明日送去裱了，悬挂于门外。

陆游站在门外看着自己的书法，想着王氏与兰仙的好意，他微微笑了，安慰自己：从此就把心放宽了吧！

正当陆游潜心研习道教典籍，关注养生之时，一匹黑马飞驰而来，停在了门前，骑者翻身下马，叩门问道："是陆老爷陆游家吗？"

家仆出去接过了一封书信。陆游打开来一看，原是朝廷已命他任叙州知府。八月份的文书，现在才到！从淳熙三年（1176年）到现在，也不过一年半多的时间，陆游再次得到了起用。

晚上，陆游偕杨兰仙出门，驱车上路，直奔城门而来。下车后，徒步登上子城。黄昏的成都城头北风呼号，天上阴沉着。

"老爷，今晚可能有雪。"

杨氏说着把裘袍给他披在身上。陆游点头。远处江水横流处灰蒙蒙一片，似在集聚一场大雪。回望城中，繁华的锦官城十万户人家，街巷井然，房舍森森。朱门富户、甲弟高楼，争奇斗艳。锦铺玉坊，不知其数。深巷处有人在吹笙，一声声，舒缓而悠长，蜀地名都壮邑，得天独厚，皆因至今未遭兵火侵扰。可知自从河北失守，兵荒马乱，两京的百姓过着暗无天日的日子！安危自古有所倚伏，万不可被眼前的安逸消磨了斗志，要时刻提高警惕，以防不测啊！陆游心情矛盾，既为自己重新被起用而宽慰，也更担心安逸生活会消磨了斗志，导致更大的灾祸。

7

成都西南四五里路，即是杜甫草堂，陆游再次来到这里拜谒。浣花溪边，几间草庐，那便是杜少陵曾经的栖息之处。他急步走到简陋的客堂中，对着杜甫的画像长揖而拜。对苏轼，他更多的是佩服，佩服他的文才和豪放，而杜甫在他的心目中，则更多了一份沉寂凝重，也更让人心生敬佩。在空无一人的草堂里，他高声咏道：

> 清江抱孤村，杜子昔所馆。
>
> 虚堂尘不扫，小径门可款。
>
> 公诗岂纸上，遗句处处满。
>
> 人皆欲拾取，志大才苦短。
>
> 计公客此时，一饱得亦罕。
>
> 厄穷端有自，宁独坐房琯？

至今壁间像，朱绶意萧散。

长安貂蝉多，死去谁复算！

——《草堂拜少陵遗像》

也许是再次被朝廷起用，激起了陆游的斗志，但可能更多的是靖康、建炎以来，义军领袖、爱国军民，出于民族义愤，与女真侵略者展开了殊死的抗争，发生了许多惊天地、泣鬼神的故事，令陆游深受感动。他望着床头墙上悬挂的宝剑，想起了陈立勇以及陆淮平等人。他从墙上摘下了古剑，剑刃上闪烁着跳动的烛光。他左手握剑，右手挥笔，诗句从笔尖落到了纸上：

世无知剑人，太阿混凡铁。

至宝弃泥沙，光景终不灭。

一朝斩长鲸，海水赤三月。

隐见天地间，变化岂易测。

国家未灭胡，臣子同此责。

浪迹潜山海，岁晚得剑客。

酒酣脱匕首，白刃明霜雪。

夜半报仇归，斑斑腥带血。

细仇何足问，大耻同愤切。

臣位虽卑贱，臣身可屠裂。

誓当函胡首，再拜奏北阙。

逃去变姓名，山中餐玉屑。

——《剑客行》

其实，这个时期，南宋朝廷武备废弛，奸臣当道、郡县官吏苛刻残酷，陆游越来越看不到对临安的希望了。户部侍郎韩彦古向朝廷进言说："今日国家大政，如两税之入，民间合输一石，不止两石；纳一匹，不止两匹。自正数之外，大率增倍，然则是欺而取之也！"

层层加码式的苛捐杂税，百姓如何承受得起？

又一臣僚也进言说："今日之郡守，为民害者，掊克惨酷是也，赋税有定制，而掊克之吏，专意聚敛。下车之初，未问民事，先令所属知县均认财赋，且多为之数，督责峻急。国有法令之设，所以与天下公共者也；而惨酷之吏，非理用刑，或残人之肢体，或坏人之手足，或因微罪而陨其性命，或罹非辜而破其家业。"

淳熙五年（1178年）四月，礼部尚书范成大参知政事，可是上任只有两个月，到六月就被罢免了！而王炎也在这一年谢世，享年六十七岁。陆游得知消息后，心中伤感不已。

履新就职前，自是一番故交旧友贺喜宴饮不绝。成都人本就好花，除牡丹外，最盛的还有梅花和海棠，趁着去叙州就任的时间尚早，陆游也多处观赏。成都城南十五六里处，有故蜀别苑，梅树极多，皆二百多年的老树，其中有两棵大树，冠盖相衔接，状似游龙，号称"梅龙"。陆游曾多次前往观赏。万树梅花竞相开放时，蔚为壮观。从初开之时，监官司就每日报到蜀府，至五分开时，蜀府主人就到这梅树下设宴，日欢夜饮，吸引来无数人竞相游览。

这一次，又是一帮友人聚集于此，他们徘徊月庭，观双树盛开，幽香袭人。酒宴摆设花下，也有美姬弦歌起舞。大家兴之所至，各自赋诗。陆游提起笔来写下了一诗，众人争相吟哦起来：

> 倚遍南楼十二栏，长歌相属寓悲欢。
> 空怀铁马横戈意，未试冰河堕指寒。
> 成败极知无定势，是非元自要徐观。
> 中原阻绝王师老，那敢山林一枕安。
>
> ——《次韵季长见示》

朝廷佞臣弄权，大家有话不敢直言。陆游忧国忧民，虽皆赞许，却一时无人能对，只夸陆游不愧是大家，才思敏捷，出口成章。

从乾道六年夏季至今，陆游入蜀已有九年了，丰富多彩的异域生活丰富了他的阅历，扩展了他的视野，他写下了千余首脍炙人口的诗词，这些诗词传扬开来，竟传到了孝宗皇帝那里！孝宗十分赏识陆游的才气，又念其久在边境，于是召他回朝。

陆游正准备往叙州就职时，得到了临安送来的诏书，百感交集。他既感念皇帝体恤，又为可回到家乡心情十分激动，同时，九年的蜀中生活，对这里的风土人情已熟悉，心中有些恋恋不舍。这种情感都融入了他的《南乡子》：

旧梦寄吴樯，水驿江程去路长。想见芳洲初系缆，斜阳。烟树参差认武昌。愁鬓点新霜，曾是朝衣染御香。重到故乡交旧少，凄凉。却恐他乡胜故乡。

一家人也是十分高兴，尤其王氏，她思念家乡故土，而本土生长的杨氏，娘家已无亲人，毕竟年轻，对临安京城也十分向往。于是，一家人忙着收拾行李，准备长途进京。陆游看着家人忙碌，自己却默默地念道："西州落魄九年余。"杨氏以为他有什么吩咐，问他："老爷您说什么？"

陆游看着她把书房的文稿整理打包，便自顾自道："千篇诗费十年功。"这句杨氏听懂了，她更加小心翼翼了。

友人间免不了又有一番贺喜送别诗词唱和。

初春的岷江乍暖还寒。陆游携家眷踏上了归程。乘着官船，顺流而下，岷江碧水向东流，两岸青山如画屏。一路缓行，陆游又开始了一番探古访幽。

第十四章

西蜀七年，忽又被召入京，是福是祸？顺江而下，临近京都又闻主战老友病故消息，悲痛惋惜。

1

眉州物华天宝，人杰地灵，近年来了出不少进士。这里也是著名文学家苏洵、苏轼、苏辙的故里，此外，"寿星之祖"商朝大夫彭祖、道教宗师张道陵，还有抗金名将虞允文，皆出自眉山。船过眉山时，陆游当然要停船游览凭吊一番。

眉州城南有一水池，传说昔时苏洵曾种瑞莲于池中，后每有开并蒂莲花，必有学士高中，是州士科名的吉兆。因为当年苏轼兄弟就是同榜及第，苏轼中榜眼，苏辙中探花。人们传说，兄弟高中，与池中的瑞莲有关。

陆游携家人沿一条蜿蜒的小路，登山观披风榭，在山腰便可见岷江静静的水流，如玉带般缭绕在山脚。披风榭坐南朝北。一楼一底，重檐歇山式，中有东坡绘像。只见绘像中的苏轼有仙风道骨之态，眉宇间却英气逼人，陆游不由得又一番长揖而拜，他感叹苏轼才高八斗，却仕途沉浮，因遭乌台诗案一贬再贬，最远时被贬到了遥远的海南，但他一生积极乐观，不由得写下了《眉州披风榭拜东坡遗像》诗：

> 蜿蜒回顾山有情，平铺十里江无声。
> 孕奇蓄秀当此地，郁然千载诗书城。
> 高台老仙谁所写，仰视眉宇寒峥嵘。
> 百年醉魂吹不醒，飘飘风袖筇枝横。
> 尔来逢迎厌俗子，龙章凤姿我眼明。

北扉南海均梦耳，谪堕本自白玉京。

惜哉画史未造极，不作散发骑长鲸。

故乡归来要有日，安得春江变酒从公倾。

陆游在诗中说，可惜画工还没有登峰造极，否则，苏东坡的画像应是披散着长发，骑着长鲸的样子才对啊！

顺江而下，便是青神，黄庭坚曾做过青神尉。陆游更要去瞻仰一番了，因为陆游早年曾跟从老师曾几学习江西派诗歌，而黄庭坚就是江西派诗歌的鼻祖。陆游对儿子们讲起了黄庭坚的故事。

黄庭坚（字鲁直），号山谷道人，晚号涪翁，洪州分宁（今江西省九江市修水县）人，北宋著名诗人、书法家、盛极一时的江西诗派开山之祖，与杜甫、陈师道和陈与义素有"一祖三宗"（黄庭坚为其中一宗）之称。与张耒、晁补之、秦观都游学于苏轼门下，合称为"苏门四学士"。生前与苏轼齐名，世称"苏黄"。

黄庭坚书法亦能独树一格，为"宋四家"之一。他幼年便聪颖过人，读书数遍就能背诵。他七岁时，作牧童诗："骑牛远远过前村，吹笛风斜隔岸闻，多少长安名利客，机关用尽不如君。"八岁时，他作诗送人赴举：

万里云程着祖鞭，送君归去玉阶前。

若问旧时黄庭坚，谪在人间今八年。

黄庭坚的舅舅李常到他家，取架上的书问他，他没有不知道的，李常非常奇怪，以为他是千里之才。有一天，舅舅李常见黄庭坚正伏案攻读，便想试一试外甥的才学。进书房时，李常见院内有一棵桑树，便以桑、蚕、茧、丝、锦缎之间的关系为题，吟了一联：

桑养蚕，蚕结茧，茧抽丝，丝织锦绣。

黄庭坚从手中握的那管毛笔得到启发，立即答对出下联：

　　　　草藏兔，兔生毫，毫扎笔，笔写文章。

　　李常见外甥小小年纪便能对出这样难度的联句，从此对他更加器重、爱护，着意精心栽培，使之学识更佳。

　　黄庭坚考中进士后，任汝州叶县县尉。后召为校书郎、《神宗实录》检讨官。又任宣州知州，改知鄂州。后因前一年修史获罪，被贬为涪州别驾、黔州安置。因避亲属之嫌，于是移至戎州。四川的士子都仰慕他，有意和他亲近。他讲学不倦，凡经他指点的文章都有可观之处。

　　黄庭坚最终客死在宜州（广西宜山县）贬所，终年六十岁。

　　黄庭坚的诗以唐诗集大成者杜甫为学习对象，构建并提出了"点铁成金"和"夺胎换骨"等诗学理论，成为江西诗派诗歌创作原则。他的创作思路有迹可循，甚讲法度，便于学习，所以其追随者众多。受其影响形成的江西诗派，也影响了南宋一代诗风，并对后世造成深远影响。陆游早年曾研习黄庭坚，但后来，他逐渐转为注重现实社会生活的创作。

　　陆游在访借景亭时，当地的人士指着城头的三间房屋说，那就是黄庭坚当年的住所，于是，他也赋诗追怀。

2

　　船继续下行，到达了叙州，叙州城北有锁江，大石屹立，有铁索横锁其上，为控扼夷羌。黄庭坚曾在此饮酒作诗，站在锁江亭上，陆游也题了一诗：

　　　　楚柁吴樯又远游，浣花行乐梦西州。
　　　　千寻铁锁远堪恨，空锁长江不锁愁。

　　　　　　　　　　　　　　　　——《叙州》

一路行吟，一路凭吊、拜谒浏览，船行至归州（今秭归）时，已是端午时节。陆游一家人还在睡梦之中，被一阵激越的锣鼓声敲醒了，他推开船窗往外看，只见江面上一只只彩舸上红旗招展，人们竞相划桨摇橹，小舸箭一般争先恐后向前进发。原来是龙舟赛。每逢端午节，屈原家乡的人们都以这种方式来纪念这位春秋时期的伟大爱国诗人。陆游任隆兴府通判军事州时也见识过这样的活动。

陆游召来几个年纪稍小的儿子，向他们讲述屈原的故事，并让身子已显笨重的杨氏也坐下来一起听讲，说这样对腹中的胎儿也是一种训导。又让子布给他拿来纸笔。就在船舱内写下两首诗《屈平庙》：

其一

委命仇雠事可知，章华荆棘国人悲。

恨公无寿如金石，不见秦婴系颈时。

其二

江上荒城猿鸟悲，隔江便是屈原祠，

一千五百年间事，只有滩声似旧时。

子布指着纸上"秦婴系颈"问道："父亲，这是何意？"

陆游笑了，问有谁知道？

子约说："'系颈以组'就是将丝带系在颈上，以示欲自杀谢罪。秦王子婴即位后，刘邦率先领兵入关中，进秦都咸阳。子婴捧着象征皇权的玺、符、节，在古亭轵道的路旁迎候刘邦义军，向他投降。"

陆游笑了，摸着他的头赞扬了他。他想起自己幼时父亲向他们兄弟提问，大家争着回答时情形。还想起九年前入蜀经过荆州，曾赋诗吊屈原，其中有"离骚未尽灵均恨，志士千秋泪满裳"等句，便继续讲述屈原的故事。

杨氏站在船甲板上，看着两岸的风景，陆游从船舱出来劝她说："兰仙身子沉重，外面风大，还是回仓内歇息的好。"

杨氏欣喜地说："这里的江面真是宽大啊！我从未见过这样大的水面。不知前方是哪里啊？"

船工答说："前面就到荆州了。"

陆游让玲儿扶兰仙回仓内，他独自一人站在船舷，看着大江东去，顿生"无穷江水与天接，不断海风吹月来"之感，水天、江月、江风，陆游多年在蜀地的郁闷暂时得到一丝舒缓。

船工靠岸采买，陆游便也登岸，沿江堤散步。看见莽然千里的平原，一望无际，远处天幕低垂，天地相连，荆州城内茶楼酒肆，林立有序；荆州城城墙高耸，旗帜飘扬，营房里住着戍防的士卒，一个个瞭望哨排列整齐。陆游在落日的余晖中沿江堤走着，放眼北望，仿佛能看到东都（开封）的高屋飞檐。这里离东都才不足百里，现在却是两重天地！陆游不禁湿了眼眶。

再往下，就到了武昌城。陆游登上城南楼，上次来此已是十年前的事了。

> 十年不把武昌酒，此日阑边感慨深。
> 舟楫纷纷南复北，山川莽莽古犹今。
> 登临壮士兴怀地，忠义孤臣许国心。
> 倚杖黯然斜照晚，秦吴万里人长吟。

——《南楼》

3

船至鄂州，遇天大旱，全城百姓都在祈雨抗旱，陆游也赋诗祈雨以寄忧念。

鄂州是一座古城，鄂王曾在此建城；吴王孙权国与魏蜀争夺天下时，在这里筑建都城，取以武而昌之义，命名都城为"武昌"，并从金陵迁民千户，以巩固都城。在武昌西山建有避暑宫、读书堂。还在山上留下了一处"试剑石"。因金陵城里有民谣传播"宁饮建业水，不食武昌鱼，宁在建业死，不在武昌居"，最后迁都建业了。

与鄂州一江之隔的黄州，就是苏轼当年贬谪之地。

苏轼（1037—1101年），字子瞻，又字和仲，号东坡居士，世称苏东坡。北宋文学家、书法家、画家。

苏轼首次赴京应试进士及第。曾在凤翔、杭州、密州、徐州、湖州等地任职。后因"乌台诗案"被贬为黄州团练副使。哲宗即位后，他曾任翰林学士、侍读学士、礼部尚书等职，并出知杭州、颍州、扬州、定州等地，晚年因新党执政被贬惠州、儋州。宋徽宗时获大赦北还，途中于常州病逝。宋高宗时追赠太师，谥号"文忠"。

苏轼是北宋中期的文坛领袖，诗、词、散文、书、画等皆有很高造诣。

苏轼谪居黄州近四年，这是他创作活动最活跃的时期，他写了《赤壁赋》《后赤壁赋》《念奴娇·赤壁怀古》等名作，因他曾在黄州的东坡开荒种地，才有了"苏东坡"之称。

陆游登岸后，去了城外的东坡，寻到了他在东坡开荒种地的旧址，还去了黄州的定惠院、雪堂、如皋亭等地，寻访诗人留下的遗迹。他在赤壁的石壁上，读到了《赤壁赋》和《念奴娇·赤壁怀古》等石刻，临上船时，又特意在大街上买了几只东坡饼带回船上，让一家人品尝东坡饼的滋味。

4

官船继续下行，远远地望见了云雾中若隐若现的庐山。停船江岸，一行人沿官道来到东林寺。

东林寺在庐山西麓，建于东晋大元九年（384年），是佛教净土宗（又称莲宗）的发源地。抗金英雄岳飞曾与这里的慧海法师结下过一段善缘。

陆游一家就住在寺中。他率家人行走在寺中松柏林中，不由得遥想起当年宋金之间的战事和岳飞抗金的故事。

当天晚上，一家人在寺中吃完斋饭后，坐在寺院的厢房里，听陆游向他们讲述岳母在他背上刺字"精忠报国"，岳家军的黄天荡大捷，以及十二道金牌召回岳飞，被害风波亭的故事。慧海法师讲述了岳母病故，葬在庐山，岳飞"丁忧"时就住在寺中，与慧海法师结下深厚感情等往事。

一家人无不为岳将军的事迹感动、痛惜。子布说，我还记得父亲写的《陇头水》：

生逢和亲最可伤，岁辇金絮输胡羌。

夜视太白收光芒，报国欲死无战场。

子坦说，父亲还有一首《明妃曲》，我也会背：

汉家和亲成故事，万里风尘妾何罪？

掖庭终有一人行，敢道君王弃憔悴。

双驼驾车夷乐悲，公卿谁悟和戎非？

……

子约说，父亲还有一首《书悲》，说着也背诵起来：

秋风两京道，上有胡马迹。

和戎壮士废，忧国清泪滴。

关河入指顾，忠义勇推激。

常恐埋山丘，不得委锋镝。

陆游赞许地看着儿子们，他说："好，拿纸笔来，为父再赋诗一首。"这次陆游写下的是一首《初见庐山》：

从军意在梁州日，心拟西征草捷书。

铁马但思经太华，布帆何意拂匡庐。

计谋落落知谁许，功业悠悠定已疏，

尚喜东林寻旧社，月明清露湿芙蕖。

下行的船速度很快，前方就要到建康了。此时的知建康府、江东安抚使、行宫留守是刘珙。刘珙是位主战的老臣，因此也遭受到秦桧的贬黜，与陆游有相同的立场。金人犯边时，宋师北伐的诏书和檄文大都出自刘珙之手，其词字字句句都能鼓舞士气！陆游不由得一阵欣喜，写下了一首《将至金陵先寄献刘留守》：

> 梁益羁游道阻长，见公便觉意差强。
> 别都王气半空紫，大将牙旗三丈黄。
> 江面水军飞海鹘，帐前羽箭射天狼。
> 归来要了浯溪颂，莫笑狂生老更狂。

然而陆游没有料到的是，刘珙病情很重，数日后就去世了！死前他还写下遗言，要与张栻、朱熹决裂，以未能为国报仇雪耻为恨。

陆游得知消息后，心中悲凉，他曾与刘珙一起漫步赏心亭，谈论如何抗击金兵，一致认为朝廷应该迁都建康，才能完成向淮南、淮西路进军，进而收复中原。可是却不被采纳！现在，天人两隔，陆游不禁悲叹："孤臣老抱忧时意，欲请迁都涕已流。"

第十五章

三度任命，三次被排挤出京城，在赴任途中，又接到免职的诏书。幽居田园，仍忧国悯民。

1

到达临安，陆游的一帮新朋老友，纷纷赶来官舍，有庆贺他出川入京的，有祝贺他文动龙心的，也有戏谑他老梅新枝的。他向人询问中原恢复的大计时，却发现大家都讳莫如深，或嬉戏玩笑、或顾左右而言他。

周必大告诉陆游："曾觌威势炽热，多年前陈亮曾经上书《中兴五论》，提出恢复中原振兴国威的主张，被压制着没能上报；今年正月里，陈亮又上书直言政事，再次被压下，他只得回老家了！"这其实是在警示陆游说话要谨慎吧！

陆游问及当年主张中兴恢复的朝臣还有谁在？周必大说："礼部尚书范成大四月参知政事，六月就被免了官！韩元吉为吏部尚书，其位也恐不保，传说将会离京，史浩为右相兼枢密使，可是他年岁已高……"

陆游本来心里还抱有希望，希望在朝堂上轮对时，至少周必大和史浩还能站在自己一边说话。却没料到事情完全不是他所想的那样。

本是奉诏还都，当然需等待孝宗的召见。等了数日不见动静，难道会有什么变故？到了第九天，终于传下诏来了：着陆游明日早朝朝对。

朝堂上，孝宗端坐金鸾宝座上，文武百官肃立两旁。孝宗见到陆游，十分高兴，君臣久别，免不了一番问候和谢恩。陆游将蜀中的形势略加叙述，便着重讲述自己当年在南郑的见闻和思谋：沦陷区民众迫切希望王师北进；不但汉人反金的义举时常发生，敌国内部也矛盾重重，金人的西方军事重镇在长安，但是长安的将士却都与蜀中我方的宣抚司保持联系，常以蜡封弹丸传书，金兵的动向时时都在我方掌握中；王炎虽死，但当年训练兵马的将士还在，战术还在；陕西的骆谷就是一条直取长安的道路。攻取长安，再取两京，进而收复中原！陆游还表明了自己报效朝廷的雄心壮志。他讲得涕泪滂沱，热血沸腾。

　　然而，朝堂上鸦雀无声，气氛有些紧张，有人还为他捏了把汗。因为若是从前，陆游很可能会因此获罪，现在议和已四十年了，关于北伐与恢复的话题，在朝堂上已有多年未有人再提及了。陆游的一番说辞显然不合时宜。果然，一阵沉默之后，曾觌首先打破僵局，他出班说道："现宋金双方友好、和睦相处多年，百姓安居乐业，若再起战事，则我方言而无信，失道寡助，势必生灵涂炭，此等妄论，陛下无须再议。"

　　他一说完，就得到了一片附和之声。陆游想到了陈立勇、陆淮平和那些在战场上牺牲的将士，甚至还想到了掬云楼的倚霞姑娘，陆游说："何谓百姓安居乐业？多少人流离失所，卖儿卖女？每年的纳贡币银绢各二十五万两、匹，地方官吏再加码盘剥……"

　　曾觌打断陆游说："这些正是战争所导致的。"

　　这样的颠倒黑白，让陆游气愤得声调都提高了："我大宋建国以来，二百多年基业，何等的繁荣昌盛，百姓是真正的安居乐业！是金人犯境，才导致生灵涂炭血流成河妻离子散啊！"说到这里，他望了望右相史浩，只见他白发苍苍，肃立一旁，闭目不语。陆游不知，此时的史浩虽为右相，但其实已无实权，且年高昏眊，是尸位素餐之人了！而且，此前已有人弹劾过陆游与史浩为同党，即使史浩清醒，这时更要有所顾忌了。或许史浩还记得当年议论宫闱之事的结果呢！陆游还想说靖康之耻是何等的屈辱，但没等他说出口，孝宗便打断了他，平淡地说道："游卿思谋甚密。朕独喜卿的诗文，卿可稍息几日，朕当另有安排。"

　　果然，不久后，吏部尚书韩元吉便离开京城，出守东阳了。陆游以为自己可以说动孝宗，谁知不久，陆游的任命诏书就下来了：提举福建路常平茶事。

此职也称"茶使"，是专门管理茶叶买卖运输等事务的官职，与其他茶盐并行的官职不一样，因为江南多产茶区，而福建最负盛名，早在北宋，即为朝廷常供。

这让陆游颇感意外。事实也是，孝宗亲点他回朝，本意是想留他在朝中为官的，但是禁不住曾觌等人的鸹噪，孝宗只得再次将陆游外放了！陆游的政治主张，一为抗金雪耻以重振国威，二为罢黜权臣而统一事权。历年来，他在诗歌或奏章中都有反映，曾觌党人当然清楚，所以绝对不会让陆游立足朝堂的！

令陆游奇怪的是，周必大也未站出来支持他！后来才得知，周必大位居翰林学士知制诰兼侍读，十二月除礼部尚书，正希台阁，与曾觌等日益走近。政治趋向已不同，自然不可能助己一臂之力了！周必大是陆游的知交之人，知交尚且如此，别人更可想而知了。所以，关于这一次的面圣廷对，陆游的《诗集》中只字未提，可想，他是多么孤独而忧愤了。但是，在离开临安赴任前，陆游还是送了一把玉骨团扇给周必大以示留念，那是他从成都带来的蜀绵刺绣。

2

到福建任前，陆游回了山阴一趟，堂兄弟、子侄们有的老了，有的长大离家了，年轻时的同窗好友们也都失散了，真的是"重到故乡交旧少，凄凉，却恐他乡胜故乡。"他不禁怀念起四川的生活，这不是才刚刚离开吗？他写道：

> 放翁五十犹豪纵，锦城一觉繁华梦。
> 竹叶春醪碧玉壶，桃花骏马青丝鞚。
> 斗鸡南市各分朋，射雉西郊常命中。
> 壮士臂立绿绦鹰，佳人袍画金泥凤。
> 橼烛那知夜漏残，银貂不管晨霜重。
> 一梢红破海棠回，数蕊香新早梅动。

酒徒诗社朝暮忙，日月匆匆迭宾送。

浮世堪惊老已成，虚名自笑今何用。

归来山舍万事空，卧听糟牀酒鸣甕。

北窗风雨耿青灯，旧游欲说无人共。

——《怀成都十韵诗》

京师的冷落孤独，故旧的零落失散，如今想来，还真是怀念成都的时光，原本，他已做好了终老蜀中的准备的呀！不料命不由人。既不是回故乡，更不能留京城，而是远去福建！想他刚刚入仕时，也是去的福建，在宁德，那时年轻，春风得意马蹄疾，现在，却是鬓染秋霜，心境大不一样了。

陆游启程赴福建时已是隆冬，一路经过干溪、枫桥、牌头、奴寨、绣川驿、湖头寺、衢州、仙霞岭、鱼梁驿、梦笔驿诸处，坐在马鞍上，仍不忘中原失地，却再次遭到冷落，他为此作过一诗：

去国不堪心破碎，平戎空有胆轮囷。

泗滨乐石应如旧，谁勒中原第一勋？

——《夜行宿湖头寺》

陆游到达福建的建瓯任所时，已是淳熙六年了。按习俗他要拜见各同僚官员，大家也为他接风宴饮。福建通判陈传良专门为他设宴洗尘，一见面他就夸赞陆游："儒雅风流自有定论。"他虽是陆游的上司，但年纪正好小陆游一轮，所以他说自己对陆游"当致后生之敬，岂云属吏之仪"。陆游只是礼貌性地一一拜见了各位同僚。

对陆游来说，在福建任上，环境应该是宽松的，但他这一次的履新却不同于以往，他把官场看得淡薄了，陆游到任不久，家书来报，幼子子遹出生，这是陆游的第七个儿子。家乡有种说法："多子多孙多福。"可是自己的母亲却享不到孙辈绕膝的福分了，好胜好强的她早已长眠地下，与父亲做伴去了。

但是幼子子遹的出生，并未能抚平陆游的郁闷心情，他在务公之外，便开始浏览这里的名山古观，以舒缓心中的不平。紫芝山、开元寺、凤凰山等，都留下了他的诗赋，虽然生活寂寥，但他的作品却益发的激昂了：

> 绿酒盎盎盈芳樽，清歌嫋嫋留行云。
> 美人千金织宝裙，水沉龙脑作燎焚。
> 问君胡为惨不乐，四纪妖氛暗幽朔。
> 诸人但欲口击贼，茫茫九原谁可作！
> 丈夫可为酒色死？战场横尸胜床第。
> 华堂乐饮自有时，少待擒胡献天子。
>
> ——《前有樽酒行》

3

陆游一向嗜茶，茶是文人的七宝之一，好茶颂茶是诗人本色。他生长在绍兴，这里的会稽山本就是茶乡，盛产茶叶，现在朝廷命他为福建路常平茶事，让他管理茶的贸易运输等事务，他正好有机会遍赏天下名山，品尝天下佳茗，这也使他对茶有了更加特殊的感情。他后来的诗集《剑南诗稿》收诗9300多首，有词140多首，其中茶诗就有300多首！为历代茶诗之冠。他以与茶神陆羽同姓为由，自诩为茶神转世，后人亦称他为诗人中的"茶神"。

当了茶事官后，陆游"宁可舍酒取茶"，至晚年，他曾说过"毕生长物扫除尽，犹带笔床茶灶来"。他想起那年他从福建宁德主簿任满回到临安，孝宗皇帝赐他进士出身，迁枢密院编修时，还同时赐给他北苑龙凤团饼茶，陆游感到欣慰，曾赋一诗："江风吹雨暗衡门，手碾新芽破睡昏。小饼龙团供玉食，今年也到浣溪村。"

建茶是全国闻名的贡茶，"龙团凤饼"就以建茶最为出名。陆游上任茶官后，不仅对公卖茶要严加管理，增加国家收入，而且对上贡朝廷的上品，都要亲自试茶，不敢怠慢。很快，他对建茶韵味，制茶工艺，泡茶妙法，斗茶技巧都了然于心了。"下岩紫壁临章草，正焙苍龙试贡茶。"就是他的工作写照。

建瓯的夏夜潮湿溽热，难以入睡。陆游半夜醒来，蓦然看到了挂在墙上的弓箭，发现箭羽已经凋零！再取下床头的龙泉，昔日寒光凛冽的古剑，现在却有了几分涩滞。大丈夫一事无成却白发渐多！他下得床来，独自凭栏远望，不知道自己的抱负何年才得以实现！

有一天，陆游无所事事，便出了城门，沿着一条山径向前走着，当他走到一座破旧不堪的道观时，看到一位身着道服的老人正在观前剁柴，待走近时才发现，原来老人已失去了左臂，只用右手握着砍刀剁一堆干枯的松枝。他向前问道："师傅，请问这是什么道观？"

老人答道："是三清观。"

也许老人剁柴已经累了，他索性放下了手中的砍刀，回观里提出一只陶壶和两只茶碗，笑着说道："客官走累了吧？请喝碗山茶，解解乏。"

陆游从他的口音中，听出他是中原人氏，便坐在树下的石墩上，问道："听口音，师傅是北人吧？"

老人点了点头："是洛阳人。"

"怎么到了福建？"

老人叹了口气，说道："我爷爷是车夫，当年，还为孟皇后赶过车……"

孟皇后？陆游吃了一惊："就是把大宋的传国玉玺带给高宗皇帝的孟皇后？"

老人点了点头。他很健谈，坐在山石上，说起了当年的经过：

孟皇后是河北沼州人，被神宗皇帝封为了皇后。后宫有位刘婕好，因得到神宗所宠，便时常违背后宫礼仪，她忌妒心又重，也想当母仪天下的皇后，常在神宗面前告状。有一天，孟后身体不适，请人用道家的符水治病，刘婕好听说后，便以孟后违犯宫规为由，与宰相章惇里外联手，唆使神宗废了皇后（章惇就是排斥、打击苏轼，将他关进乌台监狱，并将他贬往海南儋州的政敌）。

孟后被废后，便去了城外的瑶华宫，在那里出家为尼。

"靖康之变"发生后，金人将大宋的帝、后、妃子、皇子、公主、驸马、宫女共四万七千余人，及三千余名教坊、乐工、歌舞姬等，押赴金国，囚于五国城。

金人是按大宋宗人府的名册拘捕后宫人员的，被废了的孟皇后不在名册之列，因而躲过了这场劫难。

金人扶持了傀儡皇帝张邦昌代为管辖中原大地，他们押着宋室宗亲北撤后，张邦昌知道自己难以服众，将早年被废居于民间的孟皇后迎进了宫中，尊为宋太后，垂帘听政。

当孟后得知康王赵构因不在京城而未被拘时，便写信给他，劝他登基为帝，以延续大宋之脉，并派人送去了大宋的传国玉玺，康王即位为高宗，成了南宋王朝开国的第一位皇帝。

当年孟后在逃亡时，躲避金人的路上，千辛万苦，颠沛流离。这位年老道人的爷爷，当年还曾为孟后驾过马车。

陆游问道："师傅的胳膊是——"

老人听了，有些激动。他说："当年，俺爷爷赶着一辆马车，车上载着一家人，逃出了老家，日夜南奔。因孟后乘坐的马车断了车轮，她便上了爷爷的马车。谁知跑了一天后，金兵便骑马追来了！孟后下车躲进了一片树林，俺娘抱着俺也下了车。金兵杀了俺的爷爷奶奶。一个金兵举刀砍俺时，俺娘用身子一挡……她死了，俺也断了左臂！"

陆游连忙为他倒了一碗茶水，说道："实在对不起师傅，在下不该问及往事，让师傅伤心了。"

老人一仰脖子，喝下了茶水，说道："金兵杀俺们的人，烧俺们的村，抢俺们的粮食，这血海深仇何时才能报呀！"

"师傅说得好！这也是我等的夙愿。只要圣上发出北伐的诏令，定能收复中原！你放心好了。"陆游劝慰他说。

老人说："俺已等了几十年了，已经等不及了！"他指了指地上的砍刀，"若圣上下了诏令，俺就拿着这把砍刀上战场，砍倒一个金兵够本，砍倒两个，就赚了一个！俺死在战场上，也心甘情愿！"

陆游被老人的一席话触动了心事，他站起身来，指着石墩上的茶碗说："师傅的山茶，甜，真甜！"说完，向老人躬身一拜，便大步流星地下山了。

4

从春到秋，时间不长，陆游便萌生了归乡之心。他在一首诗中写道："平生无宦情，方外久浪迹……出门无交朋，呜呼吾何适！归哉故山路，讵必须暖席。"他想弃官不做了，回到山阴老家去。他感觉自己就像一个宫苑的怨妇：

> 一入未央宫，顾盼偶非常。
>
> 稚齿不虑患，倾身保专房。
>
> 燕婉承恩泽，但言日月长。
>
> 岂知辞玉陛，翩若叶陨霜。
>
> ——《婕妤怨》

他想要为国效力，也如那绝色的婕妤：

> 妾心剖如丹，妾骨朽亦香。
>
> 后身作羽林，为国死封疆。

陆游是个喜欢交往的人，但也许是自己年岁大了，或许是宦海沉浮，他的心伤得太深了，不愿再奉迎交际。到建安城半年了，同僚们各自忙着各自的事，陆游与他们没有过多的来往。朋友也少，喝酒找不到可以碰杯的人，得了佳句也找不到可以共赏析的人！唯一可以寄托梦想的，就是去山水间云游了。

五月底，他就开始把自己收藏的诗画图书整理起来打包，先运回老家去了，好让自己离职回家的路上轻松一些。

酷暑溽热终于过去了，秋分不久，朝廷忽然传来了诏书：召陆游回京！

陆游顿感浑身轻松。

归途经过武夷山时，他在九曲溪上泛舟。经铅山紫谿驿至鹅湖边，他给自己的前半生做了个小结：

> 士生始堕地，弧矢志四方。岂若彼妇女，龊龊藏闺房。
> 我行环万里，险阻真备尝。昔者戍南郑，秦山郁苍苍。
> 铁衣卧枕戈，睡觉身满霜。官虽备幕府，气实先颜行。
> 拥马涉沮水，飞鹰上中梁，劲酒举数斗，壮士不能当。
> 马鞍挂狐兔，燔炙百步香，拔剑切大肉，哆然如饿狼。
> 时时登高望，指顾无咸阳。一朝去军中，十载客道傍。
> 看花身落魄，对酒色凄凉，去年忝号召，五月触瞿唐。
> 青衫暗欲尽，入对衰涕滂。今年复诏下，鸿雁初南翔。
> 俯仰未阅岁，上恩实非常。夜宿鹅湖寺，橘叶投客床。
> 寒灯照不寐，抚枕慨以慷。李靖闻征辽，病愈更激昂；
> 裴度请讨蔡，奏事犹衷创。我亦思报国，梦绕古战场。

——《鹅湖夜坐书怀》

也许是孝宗一年内两次召他进京，又重新唤起了他的壮志。本来打算远离官场的陆游，又在想着如何才能为国效劳，赴战场杀敌！

在玉山县，陆游浏览了南楼、玉壶亭、普宁寺。到了衢州皇华馆，陆游住下来，写了封请求免官、恩准奉祠的折奏。他在矛盾纠结中还是选择远离官场。

折奏递上去了，他就安心住下来等回信。

这期间，他去婺州（也即东阳郡，今金华）访故友。婺州知州是他的老友韩元吉。韩元吉这是第二次在此任知州，第一次是四年前的事。元吉在婺州的极目亭设宴为陆游洗尘。极目亭是元吉来婺州后，在原来的一个小而破的风雨亭基础上重建的，位于婺州城子城东南角上，下临溪流。亭建成后，城中达官富户及士大夫们常在此聚集饮酒，诗文唱酬，好不欢畅，所以元吉也请陆游来此畅饮。还请来州中的歌姬舞女助兴。陆游当然得乘

上马击狂胡，下马草军书——陆游诗传

兴赋诗赞扬一番：

> 尚书曳履上星辰，小为东阳做主人。
>
> 朱阁凌空云缥缈，青山绕郭玉嶙峋。
>
> 似闻旋教新歌舞，且慰重临旧吏民。
>
> 莫倚阑干西北角，即今河洛尚胡尘。
>
> ——《婺州州宅极目亭》

他仍然忘不了失地的耻辱。这是对韩元吉去年朝堂上未站出来支持自己的廷对，而有意提醒一下他吗？

不久，诏书从京城送来：陆游改除朝请郎（正七品）提举江南西路常平茶盐公事，赐绯鱼袋。径赴抚州（今江西临川）到任，毋庸再去临安。

十二月，陆游到达抚州，他向孝宗呈上谢表。

应该说孝宗对陆游的文才是很赏识的，陆游奉诏出川以及这一次的奉诏北上，应该都是出于孝宗的主动，正因为如此，也更可能会受到大臣们的妒忌与排挤。现在，他再次蒙孝宗"省录"，又要去江西赴任。陆游寻思，孝宗对自己才华的认识，可能只是停留在诗文上。但是这一年，学士院有空缺，已任右相兼枢密使的王淮，还有吏部尚书兼翰林学士的周必大等人，三次推举陆游为文学侍从之职，都未获准，这样看来，陆游的政治道路，其实处于十分不利的地位。可见当时朝廷的内部矛盾，复杂而尖锐！

在抚州，江南西路常平茶盐公事的职责包含了盐务，责权更大了，但对陆游来说早已能驾轻就熟了。他又有一番探访名胜之行。这里正是曾几老师的故乡，可惜曾几老师已作古多年了。有一位韩驹先生（字子苍），知江州，绍兴五年死于抚州。韩驹曾跟从苏轼学诗，而曾几又跟从韩驹学诗。陆游命人将其诗刻于石上，又亲自作跋，对其严谨的为文为人之风予以褒奖。

仲夏小旱，百姓祈盼雨水。作为提举常平茶盐公事，祈雨也是陆游的分内之事，他斋戒三天后，率领抚州城的大小官员聚集在早已设立好的祭坛上，燃香祈祷。

好像真的上天有灵，正在祈祷之时，突然狂风大作，乌云密布，倾盆的大雨骤然而下。人们欢声鼓舞，庆祝这久旱后的甘霖，可是不料，这雨不降则已，一降竟停不住了！一连下了十天！

这一天，陆游率人冒着大雨登上拟岘台察看水势，见江水翻滚着，奔腾着，势不可当。不多时，江水涨溢，整座抚州城都变成了一座水邑！行人困在齐膝深的泥水中，仿佛大江进入了房舍！百姓们纷纷逃离出家，到小山阜上避水。陆游与州衙官员们划着小舟，把粮食分散给众人。一边奏开义仓，设法赈灾，一边分催州县，运粮救济。看着空空的村落里鸡犬不闻，茅舍中飞来飞去的萤火虫，陆游心中十分悲痛，数天的劳累过后，他没忘用诗来记下这一突发水患：

> 一春少雨忧旱叹，熟睡湫潭坐龙懒。
> 以勤赎懒护其短，水浸城门渠不管。
>
> ——《大雨踰旬既止复作江遂大涨》

陆游忧时虑国之心一直不变，但对现实生活也有些厌倦了，他想不如就在湖湘间谋个职位，安稳度日。于是他给周必大寄了一诗，表达自己的心愿：

> 菱舟烟雨久思归，贪恋明时未拂衣。
> 乞与一城教睡足，犹能觅句寄黄扉。
>
> ——《寄周洪道参政》

三个月后，陆游终于又接到了诏书，孝宗召他到临安晋见。陆游心中再次燃起了希望。

5

陆游准备起程之前，这一天，有差役来报，说衙堂里来了位僧人，指名道姓要见陆游。

上马击狂胡，下马草军书——陆游诗传

　　陆游到大堂一看，原来是衙门东边的广寿禅院的僧人守璞。陆游每次外出公干都要经过那里。守璞向陆游作揖道："闻听先生领诏，不久将离开抚州，特来请为本院经藏作序，不知意下如何？"

　　陆游欣然应允，当天就写了《抚州广寿禅院经藏记》：

　　……璞乃礲石乞予为记。予慨然语之曰：子弃家为浮屠氏，祝发坏衣，徒跣行乞，无冠冕轩车府寺以为尊也；无官属胥吏徒隶以为奉也；无鞭笞刀锯图圄桎梏与夫金钱粟帛爵秩禄位以为刑且赏也；其举事宜若甚难。今顾能不动生气，于期岁之间，成此奇伟壮丽百年累世之迹；予窃怪士大夫操尊权，席利势，假命令之重，耗府库之积，而玩岁愒日，事功弗昭，又遗患于后，其视子岂不重可愧哉？既诺其请，又具载语守璞者以励吾党云。

　　陆游对"玩岁愒日，事功弗昭"的士大夫，作了严肃批评。

　　快到京城了，他的心情好了起来，但是，命运总是这般地捉弄人，就像上一次从福建北归，准备到临安面见孝宗，却半路上调任江西一样。现在他又奉诏回京，当他禁不住的归心似箭，一心想着面见圣上，如何应对他的垂询时，又一道诏书下来了：许免入奏，仍除外官，累迁江西常平提举！

　　就是让他不要进京了，还是在外当官吧！

　　陆游已经到达严州寿昌县，陆游行至桐庐时，又接到诏书：

　　免去陆游江西常平提举之职，准予还乡。

　　陆游心里一下凉透了！起起落落，是何缘由呢？是的，他在接到诏书命他累迁江西常平提举之职时，曾递上了请辞书，但那是循例而为啊！宋代的习俗，被任命新职时，按例都有一番请辞，表示谦虚之意，有的还如此再三然后才赴任，到任后还要上谢表，表示感谢。不想这次请辞却被真的"恩准"了。他已被完全免了职，这太出乎他的意料之外了！

孝宗对于陆游，还是有意要重用的。后来陆游才知道，这次是给事中赵汝愚对他提出了弹劾，内容可能还是和陆游在蜀中的一段浪漫生活有关。有传言说，因为陆游"携成都妓剃为尼而与归"。

但在当时，陆游一点也不知情。

就这样，他第二次在赴京晋见圣上的途中，意外地遭到了阻止，这一年是淳熙七年，陆游五十六岁。

他被免职准予回乡了！罢官期间，他的名义是"主管成都府玉局观"。

上马击狂胡，下马草军书——陆游诗传

第十六章

面对生灵涂炭，僧侣也举起了屠刀。朝堂廷对，洋洋洒洒，却被当作书生的纸上谈兵，忽略而过。

1

陆游终于回到了家乡山阴。恰逢朱熹正在为白鹿洞书院求藏书，陆游积极支持，鼓动弟子、儿子们抄录家中藏书寄往白鹿书院。他开始关注田园生活，这是他以前不曾有过的。他的山水田园诗名，也如他的书名一样，为其爱国诗名所掩，不太为人所知。其实，他的田园诗是为民族和人民的苦难而歌，体现了更高境界的人文关怀。

他在家乡建筑山亭田园，有时也亲自去参加田间的农活。田园上的小径直通到邻家，路两边种满了桑枣树，他读书累了时，就放下手中的书，沿着小路散步，有时也冒着微雨去给地里的瓜蔬除草。在春耕时节，嫩绿的秧苗长满了稻田，他还向邻家请教如何耕田。乡村的闲暇与繁忙，让他的心境得以舒展开来，他有《小园》诗四首：

其一

小园烟草接邻家，桑柘阴阴一径斜。

卧读陶诗未终卷，又乘微雨去锄瓜。

其二

村南村北鹁鸪声，刺水新秧漫漫平。

行遍天涯千万里，却从邻父学春耕。

其三

历尽危机歇尽狂，残年惟有付耕桑。

麦秋天气朝朝变，蚕月人家处处忙。

　　　　其四

少年壮气吞残虏，晚觉丘樊乐事多。

骏马宝刀俱一梦，夕阳闲和《饭牛歌》。

　　淳熙八年三月，陆游除提举淮南东路常平茶盐公事。这本来是一个重新起用的机会，无奈又一次平地风波起，有臣僚以他"不自检饬，所为多越于规矩"为借口，对他一再排挤、压制。让他不得东山再起，三起三落！陆游心中的憋屈可想而知。陆游"借酒浇愁愁更愁"，他只能在酒中寻求解脱：

侠气峥嵘盖九州，一生常耻为身谋。

酒宁剩欠寻常债，剑不虚施细碎雠。

歧路凋零白羽箭，风霜破弊黑貂裘。

阳狂自是英豪事，村市归来醉跨牛。

　　　　　　　　　　　　　　——《西村醉归》

　　酒后吐真言，他说的，自己是佯狂，是假狂，言外之意，是对弹劾者的回击！

　　这一年，从进入七月开始，雨水接日连天，未曾间断，严州、徽州以及绍兴府境内都发生了严重水灾，百姓的饥荒前所未有。陆游看到门前不断地有逃荒乞讨的人们，他们拖儿带女地缓缓走过，一个个面黄肌瘦，衣不遮体，令人心寒。

　　朝廷开始赈灾，还罢免了一批守臣官吏，令新任命的浙东提举常平朱熹赈济。陆游寄诗给朱熹，希望他快快前来救灾：

市聚萧条极，村墟冻馁稠。劝分无积粟，告籴未通流。

民望甚饥渴，公行胡滞留？徵科得宽否，尚及麦禾秋。

　　　　　　　　　　　　　　——《寄朱元晦提举》

上马击狂胡，下马草军书——陆游诗传

此时的朱熹正前往婺（今浙江金华）、衢州（今属浙江衢县）等地视察灾情，陆游担心他分身无术，便又给曾逮写了一封。

曾逮是陆游老师曾几的次子，与陆游家也是世交。曾逮时知宁国府（今安徽宣城）除集英殿修撰，后转朝奉大夫，改除知镇江府。陆游此时无官一身轻，但位卑未敢忘忧国，实则是替百姓向官府求援：

> 道傍襁负去何之？积雨仍愁麦不支。
>
> 为国忧民空激烈，杀身报主已差池。
>
> 属餍糠籺犹多愧，徒倚柴荆只自悲。
>
> 十载西游无恶岁，羡他岷下足蹲鸱。
>
> ——《济饥之余复苦久雨感叹有作》

他自感报国无门，食糠咽菜都是有愧的。怀念在蜀十年，未曾遭遇过这样大的天灾。

除了关注灾区民生，陆游所见所闻均以诗文记录，与从前的好友同僚及府衙也保持着书信往来，但他最喜好的当然是读书。

王氏主持着家里的日常事务，杨氏主要帮陆游整理四处巡游搜集的书画以及来往书信，还有陆游自己随手书写的诗文手稿，有时陆游一人待在书房，一天也不见出来。

这天，杨氏走进去一看，真正感到无从下手整理了，刚一转身，就碰倒了一堆书册！长短不一的画轴也四处参差着。她对陆游说："老爷，您看您的书房，实在是不能容人了！"

陆游也伸头去看一眼，果然，书柜、书桌、床铺、地面、墙边，俯仰四顾，环顾左右，全都是书！他笑着说道："好，好！"

杨兰仙不明就里："都乱成这样了，老爷怎么还说好？"

陆游将书案挪捡开一方空处，铺上宣纸，碾墨提笔写下《书巢记》，自我调侃一番。

2

陆游有时也会感到自己饱读诗书，其实是被这诗书所害！他倒羡慕起那些目不识丁的农夫，一生虽劳苦，却也没有忧患，自得其乐。这种思想也写进了他的《书生叹》中：

> 君不见城中小儿计不疏，卖浆卖饼活有余。
>
> 夜归无事唤俦侣，醉倒往往眠街衢。
>
> 又不见垄头男子手把钮，丁字不识称农夫，
>
> 筋力虽劳忧患少，春秋社饮常欢娱。
>
> 可怜秀才最误计，一生衣食囊中书，
>
> 声名才出众毁集，中道不复能他图，
>
> 抱书饿死在空谷，人虽可罪汝亦愚。
>
> 呜呼，人虽可罪汝亦愚，曼倩岂即贤侏儒！

在陆游最苦闷的时候，周必大来信说："某顿首拜启：近疏奉记，非独绪使，亦以目疾为祟，经月未愈，有妨执笔。其余怅仰，殆不胜言！……愿乘泰亨，早陟班列，此亦众论所同祝者……"

周必大时知枢密院事，不久进枢密使。虽然在朝廷面君轮对时，他没有站出来支持陆游的观点，但陆游后来也理解了人各有志，他们之间的私谊还是没有中断。他的来信似乎给了陆游一丝安慰。

有一天，他在湖船上，半夜被一阵"姑恶姑恶"的声音惊醒，这声音凄切哀婉，如诉如泣，陆游心惊不已：这世间果真是有这神灵的啊！

他披衣走出舱外，船家问："客官，水鸟的叫声吵着您了吧？"

陆游恍然，低声说："不碍事。"

说完，又回到舱内，却是心潮起伏。屈指一算，他已是花甲之年了，恍惚间，好像唐婉的哀婉眼神正看着他，而那一声接着一声的"姑恶"的

233

叫声，好似在向他倾诉着满心的委屈。睡意顿时全无了，他含泪展纸挥笔写下了《夏夜舟中闻水鸟声甚哀若曰姑恶感而作诗》：

> 女生藏深闺，未省窥墙藩。上车移所天，父母为他门。
> 妾身虽甚愚，亦知君姑尊。下床头鸡鸣，梳髻着褵裙。
> 堂上奉酒扫，厨中具盘飧。青青摘葵苋，恨不美熊蹯。
> 姑色少不怡，衣袂湿泪痕。所冀妾生男，庶几姑弄孙。
> 此志竟蹉跎，薄命来谗言。放弃不敢怨，所悲孤大恩。
> 古路傍陂泽，微雨鬼火昏。君听姑恶声，无乃谴妇魂？

刚回到家中，王氏说，邻居家的姨父从幽州投奔而来，言说金人往北边撤走了。其实他并不知道，金人有狩猎习俗，每年秋冬季节，都去漠北狩猎。但陆游闻听此消息后，心中大喜，立即命笔赋诗：

> 幽州遗民款塞来，来者扶老携其孩。
> 共言单于远逃遁，一夕荆棘生燕台。
> 天威在上贼胆破，捧头鼠窜吁可哀。
> 妄期旧穴得孳育，不知天网方恢恢。
> 老上龙庭岂不远，汉兵一炬成飞灰。
> 陛下中兴天所命，筑坛授钺皆雄才。
> 煌煌九霄揭日月，浩浩万里行风雷。
> 虢山多兽可游猎，汝不请命何归哉！

——《闻虏酋遁归漠北》

淳熙十二年（1185 年）暮春，王淮任丞相，周必大为枢密使。他们都曾举荐过陆游，看来陆游有望再次被起用，可就在此时，边关传来情报：西辽借道西夏伐金！孝宗秘密召见几位重臣连夜商议。吴挺、留正认为可乘此机收复中原！但周必大不同意，他主张须再观察，切不可轻举妄动。不久，又有边报传来，果然前次情报有误！尚书左司郎杨万里建议：将非紧急政务暂搁一边，朝野专心致志地筹备边防事务，以防有变！群臣们紧绷着的心弦，又松开了！

杨兰仙带子通到城中赶集，回来路过东村，见一树梅花开得正红，便折了一枝，回到家中，与陆游说起来，陆游也觉得十分新奇。已是晚春时节，早已过了梅树的花期，怎么还可能有梅花呢？陆游不信，便前往寻看，绕过几重村舍，果见村边一株梅树亭亭独立，树姿清奇脱俗，疏枝横斜，品流不落松竹，枝上的梅花却红灼灼地绽放。陆游伫立树下，久久不愿离去。他想，这晚开的梅花，它的胸怀也只有清风朗月才能知晓！它就像空谷佳人般没被发现，也如超凡志士没有得到机遇一样。回到家中，他联想到自己一生的志向与奋斗都将付之东流，心中一阵悲愤，提笔写下了《书愤》：

> 早岁那知世事艰，中原北望气如山。
> 楼船夜雪瓜洲渡，铁马秋风大散关。
> 塞上长城空自许，镜中衰鬓已先斑。
> 出师一表真名世，千载谁堪伯仲间！

3

淳熙十三年的春天，陆游迎来了新的生活。在蛰居家乡五年后，他终于等来了朝廷新的任命：除朝请大夫（从六品）知严州。按诏命要求，陆游到临安等待召见。他即刻让王氏和杨氏准备行装，次日便住进了西湖边的客栈小楼上，听着窗外淅沥的春雨，一夜未眠。

自淳熙五年，孝宗诏陆游出蜀后，他并未得到重用，只是在福建、江西做了两任提举常平茶公事，然后被弹劾回家乡，一待就是五年！远离了政治中心，但他对朝廷中的倾轧，对世态炎凉，却体会得更深了。他感叹世态人情就像半透明的纱一样凉薄。时年已六十二岁，不仅长期宦海沉浮，而且壮志未酬，对世态炎凉更有深切的感受。

临安城虽然春色明媚，但官僚们偏安一隅，忘报国仇，粉饰太平。而陆游却在表面的歌舞升平中，看到了世人的麻木，朝廷的昏聩！又不知这一次的召见是否也如前三次一样会横生枝节、半途而废？他在等待中闲极无聊，只得用写字、品茶、赋诗打发时间：

世味年来薄似纱，谁令骑马客京华。

小楼一夜听春雨，深巷明朝卖杏花。

矮纸斜行闲作草，晴窗细乳戏分茶。

素衣莫起风尘叹，犹及清明可到家。

——《临安春雨初霁》

不想，这随手写下的小诗，被客栈老板看到了，迅速传扬开去，最后竟传到了孝宗那儿。

终于在一夜新雨后，务陆等到皇帝召见的消息了！他在侍从官的引领下进入延和殿，大殿上站立的文武官员早已不是从前的旧人了。从绍兴三十二年第一次被孝宗召见，到现在已过去二十四年，人事变化已不可细说，陆游不由在心中感叹："莫恨此身衰病去，当时朝士已无多。"

在听完其他臣僚的奏事后，孝宗问道："山阴陆游，朕命你知严州，你有何话要说吗？"

陆游出列跪谢道："臣陆游谢主隆恩。陛下亲降玉音，俯怜雪鬓，老臣万分感激，唯竭忠尽力以报圣上恩典之万一。"

孝宗说："爱卿平身。你外任多年，蜀道万里，风餐露宿，一路辛苦。可有何见闻与众卿分享吗？"

陆游道："老臣确有颇多奇闻逸事，已在朝札中记述。唯当今察人与察事，臣有言在胸，面圣不语，则心有不甘，请恕老臣多虑。"

孝宗说："但说无妨。"

陆游便洋洋洒洒论述开来，他一口气论述了国家行政必须公道，在执行中，必须坚决，也即"坚凝"，以及必须振作士气，才能应付当前的情势。他见众人并未反对，便索性将自己的对敌分析和盘托出，他引经据典，旁征博引，洋洋洒洒，一吐为快。他主张为政之公道务在坚持，希望通过"赋敛之事，宜先富室，征税之事，宜核大商"来缓和阶级矛盾。这在当时都是有利于社会发展的，是比较进步的思想。而他对于金朝的估计也相当正确，他看到了女真统治集团内部的腐朽，其结果必然是不乱自亡，他认为敌人的灭亡必出于三种情况：骨肉相残、权臣专命、奸雄袭而取之，三者有其一。这些估计都没错，但是由于陆游所处的社会地位以及所获知的消息有限，他没能估计到北方女真族以外，又一个新兴的部落正以迅猛的势头发展壮大，在不久的将来，它不仅一扫已经腐朽的女真统治，而且乘势南下，将南宋的半壁江山一扫而光，而统一了中国。这些都不是陆游所能估计得到的，但在当时，陆游提出朝廷应该"力图大计，宵旰弗怠，缮修兵备，搜拔人才"的要求，却是完全正确的。可惜他居安思危的言论并未引起孝宗及朝廷大臣们的重视。

孝宗听了他的一番长篇大论，只是笑笑说："爱卿忠心可鉴。前日，又看到爱卿的诗句：'小楼一夜听春雨，深巷明朝卖杏花。'这两句甚好，朕喜欢。严陵，山水胜处，职事之暇，可以赋咏自适。"

原来，在孝宗的心里，陆游仍不过是一个只会吟风弄月、舞文弄墨的书生啊！

陆游心中不知是喜是忧。他的诗文孝宗是喜欢的，从多年前周必大称他为"小李白"，受史浩和黄祖舜的推荐，孝宗赐他进士出身，也因为诗文，孝宗几次召见他。这次孝宗又特别说到喜欢他的诗句，可是，陆游口干舌燥地说了一大通他思谋已久的为政之道治国方略，却只得到这样轻描淡写无关痛痒的回复，是安抚抑或敷衍？这样的"王顾左右而言他"，让陆游心中五味杂陈。

4

到严州上任的时间可以迟到七月，现在还只是早春时节，陆游继续留在山阴老家，去临安往返也方便。在赴任之前，他与杨万里及方外人士经常游处唱和。

杨万里，字廷秀，号诚斋，江西吉水人，是当时著名诗人，与陆游、尤袤、范成大并称"尤、杨、范、陆"南宋四大家。这四人中，尤袤的诗所剩无几，范成大的诗，才力不及杨万里和陆游，因此，这一时期，杨万里和陆游的成就最大，是声望相敌的诗人。

二人一起游张氏北园，赏海棠，游天竺。杨万里写了一首《醉卧海棠图歌赠陆务观》，调侃戏谑陆游赏花饮酒的醉后姿态，甚是幽默。

山阴县城西北八里地有一座法云寺，陆游多次来这里凭吊。建炎初年，金人南侵，一路势如破竹。六岁的陆游随着父母家人一起搬迁到东阳山中避难，他们刚到东阳山中，金兵就攻陷了会稽城，他们烧杀抢掠一空后，又放了一把火，将整个会稽（山阴）城焚毁，大火烧了几天几夜不灭！其中有三个金兵骑着马沿官道一直追杀到法云寺，让寺僧交出逃亡的一对母女！当时的住持道亨长老悲愤交加，他令众僧关闭所有院门，将这三个金兵围困在院内，关门打恶狗，将他们击落下马，愤而处死，然后陈尸寺门外，迅速撤离。后面跟随而来的金兵再次放火焚烧了寺院！

陆游小时常听人说起这事。佛门净地，慈悲为怀，戒杀生，可是在生灵涂炭的金兵面前，道亨长老做出了果断而又艰难的选择。他修行多年却要自毁功德的悲愤之心，可想而知。陆游每次来这里，都思考着一个问题：国破家亡时，没有一方净土，个人的命运永远不可能超越国家和民族之上。

第十七章

新帝登基，他连上三道奏章，却再次被劾罢官！在回老家的途中，他看到了断桥边的一树红梅。

1

七月三日，陆游终于抵达严州上任。严州是临安西南的一个大州，陆游的高祖陆轸也曾知严州，或许，孝宗的安排是考虑过陆游的感受会亲近一些吧！

严州的事务繁多，作为知府的陆游，自然比从前任上要繁忙得多，往往从早上鸡叫开始，忙到晚间乌鸦栖树。几案上摆满了符檄文书，等着他批阅承办，而找他判案断讼的人也吵闹得公堂如闹市般。有时忙起来，连饭都顾不上吃，常常让衙役将饭菜端到公堂书案上将就。催租征税，各种告示，既忙乱又繁杂，连喝杯酒的闲暇都没有了。他去祭祀孔子，反思自己身上的章绶，却好似天天干着压榨百姓的事！

他向往金戈铁马的火热生活。而在这庸常又忙乱的日子里，他感到浑身都不自在。冬天刚到，因受寒湿侵身，头一天他还在大堂上听诉讼审案，次日一早突然感觉心腹疼痛难忍。他想强撑着去上府衙，却不想腹泻，一遍遍地出恭，两天时间，整个人就脱了形！役卒都劝他稍稍歇息两天。就在这时，有人来报说，前一夜有户人家遭了贼！他深感愧疚，他感觉是自己失职，没有安排人巡防治安。想着那些鳏寡孤独者，他知道应该让他们有安全感，于是，强撑着病体，在夜间安排役卒轮流巡守，以防再发盗案。

陆游的高祖陆轸曾知严州，如今事隔一百四十余年，几代人之后，陆游又来此知州，仿佛是上天的特别眷顾。于是，一大拨乡绅族人便提议在兜率佛寺建祠堂祭祀。陆游也觉得这是光宗耀祖的好事，冥冥中好似先人们也在关照着自己。于是，同意他们建起了一座祠堂，还将高祖陆轸的画像刻在石上，供奉于祠堂。

陆游此次来严州，只将杨兰仙和幼子子通带在身边，王氏留在老家山阴。其时，杨兰仙已身怀六甲，八月便产下一女，陆游此前已有七儿一女。除子通尚年幼，俱已成年。六十二岁的陆游，老来再得一女，当然欣喜尤甚，因为这年闰七月，故给小女取名闰娘，后又因为严州也名定州，所以又改名定娘。

春暖花开时节，兰仙常抱定娘在衙府后院玩耍，指着花草对她说："这是牡丹，这是海棠，这是……"

陆游忙里偷闲也过来转转，看见兰仙对着尚在襁褓中的女儿喃喃自语，似在教她辨认花草，心里说，她能听得懂吗？觉得十分有趣，他走拢去，想看女儿有何反应？却见定娘睁着双大眼睛看着他，他心中十分高兴。前面的儿女们出生时，要么他自己也年轻，没把骨肉亲情看得太重，要么他出门在外，无暇顾及，也或许因为婚姻是父母包办，多少在心里有一点别扭。只这次，也许因为年岁已高，又因杨兰仙从蜀中千里迢迢跟随自己而来，且总有几分与唐婉神似，所以他特别怜惜这个女儿。陆游逗弄着定娘，嘴里直呼着："女女，乖，女女，乖！"

定娘仿佛知道父亲公务繁忙，不能吵闹一般，只是天真地笑着。由是，陆游更是爱怜有加。他专门找了个丫头前来照料她们母女。

定娘的周岁生日，府衙里众役吏们也都到官舍来祝贺。陆游让严州城里上好的酒馆送来酒菜，好好地招待大家一番，他盼着这个晚年所得的掌上明珠快快长大，长得像她母亲杨兰仙、抑或像惠仙一般聪慧可人。但是，天不遂人愿，气候转热时，定娘就开始浑身滚烫，请了郎中，也按方抓药吃了，就是不见好转。八月的一天，陆游正察看工匠们刻录江公望的奏议石碑做得如何，丫头突然跑来急道："老爷您快回去看看吧，小姐她不好了！"

陆游心下一颤，急忙跟着丫头回到官舍。却发现兰仙抱着女儿已哭得晕过去了！子通也吓得在一边抹着眼泪。原来刚刚一岁的女儿，在兰仙怀中已经没有了呼吸！陆游的心像被掏空了一般，感到眼前一阵发黑。

经此一痛，陆游病倒了，喝了郎中开的药方，杨兰仙照料着他在堂前坐下。陆游看着院中如水的月光，前日园丁们种下的花草正一点点长高，一枝疏梅映着帘影，隔着窗帘传了来子通的读书声。他对兰仙念道："呻吟药裹身宁久，汛扫胡尘意不平。草檄北征今二纪，山城仍是老书生。"

兰仙说："老爷好好将息，别再劳神了。万一有个好歹，叫我们怎么活？"

陆游摇头说："不碍事，小疾无妨！"

这时，官衙的鼓角声传来，一阵紧似一阵，催得人不得安歇，陆游强撑着又去了前堂。

2

淳熙十四年（1187年）二月，周必大被任命为右相，陆游得到消息很是高兴，陆游写了封贺启寄出，再次提出恢复中原的愿望。他说：

……窃以时玩久安，辄生天下之患，国无远略，必有意外之虞。方今风俗未淳，名节弗励，仁圣焦劳于上，而士夫无宿道向方之实；法道修明于内，而郡县无赴功趋事之风；边防寝弛于通和。民力坐穷于列戍。每静观于大势，惧难待于非常。至若靖康丧乱而遗平城之忧，绍兴权宜而蒙渭桥之耻。高庙有盗环之遘寇，乾陵有斧柏之逆传。江淮一隅。夫岂仗卫久留之地；梁益万里，未闻腹心不二之臣。文恬武嬉，戈朽铖钝。谓宜博采众谋之同异，然后上咨庙论之崇严。非素望之伟然，谁出身而任此？

最让陆游担心的是文恬武嬉，戈朽铖钝。这样的状况不要说收复中原，就是能守住现有的一隅，也不可能长久啊！

他只是一个小小的知州，只能以这样的方式来表达他的忧国之情，此外就是在其位、谋其政。春天播种时节，陆游亲自撰写了一篇《劝农书》，张贴到衙府门外，有识字者向来往的行人宣读：

盖闻农为四民之本，食居八政之先。丰歉无常，当有储蓄。吾民生逢圣世，百谷顺成；仰事俯育，各遂其性。太守幸得以礼逊，相与从事于此。故延见高年，问劝课、致诚意，以感众心。非特应法令为具文而已。今兹土膏方动，东作维时；汝其语子若孙，无事末作，无好终讼；深畎广耒，力耕疾耘，安丰年而忧歉岁。太守亦当宽期会，简追胥，戒兴作，节燕游，与吾民共享无事之乐，而为后日之备，岂不美哉！

在"务农为本"的思想指导下，陆游告诫严州的民众，一要不误农时，及时春耕夏耘，精耕细作；二是丰年不忘歉年，当有储备，以备饥荒；三是集中人力、财力、物力，做好农事。要"无事末作""无好终讼"，也向民众承诺："太守亦当宽期会，简追胥，戒兴作，节燕游，与民共享无事之乐"。

《劝农书》一时传扬全州，百姓们欢欣鼓舞，安居乐业。

严州府衙里事务繁杂，每日里定纷息讼、催科督赋，上峰来临，还得强颜折腰！陆游越来越烦腻了这样的忙碌。他在酒馆听到有人议论科税太重，一老者手指北边说："都是因为要向那边纳贡呀！"

周围的人便唏嘘叹息。陆游感觉脸上发烧："诗酒放怀穷亦乐，文移肆骂老难堪。"

又一天早班，看着役吏们一个个走出衙门去催督科赋，他想起了曾几老师讲过的押送岁币到金国的官吏们的不易，虽然情况已大不一样了，但他还是不由得有此联想。他叹息自己整日的忙碌，官府的黑暗、百姓的疾苦。此时，他辞官归田的念头越来越浓了。

回到官舍，陆游发现兰仙把家中收拾得焕然一新，并告诉他说："反正老爷忙得没多少时间看书了，不如将桌子退出来让遹儿写字呢。"

陆游这才意识到，自己已多日没读书了，心里叹息道："年来事业君知否，高束诗书学问囚。"

陆游联想到白天所见所闻，他想到那位老人说得不错，自己和衙府里的吏役们整天忙着征税督赋，一方面是为了向金人纳贡，屈辱地求得和平，一方面不也是为了满足自己的寄生欲望吗？而士大夫们在文学艺术方面，也是雕章琢句，无病呻吟，不能直面社会的现实问题。陆游在政治上主张对外抗金御侮，恢复中原；对内主张减轻赋税、休养民力；在文学艺术上主张注重现实，言之有物。以刚健有力之文章，作为激励国人发愤图强的武器，像司马迁、李白那样能造就文学艺术极致的人，都是在博学勤读的基础上，饱经人生磨炼，才有切实感受。外尝艰辛，中怀愤郁，山川广揽，风俗多通，日积月累，才会喷薄而出。

3

八月，陆游得到留正知同枢密院事的消息，他很兴奋，希望他能与周必大一道，为恢复中原作一番事业，于是，也在给留正的贺启中写道："……方且端委冠均衡之位，挽河洗夷虏之臣，复列圣在天之仇，摅遗民泣血之愤。某幸身未死，见国中兴。"

然而，他的心愿，如同以前所有的呼吁一样，注定没有结果！

在十月的冷风里，太上皇赵构驾崩于德寿宫。消息传来，陆游满腹的憋屈郁闷，都化作诗句倾泻在纸上！这位曾在金兵营中充当过人质，后侥幸躲过了金人的掳掠的太上皇，在江南建立起了南宋王朝，在位已有三十六年，太上皇又当了二十五年，终于在八十一岁高龄时崩于临安宫中。虽然他贵为天子，却一辈子没能从当人质的阴影中走出来！"恐金"的心病伴随他一辈子！父母为敌所俘，中原被敌所占，甚至他个人的生育能力也是在逃避金人的追杀时而丧失，以致独子死后，年纪轻轻的他却再无子嗣。他的发愤图强报仇雪耻之心，仅在一次失败的战役中就完全丧失了，不敢再冒被俘的危险了，甚至不愿让兄长赵桓从金兵的掌控下回到南方，和自己争小朝廷的皇位！他终于认贼作父，出卖了北方，承认女真对中原的统治，又出卖了南方，每年对女真输送沉重的岁币！他是中国历史上史无前例的认贼作父的皇帝！不仅他自己丧权辱国，而且退位后，还影响着继任者宋孝宗，孝宗皇帝的意志也被赵构所消磨！诗言志，陆游为此写了太多的诗，但这些诗却不能拿来示人，只能自己独自品评，而每一次的重读，都会带给他重复的痛苦和郁闷。所以，当他决定要把自己所有的诗歌结集时，只好小心翼翼地进行了删定，从前，他也删定过一次，他是这样记录删定之事的：

"此予丙戌以前诗二十之一。及在严州、再编，又去十之九，然此残稿，终亦惜之，乃以付子聿。绍熙改元立夏日书。"

丙戌是乾道二年（1166年），陆游时年四十二岁，《剑南诗稿》卷一尚存以前之诗九十四首，如不删除，陆游四十二岁之前当作诗一万八千八百余首！删定为九百四十首。他在严州任内，再由九百四十首删定为九十四首了。

大量的诗被删，原因有三，有的是他认为"但欲工藻绘"的华而不实之作，有的是"未免从人乞"的人云亦云，肯定还有一些就是因为"为尊者讳"或"为后人避祸"而删的。

陆游把自己创作的这些诗歌删定后交子虡和子龙、子聿，三个儿子帮他请人刻录成集，共二十卷，二千五百余首。括苍郑师尹为他作序言说："太守山阴陆先生剑南之作传天下，眉山苏君林收拾尤富，適官属邑，欲锓本，为此邦盛事，乃以纂次属师尹，亦既敛衽肃观，则浩渺闳肆，莫测津涯，掩卷太息者久之，独念吾惜日侪日从事先生之门，间有疑阙，自公余可以从容质正，幸来者见斯文大全，用是不敢辞。"

一时间大凡有名的诗人都为他题咏，杨万里寄来二首，《跋陆务观剑南诗稿二首》，其一是：

今代诗人后陆云，天将诗本借诗人。

重寻子美行程旧，尽拾灵均怨句新。

鬼啸猱啼巴峡雨，花红玉白剑南春。

锦囊翻罢清风起，吹仄西窗月半轮。

戴复古寄来题咏：

茶山衣钵放翁诗，南渡百年无此奇。

人妙文章本平淡，等闲言语变瑰琦。

三春花柳天裁剪，历代兴亡世转移。

李杜陈黄题不尽，先生摹写一无遗。

　　夸赞的话语、祝贺的书信、雪片样飞来，更有众多人士或登门祝贺，或前来求教的。这让郁郁不得志的陆游好生欢喜。外甥桑世昌从临安前来祝贺，还是给他带来了状元红。饭后二人边饮茶边聊诗，事后，陆游把写诗的精妙之法融进《夜坐示桑甥十韵》，其中有：

好诗如灵丹，不杂膻荤肠；

子诚欲得之，洁斋祓不祥。

食饮屑白玉，沐浴春兰芳。

蛟龙起久蛰，鸿鹄参高翔。

纵横开武库，浩荡发太仓。

大巧谢雕琢，至刚反摧藏。

一技均道妙，佻心讵能当。

结缨与易箦，至死犹自强。

《东山》《七月》篇，万古真文章。

天下有精识，吾言岂荒唐？

4

　　严州府西南二百余里有个县城遂安，遂安城内有几大宗族为土地归属纷争多年，直到王时叙任县令时才平息争讼。陆游作为知州，下访巡查时，审阅了遂县的案卷，感觉王县令断案有方，且文案精妙，于是召集县里所有僚属集中在大堂听训。陆游把遂县的案卷放在袖中对众僚属说："我看到一份好的文字，给诸公瞧瞧。"说着拿出那份卷宗宣读，他一边读一边解释，还一边赞叹，他对众人说，"如果各县邑都能像遂县这样既能公允断案，又能文牍精妙，我们大家都可以高枕无忧了。"

得到上司的褒扬，遂县县令更加奉公爱民，僚属们益加勤勉务实。后来，王时叙因病去世了，陆游很是惋惜。为表彰其德行并致哀悼写下诔文说："学道爱人，正心诚意，悃愊无华，儒雅饰吏。子之字著，古人何愧！"

陆游在州府也常见到一些奇人。这天，役吏对陆游禀报说，门外有一老者求见，说家中藏有章圣皇帝的赐诗。乞请知州大人前往观看。

陆游让役吏带他进来，见是一位清瘦儒雅的老者，他自称是严州城里的百姓冯顾，字子长，自号双桂老人，喜爱诗词。

陆游说："既如此不妨让我看看你的诗吧。"

这冯顾却说："今日来见知州大人，不为作诗，而是家中藏有章圣皇帝的诗，想请大人前往观看。"

章圣皇帝就是宋真宗赵恒。

陆游便随他去了他家，见其家孝严殿内有一幅旧时绘像，绘像中一人，戎装佩剑，气宇轩昂。冯顾说这是他的祖父冯侍中冯公讳拯。冯顾还取出了章圣皇帝赐的诗给陆游等人观看。

原来，真宗时，西北用兵，将领们都持观望状。冯拯极力谴责他们，后来，冯拯被贬，又极力帮助真宗修建绥州城，以固边防，还上疏皇帝论备边之策，以御契丹。在他当兵部侍郎时，契丹成为盟国，但他还是上疏皇帝说"边方骚动，武臣幸之以为利"。

这冯顾与杨万里、周必大也都是友人。他们之间也都有诗赋互赠。陆游看了这些旧物，很受感动。他想，如果当朝的臣僚们都如冯拯一样，国家中兴就指日可待了。于是为《真庙赐冯侍中诗》题跋：

> 侍中辅助两朝，更天下大变，而社稷奠安，夷狄慑服，锄耰万里，无犬吠之警，有以也夫！

5

淳熙十五年（1188 年）二月，金人闻听高宗驾崩，假惺惺地派出吊祭使前来祭吊，以示和睦友好。而实际上，金世宗在几年前就对宰臣们说：

"朕闻宋军自来教习不辍，今我军专务游惰。卿等无谓天下既安而无预防之心，一旦有警，兵不可用，顾不败事耶？其令以时训练。"金国一边穷兵黩武一边示好麻痹，是对宋的策略。

按照礼尚往来，宋也派出陈亮等出使金国答谢。陈亮看到金国内部的腐朽没落，回到南宋后，他上书孝宗，谈论恢复中原、报仇雪耻之事。但是孝宗这时已在考虑禅位了，无心听取陈亮的建议。

在严州两年多时间，陆游是勤政的，田亩增收，无人流亡。他谦虚说是赖蒙朝廷哀矜。任期不远了，年龄也不轻了，且身体多病，希望回家乡养病。理由不能说不充分。但其实，真正原因，还是感觉官场斗争险恶。

在等待皇帝的批复时，杨万里因与洪迈政见不和请求外任，以直秘阁出知筠州。杨万里乘船经桐庐严子陵钓台，陆游载酒在江亭上等着他，以尽地主之谊。

严子陵钓台是东汉古迹之一。史载，严光（前39—41年），字子陵。会稽余姚（今浙江省余姚市）人。东汉著名隐士。严光少有高名，与东汉光武帝刘秀同学，亦为好友。其后他积极帮助刘秀起兵。刘秀即帝位后，征召其为谏议大臣，他拒绝了，归隐富春江畔，耕钓以终。

相传刘秀称帝后，曾三次遣使才访得严子陵并请他入京，与之畅叙友情并同榻而卧。睡间，严子陵的一条腿压在刘秀腹上，刘亦不以为然。次日太史上奏："客星犯帝座，甚急。"刘秀笑道："朕与故人严子陵共卧耳。"

严子陵拒绝光武帝刘秀之召，拒封"谏议大夫"之官位后，来此地隐居垂钓，因而闻名古今。严甘愿贫苦，淡泊名利的品质一直为后世所景仰。

当年，金兵侵入山东后，女诗人李清照从晋州逃到了江南，将丈夫赵明诚的十五车金石送到了金陵。丈夫病故后，她为逃避战火前往金华，当她乘船路过富春江的严滩时，正是夜晚，见江上有大大小小的船只，她站在船头上咏吟了一首《严滩》：

巨舰只缘图利往，扁舟亦是为名来。

　　来往有愧先生德，特地通宵过钓台。

　　李清照十分敬仰视名利为浮云的这位汉代名士严光，她虽然未能上钓台去拜谒严子陵，但这首诗却随着富春江上的船只，传遍了天下。陆游在等候杨万里时也不由得吟哦起了这位女词人的《严滩》。心里充满了对这位"千古第一才女"的敬佩，特别是对她积极主张北伐、收复中原的爱国情怀，有着同频共振的感慨。

　　杨万里下得船来，二人拱手相见。故交异地相逢，好生激动。二人登临子陵山，上钓台，放眼望去，好一幅富春江山图！钓台分东西两处，他们沿小径上东台，见有巨石如笋，相传这是严子陵以此支撑垂竿钓鱼处；又有范仲淹所建祠堂，祠中绘有子陵像。二人瞻仰一番后，一致认为应当加强边备防务。又互相赠送了近来的诗稿，并在钓鱼台上大声朗读起来。

　　临别时，陆游命人在山上的风雨亭中摆下酒菜。众随从等也按序入席。酒后，陆游站在沙滩边，频频挥手，送杨万里继续赶路。

6

　　陆游终于到了任期届满，七月十日回到故乡山阴。他在山阴城内历游了开元寺、蓬莱馆、云门山等处，然后在家乡住下来，写下《长相思》五阕：

　　云千重，水千重，身在千重云水中。月明收钓筒。

　　头未童，耳未聋，得酒犹能双脸红。一尊谁与同。

　　桥如虹，水如空，一叶飘然烟雨中。天教称放翁。

　　侧船篷，使江风，蟹舍参差渔市东。到时闻暮锺。

　　面苍然，鬓皤然，满腹诗书不直钱。官闲常昼眠。

画凌烟，上甘泉，自古功名属少年。知心惟杜鹃。

悟浮生，厌浮名，回视千钟一发轻。从今心太平。
爱松声，爱泉声，写向孤桐谁解听。空江秋月明。

暮山青，暮霞明，梦笔桥头艇子横。苹风吹酒醒。
看潮生，看潮平，小住西陵莫较程。蕈丝初可烹。

秋意越来越浓，原本是想安心在家享受闲适的生活，可是半夜里忽听得雷鸣，细听却无，再听，发现声音是从剑匣中发出的。于是起床写下一首《感秋》：

> 会稽八月秋始凉，梧桐叶落覆井床，
> 月明缟树遶惊鹊，露下湿草啼寒螿。
> 丈夫行年过六十，日月虽短志意长。
> 匣中宝剑作雷吼，神物那得终撝藏。
> 君不见昔时东都宗大尹，义感百万虎与狼，
> 疾危尚念起击贼，大呼过河身已僵。

当年那个尹宗泽，临终时还大呼三声"过河"而亡，比较起宗泽来，陆游感觉自己只是年岁稍高，却身心仍壮，未必就没有再为国出力的时候，这样想来，他半夜又拿出了兵书研读，直到东方日出。家人都起来了，幼子子遹跑过来看到他刚放下手中的笔，便天真地问："父亲又是一夜未眠吗？"

陆游摸着他的头，给他读自己刚刚写的诗《夜读兵书》。

子遹已经十岁了，在严州时，曾请有先生在家中教学，现在回到山阴在村中读私塾。他似懂非懂，缠着陆游给他讲解。陆游在诗中自比霍去病和诸葛亮，但这时的子遹尚不能理解，于是这天晚上，一家人吃完饭后，他给子遹讲起了霍去病封狼居胥山的故事：

霍去病是河东郡平阳县（今山西临汾西南）人。是西汉武帝时期的杰出军事家，任大司马、骠骑将军。好骑射，善于长途奔袭。霍去病多次率军与匈奴交战，在他的带领下，匈奴被汉军杀得节节败退，霍去病也留下了"封狼居胥"的佳话。

元狩四年（前119年），为了彻底消灭匈奴主力，汉武帝发起了规模空前的"漠北大战"。此战中霍去病遭遇匈奴左贤王部，斩首虏七万多，俘虏匈奴王爷三人，以及将军、相国、当户、都尉八十三人。霍去病一路追杀，来到了漠北（今蒙古肯特山）一带。就在这里，霍去病暂作停顿，率大军进行了祭拜天地的典礼，祭天封礼在狼居胥山举行，祭地禅礼在姑衍山举行。这是一个仪式，也是一种决心。

封狼居胥之后，霍去病继续率军深入追击匈奴，一直打到翰海（今俄罗斯贝加尔湖），方才回兵。经此一役，"匈奴远遁，漠南无王庭"。霍去病和他的"封狼居胥"，从此成为中国历代兵家人生的最高追求，终生奋斗的梦想。而这一年的霍去病年仅二十一岁。此仗后，霍去病总封邑户数达到一万七千六百户。

子通不禁叫道："只比我大十岁吗？太厉害了，我也要像霍去病将军那样！"

陆游摸着他的头说："好样的！"

"说甚这么高兴，快快吃饭，准备上学堂啦。"杨兰仙过来招呼他们，儿子一出去，杨兰仙就对陆游埋怨说："老爷要爱惜身子，您又是一夜未睡。"

陆游看着兰仙青春的面庞，感觉自己也还年轻，悄声问她："你觉得我老了吗？"

兰仙想起昨晚的事，不禁红了脸，低头说："身子再好也须爱惜呀。"

没有什么能够摧毁陆游的意志。他看着自己遒劲的笔墨，满意地点着头，然后才步出书巢，去吃早饭。

孝宗皇帝偶尔还会想到那个能写诗的陆游。因为他的诗实在是写得太好了。淳熙十五年十月二十六日上朝，孝宗问右丞相周必大："陆游除郎，不致烦言否？恐或有议论，且除少监如何？"

孝宗的意思是，起用陆游会引来大臣们的非议，先暂且让他当个少监怎么样？

周必大与陆游私交不可谓不深，此时实掌大权，又正当朝廷用人之际，且孝宗已经亲自问到了陆游的事。他便顺水推舟地连连点头，其他朝臣亦无异议，于是，陆游就再次得到了进京任职的机会：军器少监。

这次，陆游分明感觉到了天子脚下的一些拘束。好在他宦海多年，朋友不少。和姜特立、谭季壬都有唱和。谭季壬与陆游是在蜀时相识，姜特立曾任福建兵马副都监，因诗意境超旷，不事雕琢，深得陆游的喜爱。黄州团练使郑挺也来拜访陆游，还呈上他的诗。陆游一向注重对青年诗人的提携。吴梦予寄来诗集请陆游作跋，陆游为他写了《跋吴梦予诗编》。

他与同僚们谈论最多的，还是国事，他主张修兵备武，以恢复中原。而涉及内政，则主张制大姓，均赋敛，恤小民，抑豪强。他毫不隐瞒自己的主张，始终与主和派唱的不是一个调子！

淳熙十六年（1189年）正月，金世宗完颜雍死了，其孙璟即位，称为金章宗。

周必大自右丞相济国公除特进左丞相，封许国公。

二月初二，孝宗赵昚禅位给赵惇，是为光宗。孝宗在宋朝还算是位比较有能力、有作为的皇帝，但是他当皇帝二十七年，前二十五年一直受太上皇高宗的影响，所以他最初的抗金思想总是没能实现。孝宗禅位时已有六十三岁，他对于社稷大事已感到厌倦，把国事传了给光宗，自己退居重华宫，过起了悠闲的日子。而光宗皇帝这时已经四十三岁了，其执政能力比他父亲孝宗差得很远。

孝宗禅位之前的一天，他出示手批给一班僚臣："陆游除礼部郎"。孝宗皇帝禅位之前提拔的最后一位官员，可能就是陆游。

其实，孝宗内心深处还是欣赏陆游坚定的抗金思想，只是他苦于没有能臣助他成功。主战的文官武将，大都在高宗朝被减灭殆尽了，而陆游在他的眼中只是一介文人，他只能以这样的方式来"安慰"陆游，孝宗的苦衷是无法言说的。

光宗即位后，派出使者出使金国三次，一次报告即位，二次吊祭金世宗，三次贺金章宗即位。陆游约见其中的使臣潘桴，叮嘱他注意收集金国的军政形势，以图恢复中原，并且赋诗送他。

光宗新即位，陆游期望他能有新的作为。他思考着从几个方面呈上奏折：一是请戒嗜好以杜谗巧之机芽，二是要轻赋敛以舒斯民之困弊，三是请于揆事图策之际，从容持重，慎始善终。三个方面思考好后，陆游先后呈上了四道上殿札子，第一道是在光宗即位后上陈，指出上有太上皇，必须格外慎重："……譬如臣民之家，上有尊亲，则所以交四邻，训子弟，备饥馑，御盗贼，比之他人，自当谨戒百倍。何则？彼亦惧忧之及其亲也……"

而在第二道里，他更极力警告光宗，不要有所偏好，他说："大抵危乱之根本，谗巧之机芽，奸邪之罅隙，皆缘所好而生。臣下虽有所偏好，而或未至大害者，无奉之者也。人君则不然，丝毫之念，形于中心，虽未尝以告人，而九州四海，已悉向之矣。况发于命令，见于事为乎？且嗜好之为害，不独声色狗马宫室宝玉之类也……"

他在第三道奏折说："臣闻王者以一人之身临御四海，人情错出，事变遝至，惟静以俟之，则心虚而明；惟重以持之，则体大而正。无偏听之过，无轻举之失。……"

三道奏折呈上后，见光宗并未重视，遂又呈上一奏："臣闻天下有定理决不可易者：饥必食，渴必饮，疾必药，暑必箑，岂容以他物易之也哉？

252

臣伏观今日之患，莫大于民贫；救民之贫，莫先于轻赋。若赋不加轻，别求他术，则用力虽多，终必无益……"

8

陆游的折奏可谓叮咛备至，可是此时的根本问题，除了陆游奏折中提到的外，还是人民的沉重负担与女真繁重的岁币；底层百姓水深火热的生活与朝廷上层奢靡浮华的反差。北方已经沦陷，南方民众得养活日益庞大的各级官员和军事人员。而且，根据朝廷的规定，高级官吏和大地主基本上获得免税的权利，而所有的负担都落到小有产者和贫雇农民身上了。

陆游这几道奏折痛陈弊端，并指明了出路。然而他希望光宗能有所作为的美好心愿，注定成为泡影。

光宗是孝宗的第三子，孝宗共有四子，长子幼子先后病丧，本应立次子庆王为太子，但孝宗认为庆王秉性过于宽厚仁慈，不如恭王"英武类已"，决定舍长立幼，于是恭王赵惇被立为太子，这就是后来的光宗。

赵惇做太子时，装得很孝顺。孝宗情绪好，他也"喜动于色"，否则"愀然忧见于色"。孝宗常以诗作赐予太子，不断提醒他继承自己恢复故国之宏图。太子在和诗中也竭尽所能表现自己的中兴之志。于是，孝宗益发地欣慰。

赵惇年过不惑时，仍不见孝宗有传位于他的意向，便有点耐不住了。他曾故意试探孝宗说："儿臣鬓须已白，有人送来何首乌，可令鬓须乌黑，儿臣未敢用。"孝宗却回答道："正好显示汝老成。"

从此，他再不敢向孝宗提起此事，当有人问他时，他答说："鬓须已白，天下人尽知我老成矣！"他对自己的李皇后言听计从，人们便背地里笑他"果然老成矣！"

后来，赵惇通过皇太后向孝宗暗示，应该早点传位了，但得到的回答，却是还需要他历练！孝宗威严强干，又迟迟不肯放权，给赵惇心里留下了阴影。现在自己上位了，觉得头上的石头终于掀掉了，再也没必要装出孝

上马击狂胡，下马草军书——陆游诗传

子的模样来讨孝宗欢心了，即位之初，他还偶尔陪孝宗游玩、宴饮，不久，就将这些孝道全部抛到脑后了。

光宗取代二哥赵恺做了皇帝，但孝宗却非常宠爱赵恺之子，主张应立其为太子。光宗时时感到恐惧和不安，认为这不但对太子地位是个威胁，对自己的皇位也是个潜在的威胁，而光宗的李皇后是个骄横跋扈之人，光宗又很惧内，李皇后勾结宦官们不断地离间挑拨他们父子关系。自此之后，光宗在这种阴影和高压下，精神崩溃，经常无端地猜疑身边的人，言行时有反常。不过在他继位之初，心智还是正常的。

所以，陆游寄希望于新帝即位带来中兴，注定是没有结果的。

四月二十六日，光宗赴景灵宫，陆游作为仪曹郎兼领膳部，也就是负责皇帝御膳房里所有酒菜果品佐料百物等的进项，与光禄司官一同视察全部制作过程，以及酒及菜熟后的品尝，以防进膳时中毒，待确定安全并味美后，才敢进献。

到了五月，周必大被罢相，陆游失去了一位政治上可以倚仗的朋友；七月，光宗诏群臣集华文阁，编修《高宗实录》，陆游被首选：除朝议大夫礼部郎中兼实录院检讨官。

作为检讨官，编修《高宗实录》，责任十分重大。陆游在十一月二十四日记述的《明州育王山买田记》，是记录高宗的遗事，他十分审慎。但谁知在四天之后，谏议大夫何澹弹劾他"前后屡遭白简，所至有污秽之迹"！还是说陆游在张功甫的酒宴中赋诗"梅花自避新桃李，不为高楼一笛风"，是将张的小姜"新桃"之名隐含其中，有轻佻之意；再则，陆游纳青楼女子杨氏为姜，也有失体统。

陆游又被罢官了！然而，他对自己年轻时恃才傲物的表现，以及对钟情女子的痴情，并不后悔。

9

这次罢官来得太快了，陆游的心情更郁闷沉重了。他当即收拾起行礼书籍，出了东门，头也不回地向山阴老家而去。

正是大雪纷飞的时候，坐在马车上，陆游望着渐行渐远的送行好友和东门城楼，挥了挥手，大声说道："我这一身装束，再不染京城的尘土了！"

出了城门，道路愈走愈荒凉了，黄昏时分才来到驿站，却见一树红梅开在断桥边上，那灼灼的花儿在大雪中怒放，让陆游感受到生命的顽强竟能如此震撼人心！自己也像这凌寒独开、红如火的红梅呀！宦海沉浮，几经贬谪，自己不都经历了吗？他有了一种解脱的快感。于是，不由得对着一树红梅，大声念道：

> 驿外断桥边，寂寞开无主。已是黄昏独自愁，更著风和雨。
> 无意苦争春，一任群芳妒。零落成泥碾作尘，只有香如故。

——《咏梅》

回到家里，一家人又团聚了！王氏和杨兰仙一个忙着为他烧菜温酒，一个忙着为他铺床叠被。他喝了三大碗"状元红"，借着酒力，又草书《醉中作行草数纸》诗。

家乡的生活更闲适了，稍稍歇息一段后，他发现参禅悟道时，内心的痛苦能稍稍减轻。他便在家中摆上了香案，沐浴焚香后在蒲团上打坐诵经。一炷香的功夫下来，便觉身心轻松畅快多了。次日，他让杨兰仙到集上去买来布料，为他缝制了道袍道帽，他穿上道袍戴上道帽后，笑着对家人说："尔等看我像道士了吗？"

王氏疑惑地问道："老爷这是想出家吗？"

陆游笑道："你只说像不像道观里的道士呀？"

杨兰仙点头说："不是像，老爷就是一位仙风道骨的道长呀！"

陆游得意地微笑着，钻进了他的书巢，他开始研习炼丹术，向往丹成后，能长生不死。这让他想起早年登青城山玉华楼时，写下的一阕《木兰花慢》。也只有这一事可做了啊！

宋朝开国皇帝太祖赵匡胤和他的弟弟宋太宗赵光义，都提倡并信奉佛教、修废寺、造佛像、印佛经、度僧尼。太宗赵光义还下诏说："朕方隆教法，用福邦家。"

到了宋真宗赵恒时，更发展为释、老并重，尊封老子为太上老君混元上德皇帝，还建了玉清宫，极其壮丽；又封龙虎山道士张静随为真静先生。由于帝王的大力倡导，全国僧、尼、道、女冠的人数不断增加，北宋初年，两京及诸州僧尼有六万七千多人，每年又度数千人。到宋仁宗景佑元年（1034年），僧、尼、道士、女冠，合计四十五万四千三百多人！凡皇家有庆典、婚丧、封赠等，又大开薙度之门，皇帝还亲自参加礼拜仪式。

到了宋徽宗时，为了提倡道教，不但设道官、编道史，建道观，还自称教主道君皇帝。而所有这些僧、尼、道士、女冠，都是特权阶级，释老方外之徒，上则出入禁苑，结交王侯，下则周旋于士大夫之间，谈经说道，成为座上客。

陆游生逢这样的大环境，又受家学影响，从小就研读过很多道教典籍，宦海生涯又遍游名山道观，结识了众多的方外人士，所以他对道教的信奉是有其渊源的，但是要说他如何的执着和虔诚，也未必。

杨兰仙正在院内陪子遹读书，远远地走来了一位和尚，和尚双手合十问兰仙："请问施主，这里可是陆府陆游先生家吗？"

子遹好奇地问："师傅找我父亲有何事吗？"

和尚笑了，说："那这里就是陆府了。小施主聪明机灵，将来前程无量。"

子遹连忙跑回屋将陆游从书巢拉出来，陆游见了来人，连忙合掌道："原来是慧明师傅，有失远迎，失敬失敬！"说着挽了慧明走进家中。杨兰仙为他们泡上龙井茶，二人隔几对坐。陆游说："师傅远道而来，所为何事？"

慧明笑着说："陆施主现在是名震遐迩的大诗人，不知是否还记得当年的承诺呀？"

陆游说："当年居西湖边一客楼馆舍，多与方外人士来往、游历，对师傅也是久闻大名。记得您说过要重修天封寺的，对吗？"

慧明笑道："贫道正为此事而来，如今寺已竣工，贫僧专程前来，求先生为天封寺的重修赐文呀！"

陆游说："先生真是一言九鼎呀，这么快就重修了天封寺，功德无量啊！"

慧明笑道："惭愧惭愧，不知先生您……"陆游笑道："师傅放心，作《重修天封寺记》，我决不食言！"

当天，二人论道谈诗、说文，直至深夜。陆游深感慧明文辞卓然，绝非凡人。次日，陆游又领慧明到山阴及会稽城周边各寺庙云游了一番，访游多日后，慧明才去了天台山，做他的天封寺住持去了。

陆游在研习道经的同时，也把自己的诗稿进行了删定。

第十八章

食盒里一双宫女的手，吓坏了光宗皇帝。泼妇式的皇后，精神病式的君王，是天下的大不幸。再次去了沈家园子，桥依旧，柳犹在，那个倩影呢？恍惚若在梦中。

1

冬天来临，有行商还有推着小车走街串户卖货。这天来的一个行商卖的居然是皮革和马蹄撒子，风干兔肉、五香大头菜、驴肉、大枣。陆游问："估客从何而来？"

行商答说："从蔡州来。"

陆游很是惊异，因为蔡州那边被金兵占领已几十年了，便问起那边的情况，行商叹气说："唉，苦啊！风俗不同，饮食语言都不同，汉人都成贱民了，都盼着王军北上啊！"陆游听了，只能摇头叹气。当天晚上，他就写了两首诗：

其一

洮河马死剑锋摧，绿发成丝每自哀。

几岁中原消息断，喜闻人自蔡州来。

其二

百战元和取蔡州，如今胡马饮淮流。

和亲自古非长策，谁与朝家共此忧？

——《估客有自蔡州来者感怅弥日》

本来陆游的心，在参禅悟道中已平静如水，现在又听到了北方消息，他的内心再次掀起了波澜。当晚，他又喝多了酒，写了一首《醉歌》：

读书三万卷，仕宦皆束阁。学剑四十年，虏血未染锷。

不得为长虹，万丈扫寥廓。又不为疾风，六月送飞雹。

战马死槽枥，公卿守和约。穷边指淮淝，异域视京雒。

于乎此何心，有酒吾忍酌？平生为衣食，敛版靴两脚。

心虽了是非，口不给唯诺。如今老且病，鬓秃牙齿落。

仰天少吐气，饿死实差乐。壮心埋不朽，千载犹可作！

这一段的家乡生活是平静的，但陆游的思想却是矛盾的。随着罢官，俸禄自然也减少了，但也不至于捉襟见肘，王氏已问过他两次在哪里领俸禄了，那是很正常地问了一下，但陆游心里想的却是生活再不能像从前一样宽余了，他摇头叹息，作了一首《寓叹》：

裘薄便冬暖，箪空畏午饥。

临成乞米贴，看人借车诗。

学古心犹壮，忧时语自悲。

公卿缺自重，社稷欲谁期？

所幸朝廷的诏命很快就送来了：陆游以中奉大夫提举建宁府武夷山冲佑观，这样便可以领到一半的俸禄了，虽然只是半俸，较之于贫民，却也相当优厚了，所以他在诗中说：

黄纸如鸦字，今朝下九天。

身居镜湖曲，衔带武夷仙。

日绝丝毫事，年请百万钱。

恭惟优老政，千古照青编。

——《拜敕口号》

上马击狂胡，下马草军书——陆游诗传

那时的一万五千钱，就可开个小柴米店了！什么事也不做还可领取百万钱，可想而知，这在当时已是相当宽裕的收入了。所以陆游前一首诗中描绘贫困的说法，其实只是书生的一种积习罢了，不可尽信。

生活可以无忧了。陆游把这当作一个喜事告诉了王氏让她安下心来。其实按宋朝的制度，这是迟早的事，但陆游还是高兴地说这是喜事，他乐滋滋的样子，让家里多日的沉闷也消散了。他对王氏说："从此以后，我又可以戴着斗笠四处垂钓了，真是神仙一样啊！好，我就叫笠泽老渔吧！"

王氏虽然不太明白陆游最后说的什么，但总归是高兴事吧！其实，她哪里明白，陆游这种乐天的精神，只是一种自我安慰吧。

2

清明节前，陆游带着子坦、子通泛舟镜湖之上，游览了湖边上的梅山坞、东关、少微山、织女潭、东泾、鹅鼻山。湖水清澄，山色明丽。看着哥俩争相划桨，陆游感觉做官实在没意思，便随口吟道："……人生百病已有时，独有书癖不可医，愿儿力耕足衣食，读书万卷真何益！"

子坦明白父亲的苦衷，便沉默不语，子通却问道："父亲何意？是说读书没用吗？"

陆游摇头说："万般皆下品，唯有读书高。吾儿尚幼，岂有不读书之理！"但转身他又忧郁地自言自语道："老死已无日，功名犹自期。清箪太行路，何日出王师！"

子坦说："父亲不可太忧虑，王师北上终有日，只假以时日，等待新君有所作为吧！只要父亲身子骨硬朗，就能看到那一天。"

陆游点头，心情也随之而好。

陆游满眼都是乡居生活的美图乐景，他与乡邻们也处得和谐融洽。东边老王家稻子收割完了，他提着酒去祝贺；西边老李家女儿定亲了，他让兰仙送去一匹布料。他还为自己书斋命名"老学庵"，取"老而学如秉烛夜行"之意，当然，他还没忘将小轩亭命名为"风月"，因为弹劾他的人指责他写诗"嘲咏风月"。

陆游幼年时曾经避难的东阳山中，有一个郭钦止、字德谊的人，他慷慨好施，出资开辟了石洞书院。县学创办书阁时，他又买了一担书籍捐给了书阁。他请来名师教育子弟，也交接贤士大夫、乡里俊秀。族中的子弟都在他的石洞书院读书，而且管饭。当时往来其间的有金华吕祖谦和唐仲友、永嘉陈傅良、永康陈亮、蒲江魏了翁、义乌徐侨等几十人。当年朱熹因伪学被禁时，在此与钦止相处很久，朱熹的两个儿子也在这里读书。陆游也常在此讲学，与几位名师或乡贤相处甚密。

陆游为石洞书院题跋时，自称笠泽老渔，对郭钦止的善举大加赞赏。大家有时相遇在一起，便也谈论些时局国策以及奇闻逸事。义乌的徐侨问陆游，可曾见过会稽的卖花翁？他是一个极有趣的人，可去见识一番。

从东阳回家时，路过会稽城南，陆游向路边几个采桑叶的妇人打听卖花翁的住处，她们竟都争着给他指路，说就在不远处的上原，姓陈，以卖花为业，把卖花的钱全都用来买酒喝！又不爱独自喝酒，见了谁就拉谁一起喝，真是个怪人！

陆游就沿她们的所指往前走，果然见高坡上姹紫嫣红，开满了各色鲜花，却只有一间破屋，门上挂着块草席。

陆游在外面问了几声，无人搭理，便掀帘进去。却见一女子抱着个面黄肌瘦的孩子，在屋角掩面叹息，而陈翁却躺在床上呼呼大睡，酒气满屋！

陆游只好退了出来。心想，这陈翁也许是有什么心事的隐者吧？其实，这样的自得其乐未必不是一种豪放。回到家后，便写下了《卖花翁》：

君不见会稽城南卖花翁，以花为粮如蜜蜂。朝卖一株紫，暮卖一枝红。屋破见青天，盎中米常空。卖花得钱送酒家，取酒尽时还卖花。

春春花开岂有极，日日我醉终无涯。亦不知天子殿前宣白麻，亦不知相公门前筑堤沙。客来与语不能答，但见醉发覆面垂鬖鬖。

陆游又回想起石洞书院的所闻，其实，岂止是公卿缺自重，光宗又是一个什么样的人呢？关于朝廷中的一些奇奇怪怪的现象，早已通过千丝万缕的途径传到了山阴，传到了陆游的耳朵里了。

3

光宗赵惇已多日不去重华宫向太上皇请安了。有一天，孝宗在皇宫楼台里看风景，听到外面巷子里有小孩玩游戏，唱着"赵皇帝赵皇帝"。

孝宗心里想："是找皇帝吧，这个皇帝，我喊他不来，你们喊有个屁用！"

陆游听说了这事，心想：这是民间的一种调侃吧。

绍熙二年二月，史部侍郎陈骙上疏："宫闱之分不严则权柄移，内谒之渐不杜则明断息，谋台谏于当路则私党植，咨将帅于近习则贿赂行，不求说论则过失彰，不谨旧章则取失错，宴饮不时则精神昏，赐予无节则财用竭。"

而布衣余古也上书说："间者侧闻宴游无度，声乐无绝，书日不足，继之以夜，宫女进献不时，伶人出入无节，宦官侵夺权政，随加宠赐，或至超迁，……臣观宦官之盛，莫如方今。上而三省，下而百司，皆在此曹号令之下，盖自副将以至殿步帅，各为高价，不问劳绩，过犯、骁勇、怯弱，但如价纳贿，则特旨专除，故将帅率皆贪刻，军士不无饥寒，兵器朽钝，士马羸瘠，未尝过而问焉，设有缓急，计将安出？……"

光宗看了大怒，想对他编管严惩！另有大臣为他开脱，才将他发送到筠州学府作听读。这是光宗对待上疏或上书指出其弊政的常用方式。

到了绍熙三年（1192 年），内侍陈源与其党羽杨舜卿、林億年等为讨好李皇后，一起离间孝宗与光宗的父子之情。

光宗的李皇后出身于武将之家，做恭王妃时还装得安分守己，做太子妃时就开始暴露出了她骄横蛮悍、惹是生非的本性。

她不断在高宗、孝宗、太子三宫之间搬弄是非，在高宗那里埋怨孝宗为太子选的左右侍臣不好，在孝宗面前又诉说太子的长短。高宗在与吴皇后的谈话中表示，当初就不该促成这门亲事！

当年，光宗做太子时，高宗曾赐给他一名侍姬黄氏。光宗即位后，黄氏被册封为贵妃。光宗很宠她，李皇后便乘光宗出宫祭祀之机，把黄贵妃虐杀了！然后派人告诉光宗说，黄贵妃"暴亡"！

光宗明知是李皇后下的毒手，却连质问她的勇气都没有！此事直接导致光宗的精神崩溃。

有一日，光宗如厕，见端着盂盆的宫女双手细白，不禁两眼放光，夸赞了几句。不料被李皇后知道了，几天后，李皇后派人送来一具食盒，光宗以为是什么珍肴美食，打开一看，吓得面无人色，大声叫道："快拿走！快拿走！"

原来，里面装的，就是那位端盆宫女的双手！

光宗也想过除掉一批帮着李皇后做坏事的太监，但是消息泄露了，太监们都跑到李皇后那里求情，这事也就不了了之，光宗气得病情也更严重了。

李皇后对孝宗夫妇也是傲慢无礼，一次孝宗皇后谢氏好言规劝李氏注意宫中礼仪，她竟反唇相讥道："我可是官家的结发妻子！"讥讽谢氏只是由嫔妃册封为中宫的。

在场的孝宗十分生气，警告她再这样无礼就废了她！孝宗废后的警告不仅没能制止李氏的跋扈，反而使她变本加厉地把光宗牢牢地控制在手中，使其只相信和依赖她自己，越来越疏远了孝宗。

孝宗看到光宗病得不轻，就搜集了民间秘方，熬好药汤后差人给光宗送去，但又担心被李后阻止，就准备等光宗来重华宫问安时让他服用。但却引起了李后更大的猜疑，她编造一番鬼话，说孝宗要加害于光宗，吓得光宗再也不敢去重华宫请安了！

一次宴会时，李后欲立嘉王赵扩为储，孝宗没说话，李氏竟然责问公公："我是你们赵家正式聘来的，嘉王是我亲生的，为什么不能立为太子？"

孝宗大怒，拂袖而去！

回宫后，李后向光宗哭诉，说孝宗对光宗有废除之意。光宗听了李后添盐加醋的挑唆，此后一年多都未再前往重华宫朝见孝宗。

光宗的病情时好时坏，无法正常处理朝政，正好让李氏有了机会为娘家人大捞好处。她封娘家三代为王，让侄子孝友、孝纯官拜节度使。一次归谒家庙，她就推恩娘家亲属二十六人，另有一百七十二人授为使臣！就连李家的门客，也都奏补得官！

李氏外戚恩荫之滥，是南宋建立以来绝无仅有的，李氏家庙也明目张胆僭越规制，守护的卫兵居然比太庙还多！

孝宗、光宗的父子不和，导致臣僚等封章送上，悽悽惶惶，不可终日。先后有多位朝臣上疏辞职归田回家，光宗下诏，统统不准！

陆游虽在家乡，将他忧国忧民情感全都化成了笔下的诗行，对这些沸沸扬扬的宫中传言特别是趋炎附势无所事事之徒，他心中充满鄙夷，在给慧明写《重修天封寺记》中都有所流露。

4

六十八岁那年，陆游被封山阴县开国男（从五品），食邑三百户。

宋初的封爵增加到十二级：为王、嗣王、郡王、国公、郡公、开国公、开国郡公、开国县公、开国侯、开国伯、开国子、开国男。公、侯、伯、子、男都带本郡县开国。此时的陆游，已是南宋贵族中品位不低的官员了。

年近古稀，身体总不似从前那般强壮了，常有点小小的病痛。他听信了道士的说法，要改换家门的朝向，便真的把朝西开的门改向了朝南开。南面山岗叠嶂，陆游眼前出现一片新气象，心情一好，精神也旺盛了。

有一天，他骑着马来到了蓬莱馆，蓬莱馆在卧龙山左，这里水光潋滟，风景绝好，陆游在此小憩时，听得馆中另有几桌喝茶的客人聊天，居然有人聊到了他。

一个年轻人说："我要能有陆老爷一半的才气就好了！"

一老者说："当年陆老爷家可是朝中藏书最多的，所以他从小饱读诗书，前日朝廷还派人来，封了他建宁府武夷山冲祐观的头衔呢！"

一帮人跟着附和说："是啊，他是我们山阴方圆几十里的荣耀啊！"

又一老者说："他的诗文可真了得，连天封寺都请他作文呢！"

前面那老者说："你没见人家虽然罢官回了家，门前的鞍马还总是不断！"

年轻人又说："听说陆老爷在蜀中时，还戍过边打过仗呢！"

前面那老者说："打没打过仗我不知道，但人家肯定是带过兵的，听说他还杀死过一只老虎呢！"

茶室里响起了一片赞扬之声。

那年轻人又说："我还听说前段，泸州军中发生了军变暴动！"

"啊？怎么回事？"陆游立即警觉起来。

那边年轻人接着说道："听说是因为泸州帅张什么……张孝芳苦役军士，还克扣军饷，激起了军士们的愤怒，一个骑射手带领几个人，夜晚进入张帅家中，杀了他及全家人！还杀了几个副官。后来，杀人的军士又被一个副官的儿子给杀了！再后来，这几个造反的军士都被杀了头啊！真惨啊。"

一时间，大家唏嘘不已，陆游心中非常惊异。回到家中，他久久不能入睡，想象着泸州的乱象，认为朝廷在边帅的选人用人上，不仅要注重能力，还应注重品行，甚至有点担心蜀中的吴氏势力了。

5

秋天来临，繁盛的景象渐趋萧瑟，容易使人感物伤怀。

这天，陆游看着门前的小道上来来往往的人比从前多了，肩挑背扛的，一会儿又听得爆竹"噼里啪啦"。陆游正奇怪，非年非节，谁家放爆竹呢？他让子遹出去看看。子遹高兴地跑了出去，一会儿又气喘吁吁地跑回来，对他说："旺仔哥家做新屋呢！"

"哦，莫非是上梁啦？"

子遹点头说："是呀。"

"好"，陆游让子遹、子布各提了一坛子酒，一起到旺仔家去贺喜。旺仔的父母正忙着将亲戚六眷送来的大红福字或喜联往墙柱上贴挂，见了陆游父子三人，真是喜出望外。陆游朗声道喜，大家高声叫嚷着要陆老爷留下墨宝。陆游便笑着拿起桌上的笔，饱蘸浓墨，在大红纸上潇洒地写下"华厦落成"四个大字，众人齐齐鼓掌欢呼，说进士老爷大诗人写的字，就是不一样！将来旺仔也会中进士当大官啊！

其父笑得合不拢嘴，说道："这字我要收藏起来，舍不得挂的，舍不得挂的！"

一个壮年将酒浇到梁上，口中唱道："酒浇梁头，家里代代出诸侯；酒浇梁腰，家里银子动担挑；酒浇梁尾，家里福如长江水；梁头梁尾都浇到，家里子孙坐大轿！"他每唱一声，众人跟着吆喝一声，把主梁抬上了房顶。陆游也被这情绪感染，又给他家写了两副对联。众人都羡慕说这可是千金难买的字啊！上梁的酒宴更是热闹非凡了。

陆游心想，众人都想当官，却不知当官也有不自在啊！他默默地念叨："宦游三十载，举步亦看人。爱酒官长骂，近花丞相嗔。"

6

次日一早，门外来了一个年近古稀的老人，说要见陆老爷务观兄弟。这称呼好生奇怪，王氏端详半天，似曾见过又想不起是谁了。便问："敢问先生您是？"

还是来人认出了她，说："您就是陆夫人弟妹吧，我是陆淮平呀！"

"哎呀，淮平兄，你到哪去了？这么多年了，快快进来！"没等王氏说什么，陆游便从书巢迎了出来，二人彼此端详半天。自那次在镇江长夜论剑一别后，已是二十九个年头了，恍如隔世一般！

"你就是淮平？"

"是的少爷，我就是淮平。"

陆淮平见了陆游，立即就改口成原来的称呼了，二人好一阵欣喜，都站在那里互相上下打量着。还是王氏上来招呼，二人才进了屋。坐下后，淮平说："刚一见少爷你，我还以为见到老爷了呢！"

陆游知道他说的是父亲陆宰。"唉，家父仙逝已四十五年了，家母后来也走了。如今，我们都老了，萱草可好？"

淮平说："好着呢！还是她听旺仔的姑母说，有个做大官的陆老爷，去她哥嫂家祝贺新屋落成，可给她哥嫂长脸啦！萱草就琢磨应该是老爷您回来了，就催着我快来看看呢！"

陆淮平还告诉陆游，自从那年在镇江见面分别后，他满以为跟着张浚将军能够征战疆场了。

"你知道当年我就是受少爷你的影响，一心想着抗击金兵，为国效忠的啊，还有陈立勇大哥……"

陆游示意他稍等，陆淮平不明白陆游啥意思，却见陆游走进了内屋，从里面托出了一个旧匣子，陆游问他："还记得这个吗？"

原来这是当年淮平送给他的玉匣龙泉宝剑！如今，玉匣早已失去了当年的五彩光芒，他又抽出了曾经寒光凛凛的龙泉，却是黯然失色，锈迹点点了。

陆游说："可惜了这把宝剑了，跟随我几十年，斩过狐、剥过兔，也杀过虎，却未曾沾过仇敌的血啊！真是枉费了立勇兄赠我宝剑的初衷了。"

陆淮平说："这不能怪少爷你，你练就一身文武功夫，却英雄无用武之地呀，怪只怪，唉……"他只用手指了指天。

陆游拍了拍陆淮平的肩，又找出他以前写的诗文来，指给淮平说："你看这里。"陆淮平跟随陆游多年，自然是识得些文字的，他看过去，见写的是一首《陇头水》：

> 生逢和亲最可伤，岁辇金絮输胡羌。
> 夜视太白收光芒，报国欲死无战场。

接着，他又翻出了几首诗递给陆淮平：

> 壮士方发弃驱命，书生讵忍开和好。
> 孤臣白首困西南，有志不伸空自悼。
>
> ——《夜读东京记》

……

陆淮平默默地读着这些诗，他读得既激越昂扬，又悲愤忧伤，双眼尽是泪花。他说："少爷，这多年，真难为你了。我淮平没本事，未能实现当年在你面前立下的誓言：为恢复中原建功立业。"

陆游说："可不能这么说，你毕竟还经历了血雨腥风的战场，亲自斩杀过进犯的金兵呀！"

陆淮平说："是的，我以为能像岳将军说的那样'直捣黄龙府，壮士渴饮胡虏血'的，可是不久，张将军却被免了职，朝廷都是主和派当权，陈立勇大哥又战死在沙场，他倒是实现了最初的心愿了，我却不知怎么样才能报效国家，就有点心灰意冷，再说年纪也大了，又惦记着家中的萱草，于是就脱下了戎装，回到萱草的老家，过起了男耕女织的生活。唉！"

陆淮平还告诉陆游："现在我和萱草有四儿二女，也都长大成人了，我们俩老守着五亩田地三间房屋，日子过得也很舒坦，只是……"陆淮平有点犹豫。

"只是什么？"陆游问。

陆游担心他说出不吉的事来，这时王氏打发一小童仆来给他们续水，王氏殷切地说："淮平叔叔好不容易见面了，不妨就多住几天，我已收拾好了客房。"

陆淮平连忙起身施礼说："多谢弟妹体恤。"

王氏说："本就是一家人，不谢。"

陆淮平等到她们出了客堂，才悄声说道："弟妹挺贤惠的，还有那位小弟妹也是温厚之人，贤侄子们也都好吧？"

陆游点头说："他们都好！你刚才说'只是'是什么？"

"只是萱草时常想起蕙仙小姐来，说要是小姐在世，她们姐妹可有得话说了，她也有个地儿可常走动走动了。"

陆游低头，只是叹息。这时，陆淮平看到桌上还有一纸，于是拿过来看，是《偶复来菊缝枕囊，凄然有感》：

采得黄花作枕囊，曲屏深幌闷幽香。

唤回四十三年梦，灯暗无人说断肠！

少日曾题菊枕诗，囊编残稿锁蛛丝。

人间万事消磨尽，只有清香似旧时！

陆淮平想起了他与唐婉新婚时，唐婉送给少爷的菊花枕，听说当夜少爷还为此题过诗的，现在看这诗，陆淮平知道萱草所说没错，推算一下时间，少爷在六十三岁时还在怀念唐婉啊。他想劝慰一下少爷，开口说的却是："只可惜蕙仙小姐她连个供奉香火的人也没有，所以，凡遇祭祀日，萱草都要特地为她敬香祭拜，唉！"

陆游沉默良久才叹息道："萱草是个好姑娘！"

陆淮平见陆游半天不语，知道是勾起了他的伤心事，索性又问道："少爷你知道赵公子的情况吗？"

陆游一下子从悲伤中惊醒，说："我不知道，你可知？"

陆淮平说："我也只是听人说的，赵公子可是个用情极深的人啊！他后来一直没有续弦，蕙仙小姐走后，他也离开了山阴，不知去哪里了。"

二人一时唏嘘不已。

夜已很深了，陆淮平说："少爷，你早点歇息吧。"

陆游说："你也早点儿睡，明儿再聊。"

陆淮平在陆游家住了三天，临到陆淮平要回家时，陆游又说要领他四处转转。

7

这天早饭过后，陆游让家仆牵来两匹马，他与陆淮平一前一后出了门前大院，一路向南。陆淮平问："少爷，我们这是要去哪呀。"

陆游说："到了那里，你自然就知道了。"

行至禹迹寺门前，陆游下了马，将缰绳握在手中，从这里可以清晰地望见离寺院不远处的那棵老槐树。当年，赵士程就是站在那里等他上香的母亲，而新婚中的陆游和唐婉挽着手从寺里出来，被赵士程叫住，他们三人站在那里说了些什么，已不记得了，但唐婉脸上的笑容，却越来越清晰了！这笑容随着他走过了千山万水，也走进了他的梦境。她的笑容永远是那样的天真、烂漫，终生难忘。

陆游牵着马又向南边走去，前面就是沈家园子了，一打听才知道，这园子的主人已换过三任了，现在的主人姓许。看园老人听说二人是专程来看这花园的，爽快地答应了。

二人将马系在门口的一棵柳树上，就进入园内。陆淮平以为陆游是带他进城逛逛，就像少年时常来这一带游玩一样，但从进入会稽城陆游就不再说话，到了禹迹寺，再到沈家园子，陆淮平就明白了。他心里说，少爷，已经六十九岁的少爷，他还没将惠仙小姐放下啊！

园内依然柔风扶柳，花团锦簇，那青波桥下碧波荡漾，可是，曾经照见丽人来的清波，照见的却是一片蓝天白云。陆游走上桥头的长廊，石桌石凳依然故我，却不见了那精致的果蔬和黄藤酒，更看不见那双红酥手了……陆游再转向那面他们曾经题写过词的墙壁，却已是残壁断垣，但字迹犹存，依稀可辨。陆游走过去，看着唐婉娟秀的笔迹，脑海里出现唐婉在这里题诗时伤心欲绝的样子。他低声吟哦起来：

角声寒，夜阑珊，怕人寻问，咽泪装欢。瞒，瞒，瞒！

陆游禁不住老泪纵横。一切仿佛都复活了：唐婉弹琴的倩影，唐婉吟诗的声音，唐婉天真的笑脸，唐婉调皮的娇嗔，唐婉惊惧的眼睛，唐婉屈辱的泪水，唐婉痛苦的哽咽……还有唐婉在人前咽泪装欢，咽泪已不易，还得装欢……不能想了，不能想了！他匆匆走出沈园，驱马一路狂奔来到了郊外，在一处山脚下才停住。

陆淮平也赶了上来，见陆游双眼望着远处，一言不发，他上前轻声说道："少爷，回家吧！"

却听得陆游喃喃念道：

枫叶初丹槲叶黄，河阳愁鬓怯新霜。

林亭感旧空回首，泉路凭谁说断肠。

坏壁醉题尘漠漠，断云幽梦事茫茫。

年来妄念消除尽，回向禅龛一炷香。

——《禹迹寺南有沈氏小园》

陆淮平送陆游回到家后，自己将返回家中。临走时，他对陆游说："少爷，你可要多保重身子啊！过一段我再领萱草一起来看你。"说完，催马上路了。

这天夜里，陆游辗转难眠。他起身提笔写道：

禹迹寺南有沈家小园，四十年前尝题小阕壁间，偶复一至，而园已易主，刻小阕于石，读之怅然。

路近城南已怕行，沈家园里更伤情。

香穿客袖梅花在，绿醮寺桥春水生。

又

城南小陌又逢春，只见梅花不见人。

玉骨久成泉下土，墨痕犹锁壁间尘。

陆淮平的这次来访，让陆游深埋在心底的情感突然爆发出来，如熔岩喷薄，不可遏制。原先，这里是一块不可触碰的禁地，现在，这块伤疤却要时常眷顾。凡到会稽，必流连在沈园，或登上禹迹寺最高处向沈园张望，仿佛可以看到当年的唐婉仍旧徜徉在这一片故园之中。

一天夜里，他似乎又听到湖面传来的"姑恶"声，一声声催人断肠。他哀叹道：

湖桥东西斜月明，高城漏鼓传三更。

钓船夜过掠沙际，蒲苇萧萧姑恶声。

湖桥南北烟雨昏，两岸人家早闭门。

不知姑恶何所恨，时时一声能断魂。

天地大矣汝自微，沧波本自无危机。

秋菰有米亦可饱，哀哀如此将安归？

——《夜闻姑恶》

8

九月的一天，仿佛是心有灵犀，陆游读起了范成大的《揽辔录》。其中描述中原父老见到南宋来的使者都流着眼泪，期盼王师北上，陆游想到在南郑时率兵巡防，遇北方老人端水他喝的情形，有感于这件往事，写了一首绝句：

公卿有党排宗泽，帷幄无人用岳飞。

遗老不应知此恨，亦逢汉节解沾衣。

——《夜读范至能揽辔录言中原父老见使者多挥涕感其事作绝句》

他想着要把这诗寄给老友共赏，还未及差人出门，一骑快马来到陆游府门前，驿吏匆匆地交给童仆一个信札便急驰而去。

童仆进到书巢，将信札交给陆游。陆游打开看时，一下子惊呆了，原来这是一封讣告：范参政范成大殁于九月五日寅时！

范成大时年六十八岁。小陆游一岁，二人在成都时是何等的宾主畅酬和谐！陆游伤心得大声哭道："唉唉，成大老弟，你怎么可以走在我前面了哇？"

王氏和杨兰仙听到喊声，都慌忙跑过来。他们看到陆游趴在书案上痛苦地抽搐着，便问童仆刚刚谁来了？童仆吓得语无伦次，说就是收到了一个驿吏送来的信，不知上面写的啥。儿子们都不在家，王氏又不识字，说让兰仙快看看信上写的什么？兰仙看了，总算弄清了原委。

在成都时，王氏也见过范老爷，杨兰仙见得更多一些，她们心里也十分难受，理解丈夫的悲痛，便把陆游扶到床上，端茶倒水捶背揉胸地好生服侍着。一阵忙碌过后，陆游总算缓过气来，他一边流着泪，一边强撑到书案前，写下一首《范参政挽词》：

屡出专戎阃，遄归上政途。
勋劳光竹帛，风采震羌胡。
签帙新藏富，园林盛事殊。
知公仙去日，遗恨一毫无。

写完后，仍觉意犹未尽，继续写道：

孤拙知心少，平生仅数公。
凋零遂无几，迟暮与谁同。
琼树世尘外，神山云海中。
梦魂宁复接，恸哭向西风。

搁下笔他又悲恸不已。杨兰仙将他扶到床上，恍惚中陆游又仿佛回到了蜀中的岁月，又强撑着起了身，走到书案前写下《梦范参政》：

梦中不知何岁月，长亭惨淡天飞雪。
酒肉如山鼓吹喧，车马结束有行色。
我起持公不得语，但道不料今遽别。
平生故人端有几？长号顿足泪迸血。
生存相别尚如此，何况一旦泉壤隔。
欲怀鸡黍病为重，千里关河阻临穴。
速死从公尚何憾，眼中宁复见此杰？
青灯耿耿山雨寒，援笔诗成心欲裂。

回忆蜀中各郡的生活，特别是南郑的时光，回忆一个个逝去的友人，让陆游情绪低沉，食欲不振。几天下来人就消瘦了一圈，接着就病倒了。半夜无眠时还想起身写诗，兰仙按住了他说："老爷的病还没好，何苦这样用功？"

陆游问："你猜我刚才梦见了什么？"

"梦见什么了？"

陆游说："我梦见了在洛阳看牡丹花呢！那妖魂艳骨千年不朽，真是满目的姹紫嫣红啊！"

兰仙怪嗔道："老爷真是心未老啊，半夜还来说牡丹。"

"哎，是洛阳的，洛阳的啊！可惜，洛阳的牡丹，都被金兵的马蹄践踏了！"

9

陆游的病稍好些后，便走出家门，左邻右舍都热情招呼问候，有采桑的女子，隔着篱笆向他张望，牧童则骑在牛背上叫着"陆老爷爷好"。陆游闻着乡邻家飘来的酒香和饼香，心里说，我这病了几日，京城里不知道又罢免了多少公卿官宦哩！还是家乡好，乡邻亲啊！

绍熙五年（1194 年），新年将至，家家户户都忙着迎新辞旧。陆游家也一样，王氏命人洒扫庭院，杨兰仙忙着腌制腊味，置办年货。除夕守岁时，大家围坐火炉旁饮酒、猜谜、赋诗，陆游也被这种天伦之乐陶醉了。杨兰仙说，老爷再多给大家讲讲古吧。

陆游说："过了年，我就七十啦，给你们作首短歌吧。"他就着刚刚写春联的八仙大桌，铺开纸，略一沉吟，写下一首《甲寅元日予七十矣酒间作短歌示子》，诗中，他教导子孙侄辈，人生苦短，珍惜当下，而友邻亲善，难能可贵。

正月十二日，陆游收到了长子子虡的来信，说他二月可离开寿州返回家乡。

四年前，子虡到淮壖任职时，陆游将他送到梅市桥，去年底还去信问他何时可归？现在终于有了明确的归期了。王氏高兴得整天在门口瞭望。陆游也高兴，心情好了，身体也有了力气了，就率子侄们在窗前造了座假山，在上面种上了兰桂和白玉兰，又有友人送来香百合，也一并种下。在桃花盛开时，陆游便领着兰仙泛舟游花泾、去云门山各寺庙进香；还率子坦、子遹游了明觉院。因各寺庙的住持都与陆游相熟，去时都出山门迎接，并且彼此之间多有诗词唱和。

四月的一天，忽然传来史浩的死讯！

史浩是朝廷中主和派的代表人物，与汤思退一样是秦桧路线的继承人，对金国一向是持不抵抗的政策。

陆游的堂兄陆沇自父辈起就一直居住四明（宁波），与当地大士族楼、史二家互为姻亲。陆沇长陆游十五岁，与汤思退曾是同学。史浩与汤思退同朝为相时却并不互相依附。虽然陆游与他的政见不一致，却并未影响私交之谊，而且史浩对陆游是有举荐知遇之恩的，陆游始终感激在心。当史浩病逝的消息传来，陆游心中十分悲伤，一口气赋挽歌五首。

到了六月，六十八岁的孝宗皇帝赵昚驾崩。在陆游看来，孝宗是一位励精图治皇帝，而且对自己恩宠有加。陆游也为他写了三首挽词。

孝宗的去世，让朝廷好一阵动荡不安。

孝宗赵昚是高宗皇帝的养子，但他对于高宗的那一番谨慎小心，怡颜悦色，在人们心中留下了典范。孝宗把皇位传给自己的儿子光宗赵惇，可是光宗是一位懦弱无能的君主，皇后李氏是太尉李道的女儿，她把赳赳武夫的做派带到了深宫，光宗完全受制于她，最终成了精神病患者。

绍熙五年正月，孝宗病重，丞相留正、知枢密院事兼参知政事赵汝愚等请求光宗探问孝宗病情，光宗不听，六月九日，孝宗死了，光宗仍不过问，待到十三日大殓，光宗还不露面。临安城里谣言四起，人心惶惶，高级官吏搬家的搬家、还乡的还乡。富豪之家也把金银细软运送到了乡下，准备逃难。情况越来越紧张。左丞相留正上疏请立太子，安定人心，光宗批"甚好"两字。次日留正把立太子的上谕草稿呈上，光宗批了八个字："历事岁久，念欲退闲。"

留正把这八个字揣摩良久，感觉光宗内心其实没有立太子的本意，而且很可能会引起皇帝和自己的对立。第二天，在上朝的时候，举步之间，滑了一脚，留正想这可是一个凶兆，随即请求罢免。他把行装收拾了一下，当晚就离开了临安城。

丞相去了，人心更动荡了。工部尚书赵彦逾对知枢密院事赵汝愚说："国家大事危急到这样的地步，知院乃同姓忠卿，岂容坐视，应当想一救时的策略。"

除了留正，当时负担国家重任的是赵汝愚，可是赵汝愚一时也想不出办法，他说自己"除了在危急的时候，到宫门外面，大叫数声，持刀自杀，还有什么办法？"

"与其这样一死，"彦逾说，"不如另想活法。听说皇帝有八字手谕？"

"有的，"赵汝愚说，"留丞相叮咛莫说，现在事情紧急，与尚书说亦不妨。"

"既然有此御笔，何不便立嘉王？"

"上次请立太子，皇上还发了脾气，此事谁敢担当？一切全要看太皇太后和皇太后的主张。"

"留丞相已离开临安城了，这一件大事正是留给知院担当，岂可迟疑？"

事情就这样定了，嘉王是光宗的长子，倘使光宗有意传位，当然是合法的人选，但是光宗只是闹别扭，和已死的孝宗和大臣们乃至临安城的军民等闹别扭，并没有传位嘉王的意思。宫里宫外，人心惶惶，随时都有发生动乱的可能。

这时高宗的吴后还在，是太皇太后，一切都得争取吴皇后的同意。赵汝愚的计划决定以后，托太皇太后的侄儿吴琚、吴璘入宫，征求太皇太后的同意，吴琚等都不敢出面！于是，赵汝愚想起了知阁门事韩侂胄。韩侂胄是太皇太后的姨侄，又是她的侄女婿，亲上加亲，他是宫门的官司吏，是可能进言的。赵汝愚征求韩侂胄的意见，韩慨然说："侂胄世受国恩，愿得效力。"于是，由他出面，到慈恩宫请求，终于获得太皇太后的赞同。

七月四日，太皇太后垂帘，令赵汝愚等奏事。赵汝愚奏称皇帝有病，未能主持丧礼，臣等请立皇太子，皇上批出"甚好"二字，其后又批"历事岁久，念欲退闲，请求太皇太后定夺"。

"皇帝既有御笔，相公自当奉行。"太皇太后说。

"此事甚大，须降一手谕方可。"赵汝愚说。

"准奏。"

这时赵汝愚便把预先拟好的手谕呈上，获得同意后，便用太皇太后的名义宣告天下：立嘉王赵扩为皇帝！

赵扩即位，史称宋宁宗，尊光宗为太上皇帝，李后为太上皇后。

光宗被迫做了"太上皇"，他长期拒绝接受宁宗的朝见，依然住在皇宫中，不肯搬到专为太上皇预备的寝宫里去。同时，他的病情也越来越严重了，而李氏则一反常态，对光宗不再像以前河东狮吼了，因为失势而对光宗同病相怜，她唯恐触动光宗脆弱的神经，反复叮嘱内侍、宫女，不得在光宗面前提起"太上皇"和"内禅"等敏感字眼。

李氏相当迷信，总招些术士方家"指点迷津"，这时，她又听信了一个算命的先生说的她将有厄运！就在大内僻静之处辟了一间净室，独自居住，潜心事佛。以求神灵保佑。由于她平时作恶多端，她生病时连个看护人都没有！不久便孤寂地死去了。

宫人们用席子包裹其尸体，准备抬回中宫治丧时，半路上忽然有人大喊："疯皇来啦！"

宫人们向来害怕遇到疯疯癫癫的光宗，一听到喊声，便丢下尸体跑光了！过了很久，再回去寻找李氏尸体时，尸体已在七月的骄阳下晒得散发出了恶臭。治丧时，宫人们只得杂置鲍鱼，燃起数十饼连香，掩盖臭味。

光宗赵惇当上太上皇后，每次回忆在位时的事情，总要自言自语地咒骂，有时还会痛哭。

有一天，听到有鼓乐之声传入深宫，赵惇问左右发生了什么事？左右回答说是街上百姓在奏乐游戏。

赵惇大怒道："你们这些奴才也如此欺骗我！"他挥动手臂准备教训左右，但却没有站稳，一下子跌倒在地，从此卧床不起，不久也去世了。这是后话。

第十九章

"庆元党禁"的功与罪，《南园记》的是与非，都不抵人间的天伦之乐。王氏的离世让他预感来日不多，壮心不已，笔耕不辍，却让他无意中活成了人人羡慕的矍铄寿星。

1

绍熙五年，陆游一直在山阴。因为他和朱熹的关系比较密切，加之新皇帝即位，他对恢复中原再次燃起了新的希望。在这一年的夏季里，他写了很多主张抗金复国诗篇，《山头鹿》就是其中的一首：

> 呦呦山头鹿，毛角自媚好，
> 渴饮涧底泉，饥啮林间草。
> 汉家方和亲，将军灞陵老。
> 天寒弓力劲，木落霜气早。
> 短衣日驰射，逐鹿应弦倒。
> 金盘犀箸命有系，翠壁苍崖迹如扫。
> 何时诏下北击胡，却起将军远征讨？
> 泉甘草茂上林中，使我母子常相保。

秋天来临，祠禄期已满，陆游写好了乞奉祠书，但未上报，心中犹疑着，报吧，感觉老而无用了，若不报，家用颇感拮据，最后，还是上报了。不久，就被命再领冲祐祠禄。王氏和兰仙都很高兴。

宁宗赵扩继位后改年号庆元。这一年，正逢连年荒芜歉收，米贵如金。

入春后，又连连阴雨不绝，陆游也不堪阴冷潮湿，病了多日。这天他坐在堂屋里，看着门外角落处尚未消融的积雪，兰仙给他披上了薄棉衣，却见旺仔父子牵着驴一步一滑地走在泥泞的路上，正与远处的人打招呼："不下湖打鱼了吗？"

他说："米缸空了，想着打点鱼吧，也打不成了，船破啦！这鬼天气，湖水都涨这么高了，如何下网？"

"是啊，麦子都没法下种了。"

陆游再往远看，几个人正合力将一条小船拖向湖岸，兰仙说："昨夜里我听到北头屋里的张婆婆，哭得好惨呢！"

王氏说："她儿子死了，连件像样的衣服都没得穿的呢，唉！"

陆游心里堵得厉害，知州派人来探视陆游的病，还给他送来了两坛春酒。兰仙问要不要开酒佐餐。陆游忙摆手说："不用不用。没有心情饮酒了！"他起身到了院中，看着山坡上树木泛出的新绿，心里祈祷着快快天晴，希望能有一个好年景。

雨虽未停，但农家却不敢歇。陆游看着房前屋后忙着耕种的农人们，心里由衷地同情，他写下《农家叹》：

> 有山皆种麦，有水皆种秔。牛领疮见骨，叱叱犹夜耕。
> 竭力事本业，所愿乐太平，门前谁剥啄，县吏征租声。
> 一身入县庭，日夜穷笞搒。人孰不惮死，自计无由生。
> 还家欲具说，恐伤父母情。老人尚得食，妻子鸿毛轻。

七月，陆游的风眩病更重了，不断地有人来探望，有一天东阳的青年才俊吕友德敲门，童仆说要进去禀报一声，陆游听说是吕友德，忙说："快快开门请来！"

自从陆游在东阳的书院讲学后，吕友德就常从东阳赶来陆游家中拜访，跟随陆游学诗论道，每次，陆游都能从其言语或诗文中看到他的点滴进步，其衣着行为举止也甚为讲究。陆游曾在东阳打听过他的家世，得知是东阳士族。陆游也对他甚为青睐，果然，后来吕友德中了进士，又官授吉州司法参军，但这都是陆游去世后十几年的事了。这次，友德又给陆游提来了

上马击狂胡，下马草军书——陆游诗传

东阳酒，兰仙劝道："老爷病中，酒就免了，以茶代酒可好？"

陆游说："不可不可，友德与别人不一样，我们是忘年交，一定要有酒助兴的！"

这次二人又谈到了杜甫。陆游说，前日读杜诗偶得两句，拿来与友德看，友德看到：

> 看渠胸次隘宇宙，惜哉千万不一施！
> 空回英概入笔墨，《生民》《清庙》非唐诗。
> 向令天开太宗业，马周遇合非公谁？
> 后世但作诗人看，使我抚几空嗟咨！
>
> ——《读杜诗》

吕友德看了，不禁感慨："先生对杜甫的推崇真是无以复加啊！都到了与《诗经》并列的地位，甚至是开国元勋与治国平天下了！"

陆游说："千载《诗》亡不复删，少陵谈笑即追还。"

友德说："为何先生要对后人把杜少陵仅仅看作诗人而嗟叹呢？"

陆游说："文章垂世自一事，是诗法技巧，更有忠义凛凛撼天动地之气概，这才是少陵诗值得推崇之处啊！"

杜甫经历了"安史之乱"的动荡流离，正是他爱国惜民思想的来源，这与金人南侵导致国破山河在的南宋何曾相似！吕友德深深理解了他。

陆游的诗名远播，蜀中僧人宗杰不远千里来讨诗，等了三天都不走，直到得到了陆游的两首诗，才乘兴而归了；严州南册光孝寺的僧人仲圮，前来找陆游求一铭文，他也答应了……他的创作劲头十足，也越来越接近百姓生活了。

2

陆游在山阴幽居着，体察百姓生活，并创作出大量忧国忧民的诗歌。而此时的南宋朝廷内部，已开始了史称"庆元党禁"的派系斗争。

绍熙五年的"内禅"或可称为政变，实质是把毫无作为的光宗赵惇废去，立他的长子赵扩为帝，就是宁宗。主持这件事的是知枢密院事赵汝愚，计划出自工部尚书赵彦逾。而完成这个计划的关键人物，却是知门阁事韩侂胄。

七月，赵汝愚为枢密使，八月左丞相留正罢相，以赵汝愚为右丞相。赵汝愚大权在握。他推荐朱熹为焕章阁待制、兼侍讲。

朱熹是当时的第一名流，赵汝愚的推荐，其意在集中人才。另外，韩侂胄本是皇亲国戚，宁宗即位的第二天，就立韩侂胄的侄女为皇后，韩侂胄也获得了新的政治权力。但他和赵彦逾一样，没能得到他预期的地位，不久以后，便形成了赵汝愚、朱熹和韩侂胄、赵彦逾的对立。

因朱熹是赵汝愚引荐入朝的，因此，韩侂胄打击赵汝愚也连同朱熹一并打击。他制造流言，诬告陷害，把赵汝愚重用天下英才，说成是结党营私，非把赵汝愚清除不可！于是在宁宗庆元年间，赵汝愚含冤受贬，被撤掉了右丞相的职务，并谪往宁远军。在被谪途中，经过衡州（湖南衡阳），又被衡州的知州钱鍪百般羞辱，赵汝愚羞愤自杀了！

在罢黜朱熹和赵汝愚时，有一批官员出来为他们辩护，都被罢官远斥！后来，这些人被以"道学"的罪名成了"逆党"。

赵汝愚被贬谪的消息传出以后，立即激怒了京都一些正直的读书人。其中以太学生杨宏中为首，联合了徐范、张道、林仲麟、蒋傅、周端朝，共六个京都名士，上书朝廷，强烈要求保救赵汝愚！但这一保，不但没救成赵汝愚，反而更加激怒了韩侂胄。于是，六位正直的书生，全部被韩侂胄判刑，分别被遣送到安徽太平州（今当涂土县）、浙江临海县一带"编管"（即交给地方官员管制），当时人们就把这六个人称为"六君子"。由于这一历史事件发生在宋朝庆元年间，所以史家又称为"庆元六君子"。因他们都是福建人，故又称之为"闽中六君子"。后来，清朝末年的"戊戌六君子"的称号，也是使用了这一历史名词。

"福建六君子"是以杨宏中为首。杨宏中，字充甫，侯官县人。他是一位很有才华的政论家。他在那一篇针对韩侂胄陷害忠良的《上书》中，痛斥了韩侂胄等人。

上马击狂胡，下马草军书——陆游诗传

文章中提到，自孝宗以来数十年间，国家之所以较为安定繁荣，全赖赵汝愚辅佐之功。当时赵汝愚兵权在握，何事不可为？何事不能为？为什么国家动乱时，赵汝愚手中又有兵权，不说他有野心？而现在国家安定了，却反而说他有野心？杨宏中的这篇《上书》，在京师太学生中争相传阅。后来宁宗幸学，特旨杨宏中为进士，教授南剑州。

实际上，六君子上书行为，使政治空气更加紧张。八月间，胡纮再上书："比年以来，伪学猖獗，图谋不轨。"所谓伪学，实际上是非道学派强加给道学派的一个"罪名"。创立于北宋中期的程系道学，到南宋孝宗乾道、淳熙年间，其影响遍及江浙、闽、川等整个南宋全境，逐渐超越其他学派而取得主流学派的地位，并出现了朱熹、张栻、吕祖谦、陆九渊等一批道学宗师，构筑起道学内部理学和心学两大思想体系。一面是道学在民间的繁荣发展，一面是宋孝宗君臣屡屡压制和打击道学，但是随着道学社会影响的日益扩大，其向朝廷的渗透毕竟是不可避免的。到了孝宗淳熙末年，以周必大与王淮并相为标志，道学派终于在朝廷上形成一股独立的政治势力，一扫此前被动挨打的局面，开始进入与反道学派分庭抗礼、朋党交攻的新时期。此后，双方的斗争几经起伏，愈演愈烈。光宗绍熙末年，随着赵汝愚的执政，反道学派暂处于下风。随即而来的绍熙内禅，又引发出赵汝愚与韩侂胄的矛盾，促使反道学派与韩侂胄的合流，终于导致以赵汝愚为首的道学之党的全面崩溃，酿成了南宋历史上又一次大规模禁锢道学的运动：庆元党禁。

庆元二年（1196 年）二月，刘德秀要求将道学正式定为"伪学"。

这年科举开考，试卷只要稍涉义理，就遭黜落，连《论语》《孟子》都成了不能引用的禁书。太皇太后吴氏耳闻外朝的折腾，大不以为然。宁宗便下了一道"纠偏建正"的诏书："今后台谏论奏，不必更及旧事。"不料韩党强烈反弹，殊死抗辩，宁宗不得不追改为"不必专及旧事"。

赵汝愚已死，朱熹成为韩党进一步搏击邀功的对象。监察御史沈继祖列举了朱熹不忠、不孝、不仁、不义、不恭、不谦六大罪状，还捏造了朱熹"诱引尼姑，以为宠妾"的桃色谣言，要求宁宗学孔子诛少正卯。于是，朱熹落职罢祠。

庆元三年（1197 年），伪学之禁不断升级，韩党规定自今伪学之徒不得担任在京差遣，并清查各科进士和太学优等生是否"伪学之党"。后来连官僚荐举、进士结保也都必须在有关文牍前填上"如是伪学，甘受朝典"的套话。

庆元三年闰六月，置《伪学逆党籍》，入籍者有五十九人。这五十九人罢官的罢官，远斥的远斥，有的已逮捕，有的已充军，甚至有的已被迫害致死！

"庆元党禁"，是南宋政治和学术史上的一个重要事件。这次事件的主要打击目标是以朱熹为代表的道学，但事实上并不如此简单。在"庆元党禁"的实际过程中，不但朱熹一派的道学家受到政治上的打击，那些并非朱熹一派的学者也受到了打击，如陆氏心学的主要传人也被列入党籍而遭禁，甚至连反对朱熹一派的学者，如永嘉学派的主要代表也被列入党籍而遭禁。"庆元党禁"实际上是南宋当权集团对学术界的一次大规模的、全面的打击。这样做的结果，使得乾道、淳熙年间的那种学术繁荣、学派林立、百家争鸣的局面一去而不复返。"庆元党禁"是中国历史上知识分子遭受的一场大浩劫。

3

在这纷纷扰扰期间，陆游还在家中写着他的诗。

饥荒终于结束了，南村北庄家家户户传来地碓舂米的声音，陆游感叹着：

> 前年谷与金同价，家家涕泣伐桑柘，
> 岂知还复有今年，酒肉如山赛春社，
> 吏不到门人昼眠，老稚安乐如登仙，
> 县前归来传好语，黄纸续放身丁钱。
>
> ——《丰年行》

丰年喜事就多，会稽县城重建了社坛。陆游为之作记："为政之道无他，知先后缓急之序而已，王君设施，知所先急如此，虽欲不治，得乎？虽然，是皆朝廷以班郡县者，王君特能举之尔。后来者顾独不能耶？故予详记始末，所以告无穷也。"

七十二岁生日这天，一家人忙着给陆游庆生，饭菜上席半天了，却不见陆游的人影！兰仙把他从书巢扶了出来，他却从袖中抽出张纸来说："来，遹儿，你来念！"

子遹已是快十八岁的小伙子了，他见纸上写的是《七十二岁吟》便大声念道：

> 七十人言自古稀，我今过二未全衰。
>
> 读书似走名场日，许国如骑战马时。
>
> 秋晚雁来空自感，夜阑酒尽不胜悲。
>
> 渭滨星霣逾千载，一表何人继《出师》！

念完后子遹说："父亲，你都古稀之年了，怎么还念叨着许国啊，战马啊，出师啊？"

陆游不无消沉地说："一事无成老已成，不堪岁月又峥嵘啊！"

兰仙见陆游本来很高兴的，听了儿子的一句问话突然又有点消沉了，就瞪了子遹一眼说："你父亲前日还对村中老人们说：'吾侪虽益老，忠义传子孙，征辽诏傥下，从我属囊鞬。'呢，他是要老当益壮，又后继有人呀！"

子遹笑说："母亲也会吟诗了吗？"

兰仙说："我听多了，学学嘴不成吗？"

一家人都笑了。

子遹调皮地学嘴说："父亲是'壮心未与年俱老，死去犹能作鬼雄'是吧？"

兰仙啐了他一口，说："该打，你父亲的寿辰吉日，怎可说这话？"

子遹委屈地说："我是在背父亲的诗呢！"

陆游笑了，对兰仙说："无妨，无妨。"他转身问子遹，"你可明白为父的心意吗？"

子遹说："儿明白，儿谨遵父亲教诲。"

入冬后，王氏的身体每况愈下，拖到次年，庆元三年（1197年）五月，她在睡梦中去世了，终年七十一岁。虽然是父母包办的婚姻，但陆游与她在一起共同生活了五十年，养育了众多儿孙。庆元元年以来，陆游自己的身体状况也不是很好，王氏的离世，让他感到自己的日子也屈指可数了。在哭悼王氏的同时，也为自己悲伤，他在《自伤》中写道：

朝雨暮雨梅子黄，东家西家鬻兰香。

白头老鳏哭空堂，不独悼死亦自伤。

齿如败屐鬓如霜，计此光景宁久长？

扶杖欲起辄仆床，去死近如不隔墙。

世间万事俱茫茫，惟有进德当自强。

往从二士饿首阳，千载骨朽犹芬芳。

"庆元党禁"名单发布后，陆游虽不在党籍之中，但他的亲密朋友有不少人都在党禁名单之中！到庆元三年十二月，正式宣布了伪学之籍的十九人之中，周必大、朱熹、叶适都与陆游关系较深，即是说，陆游的地位，处在党禁的边缘，只要党禁再扩大一点，他就有可能名列其中了！

但是陆游仍然与周必大等人保持联系。周必大几年前在贡院的旧基上建了新屋，命名为"充赋"，又在屋东边开辟了数亩田，地势平坦，就命名为"平"，自号"平园老人"。陆游便特意寄去了《寄题周丞相平园》一诗；与朱熹的往来也很密切，朱熹送陆游纸被，陆游也答谢以诗。

这一年十月，陆游祠禄已满，已经七十四岁的他再没有继续乞请，他说："东归忽十载，四忝侍祠官，虽云幸得饱，早夜不敢安。"

立春这天，会稽城里举行"班春劝农"活动。州府太守命人送来请柬，请陆游一同参与劝农活动。陆游领着子遹也随乡人一道来到城里。

府衙门前早早围满了人，墙上贴出了大大的布告，是太守发动农民开始农业生产的告示。随着锣鼓咚咚爆竹齐鸣，一队象征着丰收的"勾芒神"，从州府里跑了出来，他们个个手执牛鞭，口中念念有词，向着被役吏牵着的耕牛抽打过去，耕牛便在场中或行走，或奔跑起来！人群便欢笑着呼喊着，看哪头牛力大劲足，好不热闹！随后，太守带领一班人到禹迹寺净手焚香，祈祷一年风调雨顺、五谷丰登。陆游也被簇拥着到禹迹寺一同焚香祭拜。

班春劝农活动结束后，陆游回家时，路过沈园。虽然岁月悠悠，故人已远，但那个身影仍清晰可辨地显现在脑海中，永不磨灭。陆游情不自禁在园中走了一遍，还在心里为两首诗打了腹稿。

其一

梦断香消四十年，沈园柳老不飞绵，

此身行作稽山土，犹吊遗踪一怅然。

其二

城上斜阳画角哀，沈园无复旧池台。

伤心桥下春波绿，曾是惊鸿照影来。

果然，这年风调雨顺，到六月已经初见丰收景象。陆游心中高兴，便写了一首《喜雨》：

去年禹庙归梅梁，今年黑虹见东方。

巫言当丰十二岁，父老相告喜欲狂。

插秧正得十日雨，高下到处水满塘。

六月欲尽日杲杲，造物已命摧骄阳。

夕云如豚渡河汉，占书共谓雨至祥。

南山雷车载膏泽，枕上忽送声淋浪。

猛思浊酒大作社，更想红稻初迎霜。

六十日白最先熟，食新且领晨炊香。

4

在赵汝愚和韩侂胄的斗争中，陆游虽然没有参与其间，对于韩侂胄也谈不上个人感情，但是，韩侂胄是皇亲国戚，当时的士大夫都以为是近幸，得避讳之。到了庆元五年（1199年）韩侂胄被加封少师，封平原郡王，权倾一时。他虽然对党禁之事渐感厌倦，党禁伪学也渐渐废弛，但两派之间的矛盾并没解决。韩侂胄以外戚而专国柄，广树党羽；而道学派则奢谈性命，争比名节，对内他们各执成见，水火不容，对外则苟且偷安，坐误失机。陆游对这两种态度都相当不满，写下《冬日读白集爱其贫坚志士节病长高人情之句作古风》：

> 汉祸始外戚，唐乱基宦寺。
> 小人计已私，颇复指他事。
> 公卿恬骇机，关河入危涕。
> 草茅岂无人，死抱经世志？

但是，这些政见上的分歧并不影响陆游与他们之间私人的友谊，特别是与朱熹之间的友谊。当朱熹的死讯传来后，陆游伏案痛哭，一连数日茶饭不思，写下《祭朱元晦侍讲文》：

> 某有捐百身起九原之心，有倾长河注东海之泪。
> 路修齿耄，神往形留。公殁不亡。尚其来飨。

陆游虽人在乡野，却不断地有来求诗求文者。这天门外来了个僧人，自称从泰州慕名而来，一路打探，千辛万苦，终于找到！陆游连忙将他请进家中。

僧人坐定后，家仆端上茶水，陆游问："高僧所为何来？"

僧人说："贫僧名行远，受师傅泰州报恩光孝禅寺住持德范的指派，特来乞请陆翁赐文，为最吉祥殿作记，以刻石留存万世。"

陆游说："既是德范长老所命，且报恩光孝禅寺又承先皇和当今圣上御赐寺名、墨宝，在下敢不为之？且当引以为荣才是！"

行远听了，忙起身再施礼说："如此，行远感谢陆翁。"于是，行远将该寺历史来由及修建时的艰难告诉了陆游。

陆游便撰写了《泰州报恩光孝禅寺最吉祥殿碑记》，详细记叙了光孝寺的历史沿革以及重建过程。其中写道："天下无不可之事，亦无不可成之功。始以果，终以不倦，此事之所以举，而功之所以成也……"他是借以劝勉当权者，凡事有志者事竟成。

该寺开光之时，名声大振。

说是闲居家乡，其实一点也不闲。求诗索文的自不必说，常来常往的还有邻里间父老乡亲们，新收的果蔬送点来尝鲜，刚打的湖鱼拿几尾来熬汤，还有更多的来问长寿秘诀的。陆游便写了篇《居室记》，详细描述了自己的日常生活，也是养生之道：

陆子治室于所居堂之北，其南北二十有八尺，东西十有七尺。东、西、北皆为窗，窗皆设帘障，视晦暝寒燠为舒卷启闭之节。南为大门，西南为小门，冬则析堂与室为二，而通其小门以为奥室，夏则合为一，而辟大门以受凉风。岁暮必易腐瓦、补罅隙，以避霜露之气。朝晡食饮，丰约惟其力，少饱则止，不必尽器。休息取调节气血，不必成寐。读书取畅适性灵，不必终卷。衣加损，视气候，或一日屡变。行不过数十步，意倦则止，虽有所期处，亦不复问。客至，或见或不能见。间与人论说古事，或共杯酒，倦则亟舍而起。四方书疏，略不复遣。有来者，或亟报，或守累日不能报，皆适逢其会，无贵贱疏戚之间。足迹不至城市者率累年。少不治生事，旧食奉祠之禄，以自给，秩满，因不复敢请，缩衣节食而已。又二年，遂请老，法当得分司禄，亦置不复言。舍后及旁，皆有隙地，莳花百余本，当敷荣时，或至其下，徜徉坐起，抑或零落已尽，终不一往。有疾，亦不汲汲近药石，久多自平。家世无年，自曾大父以降，三世皆不越一甲子，今独幸及七十有六，耳目手足未废，可谓过其分矣。然自计平昔于方外养生之说，初无所闻，意者日用抑或默与养生者合。故悉自书之，将质于山林有道之士云。庆元六年八月一日，山阴陆某陆游记。

这真是一篇极佳的养生之文，此文一出，立即在乡邻和文友中流传开了。在当时年代，人们的平均寿命有两种说法，一为三十岁，一为五十岁，可能战乱影响了人均寿命，即便是五十岁的人均年岁，陆游也是长寿的寿星了。人活七十古来稀，而陆家世代没有如此长寿的人，从陆游曾祖父以来，三代都没有人超过六十岁，陆游现在却已经七十六岁！仍然耳聪目明，行动自如，写诗作文，思绪飞扬。他的日常起居特别是顺应天时，随遇而安的心态，符合养生之道。

他的朋友刘克正来探访他时，见到七十七岁的老人还精神矍铄，身姿挺拔，十分羡慕，当即给他题诗："三百篇寂寂久，九千首句句新，譬宗门中初祖，自过江后一人。"写后意犹未尽，又作了一首诗："诗倍太白子美，年高辕固伏生，却鹤膝枝身健，读蝇头书眼明。"（《题放翁像二首》）

陆游自己也很自信，他自题一首《自题传神》：

> 识字深村叟，加巾下版僧。
> 檐挑双草履，壁倚一乌藤。
> 得酒犹能醉，逢山未怯登。
> 莫论明月事，死至亦腾腾。

这天，又一匹快马停在了门前，送来了一张让陆游颇费思量的请柬。竟是当朝太傅、少师、平原郡王、平章军国事、位在丞相之上的韩侂胄手书！韩侂胄在文中寒暄后告诉陆游，他受慈福宫之赐以别园，经几年的修建经营，现在已具规模，恳请陆游作《南园记》。

这确是需要酌量的事。韩侂胄是北宋名相、忠献王韩琦的曾孙，母亲是高宗吴皇后的妹妹，他又是宁宗韩皇后的族祖父，权倾朝野，又是皇亲国戚。他为人虽专权跋扈，又发动了遭人唾弃的"伪学党禁"，但是，他

上马击狂胡，下马草军书——陆游诗传

却是主张恢复中原、抗金强国的，仅此一点，就足以让陆游为之动笔。但是，子遹却提醒父亲说："父亲果愿为韩公作《南园记》吗？儿请父亲三思。儿前日听说韩公也曾请杨公万里作此记，但杨伯却没答应。"

陆游问："为何？"

子遹答："儿不知缘由，但据说韩公还许以翰林学士，但杨伯说'官可弃，记不可作'！韩公因此相当不悦。"陆游沉吟道："知道了。你且去。"

待子遹忧虑地出了房门，陆游还是提起笔来。他应该能预料到，自己写下的这篇记文，会带来怎么样的后果？因为，好友朱熹生前曾经说过陆游："能太高，迹太近，恐为有力者所牵挽，不得全其晚节。"这话传到陆游的耳中，他当然明白这是什么意思，但是，如果不写，也许会如杨万里一样，虽然已是无官可免，但是有可能获罪，所以，不求福也该避祸，仅从避祸来讲，也应该写，何况，韩公还是抗金的主战者，而且，陆游也一贯主张一致对外，消除内耗；再则，自己不是还可借此劝谏一番么？于是，在经过一番实地观摩采访后，他撰写出了一篇《南园记》：

庆元三年二月丙午，慈福有旨，以别园赐今少师平原郡王韩公。其地实武林之东麓，而西湖之水汇于其下，天造地设，极湖山之美。公既受命，乃以禄赐之余，葺为南园，因其自然，辅以雅趣。方公之始至也，前瞻却视，左顾右盼，而规模定。因高就下，通室去蔽，而物像列。奇葩美木，争效于前。清泉秀石，若拱若揖。飞观杰阁，虚堂广厦，上足以陈俎豆，下足以奏金石者，莫不毕备。升而高明显敞，如蜕尘垢；入而窈窕邃深，疑于无穷。既成，乃悉取先侍中魏忠献王之诗句而名之。堂最大者曰"许闲"，上为亲御翰墨，以榜其额。其射厅曰"和容"，其台曰"寒碧"，其门曰"藏春"，其阁曰"凌风"。其积石为山，曰"西湖洞天"。其潴水艺稻为"囷场"，为牧羊牛、畜雁鹜之地，曰"归耕之庄"。其他因其实而命之名。堂之名则曰"采芳"，曰"豁望"，曰"鲜霞"，曰"矜春"，曰"岁寒"，曰"忘机"，曰"眠香"，曰"堆锦"，曰"清芬"，曰"红香"。亭之名则曰"远尘"，曰"幽翠"，曰"多稼"。自绍兴以来，王公将相之园林相望，皆莫能及南园之仿佛者。然公之志岂在于登临游观之美哉？始曰"许闲"，终曰"归耕"，是公之志也。公之为此名，皆取于忠献王之诗，则公之志，忠献之志也。与忠献同时，功名富贵略相埒者岂无其人？今百四十五年，其后往往寂寥无闻。而韩氏子孙，功足以铭彝鼎、被弦歌者，独相踵也。迄至于公，勤劳王家，勋在社稷，复如忠献之盛。而又谦恭抑畏，拳拳于忠献之志不忘如此。公之子孙又将嗣公之志而不敢忘，则韩氏之昌将与宋无极，虽周之齐、鲁，尚何加哉！或曰"上方倚公若济大川之舟，公虽欲遂其志，其可得哉？"是不然。上之倚公，与公之自处，本自不侔。惟有此志，然后足以当上之倚，而齐忠献之功名。天下知上之倚公，而不知公之自处；知公之勋业，而不知公之志，此南园之所以不可无述。……

陆游在《南园记》中称自己"老病谢事""又已挂冠而去"，其实是指出自己无意再出山了。文中他明确地指出，天子只知倚韩侂胄为干城，而不知他的处境；只知道他事业上如日中天，而不知道他胸怀恢复中原之志。这分明就是在勉励韩侂胄继承祖先勋业，勿忘抗金中兴。这就是他写《南园记》的本意。陆游一再以韩琦之志，勉励韩侂胄，指出"谦恭抑畏，志忠献之志"，其主旨还是在于勖勉而非阿谀。

后来，《宋史》中有关这件事，是这样评论陆游的："……陆游学广而望隆，晚为韩侂胄著堂记，君子惜之，抑《春秋》责贤者备也。"

而有好事者，说放翁晚年因受幼子之累清贫，赖以文字献媚于韩侂胄，于是得近臣恩典，诸子得以为官。这种说法一出，当时不喜陆游或嫉妒他文学才华者，都以此说来攻击他。

但是，所有这些贬抑之说，也遭到有识之士的批评。元代戴表元在《剡源集》中说："渡江以来，如放翁可谓问学行义人矣！谠其放阤而不伤，困婴而能肆，不可谓无君子之守，就令但如常人之见，欲为身谋，为子孙谋，当盛年时，知已如麻，何待七八十岁之后始媚一戚里权幸而为之耶？"……

这些都是后人的评论，不管是以责备之词肆加非难，还是以惋惜之情代为辩解，几百年来，几乎成为聚讼。但是陆游一贯反对党争，破除彼此，团结内部，朝野一心，才能战胜强敌，恢复疆土，拯救遗民，这却是不争的事实。

5

有一天，陆游领着儿子们再游云门、龙瑞、禹迹寺。故地重游，陆游还是忍不住地想到了唐婉，草长莺飞、湖平山青，禹迹寺的南边就是沈园啊，他口中喃喃念道：

> 暮春之初光景奇，湖平山远最宜诗。
> 尚余一恨无人会，不见蝉声满寺时。
>
> ——《沈园二首》

陆游知道他这遗恨终将无人能懂，只能深埋心中。就像他要"上马击狂胡，下马草军书"的志向一样，都付之空许与错过了啊！唯一能安慰的可能就是笔耕不辍，"脱巾莫叹发成丝，六十年间万首诗"。

嘉泰二年（1102年）的春天终于来临，蕙风和煦，暖阳初照，先是朝廷终于废除了"伪学、伪党之禁"，追复赵汝愚资政殿学士，党人徐谊、刘光祖、陈傅良、章颖、叶适等都先后复官自便，又削除牒中"不系伪学"一节，就是监司保举即官员录用或考试入学时，无须再特别注明"不是伪学"；继之，家中次子子龙将赴吉州（今江西吉安）就任，陆游既高兴又不舍，谆谆教诲化为了诗行：

> 汝为吉州吏，但饮吉州水，
> 一钱亦分明，谁能肆谗毁？
> 聚俸嫁阿惜，择士教元礼。
> 我食可自营，勿用念甘旨。
> 衣穿听露肘，履破从见指；

山门虽被嘲，归舍却睡美。

益公名位重，凛若乔岳峙；

汝以通家故，或许望燕几，

得见已足荣，切勿有所启。

又若杨诚斋，清介世莫比，

一闻俗人言，三日归洗耳；

汝但问起居，余事勿挂齿。

希周有世好，敬叔乃乡里，

岂惟能文辞，实亦坚操履；

相从勉讲学，事业在积累。

仁义本何常，蹈之则君子。

汝去三年归，我傥未即死，

江中有鲤鱼，频寄书一纸。

——《送子龙赴吉安掾》

（诗中阿惜、元礼是陆游的孙女、孙子。）

周必大、杨万里也都纷纷来信来函。周必大说："吾友陆务观，得李杜之文章，居严徐之侍从，子孙众多如王谢，寿考康宁如乔松，'诗能穷人'之谤，一洗万古而空之。"

周必大的评价，中肯透彻，令人信服。

第二十章

应召入京修国史，不顾名节近权臣，都只为北伐雪耻；神秘访客透虚实，欣会稼轩励北伐，总盼望兴国安邦。

1

到了五月，朝廷又派人前来宣旨：因孝宗、光宗两朝实录及三朝史未就，诏陆游修国史，实录院同修撰，免奉朝请。其官衔中大夫、直华文阁、提举祐神观、兼实录院同修撰、兼同修国史，因其年高，特旨无须列班朝贺。

陆游以七十八岁高龄再次被召入京，消息传出后，乡邻老少奔走相告，大家纷纷前来祝贺，全村上下一片喜气洋洋。

陆游是兴奋的："吾年虽日逝，犹冀有新功"，他计划在九个月时间内做出一些成绩。当时的文坛，以陆游和杨万里为首，在诗词方面，二人各有成就，势均力敌，但就史才来说，陆游胜于杨万里。他的《南唐史》考证详备、言简意赅，是一部著名的著作，朝廷起用他来担任修史官，是用其所长。

但他又是犹疑地，他认为如果朝廷果能改弦易辙，发愤图强，身处朝列，即有为国效力之机。但是，数十年的仕途经历告诉他，他对朝廷实在不敢存有过分之想，所以"足未出门而心已入门"，他叮嘱邻居帮忙看管好他的田地，等着他回家："邻翁好为看耕垄，行矣东归一笑哗。"

一到京城，他就兴致勃勃地开办史局，开始了修史工作。有《开局》诗记之：

八十年光敢自期，镜中久已发成丝。

谁令归踏京城路，又见新开史局时。

旧吏仅存多不识，残编重对只成悲。

免朝愈觉君恩厚，闲看中庭木影移。

不久，事实证明，他的希望幻灭了。他看到的，是朝廷泄沓因循，依然腐败，权幸当道，无可施为。他觉得这种枯燥无味的修史生活，与平时的抱负大相径庭。况且，他平时所交往者，不乏"伪党中人"，所以，他的思想行迹应当也不为韩侂胄一派所喜。于是厌倦之吟、思归之咏几乎连篇累牍，触目可及。

党禁解除后，与韩侂胄的合作，在陆游的思想上没有不可克服的障碍。因为他认为在国家大事上，可以开诚共事，在私人关系上，更不用因为政见不同而发生纠纷。这一年的秋季，韩侂胄过生日时，陆游写了一诗《韩太傅生日》，以表达祝贺：

……

通天宝带连城价，受赐雍容看拜下。

神皇外孙风骨殊，凛凛英姿不容画。

问今何人致太平？绵地万里皆春耕。

身际风云手扶日，异姓真王功第一。

他是期待由韩侂胄出来领导北伐，取得中兴局面。

韩侂胄自当权以来，打击反对派，客观上削弱了朝廷的政治力量，但他并非一无是处之人。他也采取了一些整顿措施，如曾在庆元元年八月诏内外诸军主帅条奏武备边防之策；本年十一月和次年十月宰执大阅；积极准备用兵；开展武备讲学；驰伪学伪党之禁，除追复朱熹官爵、复周必大少傅外，他还争取反对派中素具爱国思想兼有才略之士，授以军政实权。凡此种种，足见其对内团结，对外备战，都曾专力为之。如果当时统治集团确能紧密团结，各效所长，进而积极组织广大爱国军民，则复仇雪耻、重振国威并非不可能之事。陆游为实现多年来主张团结反对分裂的政治观点，毅然不顾及当时一部分舆论的压力，在韩侂胄生日时，他公开赋诗祝贺，足见他灭寇雪耻之志不移。为此他曾赋诗说：

> 故国吾宗庙，群胡我寇仇。
> 但能坚此念，宁假用他谋。

2

长子子虡要赴任金坛县丞，启程前，陆游勉励他：

> 醇如新丰酒，清若鹤林泉。
> 棠宜使可爱，蒲正不须鞭。

十二月，陆游除秘书监，正四品。次年元月除宝谟阁待制。一切都比较顺遂心意，皇帝又特许免朝，工作得心应手、同僚尊重有加，年龄较大的儿子都陆续出任官职，幼子子遹随侍在侧，可谓生活幸福美满。但是家乡山阴的景色却时常浮现在眼前，让他欲罢不能。他在《春晚怀故山》中描述道：

> 吾庐烟树间，正占湖一曲。
> 远山何所似，发鬈千鬟绿。
> 近山何所以，连娟两眉蹙。
> 涧蟠偃盖松，路暗围尺竹。
> 海棠虽妍华，态度终不俗。
> 最奇女郎花，宛有世外躅。
> 虽云懒出游，闭户乐事足。
> 年来殊失计，久耗太仓粟。
> 淖糜不救口，断简欲满屋。
> 兀兀不知春，青灯伴幽独。

"金窝银窝，不如自家的草窝"，何况是美庐！所以他推荐曾黯代理自己。在推荐书中，陆游夸曾黯克承家学，早取世科，操行可称，文辞有法，并谦称自己不如他。

3

四月，韩侂胄邀请陆游游园。韩侂胄在宝莲山下有一座园子，是皇帝所赐宅院，韩侂胄建了座阅古堂，以玛瑙石砌为池子，并引来山泉注入。

四月的阳光明媚、花红柳绿，一群峨冠宽袍、手拿折扇的士大夫在韩太师的带领下，鱼贯入园。大家极尽谄媚地夸赞，乐得韩侂胄心花怒放。来到一处泉水边，水清如镜，水冽如冰，边上有一石崖，刻有"阅古泉"三字，泉上有亭，随仆以瓢取水请众人饮用，竟是甘甜如饴。其中陆游年岁最长，竟独自饮干了一瓢，大家纷纷赞叹陆翁身比壮年。韩侂胄又命人请出了他最钟爱的四夫人。花容月貌的四夫人一出场，果然惊艳了四方。韩侂胄特地牵着四夫人的手走到陆游面前说："这是当今我朝最著名的大诗人陆游陆翁。连先帝孝宗皇帝都十分欣赏他的大诗。"

四夫人边施礼边轻启朱唇："见过陆翁。"

陆游忙还礼道："夫人好。"

韩侂胄说："前时有劳陆翁费心，为老夫写了《南园记》，瞬时就让我那园子名扬四海了呀！为表谢意，有劳夫人为陆翁表演一段！"

婢女端来一把阮琴递给了四夫人，四夫人玉指纤纤，一阵拨弄，叮叮咚咚地就有如大珠小珠落玉盘之韵。高潮处，她竟擎琴轻盈起舞，花颜云鬓、霓裳羽衣、忽如仙鹤亮翅、又有麋鹿回头，香袂飘飘、顾盼流连。看得众人如醉如痴，直到四夫人香汗涔涔施礼道"现丑"时，他们才如梦方醒，纷纷赞叹"妙极""美轮美奂"。

韩侂胄见陆游也高兴地点头称赞，便走过去说道："若是陆翁肯再为此泉作一记文，使后辈知吾辈之游，岂不更是盛事？"

众人听了，纷纷附和说："此文唯有陆翁才可胜任！"

"陆翁不提笔，谁也不敢造次。"

"陆翁操觚执管，定能流芳千古呀！"

这样的良辰美景、佳丽盛情,陆游岂能不应？于是,一篇美文应运而生,这就是《阅古泉记》:

太师、平原王韩公府之西，缭山而上，五步一磴，十步一壑。崖如伏鼋，径如惊蛇。大石礧礧，或如地踊以立，或如翔空而下，或翩如将奋，或森如欲搏。名葩硕果，更出互见；寿藤怪蔓，罗络蒙密。地多桂竹，秋而华敷，夏而箨解，至者应接不暇。及左顾而右盼，则呀然而江横陈，豁然而湖自献。天造地设，非人力所能为者。其尤胜绝之地曰阅古泉，在溜玉泉之西，缭以翠麓，覆以美荫。又以其东向，故浴海之日，既望之月，泉辄先得之。袤三尺，深不知其几也。霖雨不溢，久旱不涸。其甘饴蜜，其寒冰雪，其泓止明静，可鉴须发。而游尘堕叶，常若有神物呵护屏除者，朝暮雨旸，无时不镜如也。泉上有小亭，亭中置瓢，可饮可濯，尤于烹茗酿酒为宜。他名泉俱莫逮。公尝与客徜徉泉上，酌以饮客。游年最老，独尽一瓢。公顾而喜曰："君为我记此泉，使后世知吾辈之游，亦一胜也。"游按泉之壁，有唐开成五年道士诸葛鉴元八分书题名，盖此泉湮伏弗耀者几四百年，公乃复发之。阅古，盖先忠献王以名堂者，则泉可谓荣矣。游起于告老之后，视道士为有愧，其视泉尤有愧也。幸旦暮得复归故山，幅巾裋褐，从公一酌此泉而行，尚能赋之。嘉泰三年四月乙巳山阴陆游记。

陆游描景绘物、精练自然，生动贴切，不愧是篇佳作，又兼有飘逸的行草，众人争相夸赞，一时传为美谈。从此，他在中国文坛上又引起了一波接一波的论证纷争。陆游未必没有预见，但他毫不介意。

"邪正古来观大节，是非死后有公言。"他用这句话来回应好友的担忧，也回应了反对者的诽谤。

在这篇记文中，陆游已提出了请求还乡的愿望。

《孝宗实录》五百卷、《光宗实录》一百卷都已完成，因此，陆游准备回家了。他上了份《乞致仕劄子》，明确提出请求还乡，他对友人说："予居镜湖北渚，每见村童牧牛于风林烟草之间，便觉身在图画。自奉诏绅史，逾年不复见此，寝饭皆无味，今行且奏书矣。奏后三日，不力求去，求不听辄止者有如日！"

他终于得到了皇帝的恩准，除提举江州太平兴国宫，五月十四日，他离开了临安。

4

这次在临安，陆游整整待了一年，这一次离京回家，是他主动要求的，前几次的离开京城，都是被参遭劾，殊为不同。这次，应是荣归故里吧，所以心情也完全不同。他对前来送别的同僚们朗声道："人生快意事，五月出长安。"

出了临安城以后，友人、学生、崇拜者次弟相送，一路说笑声不绝于耳。这是陆游最后一次完成朝廷的指派任务，去国荣归。他高兴，他最小的儿子子遹也已致仕恩补官。所以陆游一身轻松。

家乡渐近，湖光山色，瞧着多么亲切！"园庐渐近湖山好，邻曲来迎鼓笛哗。"他想象着，回乡后的生活应当是这样的：

> 村东买牛犊，舍北作牛屋。
> 饭牛三更起，夜寐不敢熟。
> 茫茫陂水白，纤纤稻秧绿。
> 二月鸣搏黍，三月号布谷。
> 为农但力作，瘠卤变衍沃。
> 腰镰卷黄云，踏碓春白玉。
> 八月租税毕，社瓮酿如粥。
> 老稚相扶携，闾里迭追逐。
> 坐令百世后，复睹可封俗。
> 君不见朱门玉食烹万羊，不如农家小甑吴粳香。

——《农家歌》

回到家中，陆游天天都沉浸在安宁温馨的农家生活中，感到比京城的日子自由多了，也舒坦多了。

初夏这天早晨，随着凉风习习，门外来了三位骑士，中间一个年龄稍长，但刚毅稳健。他们下马来问："太中大夫陆翁在家吗？"

陆游最后的官衔是"太中大夫充宝谟阁待制提举江州太平兴国宫，致仕，山阴县开国子、食邑五百户、赐紫金鱼袋"。陆游听到有人呼他，迎出门来，原来是英名远播的辛弃疾！他现在是"朝请大夫集英殿修撰任绍兴知府兼浙东安抚使"。陆游连忙上前握住辛弃疾的手，朗声道："哎呀，知府大人光临，有失远迎，有失远迎！"

辛弃疾也朗声说道："久仰陆大夫陆翁大名，今天得以相见，真是幸会，幸会呀！"

中国历史上两位著名的爱国者、诗词大家携手坐到了一起。他们有很多相似之处：辛弃疾始终把洗雪国耻、收复失地作为自己的毕生事业，并在自己的文学创作中写出了时代的期望和失望、民族的热情与愤慨；他们也有不同之处，在文学创作上，辛弃疾不像陆游喜欢写作诗歌，尤其是格式严整的七律诗，而是把全部精力投入更宜于表达激荡多变情绪的词上。

两名随从衙史将马系在门前老槐树上，就按照辛弃疾事先的安排，到附近各农户去察访农情乡情去了。陆游牵着辛弃疾的手进了客堂。

宾主坐定后，童仆摆上茶盅及点心便退下了。陆游对辛弃疾的政治主张大加赞扬，他说："辛知府一贯以抗金驱敌为己任，英雄事迹获过先皇高宗的赞许，老夫很是佩服。"

辛弃疾："陆翁，您也是带过兵戍过边的人，还杀过虎！下官十分的敬佩呀！"

陆游："唉，那也比不得你，你是真正的深入虎穴，奋勇杀敌的英雄啊！当年你才二十多岁吧？"

辛弃疾："是呀，在下当年才二十一岁，血气方刚呀！看我现在，头发都白啦！"

陆游："真是英雄出少年啊！现在也是年富力强啊。"

辛弃疾："国家兴亡，匹夫有责啊！凭着一腔匹夫之勇做了该做的事而已。"

陆游："过谦了，你的《美芹十论》，我可是看过的，那些建议十分精彩，可惜朝廷未能重视啊！"

辛弃疾摇头说："下官太刚愎自负，历来不为人所容，本想归隐山田，不料韩太傅却任我知绍兴府兼浙东安抚使。如果有幸面见圣上，在下必将力陈金国必乱必亡，我大宋可乘此恢复中原！"

陆游击掌道："太好了！说到我的心坎上了！"

原来二人此前虽未见面，但都彼此惺惺相惜，神交很久了。他们从诗词唱和谈到抗金北伐，忘了时间，也忘了都已是白发苍苍者。直到两位役吏从外面巡访回来，辛弃疾才起身告辞，临走，他环顾陆游的房舍，说："陆翁呀，你这草堂太旧了，改天我命人来为你建一所新宅吧！"

陆游再三推辞说："不可，万万不可，老夫习惯了这座茅屋，不劳烦知府动土了。"陆游拉着辛弃疾的手，一直送到村头的凉亭，二人才依依不舍地挥手告别了。

望着三人远去的背影，陆游感觉还有太多的话没说完。

次年春天，得到辛弃疾被奉召入都的消息，陆游敏感地察觉与时局有关，于是给辛弃疾写了一首长诗《送辛幼安殿撰造朝》，鼓励他抛弃个人恩怨，协助韩侂胄北伐：

> 稼轩落笔凌鲍谢，退避声名称学稼。
>
> 十年高卧不出门，参透南宗牧牛话。
>
> 功名固是券内事，且葺园庐了婚嫁。
>
> 千篇昌谷诗满囊，万卷邺侯书插架。
>
> 忽然起冠东诸侯，黄旗皂纛从天下。
>
> 圣朝及席意未快，尺一东来烦促驾。
>
> 大材小用古所叹，管仲萧何实流亚。
>
> 天山挂旆或少须，先挽银河洗嵩华。

中原麟凤争自奋，残虏犬羊何足吓。

但令小试出绪余，青史英豪可雄跨。

古来立事戒轻发，往往谋夫出乘蟀。

深仇积愤在逆胡，不用追思灞亭夜。

5

位于金国北边的一支蒙古族，逐渐兴起并强大起来，它日趋壮大的军事力量，对女真金人的统治构成了严重威胁。由于连年用兵应对北方蒙古，金国国力大为削弱。为了支撑应付，又不得不对内进行更加残酷的搜刮与镇压，民族矛盾与阶级矛盾日益尖锐。

这年，南宋派出使臣邓友龙前往金国，夜宿驿站，至半夜时分，忽然有人求见，说有要事需当面禀报大宋使臣。

深夜密访？邓友龙感觉事情重大，立即命人带他来见。来人连忙跪在地上，流着眼泪痛陈金人的残暴及汉民的痛苦处境。然后向邓友龙详细叙述了金国的虚实，特别说到金国被蒙古所困，饥馑连年，民不聊生。说大宋王师若此时伐金，定能势如破竹！邓友龙将此情况立即报告了韩侂胄，促成韩侂胄下定了北伐决心。

陆游也时常听到关于金人内乱的传言，他密切关注着事态的发展，期待着朝廷能抓住机遇一雪国耻。

韩侂胄开始了备战部署，造战舰，增置襄阳骑军、在两淮教习民兵弓弩手万余人，起用参知政事张岩帅淮东、同知枢密院事程松帅淮西、侍郎丘崈守明州、大卿辛弃疾帅浙东，李奕为荆鄂副都统兼知襄阳……他在将帅兵力部署的同时，也在思想上心理上给予南宋抗金雪耻的预警：四月在镇江立韩世忠庙、五月追封岳飞为鄂王等等，以激励士气民心。

宁宗皇帝下诏：明年改年号为开禧。

山雨欲来风满楼，战云重重。朝野关于伐金的议论也越来越多也越热烈了。陆游深受鼓舞，他写了一系列表达兴奋之情的诗歌："颇闻王旅徂征近，敷水条山兴已狂。""遣戍虽传说，何时复两京？"

屈指算来，这一年，陆游所遇好像都是开心的事：欣逢八十高寿，四面八方的祝寿诗文不断涌来，四邻八乡的祝福问候热情洋溢；儿子们一个一个都入仕做官了，长子子虡从吴门回来探家后调官临安，子龙在江西，子修在福建，子坦赴海昌盐官市征任，子布、子遹在家乡。高寿，盛名，厚福，他似乎都得到了。

这时，他却收到了周必大去世的消息！他又失去了一位故交。长寿之人注定了要看着朋辈一个个离他而去。他写下《祭周益公文》，回顾四十多年交情，情真意切，涕泗澎湃。

不过，陆游生性还是开朗自适的，他在草堂的东边又开辟了一处荒地，围上竹篱，埋甕储水，种上各色花木，自种自赏颇为惬意。他在《东篱记》中写得很详细：

放翁告归之三年，辟舍东茀地……插竹为篱，如其地之数。埋五石甕，潴泉为池，植千叶白芙蕖，又杂植木之品若干，草之品若干，名之曰东篱。放翁日婆娑其间，掇其香以臭，撷其颖以玩，朝而灌，莫而锄。凡一甲坼，一敷荣，童子皆来报惟谨。放翁于是考《本草》以见其性质，探《离骚》以得其族类，本之《诗》《雅尔》，及毛氏郭氏之传，以观其比兴，穷其训诂。又下而博取汉魏晋唐以来一篇一咏无遗者，反复研究古今体例之变革；间亦吟讽为长谣短章，楚调唐律，酬答风月烟雨之态度。盖非独娱身目，遣暇日而已。昔老子著书末章，自小国寡民，至甘其食，美其服，安其居，乐其俗，邻国相望，鸡犬之声相闻，民至老死不相往来，其意深矣。使老子而得一邑一聚，盖真足以致此，於乎！吾之东篱，又小国寡民之细者！

那种安于田园书斋生活的心境，溢于笔端。

陆淮平比陆游长两岁，陆游八十一岁时，他也已是耄耋之年，却在家人的陪同下拄拐走进了陆游家。两位儿时的主仆再次聚在一处，回忆起年少时光，他们都知道这次相见分别后，很可能不会有再见的机会了，所以便从小到大，从得意到失意，无话不谈，通宵达旦。

陆淮平第二天就返家了，返家前他拿出了一个小布袋子，递给陆游说：

"上次我从少爷这里回去，对萱草讲了少爷还没有忘记蕙仙小姐，写了很多怀念她的诗。萱草便找出了这些收藏的字纸来，让我交给你。"陆游打开布袋，原来是一叠写满了字的纸，竟然全是他的《钗头凤》，还有唐婉的和词。张张都浸透着泪渍，把那娟秀的字迹弄得模糊而直刺人心。

陆游将他送到了村口，看着他的身影渐渐消失在夕阳的余晖中，蓦地，唐婉的身影再次浮现在他的眼前，是看花了眼吗？还是真的是唐婉？

这天夜晚，好似又听到湖面传来的鸟叫声："姑恶！姑恶！"陆游只怪自己的道行太浅，不能忘怀：

> 学道当于万事轻，可怜力浅未忘情。
> 孤愁忽起不可耐，风雨溪头姑恶声。
>
> ——《夜闻姑恶》

6

宋与金朝的关系，逐渐趋于紧张。金主以边境有盗贼为由，派使者孟铸对宋使臣说："大定（金国纪年）初，世宗许宋世为侄国，朕遵守至今，岂意尔国屡有盗贼，犯我边境，以此遣大臣宣抚河南。及得尔国公移，料已罢黜边臣，抽去兵卒，朕即罢司。未几，盗贼甚于前日，群臣以尔国渝盟为言；朕为'和好'岁久，委曲函容。恐侄宋皇帝或未详知，卿归国当具言之！"

宋宁宗得到使臣回来禀报的情况后，颇为气闷。因此他也支持韩侂胄对金朝采取强硬措施。

开禧元年（1205年）四月，宋宁宗采纳韩侂胄的建议，崇岳飞贬秦桧，追封岳飞为鄂王，削去秦桧死后所封的申王，改谥"谬丑"，下诏追究秦桧误国之罪："一日纵敌，遂贻数世之忧。"这些措施，有力地打击了主和派，使主战派得到了鼓舞，且也很得民心。

同年五月，宋宁宗下诏北伐金朝！史称"开禧北伐"。

有人认为，"开禧北伐"是韩侂胄为捞取政治资本而采取的一次军事上的冒险行动。由于实行党禁，罢黜赵汝愚，使韩侂胄在政治上失了人心。当时金朝的情况也不太妙，金主完颜璟沉湎酒色，朝政荒疏，内讧迭起，北边部族又屡犯金朝边境，在连年征战中士兵疲敝，国库日空。于是韩侂胄认为有机可乘，就把恢复故疆、报仇雪耻作为建立功业的途径，也作为争取人心、提高威望的一种手段。

开战之前，一些有识之士在分析形势之后，提出此时进行战争对宋朝不利，认为这场战争几无胜算。但是，反对的声音立即被韩侂胄镇压下去了。

韩侂胄请直学院士李壁起草了伐金诏书，以鼓舞士气："天道好还，中国有必伸之理，人心效顺，匹夫无不报之仇。……兵出有名，师直为壮，言乎远，言乎近，孰无忠义之心？为人子，为人臣，当念祖宗之愤。"于是，宋朝军队不宣而战，首先对金朝军队发起了猛烈攻击。

陆游得知对金开战，感叹自己"老不能从"，但他密切关注战况，关心前方将士，歌颂抗金义举，对出师北伐积极拥护，写诗赞扬："王师护塞方屯甲，亲召忧民已放丁。""日闻淮颖归北化，要使新民识太平。"

开禧三年（1207年）正月，陆游晋封为渭南伯（正四品），至此，其官衔是"太中大夫、宝谟阁待制致仕、渭南县开国伯、食邑八百户、赐紫金鱼袋"。

7

前方战事正紧时，陆游在后方也闲不住，他研读先贤的奏章，当读到潍州人周聿给圣上的奏折中说道：建炎二年正月，金帅宗辅攻潍时，周聿堂兄周中与弟周辛散尽家财、慰劳战士，率家人固守城池，最后城陷时，他们全家百余口人全部死难！而周聿则数次奉旨措置边防，多有建树，还奏请移都关中以建根本、与签书枢密楼炤以书信招李世辅（李显忠）归南等事迹。陆游难掩心中的感佩，写下《跋周侍郎奏稿》：

……伏读侍郎周公论事牓子，犹想见当时忠臣烈士忧愤感激之余风。於乎！建炎绍兴间，国势危蹙如此，而内平群盗，外捍强虏，卒对披草莽、立社稷者，诸贤之力为多。某故具载之，以励士大夫。倘人人知所勉，则北平燕赵，西复关辅，实度内事了。

八十三岁高龄的陆游，尚景仰前贤，激励当世如此，实在是爱国思想深入骨髓。他要去禹迹寺里上香祈祷。为北方战线、为前方将士祈祷。

在禹迹寺里，陆游虔诚地敬香、跪拜、祷告。寺内的僧人也大受感动，都对这位耄耋老者的爱国行为肃然起敬。礼拜完后僧人请他和随从到斋堂用膳。陆游却婉拒了，出了禹迹寺，他习惯性地往沈园而来。唉，祠宇仍是富丽堂皇，绿波上的一叶扁舟仍旧倚靠在画壁旁边，可是"故人零落今何在，空吊颓垣墨数行"。

人活七十古来稀。陆游的高寿让大家羡慕不已，友人陈伯予找来一位画师，为陆游画了一幅画像，陆游便自题一篇《放翁自赞》：

进无以显于时，退不能隐于酒。事刀笔不如小吏，把锄犁不如健妇。或问陈子何取而肖其像？曰：是翁也，腹容王导辈数百，胸吞云梦者八九也。

他对自己胸怀宽广，颇为自赞。

第二十一章

边帅叛乱，青年才俊不辱使命。嘉定议和，兴师主谋在上朝的途中被人杀死。一个遥远的倩影，永远都走不出他的视线。一首《示儿》诗，道出了诗人永不瞑目的心愿。

1

宋金开战初期，宋军收复了一些城池，如泗州等地。但金朝事先得到了风声，觉察到南宋"将谋北侵"，已有了准备，在遭到进攻后立即进行了反击。击溃了攻打唐州和蔡州的宋军。

不久，金军在东、中、西三个战场上，对宋军发起了进攻。宋军由进攻转为防守。在金军的大举进攻之下，真州（今江苏仪征）、扬州相继被金军占领。西路军事重镇和尚原与蜀川的门户大散关也被金军所占。

韩侂胄想通过吴曦在四川战场挽回败局，但陕西河东招讨使吴曦，却早已在四川暗通金兵，叛变称王。

吴曦（1162—1207年），德顺军陇干（今甘肃静宁）人，南宋抗金名将信王吴璘之孙、节度使吴挺之子。吴曦初因祖父功勋补任右承奉郎，后历任中郎将、高州刺史、濠州团练使、利西路安抚使、太尉、四川宣抚副使、兴州知州等。

吴氏家族从吴玠起，经其弟吴璘、吴璘之子吴挺等人的多年经营，在蜀中已积蓄起雄厚的家底。蜀人甚至有只知吴家军而不知有朝廷者，因而宋朝廷对其表面倚仗实则不无抑制。金章宗完颜璟对吴氏与宋廷间的矛盾却洞若观火。他认为"韩侂胄忌曦威名，可以间诱致之"。如若策反成功，"可以得志于宋"。于是，他亲自给吴曦写下了一封诏书。

在这封诏书中，金宗完颜璟巧舌如簧，极力挑拨吴曦与宋廷的矛盾。他甚至用宋高宗杀岳飞的事情来警告吴曦，劝他要顺时因机，转祸为福，"建万世不朽之业"。最后，他还许诺：如果吴曦叛宋，"按兵闭境"，割据四川，以便让金军无西顾之忧、全力进攻江南，那金朝就册封吴曦为蜀王，让他统治四川；如果吴曦叛宋后能顺长江而下，出兵帮助金军，那么，吴曦所占领的区域则全部归吴曦所有。

完颜璟还特意为吴曦造了一枚刻有"蜀王之印"的四字金印，派人密送给吴曦。

开禧二年（1206年）十二月二十七日，吴曦在兴州召集幕僚开会，称"东南失守，车驾幸四明，今宜从权济事"，宣布降金称王！

一些幕僚没有思想准备，大惊失色；一些幕僚则挺身而出，公开指责吴曦。王翼、杨骙之声色俱厉地说："如此，则相公八十年忠孝门户，一朝扫地矣！"

吴曦不为所动，冷冷地说道："吾意已决。"随即，吴曦北向而拜，自称蜀王，榜谕四川。

与此同时，吴曦派遣部将利吉引导金军进入凤州，完成了关外四州的交割，与金方表定铁山为界。次年正月十八日，吴曦将兴州改为兴德府，建立年号（年号不详），称臣于金，正式称王，并张贴黄榜，布告四川。吴曦嫌金朝赐给他的金印太小，还自铸了一枚涂金大印——"蜀国制敕之印"，还设计出了王袍，把原四川安抚使的衙门作为行宫，并派董镇去成都修建宫殿，拟迁都成都。

与此同时，吴曦也将自己称王的诏书寄往临安，分送诸位权臣。一部分有气节的官员和士人，却采取自杀、髡发、装病等方法，誓死不同吴曦合作，进行消极反抗。

吴玠的子孙都对吴曦的行为十分反感，没有参与反叛。

一些来自军队中下层的军官和文职人中就已在暗中筹划暗杀吴曦的计划了。李好义和杨巨源就是其代表人物。

开禧三年（1107年）二月二十九日黎明，李好义率领八十余人摸到吴曦宫前。吴政率领一批护卫兵打开宫门，将他们放进宫中。李好义大喝："奉朝廷密诏，安长史为宣抚，令我诛反贼，敢抗者夷其族！"

杨巨源持假造的诏书，装成朝廷使者，骑马紧随其后。吴曦的近千名护卫兵见状，皆弃甲而逃，众人冲向吴曦寝室。吴曦在睡梦中被室外的哄闹声惊醒，仓皇而起，来不及穿衣戴帽，慌忙打开寝室门，准备逃跑。众人已经冲到门口。吴曦返身关上门。冲在前面的军士李贵急忙上前撞门，将门闩撞断，带头冲进室内，一把揪住他的头发，往他脸上刺了一刀。吴曦返身将李贵扑倒在地，李好义急忙命令王换用斧头猛砍吴曦。李贵翻起身来，砍下了吴曦的头！

李好义率领众人，捧着吴曦的头走出宫殿，派人驰报安丙。安丙来到后，以四川宣抚使的身份宣布吴曦叛乱平定。命人将吴曦头颅以及一应谋反物证送往临安。

这场令南宋朝廷恐慌万状的"吴曦之乱"在短时间内竟出人意料地被迅速扑灭了。

"吴曦之乱"平息不久，宋宁宗下诏：处死吴曦的妻、子，并对其兄弟取消所有的资格及官职，吴璘的子孙都被迁出蜀地，但吴玠的子孙免于连坐，不受处罚，负责祭祀吴璘。

早年陆游在与王炎谈论蜀中的人事安排时已预言吴氏子孙可能会不受朝廷制约。虽然吴曦的叛乱仅持续短短的四十一天，但叛乱也破坏了宋军的军事部署，最终导致这场战争于第二年以宋军战败而结束！

接着，又是兵败之后的谈判。而对南宋来说，战败以后的和谈是气短的。作为胜利者，金朝自然提出了苛刻的条件。除了提出割地赔款之外，金国还要求将发动这场战争的主谋韩侂胄缚送金国！

打了败仗以后，就要派人到金军去谈判，这份差事朝廷中谁也不愿去！选来选去，最后选中了萧山县丞方信孺作为南宋派出的谈判代表。

年仅三十岁的方信孺，不过七品芝麻官，但他对天下形势却洞若观火，他受命于危难之时，不仅能言善辩，而且在金人面前威武不屈。金人将他投入监狱，断绝饮食，并以杀头相威胁，要他答应金朝提出的割地赔款、缚送首谋等五个条件。

方信孺不怕威胁，认为缚送首谋，向来无此做法。金朝将领威胁他说："你不想活着回去吗？"

方信孺说："我奉命走出国门时，已将生死置之度外了。"

最后金人也没有办法，只得将方信孺放回。

八月，韩侂胄听取了谈判回来的宋使方信孺的报告。当方信孺报告了割两淮、增岁币等金人提出的四项条件以后，变得欲言又止起来。

韩侂胄问："还有什么？"

方信孺说："我不敢说。"

在韩侂胄的逼问之下，方信孺只得如实相告："金人要太师的人头。"

韩侂胄听后大怒，迁怒于方信孺！夺去了方信孺三级官阶，将其贬到了临江军居住。

谈判的条件不能接受，只得硬着头皮再打仗。在这种形势下，朝廷中的主和派又形成了势力，礼部侍郎史弥远和杨皇后是主要的代表。杨皇后因当年韩侂胄在宋宁宗选皇后时，不倾向于她而怀恨在心，同时她也认为北伐过于轻率。他们通过皇子向宋宁宗进言："韩侂胄再起兵端，将危社稷。"

杨皇后也在旁边劝说宋宁宗。但宋宁宗很犹豫，一时难以定夺。杨皇后担心如果宋宁宗走漏风声，让大权在握的韩侂胄知道，后果十分严重！就与史弥远、参知政事钱像祖等人密谋，要设法除掉韩侂胄。

开禧三年（1207 年）十一月三日，韩侂胄在早朝途中，发现中军统制夏震带领部属三百人，在六部桥等候着。韩侂胄问："这些人是干什么的？"

夏震回答："有旨：太师罢平章军国事，即日出国门。"

韩侂胄大吼道："有旨老夫怎能不知？假传圣旨该当何罪？"但是，没等他把话说完，夏震就命将士把他的轿子拖进了玉津园中，将他棒击杀死！

韩侂胄被杀后，史弥远立即派人把这一消息告诉了金朝，并以此作为向金朝求和的砝码。此后朝政被史弥远、钱像祖把持。

经过与金朝的谈判，按照金朝的要求，韩侂胄之首级被送往金朝示众。

韩侂胄死后，宋宁宗对大臣说："恢复岂非美事，但不量力尔。"

2

嘉定元年(1208年)，南宋王朝与金朝签订了"嘉定和议"，和议条款为：两国境界仍如前；嗣后宋以侄事伯父礼事金；增加岁币银帛各五万；宋纳犒师银三百万两与金，疆界依旧。

宋朝皇帝与金朝皇帝的称谓由以前的侄叔改变为侄伯，比"隆兴和议"更能显示合约的屈辱性。

陆游既悲痛又惋惜。他理智地分析后，认为对金用兵，首先应慎选将帅，剔除动摇分子和投降派。"百炼钢非绕指柔，貂蝉要是出兜鍪，得官若使皆齐虏，对泣何疑效楚囚。"如若在战斗过程中遇到不利、挫败，他认为也不应被金人的虚张声势所慑服：

> 硕果坠池响，鱼队散无迹。
> 空弦可落雁，此事盖自昔。
>
> ——《杂兴》

他希望文武官员，勿为个人稻粱谋计，而应具"长路谙冰霜"之毅力，与"超遥万里程"之勇气：

> 冥飞远缯弋，长路谙冰霜。
> 君看此气象，岂复谋稻粱。
> 正尔下杜陵，已复掠潇湘。
> 超遥万里程，燕雀安能量。
>
> ——《两雁》

他对朝廷屈从金人意旨杀死韩侂胄表示悲婉：

> 上蔡牵黄犬，丹徒作布衣。
>
> 苦言谁解听？临祸始知非。

——《书文稿后》

3

暮春时节，已经八十四岁的陆游最后一次来到沈家园，触景生情，他赋诗感叹道：

> 沈家园里花如锦，半是当年识放翁。
>
> 也信美人终作土，不堪幽梦太匆匆。

——《春游》

这一生，他可远谪，可困厄，唯独不能忘怀的是唐婉。

回到家中，他将这首《春游》抄录在一张薛涛笺上，将它与那叠浸透着唐婉泪渍的诗稿一起收藏起来，然后，又赋诗道："自笑此生余几许，铜驼荆棘尚关情。"

耄耋之年，念念不忘的就是两件事，两件事都没能如愿，真正是一辈子的错过，一辈子的空许啊！心有不甘，不甘又奈若何！在回家的路上，他还听邻里老翁说，米价又涨了！于是，他再赋诗《闻吴中米价甚贵二十韵》：

> 千钱得斗米，一斛当万钱。
>
> 嗟汝蚩蚩民，何恃以自全？
>
> 我欲告父老，食为汝之天。
>
> 勿结迎神社，勿饰杭湖船。
>
> 筑室勿断削，但取垣屋坚。

妇女省钗泽，野妆何用妍。

趋利常处薄，众役常在前。

岁时相劳苦，盛馔一豚肩。

近市可致酒，虽薄亦醺然。

切勿慕公卿，早朝妨熟眠。

亦勿谋高赀，贪吏不汝怜。

有负固吹毛，无罪亦株连。

岂暇论曲直，挺系如登仙。

短褐与饭豆，温饱可终年。

草庐挂苇箔，乃可数世传。

朱门虽赫赫，交化如飞烟。

开禧二年（1206 年），北方部落都已归降蒙古，并尊铁木真为成吉思汗。定国号为"大蒙古帝国"，蒙古草原结束了长期混战的局面。到嘉定二年（1209 年），蒙古打败了西夏，铁木真雄心勃勃，他的下一个猎物，就是存在了一百二十年的金国！

立秋后，陆游得膈上病。在身体每况愈下时，他思念骨肉，长子子虡的信及时送来，他热切地为之赋诗并加注："时濠州军乱，子虡时来摄通判，身率将士力战平之。"（《得子虡濠上书》）

陆游的身体已极度虚弱了，他仍笔耕不辍，还写下了多首忧国悯民的诗篇。

公元 1210 年一月二十六日早晨，昏睡了一夜的陆游醒来，精神大好，子孙们都回到了家里，围在他身边请安服侍。他看着他们，既感欣慰又有缺憾，示意拿纸笔来。兰仙小心地扶他坐起身，子遹递上了纸和饱蘸墨汁的笔，他写下《示儿》：

死去元知万事空，但悲不见九州同。

王师北定中原日，家祭勿忘告乃翁。

这既是这位伟大爱国诗人人生最后的一首诗，也是他的临终遗言。写完这首诗，他已耗尽了平生的气力，仰望青天，双眼并未合上，但却永远地停止了心跳……

陆游死后二十五年，金王朝被宋蒙联军所灭。

金朝最后一位皇帝金哀宗，在困守的蔡州城被破前，慌忙传位完颜承麟，完颜承麟的继位典礼还在进行中，蔡州城南就飘扬起宋军的战旗，与此同时，蒙古军也自西南面攻入城内，展开了巷战。金哀宗已无回天之力，即自缢而死！完颜承麟也被乱兵所杀。立国一百二十年的金朝彻底灭亡。

金国的皇亲国戚，后宫妃嫔以及金人女子，被蒙古掳走。前后共计数万人！金国两宫太后、梁王、荆王等王室全部被带到了蒙古参加了献俘礼。如同先前"靖康之变"后的北宋皇室女眷一样，这些人被掳到遥远的北方，路上遭遇了无尽的虐待与侮辱，有的成为蒙古人手里的玩物，有的成了蒙古人交易的商品。早些年金国如何残忍对待北宋女眷的，最终完完全全地报应到了自己的后代身上！

南宋将缴获的金哀宗遗骨去祭告太庙，又遣官至洛阳，祭扫北宋陵寝，举国上下为终于报了百年之仇，雪了"靖康之耻"而欢欣鼓舞。

陆游死后七十年，蒙古军攻陷崖山，南宋王朝灭亡。

蒙古崛起后，铁骑横扫亚欧大陆，所向披靡，它灭亡西夏只用了二十二年，灭金用了二十三年。这些政权都以军事立国，曾经威震天下，没有料到，灭掉南宋，他们整整花了四十五年。在蒙古军队的所有对手中，南宋抵抗时间最久，给蒙古军造成的损失也最大。

南宋的生命力如此顽强，除了一些客观因素外，其长期以来崇尚宽仁和文治的国策，使忠君爱国、重视名节的思想深入人心，一旦国家处于危急存亡之秋，慷慨赴死之士往往能自觉起来为国效命，是其最主要的原因。

陆游这位伟大的爱国诗人不知道的是，在他死后六十九年的那场令神鬼泣日月悲的崖山大战中，当敌人像一群饿狼般地向崖山扑过去时，宰相陆秀夫背着年幼的南宋最后一位皇帝，纵身跳进了大海！

陆游的孙子陆元廷痛哭不止，忧愤而死！

他的曾孙陆传义则绝食而亡！

他的玄孙陆天骐亲身参加了崖山大战，这也是南宋与外族入侵者的最后一战。战败后，他和身边的将士们一道面北而拜之后，毫不犹豫地跳进了崖下的浪涛之中了！

同时跳海殉国的军民，竟有十万多人！

……

陆游虽然没有看到金国的灭亡，但这位伟大的爱国诗人，坚定不移的爱国爱民情操和不屈不挠的顽强斗争精神，依然活在中国文化史上，活在千千万万人的心中。